Heidi Grund-Thorpe
Die Töchter des Münterhauses

Heidi Grund-Thorpe wurde 1960 in Naila in Oberfranken geboren, studierte Lehramt in Bayreuth und wenige Jahre später Mode- und Grafikdesign in München. Anschließend arbeitete sie in der Redaktion eines Frauenmagazins. Seit 30 Jahren wohnt sie nördlich von München in der Holledau. 1994 startete sie ihre Selbstständigkeit als Producerin und Autorin von DIY-Büchern, 1998 kam die Gründung einer Marketing-Agentur dazu. Nach Beendigung der DIY-Bücher absolvierte sie ein Fernstudium für Romanentwicklung, es folgte 2021 ihr erster Roman »Berggeflüster und falscher Hase« und 2022 »Das Leuchten der Gipfel«. Beide Romane spielen in den bayerischen Bergen, dort, wo sie selbst gerne in ihrer Freizeit unterwegs ist.
Der neueste Roman »Die Töchter des Münterhauses« nimmt seinen Anfang im Wohnhaus der Künstlerin Gabriele Münter in Murnau, nimmt historisch Bezug zum Leben und Werk der Künstlerin und setzt die Geschichte mit drei Generationen unabhängig und freiheitlich denkender Frauen, wie auch Gabriele Münter selbst es war, fiktiv bis in die Gegenwart fort.

Heidi Grund-Thorpe

Die Töchter des Münterhauses

Roman

PIPER

ISBN 978-3-492-50736-3

Redaktion: Julia Feldbaum
Satz auf Grundlage eines CSS-Layouts
von digital publishing competence (München)
mit abavo vlow (Buchloe)
Covergestaltung: Traumstoff Buchdesign traumstoff.at
Covermotiv: Bilder unter Lizenzierung von Shutterstock.com genutzt
Printed in the EU

Teil 1

1

Juli 1938

»Frau Ella, ich wollt mich von Ihnen verabschieden.« Amalia stand in der Türöffnung des Wohnraums, fertig gekleidet zum Ausgehen. Über dem knöchellangen schwarzen Trachtenrock, der zu ihrem Sonntagsstaat gehörte, trug sie eine dunkelgrüne Lodenjacke, bis zum obersten Knopf geschlossen. Nur der weiße Kragen der Bluse blitzte über der Paspelkante des Stehkragens hervor. Über ihrem strengen Haarknoten im Genick saß ihr Werdenfelser Nadelfilzhut, ganz schlicht mit einer dunkelgrünen Kordel verziert. Sie richtete ihren Blick nach unten auf ihre bauchige, stramm gefüllte Bügeltasche aus grobem Leinen.

Sie fühlte ihren Herzschlag bis zum Hals, das Klopfen stieg immer höher in Richtung ihrer Ohren.

Gabriele Münter hielt inne, gerade hatte sie den Pinsel in ein leuchtendes Blau auf ihrer Farbpalette getaucht. »Besuchst du deine Verwandten im Nachbarort? Habe ich das etwa überhört, als du es mir angekündigt hast? Oder ist's was Unvorhergesehenes, musst du wieder mal zu Hause aushelfen? Sind deine Mutter oder deine Schwägerin krank geworden?« Gabriele drehte den Kopf in Amalias Richtung, denn die Staffelei mit der aufgezogenen Leinwand stand schräg zur Tür.

»Nein, Frau Ella ... ich ... ich gehe.« Sie seufzte tief. »Ich muss weg. Für länger.« Amalia hielt ihren Kopf gesenkt, sodass Gabriele nur den oberen Hutrand über ihrem Kopf sehen konnte.

Wie in Zeitlupe legte Gabriele ihre Palette und den Pinsel auf einem mit allen Farbtönen bekleckksten Tischchen ab, erhob sich von ihrem Hocker, strich mit ihren Händen über ihren bunt gesprenkelten Malkittel und ging langsam auf Amalia zu. »Ama, wie meinst du das? ›Für länger‹?«

Amalia hob langsam den Kopf, der ihr zu zerspringen drohte, und gerade als ihre Augen mit denen Gabrieles auf gleicher Höhe waren, sackte sie ohnmächtig in sich zusammen. Gabriele streckte ihre Arme aus, um sie aufzufangen, aber sie war zu langsam. Amalias Kopf schlug auf dem Boden auf.

»Johannes, schnell, kommen Sie«, rief sie laut in Richtung der offenen Tür, in der Hoffnung, dass es Johannes Eichner im oberen Stockwerk hören würde. Sie ließ sich neben der leblos wirkenden Amalia nieder, hob deren Kopf behutsam an und bettete ihn in ihren Schoß. »Johannes, Ama ist ohnmächtig geworden, kommen Sie, ich brauche Ihre Hilfe.« Sie beugte sich über den reglosen Körper und klopfte der Frau sachte auf die Wangen. »Ama, komm zurück, ich brauch dich doch, meine Liebe.«

Endlich stand Johannes Eichner, wie immer in Anzughose, Einstecktuch und Hausjacke korrekt gekleidet, in der Tür. Er erfasste die Situation mit einem Blick und schlug die Hände zusammen. »Na, so ein Unglück, liebe Gabriele. Ich hole ein feuchtes Handtuch, vielleicht hilft das.« Er machte zwei Schritte auf Gabriele zu, blieb aber dann abrupt stehen, als wäre er abgebremst worden.

»Im Schränkchen über dem Ausguss ist Riechsalz, und bringen Sie auch ein Glas Wasser mit.«

Während Gabriele versuchte, sich im Sitzen am Türstock anzulehnen, hörte sie Johannes in der Küche herumkramen; es klapperte und klirrte, dabei redete er vor sich hin. Nach einer gefühlten Ewigkeit kam er zurück, zum Glück mit dem Fläschchen und einem Handtuch.

»Der beißende Geruch wird selbst Tote erwecken.« Gabriele zog die Nase kraus, während sie die Flasche dicht vor Amas Nase hielt. Johannes stand daneben, legte die Hände vor dem Bauch aneinander, sein Blick wanderte zwischen Gabriele und Amalia hin und her. Er wirkte, als wäre ihm die am Boden liegende Hausangestellte persönlich unangenehm.

»Falten Sie das Handtuch, und legen Sie es ihr auf die Stirn. Danach nehmen Sie die monströse Reisetasche weg und holen die Decke und ein Kissen vom Diwan.« Gabriele erteilte klare Anweisungen, sonst würde Johannes noch länger unschlüssig herumstehen.

Erleichtert, ihr zur Hand gehen zu können, reichte er Gabriele das Kissen, die es zwischen ihren Schoß und Amalias Kopf schob, und breitete die Decke über Amalias Körper aus.

In diesem Moment kam Amalia wieder zu sich, sie bewegte die Arme und hob den Kopf. Als sie erkannte, dass sie am Boden auf dem Schoß ihrer Arbeitgeberin lag, versuchte sie, sich sofort aufzurichten. Die ungewohnte Nähe ihrer verehrten Gabriele war ihr zwar nicht zuwider, aber es gehörte sich einfach nicht.

Doch Gabriele hielt sie zurück. »Sachte, sachte, jetzt bleib schön liegen und atme tief durch. Langsam ein und aus. Johannes, geben Sie mir das Glas Wasser, das wird helfen.«

Er beugte sich steif zu ihr hinunter und reichte ihr das Glas. »Kann ich noch etwas tun?«

»Ich glaube, jetzt komme ich gut zurecht. Ich bleibe hier bei Ama, bis sie selbst wieder in der Lage ist, sich zu erheben. Vielen Dank, mein Lieber«, entließ sie ihn aus der für ihn misslichen Situation.

»Ich lasse die Türen offen. Wenn Sie etwas benötigen, dann rufen Sie. Ich bin jederzeit bereit, Ihnen helfend unter die Arme zu greifen.« Johannes wirkte erleichtert, dass die beiden Frauen nun ohne ihn zurechtkommen würden.

»Entschuldigen S' bitte, Frau Ella, das hatte ich nicht kommen sehen, aber genau das wollte ich vermeiden.«

»Ich glaube, du musst mir jetzt einiges erklären. Bitte schön, sag mir doch, was passiert ist. Hast du eine Krankheit, oder ist deiner Familie ein Unglück widerfahren …?«

»Weder das eine noch das andere. Ich …« Ama suchte nach Worten. »Ach, wenn ich es doch ungeschehen machen könnte, ich habe schon alles Mögliche versucht, aber … Ich weiß einfach nicht, wie es weitergehen soll.« Amalia brach in Tränen aus und ließ den Kopf wieder auf das Kissen sinken, dabei versuchte sie, sich von Gabriele wegzudrehen.

»Schsch, beruhige dich. Und dann erzählst du mir, was dich so sehr belastet, dass du wie ein leerer Ballon zusammenfällst.« Gabriele strich ihr wie eine Mutter ihrem Kind über den Kopf und die Wangen.

Diese liebevolle Berührung tat Amalia gut, aber es durfte nicht sein, ihre Lage war ihr mehr als peinlich. »Ich wollt unter allen Umständen vermeiden, dass Sie mich mit Schimpf und Schande aus dem Haus jagen, ich will Sie doch nicht dem Gerede der Nachbarn aussetzen, das haben Sie nicht verdient. Ich muss weg, so schwer mir das fällt.«

Die Worte brachen wie ein lang aufgestauter Wasserfall aus Amalia heraus, Gabriele verstand allerdings noch weniger als vorher. Ihr Gesichtsausdruck wirkte wie ein Fragezeichen. »Ama, du sprichst in Rätseln. Sag's mir doch freiheraus, was die Ursache für deinen Schwächeanfall ist. Ich kann mir mit größter Fantasie keinen Grund vorstellen, weswegen ich dich aus dem Hause verbannen sollte.«

»Frau Ella, ich bin guter Hoffnung. Dabei kann von Hoffnung nicht die Rede sein und von gut schon gar nicht.« Tränen quollen aus Amas Augen, der Fleck auf dem Kissen wurde immer größer.

Gabriele riss überrascht die Augen auf. »Jetzt bin ich sprachlos, in der Tat, das muss ich ehrlich zugeben. Lass mir eine Weile Zeit, deine Nachricht mit allen Folgen zu verstehen und mir auszumalen.« Gabriele schloss die Augen, strich Amalia aber weiter über die Wangen.

Amalia kannte diese Reaktion, wenn Gabriele nachdachte. Es würde dauern, bis sie alle Für und Wider der Nachricht gedanklich erörtert und alle Folgen und Konsequenzen für jeden der Beteiligten durchgespielt hatte.

Ama, wie sie von Gabriele genannt wurde, seitdem sie als dreizehnjähriges Mädchen ins Münterhaus gekommen war, um die Haushälterin zu unterstützen, ließ sich erneut laut seufzend tiefer auf das Kissen sinken. Sie wusste, jetzt musste sie abwarten. Gabriele würde sich nicht drängen oder gar in irgendeiner Form beeinflussen oder unterbrechen lassen. Und schon wieder türmten sich Amalias Ängste über ihre Zukunft gedanklich zu Bergen, die höher waren als die Gipfel des Werdenfelser Landes rund um Murnau. Wie konnte das ihr, in ihrem hohen Alter von einundvierzig Jahren, passieren? Wie sollte sie sich um ein Kind kümmern, da sie doch für ihren Lebensunterhalt arbeiten musste. Dem Münterhaus und seinen beiden Bewohnern den Rücken zu kehren, käme ihr nie in den Sinn. Gabriele Münter und Johannes Eichner waren ihr mehr als ihre eigene Familie ans Herz gewachsen – sie *waren* ihre Familie.

Deswegen hatte sie den Plan gefasst, bis zur Geburt des Kindes in Garmisch unterzukommen, denn sie wollte die Herrschaften nicht durch ihre Schwangerschaft kompromittieren und dem Gerede der Leute aussetzen. Ihr Entschluss hatte nach langem Überlegen festgestanden: Das Beste für alle wäre es, das Kind nach der Entbindung in ein Heim zu geben. Danach könnte sie wieder ihren Aufgaben im Hause Münter nachkommen. Es würde ihr zwar das Herz brechen, Alexejs Kind wegzugeben, aber das war in ihren Augen die einzig praktikable Lösung.

Was hatte sie nicht alles versucht, um die Schwangerschaft abzubrechen. Tees, Kräutermixturen, die ihr tagelang Schmerzen und heftige Krämpfe verursacht hatten, heiße Bäder, lange, äußerst anstrengende Wanderungen, aber nichts hatte geholfen. Das Kind war anhänglich, es ließ sich nicht vertreiben, als wollte es um jeden Preis leben. Und einer Engelmacherin konnte sie sich nicht anvertrauen, davor hatte sie zu viel Angst.

Ihr über alles geliebter Alexej würde vermutlich nie davon erfahren, seit seiner Flucht vor den Nazis hatte sie nichts mehr von ihm gehört. Keiner durfte wissen, dass er der Vater ihres ungeborenen Kindes war. Als entarteter Künstler, der noch dazu bei jeder Gelegenheit gegen die Politik Hitlers aufgerufen hatte, würde er womöglich auch sie in Schwierigkeiten bringen. Sie sehnte sich nach ihm wie noch nie zuvor nach einem Menschen. Er hatte ihr die Liebe gezeigt, das erste und wohl auch das letzte Mal in ihrem Leben. Die Zärtlichkeiten, seine Anbetung, noch nie hatte sie etwas Derartiges erfahren. Er hatte sie verzaubert mit seinem wunderbaren russisch angehauchten Akzent, er hatte sie umgarnt und beschenkt, und wenn es auch nur ein Blümchen war, das er in ihrem eigenen Garten gepflückt, ihr aber mit einer Nonchalance überreicht hatte, als wäre es das größte Kleinod überhaupt. Jede alltägliche Situation wurde durch ihn zu etwas Einmaligem, nie Dagewesenem. Mit ihm wurde der Aufstieg zu ihrem geliebten Herzogstand, den Amalia unzählige Male unternommen hatte und von dem sie jeden Stein und jede Wurzel kannte, zu einem Erlebnis, das ihr die Augen für ganz andere Blickwinkel öffnete.

»Ändere deinen Standpunkt, dann schaut die Welt immer wieder anders aus«, war sein Lebensmotto. Nicht nur wegen seines künstlerischen Könnens war er ein beachteter und bekannter Künstler, er drückte seine Sichtweise in seiner Malerei aus und öffnete damit dem Betrachter die Augen, um ihn zu etwas Neuem hinzulotsen.

Er hatte ihr ein Gemälde geschenkt, den Gipfel des Herzogstands, und sie hütete es wie einen Schatz. Es drückte ihr Glück und ihre Sorglosigkeit, die sie gemeinsam dort oben empfunden hatten, in einer Weise aus, die sie noch nicht einmal in Worte fassen konnte.

Als sie ihre Schwangerschaft festgestellt hatte, hatte sie inständig gehofft, einen Weg zu finden, um sein Kind bekommen und erleben zu dürfen. Wenn es nur annähernd seine lebensfrohe Art, seine Einfühlsamkeit und seine künstlerische Begabung hätte, würde er in diesem Kind weiterleben. Aber sie verbat es sich, es durfte nicht sein, sie musste ihre Arbeitsstelle behalten, gerade in dieser bedrohlichen und politisch unsteten Zeit. Ein schreiender Säugling wäre eine unzumutbare Belastung für Frau Ella, aber ganz besonders für Herrn Eichner. Und sie wollte auch keine Schande über das Münterhaus bringen, jetzt, wo sich die Leute endlich nicht mehr die Mäuler über die unverheiratete Gabriele Münter zerrissen, denn früher war die Villa als *Russen-* und von ganz bösen Zungen als *Lotterhaus* bezeichnet worden. Wenn sie als Haushälterin mit einem unehelichen Kind daherkäme, würden sich die Wogen der Entrüstung wieder erheben, ähnlich wie ein Sturm die Wellen des Walchensees aufpeitschen konnte.

Ihre eigene Familie würde sie vor die Tür setzen, aber das kümmerte sie nicht. Seitdem sie die Anstellung im Münterhaus hatte, war der Kontakt zu ihren drei Schwestern und zwei Brüdern immer geringer geworden, ihnen fehlten die Gemeinsamkeiten, die eine Familie ausmachte. Die Eltern waren froh gewesen, als sie vor achtundzwanzig Jahren, als Amalia bei Gabriele zu arbeiten begann, ein Maul weniger stopfen mussten. Trotzdem bekam sie bei ihren Besuchen und Arbeitseinsätzen auf dem elterlichen Hof immer wieder den Vorwurf zu hören, dass sie nun Besseres gewöhnt sei, sozusagen eine »feine Dame«, sicher zu gut für die harte Arbeit auf dem Bauernhof zu Hause. Als sie vor sechs Jahren von ihrer Patentante Amalia, die selbst kinderlos war, ein kleines Häuschen und ein paar Felder ganz in der Nähe des Münterhauses geerbt hatte, hatten zwei ihrer Schwestern wütend über diese Ungerechtigkeit den Kontakt mit ihr vollständig abgebrochen. Die dritte Schwester hoffte, da Amalia unverheiratet war, das Häuschen dereinst von ihr zu erben, obwohl sie älter war als sie. Nur mit ihrem zwei Jahre jüngeren Bruder Benedikt pflegte sie eine herzliche und vertraute Beziehung. An ihr als Mensch, als Tochter, Schwester oder Schwägerin hatte außer ihm keiner in der Familie echtes Interesse. Lediglich bei Geburten oder Krankheiten war sie gut genug, als Arbeitskraft im Haushalt der Geschwister oder Eltern einzuspringen. Gabriele hatte dafür immer Verständnis, und selbst darüber lästerten die Familienmitglieder.

»... geboren?«

Amalia war so in Gedanken versunken, dass nur das letzte Wort von Gabrieles Frage in ihrem Bewusstsein ankam.

»Was meinen Sie, Frau Ella? Ich war so weit weg grad.«

Gabriele wiederholte die Frage und schaute Ama dabei tief in die Augen.

»Wenn ich mich nicht verrechnet habe, dann müsste es im Oktober so weit sein.« Amalia versuchte, sich aufzurichten.

»Komm, wir machen es uns am Tisch bequem und reden. Später holen wir den Eichner dazu, dem fällt sicher auch was Gescheites ein.«

Gabriele half Amalia auf, was ihr sichtlich unangenehm war, denn bisher musste ihr keiner helfen, egal in welcher Situation. Während sie in die Höhe kam und gewohnheitsmäßig mit den Händen über die Jacke und den Rock strich, damit kein Stäubchen oder Fältchen darauf zu sehen waren, wurde sie von Gabriele taxiert.

»Es ist kaum was zu bemerken. Selbst wer dich kennt, käme nicht auf den Gedanken, dass du in anderen Umständen bist.«

»Vor allem denkt bei meinem Alter keiner an ein Kind«, konstatierte Amalia nüchtern, »wenn überhaupt, dann an zu üppiges Essen.«

»Was in diesen mageren Zeiten kaum möglich ist. Aber lassen wir es, uns den Kopf über die Gedanken anderer zu zerbrechen.«

»Ich kann nicht zu meinen Eltern gehen, denn die schmeißen mich hochkant raus, wenn sie etwas davon erfahren. Ich mag's mir gar nicht vorstellen ...«

»Meine liebe Ama, du bleibst hier bis zur Niederkunft, das Kindlein wird hier im Haus geboren und hier bei uns und in deinem kleinen Häuschen aufwachsen.« Gabriele hatte ihre Entscheidung getroffen und äußerte sie, als duldete sie keinen Einwand.

Amalia kannte diesen Ton, selbst in Diskussionen mit Herrn Eichner hatte dieser keine Chance, wenn Gabriele ihr Kinn hochreckte, den Mund spitzte und in kurzen und klaren Worten das Ergebnis ihrer vorausgegangenen Gedankenexkursion mitteilte.

»Hierbleiben, mit dem Kind?« Amalia konnte es kaum glauben, es käme der Erfüllung ihres Traums gleich, Alexejs Kind aufwachsen zu sehen. Aber die Probleme, die damit auf alle im Haus zukommen würden ...

»Ich bin überzeugt, dass das die einzig richtige Entscheidung ist.«

»Ich werde natürlich so lange wie möglich arbeiten. Aber ich höre jetzt schon den Spott und die Häme der Dorfbewohner ... Und ob das dem Herrn Eichner recht ist, bezweifle ich. Vor allem, wenn das Kind schreit und ihn bei der Arbeit stört.«

»Ein junges Leben tut dem lieben Eichner ganz gut, ein bisschen Lebhaftigkeit kann er schon vertragen. Natürlich muss er sich dazu äußern, schließlich ist es sein Haus. Aber je mehr wir für alles gerüstet sind, umso eher lässt er sich überzeugen. Du behältst wie bisher dein Zimmer unter dem Dach, und wir richten eine Ecke für den Säugling ein, viel braucht so ein kleines Menschlein ja nicht. Tagsüber stellen wir eine Wiege oder ein Wägelchen in die Wohnstube neben meine Staffelei. So können wir alle unserer Arbeit nachgehen, und wenn das Würmchen Hunger hat, bist du immer in der Nähe.«

»Das klingt alles so einfach.« Amalia schüttelte zweifelnd den Kopf.

»Das ist einfach, und deswegen wird es klappen.« Für Gabriele war alles geregelt, sie hatte keinerlei Bedenken. »Jetzt rufe ich den Eichner hinunter, dann kann er sich dazu äußern.«

Amalia wunderte sich, dass Gabriele keinen Gedanken daran verschwendete, dass Herr Eichner dagegen sein könnte. Schließlich gehörte das Haus seit dem Umbau ihm, er hatte es Gabriele abgekauft. Es würde sie nicht wundern, wenn er ihr kündigen würde. Aber so klein und zierlich Gabriele war, so fest und unbeugsam war ihr Wille.

Und so kam es dann auch, Johannes Eichner wurde über die Schwangerschaft und die Entscheidung Gabrieles in Kenntnis gesetzt, während sein ruhiger Blick zwischen Gabriele und Amalia hin- und herwanderte. Ab und zu strich er sich über seinen Schnauzbart, dann legte er die Unterarme und Hände flach auf den Tisch, als könnte er sich dabei besser konzentrieren.

»So kommt dieses Haus doch noch zu einem Kindlein, was immer mein größter Wunsch war. Dass es jetzt und unter diesen Umständen passiert, ist eine Überraschung, aber es ist, wie es ist. Ein Kind bedeutet Leben und Zukunft. Sehen Sie das nicht auch so, mein lieber Eichner?« Gabrieles letzter Satz blieb eine Zeit lang im Raum hängen. Sie legte ihre Hände über seine und schaute ihn an. Einige Minuten war es still, nur eine Biene stieß immer wieder mit immer lauterem Summen gegen die Fensterscheibe, von draußen drang gedämpftes Klappern von Pferdehufen herein, begleitet vom kreischenden Quietschen eines Fuhrwerks und den grantig klingenden Zurufen des Lenkers.

In der Hitze des Hochsommers klang alles lauter und schriller als sonst, oder kam das Amalia nur wegen ihrer Anspannung so vor? Sie glaubte schon, Herr Eichner würde gar nicht mehr antworten, bis er sich schließlich leise räusperte, während er seine Hände unter Gabrieles herauszog. Er legte sie wie zum Gebet vor seinem Brustkorb zusammen.

»Ich denke, das ist für alle die beste Lösung. Ich war zwar nicht in den Entscheidungsprozess eingebunden, aber den Gedanken, die diesem zugrunde liegen, schließe ich mich an. Natürlich nur, wenn das für Amalia die richtige Lösung ist, schließlich könnte sie sich auch zum Vater des Kindes begeben.« Er richtete einen fragenden Blick in Amalias Richtung, ohne ihr direkt in die Augen zu schauen.

»Das … das geht nicht. Es ist …«, stammelte Amalia herum.

»Ich kann mir schon denken, wer es ist. Aber auf ihn können wir leider nicht bauen, denn er ist auf der Flucht. Meine einzige Hoffnung ist, dass er heil in Amerika ankommt oder vielleicht sogar schon dort angekommen ist.«

Gabriele war es von Anfang an klar gewesen, dass nur ihr bester Freund Alexej von Jawlensky als Amalias Liebhaber infrage käme. Sie hatte sein ständiges Werben um Amalia in den vergangenen Jahren schmunzelnd und gleichermaßen erstaunt zur Kenntnis genommen, hatte es aber als reines Geplänkel abgetan. Dass Ama seinem Liebeswerben erlegen war, war ihr vollends entgangen. Aber natürlich: Ama war diskret, es bedeutete eine Verletzung ihres Standes als Angestellte. Es war tragisch, dass Alexej nicht nur wegen seiner Flucht abwesend war, denn er war verheiratet und hatte einen vierzehnjährigen Sohn. Aber sie wusste aus eigener Erfahrung, dass nicht das kleinste Argument der Liebeswerbung eines Russen standhalten konnte.

2

August 1938

Vom Flur aus schaute Amalia in die Wohnstube und hielt inne. Sollte sie Frau Ella stören? Sie saß regungslos und vollkommen in Gedanken versunken mit dem Pinsel in der Hand vor ihrer Staffelei. Als würde auf der weißen Leinwand vor ihr ein Film laufen, der nur für sie sichtbar war.

Plötzlich zuckte sie zusammen. »Komm nur rein, liebe Ama, du störst mich nicht«, sagte sie und wandte sich in Richtung der offenen Tür. »Setz dich doch zu mir, ich sinniere gerade über die alten Zeiten hier in der Kottmüllerallee. Es war so eine heitere Zeit mit Kandinsky und unseren unzähligen Künstlerfreunden, ich weiß nicht, ob du dich noch daran erinnern kannst. Du warst fast noch ein Kind, als dich deine Mutter hierher zum Arbeiten brachte.« Sie strich die Farbe ihres Pinsels ab und wandte sich Amalia zu.

»Frau Ella, das war die aufregendste Zeit in meinem Leben. Alles war neu für mich, Frauen, die malten, Gedichte schreibende und deklamierende Männer, andere tanzten und sangen – eine vollkommen andere Welt, als ich sie kannte.«

»Ich habe nie darüber gesprochen, aber mein größter Wunsch war damals ein Kind von Kandinsky, lieber noch eine ganze Kinderschar, denn wir wollten beide eine Familie gründen. Als ich ihn als junge, behütete und unberührte Frau in seiner Malklasse kennenlernte, faszinierten mich sein Können und seine fachliche Kompetenz. Er erstaunte mich, da er im Gegensatz zu vielen anderen keinerlei Vorurteile gegen mich als Frau und Künstlerin hegte; immer wieder hob er meinen Malstil als eigenständig und eigenwillig expressiv vor den anderen hervor. Er befeuerte mich und meinen Stil, ich arbeitete mit größter Leidenschaft und verfeinerte mein Können immer mehr. Ich wollte mich voll und ganz der Kunst verschreiben, und ohne es selbst zu wissen, habe ich ihm meine Seele geschenkt und ohne Einschränkung alles, was ich geben konnte, in die Waagschale gelegt.« Gabriele schob ihre Hände auf dem Tisch hin und her, als würde sie dort die Erinnerungen ausbreiten.

Während sich Amalia auf den angebotenen Platz setzte, erzählte Gabriele weiter von ihrem damaligen Leben.

Da sie als Frau keinen Zugang zur Akademie hatte, belegte sie Malkurse bei verschiedenen Künstlern. Im Anschluss an einen Aktzeichenkurs bei Kandinsky in München setzte sie ihre Studien mit einem Freiluftmalkurs bei ihm in Kochel am See fort, und dort lud er sie zu einer Fahrradtour ins Murnauer Moos ein. Es war ihr allererstes Rendezvous, sie war aufgeregt wie nie zuvor. Während eines Picknicks gestand er ihr seine Liebe und forderte sie auf, mit ihm zu reisen, um der Welt ihrer beider Malerei zu präsentieren. Sie wies ihn immer wieder ab, denn obwohl ihre Eltern schon früh verstorben waren, hatte sie eine streng katholisch geprägte Erziehung durch ihre ältere Schwester erfahren. Sie hatte ein klares Bild vor Augen, zuerst müsste er um sie werben, anschließend bei ihrem Bruder um ihre Hand anhalten, und erst dann würde sie ihn heiraten und sich ihm hingeben.

Aber schon nach kurzer Zeit konnte sie ihm nicht mehr widerstehen, im Gegenteil, sie war ihm regelrecht hörig. Kandinsky und sie selbst glaubten, sie hätten ihr Verhältnis bestens verheimlicht, jedoch wusste ihr Umfeld sehr schnell Bescheid. Als ihre Schwester sie auf ihr liederliches Verhältnis ansprach, fiel Gabriele aus allen Wolken und versicherte ihr, sie werde in Kürze heiraten, es sei nur noch nicht der richtige Zeitpunkt gekommen.

»Kannst du dir vorstellen, welches böse Erwachen ich erlebte, wie groß mein Schockzustand war, als plötzlich die Russin Anna Tschimiakin in München auftauchte und in Kandinskys Wohnung einzog – als seine Ehefrau?« Gabrieles Stimme erhob sich, und sie fasste sich an den Hals, um tief Luft zu holen. Nach wenigen Sekunden erzählte sie weiter. Sie wollte damals sofort den Kontakt zu ihm abbrechen, aber er überzeugte sie davon, dass seine Ehe mit seiner Cousine nur auf dem Papier bestehe und er sie jederzeit auflösen könne, sie werde keinerlei Anspruch an ihn stellen. Er werde die Scheidung bei nächster Gelegenheit bei einem Aufenthalt in Russland durchführen.

Damit ließ sie sich wieder und wieder hinhalten, sie war ihm schlichtweg verfallen.

Um seiner Frau in München aus dem Weg zu gehen, reisten sie gemeinsam durch die Schweiz, die Niederlande, durch Tunesien und Italien und hielten sich anschließend mehrere Jahre in Paris auf, wo sich Gabriele den Holz- und Linolschnitt und die Pinselmalerei aneignete. Sie sog alles auf, was sich ihr an künstlerischen Ausdrucksmöglichkeiten bot, und verfeinerte dabei immer mehr ihren eigenen Malstil.

Als sie 1908 gemeinsam nach München zurückkehrten, zog es beide wieder nach Murnau. Gabriele liebte das besondere Licht des Murnauer Mooses und die Weite des Werdenfelser Landes mit dem Alpenpanorama; allein die Bezeichnung »das blaue Land« faszinierte sie. Sie übernachteten häufig mit ihren Künstlerfreunden Franz und Maria Marc, Marianne von Werefkin und Alexej von Jawlensky in Murnau im Gasthof Griesbräu. Kandinsky weckte bei Gabriele die Idee, ein Haus in Murnau zu kaufen, um dort eine Anlaufstelle für ihre Künstlerfreunde zu gründen, er schilderte ihr diese »Künstlerkolonie« in allen Farben. Wie es der Zufall wollte, wurde ihr eine neu erbaute Villa in der Kottmüllerallee vom ortsansässigen Baumeister Steidler angeboten.

Sie verliebte sich auf Anhieb in das schlichte Haus am Hang und entschied sich spontan zum Kauf; das beträchtliche Erbe ihrer früh verstorbenen Eltern machte es ihr möglich. Sie glaubte und hoffte, dass ein gemeinsames Zuhause endlich zur Heirat führen würde, obwohl Kandinsky seine Ehe immer noch nicht gelöst hatte.

Ihr unmoralisches Verhältnis wurde ihr immer mehr von ihrer Familie und sogar von einigen ihrer Malerfreunde vorgeworfen. Erstaunlicherweise bedrängte keiner Kandinsky, der Bigamie betrieb, sondern sie, die frei und heiratswillig war. Sie litt darunter und bat ihn immer wieder, alles Nötige für die Scheidung in die Wege zu leiten. Aber trotz seiner Beteuerung seiner großen Liebe zu ihr fand er immer wieder Ausreden. Vor allem meinte er, dass er für die Abwicklung der Scheidung keine Zeit habe. Alles war wichtiger, er gründete den *Neuen Münchner Kunstverein* und etablierte wenige Jahre später die Künstlergruppe *Der blaue Reiter.* Gabriele unterstützte ihn dabei bis an den Rand der Erschöpfung, sogar ihre eigene Malerei vernachlässigte sie.

Im Stillen hegte sie die Hoffnung, schwanger zu werden, dann würde sich alles zwangsläufig von selbst ergeben. Bei diesem Gedanken flammte aber auch sofort die Angst vor den Folgen einer Schwangerschaft auf. Kandinsky war unberechenbar, womöglich würde er sie auf der Stelle verlassen. Er wurde immer herrischer und selbstherrlicher, sein Ansehen in Künstlerkreisen wuchs immens. Sie selbst wurde dagegen bestenfalls als seine Muse betrachtet und, was noch verletzender war: gerade von ihren guten Freunden als seine Handlangerin.

»Als 1914 der Erste Weltkrieg ausbrach, flohen wir gemeinsam in die Schweiz, denn als Russe war Kandinsky nun Persona non grata.«

Amalia nickte. Sie konnte sich noch gut an diese Zeit erinnern, schließlich hatte sie jeden Tag, den sie seit Gabrieles Abreise wieder bei ihren Eltern auf dem Hof verbringen musste, gehofft, dass ihre Dienstherrin zurückkommen würde. Sie liebte Gabriele, ihre Frau Ella, denn diese hatte ihr Selbstvertrauen geweckt, und Amalia hatte im Münterhaus eine Lebensart erlebt, die sie zu Hause nie kennengelernt hatte. Die Briefe, die ihr Gabriele schrieb, hütete sie wie einen Schatz und las sie wieder und wieder, um die Reisen und Geschehnisse mitzuverfolgen.

Kandinsky unterschrieb Gabriele eine Vollmacht, die es ihr möglich machte, seine Wohnung in München aufzulösen, denn auch seine Frau musste Deutschland verlassen. Anschließend ging er zurück nach Russland. Wochenlang schrieb Gabriele ihm täglich Briefe, seine Korrespondenz dagegen wurde immer zurückhaltender. Manchmal beschimpfte er sie, sie sei ihm eine Last, sie solle ihn einfach freigeben. Dann wieder beschwor er ihre Liebe und versprach Gabriele die Heirat, um ihre gesellschaftliche Stellung, die sie beklagte, wiederherzustellen, aber es wurde nichts daraus.

Gabriele reiste in dieser Zeit nach Stockholm und erfuhr allseits große Wertschätzung der dort lebenden Künstler. Allmählich erlangte sie ihr Selbstbewusstsein zurück, und sie begann wieder mit dem Malen. Gerade zur rechten Zeit, denn als durch den Krieg und die falsche Anlagestrategie ihres Bruders ihr ehemals großes Vermögen erheblich schrumpfte, konnte sie sich mit dem Verkauf ihrer Arbeiten ihren Lebensunterhalt finanzieren. Sie nahm Aufträge für Porträts an, verkaufte ihre Radierungen und Zeichnungen. Als sie 1920 nach München zurückkehrte, war sie als Avantgardistin international sehr geschätzt, im eigenen Land hatte sie dagegen kaum einen Namen.

Drei Jahre vorher hatte Kandinsky den Kontakt vollständig abgebrochen. Die Trennung hatte ihr die Kraft ihres künstlerischen Schaffens geraubt, nur der Zuspruch der Skandinavier half ihr über ihre Tiefpunkte hinweg. Sie hoffte immer noch auf seine Rückkehr, sie beschwor in Briefen ihre Liebe, aber er schwieg. Als sie 1918 zufällig erfuhr, dass Kandinsky frisch verheiratet mit einer Russin war, einen einjährigen Sohn hatte und als Lehrer im Bauhaus in Weimar unterrichtete, platzte ihr Lebenstraum einer großen Familie endgültig.

Sie bündelte ihre riesige Enttäuschung, gepaart mit Wut über sich selbst, und kämpfte nun wieder für sich allein. Als Ersatz für sein Eheversprechen forderte sie seine Werke, die er in München und Murnau zurückgelassen hatte. Sie kämpfte mehrere Jahre dafür und musste von seinem Anwalt übelste Vorwürfe und frauenfeindliche Anschuldigungen ertragen.

Nach einer nicht enden wollenden Zeit und unzähligen Briefen war sie sechs Jahre später am Ziel angekommen: Er hatte ihr die Rechte an den Gemälden übertragen, nur einige wenige aus der Münchner Wohnung hatte sie an ihn zurückgeschickt.

»Vielleicht verstehst du jetzt, Amalia, dass ich damals nicht mehr in Murnau und München leben konnte, erinnerte mich doch alles an meine enttäuschte Liebe, den schmerzlichen Verlust und Kandinsky. Schweren Herzens habe ich damals das Münterhaus geschlossen und dich beauftragt, dich in meiner Abwesenheit um Haus und Garten zu kümmern, es als Ferienunterkunft zu vermieten, sooft es möglich wäre. Du erinnerst dich doch?«

Amalia nickte. Sie hatte sich um alles gesorgt und in Briefen an Gabriele über die leider seltenen Sommergäste als Mieter und die daraus resultierenden kümmerlichen Einnahmen berichtet. Sie arbeitete in dieser Zeit in verschiedenen Gasthäusern in Murnau als Zimmermädchen, Köchin und Bedienung, denn schon damals florierte der Fremdenverkehr in der wunderschönen Umgebung. Weil sie zuverlässig und schnell war und einen souveränen Umgang mit den Gästen an den Tag legte, war sie überall geschätzt und hatte trotz Gabrieles Abwesenheit ein gutes Auskommen.

Nie würde sie die riesige und tief empfundene Freude vergessen, als Gabriele Anfang der Dreißigerjahre mit Johannes Eichner nach Murnau zurückgekehrt war.

Gabriele sah zufrieden aus. »Ich bin so glücklich, dass jetzt ein kleines Kindchen in unser Leben treten wird! Es ist wie die Erfüllung eines lang gehegten Traumes. Was macht das schon, wenn es nicht mein eigenes ist? Wir sind eine Familie, es wird unser aller Kind werden, du wirst sehen, meine liebe Ama, auch Eichner wird sich an der Erziehung des kleinen Wesens beteiligen.« Sie strahlte, als wäre sie selbst schwanger.

Hinter seiner beherrschten und distanzierten Fassade war Eichner der liebenswerteste und zuverlässigste Mann, den Gabriele jemals kennengelernt hatte, das konnte Amalia immer wieder erleben. Über die Beziehung und die Art ihres Verhältnisses sprachen ihre Arbeitgeber nicht vor anderen, aber die tiefe und innige Übereinstimmung, die so in sich gefestigt war, dass sie auch heftigste Streitgespräche und Meinungsverschiedenheiten vertrug, erfuhr Amalia täglich. Gabriele gab ihr zu verstehen, dass Johannes durchaus wusste, warum sie das Baby hier haben wollte. Mit einundsechzig Jahren sah sie die große Chance, ihrem Leben noch mal eine Wendung zu geben. Gerade jetzt, wo sich die politische Situation täglich zuspitzte – in eine Richtung, die nichts Gutes verhieß.

Ein Kind wäre ihr größtes Glück, sie würde ihm alles geben, was sie bekommen hatte und was sie gern an eigene Kinder weitergegeben hätte. Und sie verfügte über ein Übermaß an Liebe. Das war in ihren Augen das Wichtigste, alles andere würde sich ergeben.

3

Amalia plagten immer wieder Zweifel, ob das Münterhaus für ihr Kind der richtige Platz wäre. »Frau Ella, soll ich wirklich das Kind hier zur Welt bringen?« Amalia beobachtete Johannes Eichner, der, nachdem sie gemeinsam Tee getrunken hatten, mit gefalteten Händen am Tisch neben ihr saß.

Er schloss kurz die Augen und nickte. »Das ist richtig, liebe Amalia, Gabriele wünscht sich das, und ich schließe mich ihrem Wunsch an.«

Gabriele ergriff seine Hände. »Mein liebster Ei, fühlen Sie sich umarmt. Ich wusste, dass Sie mir zustimmen würden. Besonders in der heutigen Zeit darf man so ein kleines Menschlein nicht in ein Heim geben. Wer weiß, was die gefolgstreuen Braunjacken ihm dort antun würden, man hört nichts Gutes. Sie haben das Herz auf dem rechten Fleck, ich danke Ihnen von Herzen.« Gabriele hielt es kaum auf der Eckbank, aber sie wusste, Eichner wollte keine körperlichen Gefühlsausbrüche in der Öffentlichkeit, und Amalia gehörte in seinen Augen zur Öffentlichkeit.

Amalias Herz schlug vor Freude etwas schneller, bei nächster Gelegenheit müsste sie zum Herzogstand wandern. Dort hatte sie das Gefühl, Alexej nahe zu sein, sie könnte ihm erzählen, dass sich doch noch alles zum Guten wenden würde. Wo er wohl gerade war? Hoffentlich in Sicherheit, hoffentlich bereits weit weg von Deutschland, wo ihn keiner mehr verfolgte. Hoffentlich war er wieder gesund, denn bei seinem Abschied war er schwer krank gewesen. Er hatte stark abgenommen, seine Haut war gelblich und wächsern gewesen, sein gebeugter und schleppender Gang hatte ihn um zig Jahre altern lassen.

Wenn sie das Kind bei sich behalten würde, müsste sie sich schleunigst um die Ausstattung kümmern. In ihrer Familie gab es eine Wiege, die von einem Neugeborenen zum nächsten weitergereicht wurde. Im Moment waren all ihre Nichten und Neffen aus dem Alter herausgewachsen, und bei keiner ihrer beiden Schwestern, auch nicht bei der Schwägerin, war Nachwuchs in Sicht. Ob ihre Mutter ihr auch die Höschen, Jäckchen und Windeln überlassen würde, wie ihren anderen Töchtern und Schwiegertöchtern? Wenn ihre Mutter erfuhr, dass sie ein uneheliches Kind erwartete ... Sie mochte sich die Reaktion gar nicht ausmalen.

Amalia war seit dem Alter von dreizehn Jahren in Gabrieles Haushalt. Im Nachhinein war das für Amalia das größte Glück gewesen, das ihr widerfahren konnte. Zum damaligen Zeitpunkt fühlte sie sich vollkommen ausgeliefert, als würde sie ausgesetzt werden, als sie im Münterhaus vorgestellt wurde. Die hochdeutsche Sprache war ihr nicht geläufig, der Umgangston der Künstler untereinander, das lockere, ungehemmte Leben – alles war ihr fremd und verunsicherte sie. Mit der Zeit jedoch erkannte sie, dass weder Gabriele Münter noch Kandinsky, noch die übrigen Künstler so »spinnert und liederlich« waren, wie die Einheimischen sie immer bezeichneten. Sie waren einfach anders, ein lustiges Völkchen, das sich nichts aus dem Gerede der Leute machte. Sie diskutierten mit dem gleichen Herzblut, wie sie musizierten, tanzten und lachten, und das leibliche Wohl kam auch nie zu kurz. Amalia war von der Malerei fasziniert, von dem, was Gabriele, Kandinsky, Chagall und Franz Marc mit wenigen Strichen und Farbflächen, die noch nicht mal der Wirklichkeit entsprachen, auf die Leinwand zauberten. Sie war fasziniert, wenn ein neues Gemälde entstand.

Staunend und mit weit offenen Augen hatte sie die Arbeit der Künstler verfolgt, soweit es zeitlich während ihrer Arbeit möglich gewesen war. Seitdem hatte sie ihrer Mutter verziehen, im Gegenteil: Sie war ihr jeden Tag dafür dankbar.

Nun müsste sie bald ihre Familie in ihr Geheimnis einweihen, und was da auf sie zukommen würde, konnte sie sich lebhaft ausmalen. Aber alle Vorwürfe würden an ihr abprallen, die Sicherheit des Münterhauses verlieh ihr Kraft. Das waren die Menschen, die sie achteten und liebten – und auch schätzten. Sie waren ihre Ersatzfamilie, an die sie sich ohne Bedenken in jeder Not wenden konnte.

Als im letzten Jahr ihre Mutter von einer Kuh getreten und schwer verletzt worden war, hatte Gabriele sie auf der Stelle nach Hause geschickt, um zu helfen. Amalia versorgte die bettlägerige Mutter, erledigte deren umfangreichen Haushalt und übernahm ihre Aufgaben in der Landwirtschaft. Trotz der nie da gewesenen Intimität durch die ständige Nähe konnte sie den undurchdringlichen Panzer ihrer Mutter nicht lösen. In den Momenten größter Bedürftigkeit versuchte Amalia, die Abwehrhaltung mit der Liebe einer Tochter zu durchdringen, aber als es ihrer Mutter besser ging, war der Harnisch wieder geschlossen worden, fester und undurchdringlicher als je zuvor. Als hätte die aufopfernde Pflege der Tochter sie beschämt. Nach der Genesung kehrte Amalia nach mehreren Wochen vollkommen erschöpft und ausgelaugt zu Gabriele zurück. Diese war so entsetzt über ihren Zustand, dass sie ihr eine Woche lang verbot zu arbeiten. Während sie sich gezwungenermaßen ausruhte, musste Amalia ständig darüber nachdenken, dass ihre Mutter die schwere und auszehrende Arbeit im Haushalt, in den Ställen und auf den Feldern schon über Jahrzehnte hinweg leistete, dazu kamen unzählige Schwangerschaften, darunter waren drei oder vier Babys, die kurz nach der Geburt gestorben waren. Vermutlich auch einige Fehlgeburten, über die keiner sprach. Dass diese Frau hart und unzugänglich wurde, mit jedem Kind und mit jedem Tag mehr, konnte sie nachempfinden. Aber sie konnte nicht verstehen, warum sie von ihr immer wieder zurückgestoßen wurde. Ihre beiden älteren Schwestern und die Brüder, selbst die Schwägerin, die im Haus lebte, wurden von ihr besser behandelt als sie selbst. Obwohl sie jederzeit zur Stelle war, wenn sie sie brauchten. Dass sie beim Heumachen, Kartoffelklauben, Hacken, Säen und Ernten jedes Jahr immer unaufgefordert anreiste, nahm jeder als selbstverständlich hin. Dabei fühlte sie sich immer mehr wie eine Fremde, sie gehörte schon seit Langem nicht mehr dazu. Als sie während der Erntezeit zum Mittagessen Teller verteilt hatte, wie es im Münterhaus üblich war, war sie von der versammelten Familie verspottet worden, denn im Haushalt der Bernreuthers kam ein großer Topf in die Mitte des Tisches, und jeder tauchte seinen Löffel hinein.

Egal, wo und wie Amalia sich anzupassen versuchte, immer wieder wurde sie verhöhnt. Sie hatte sich ein dickes Fell zugelegt, aber die Spitzen ihrer Familie trafen sie in ihrem Innersten. Nur ihr jüngster Bruder Benedikt, der als Unverheirateter noch im Elternhaus wohnte, zwinkerte ihr bei solchen Momenten heimlich zu oder legte ihr seine Hand verstohlen auf den Rücken. Wenn sie mit ihm allein war, tröstete er sie und meinte, es sei der bloße Neid, der die übrigen Familienmitglieder antrieb. Sie solle sich nichts daraus machen und sich drüber freuen, dass sie es nicht täglich erleben musste. Unter dem Siegel der Verschwiegenheit erzählte er ihr, dass er neben seiner kleinen Schmiede, in der er auch Traktoren reparierte, einen kleinen Hof gekauft habe. Nach der diesjährigen Ernte wolle er umziehen, dann sei er endlich sein eigener Herr. Sie könne ihn dann jederzeit besuchen, ohne die Sticheleien und Beleidigungen der übrigen Familienmitglieder aushalten zu müssen.

Hoffentlich war Benedikt wegen der Schwangerschaft nicht von ihr enttäuscht. Sein Urteil war ihr wichtig, das der anderen machte ihr nichts aus – sie würde es bald wissen.

Mein liebster A,

mit allergrößter Freude kann ich dir mitteilen, dass ich unser Kindlein, das ich im November erwarte, nicht in Pflege oder gar

weggeben muss. Frau Gabriele und Herr Eichner haben mir angeboten, dass unser Kind hier im Münterhaus aufwachsen darf. Stell Dir dieses großzügige Angebot vor, ich kann es noch immer kaum glauben.
Die bedrückendste aller Vorstellungen, unser Kind weggeben zu müssen, hat mich täglich tiefer in eine Dunkelheit gezogen, von der ich nicht wusste, dass sie in mir existiert.
Nun ist jedoch das Dunkle dem Licht und der Freude gewichen. Noch heller könnte die Sonne nur strahlen, wenn ich Dich in Sicherheit und wohl genesen wissen würde.
Ich denke jeden Tag an Dich, Dein Gemälde vom Herzogstand ist mir ständige Mahnung, zuversichtlich zu bleiben, wie Du es immer warst.
Ich hoffe, dass Du auf Deiner Reise schon weit gekommen bist, meine Gedanken sind bei Dir!

Deine Dich immer liebende A

4

September 1938

Amalia war gerade auf dem Weg von der Küche in Gabrieles Zimmer, um den Tee zu servieren, als durch die offen stehende Tür ihr Blick auf Gabriele fiel, die sich mit ihrem Nähkorb und einem kleinen Stapel alter Stoffreste am Tisch ausgebreitet hatte. Amalia blieb stehen und genoss den friedlichen Anblick. Die Sonne schien durch das weit geöffnete Fenster, ein Gemisch aus Summen und Vogelgezwitscher drang herein, die Gardine bewegte sich sanft im leichten Wind. Gabriele sang und summte abwechselnd »Geh aus, mein Herz, und suche Freud«. Sie breitete eine weiße Spitzenbluse auf dem Tisch aus, die sie seit vielen Jahren nicht mehr getragen hatte. Am Saum fehlten rundum schon einige Zentimeter, die hatten im letzten Jahr als Rüsche für eine neue Bluse herhalten müssen. Aus dem übrig gebliebenen Vorder- und Rückenteil sowie den Ärmeln sollte ein Taufkleid für ihr Kindchen entstehen. Nähen und Sticken hatte sie als junges Mädchen gelernt, das gehörte zum guten Ton ihrer Erziehung. Immer wieder legte sie das Maßband an verschiedenen Stellen an, einmal am Ärmel, dann wieder unterhalb der Passe, und machte sich auf einem Zettel Notizen. Falls es ein Mädchen werden würde, sollte sich das Taufkleid später ohne großes Zutun zum Kleidchen verändern lassen. In diesen Zeiten der Knappheit war es wichtig, dass sich etwas weiterverwenden oder umarbeiten ließ, nichts durfte weggeschmissen werden. Gabriele hatte schon mehrmals geäußert, dass sie sicher sei, dass es ein Mädchen werden würde – »unser Töchterlein«. Das war ihr allererster, spontaner Gedanke gewesen, als sie von Amalias Schwangerschaft hörte, und sie verließ sich auf ihr Gefühl.

Während sie die vorher ausgemessenen Teile mit der Schere zuschnitt, klopfte Eichner an der Verbindungstür zum Wohnraum. Seine anerzogene Höflichkeit verbat ihm, ohne Aufforderung ins Zimmer zu kommen.

»Kommen Sie, mein lieber Ei, wollen Sie mir beim Nähen zuschauen? Vielleicht haben Sie noch eine Idee, wie das Taufkleid etwas ganz Besonderes wird. Schauen Sie nur, hier, das wird die Passe, die ich noch besticken werde, aus den Seidenbändern nähe ich die Träger und aus dem Batist der Bluse wird das Röckchen gemacht. Ich glaube, das wird herzallerliebst.« Gabriele plapperte munter weiter, bis er sie mit einem zweimaligen, lauten Räuspern unterbrach und sie zu ihm hochschaute.

»Ich möchte mich kurz besprechen. Es wurde noch nicht alles erörtert, was Amalias Schwangerschaft und Niederkunft betrifft und, was mir besonders Sorgen macht, wie sich die nachfolgende Zeit gestaltet.« Er zog den Stuhl unter dem Tisch hervor und setzte sich, ganz aufrecht und den Blick auf Gabriele gerichtet, hin.

Amalia, die immer noch im Flur stand, machte einen Schritt rückwärts in Richtung Küche. Sie hasste es zu lauschen, aber sie musste wissen, wie Herr Eichner zu ihrer Schwangerschaft stand. Sie stellte sich mit dem Tablett in Position, sodass es jederzeit so aussehen würde, als käme sie genau in dem Moment aus der Küche.

»Ich dachte, es sei schon alles gesagt. Sie haben doch meinem Entschluss zugestimmt. Wollen Sie Ihre Zusage wieder zurücknehmen? So kenne ich Sie nicht ... ein Eichner, ein Wort?«

»Natürlich nicht. Aber haben Sie die politische und wirtschaftliche Entwicklung, die uns bevorsteht, bedacht? Wir haben schon jetzt sehr wenig zu essen, und wenn es zum Krieg kommt, womit ich unter den derzeitigen Vorzeichen leider rechne, wird es noch weniger werden. Wie sollen wir da zusätzlich ein Kind durchfüttern? Amalia können wir uns eigentlich heute schon nicht mehr leisten und dann noch ein weiteres kleines Persönchen? Mir wird angst und bang, wenn ich daran denke.« Er legte seinen Kopf in die aufgestützten Hände.

Gabriele schob ihre Hand auf seinen Arm. »Wir werden nicht verhungern, im Gegenteil. Denken Sie doch nur, woraus Amalia unser immer äußerst delikates Essen kocht, unser Tisch ist stets reich gedeckt. Sie serviert uns Spinat aus Brennnesseln, Salat mit Löwenzahn und Sauerampfer, bereitet Tees aus den verschiedensten Kräutern und Blättern zu. Sie bringt Kartoffeln und Gemüse von ihrem Acker mit, alles, was sie beim Amalienhäusl anbaut, wandert bei uns auf den Tisch. Und in unserem Garten ist sie ebenfalls unermüdlich dabei, Salat, Gemüse und Beeren zu ziehen. Und selbst ein paar Blümchen für die Seele sind meistens dabei.«

»Das weiß ich und schätze es sehr. Mit großer Wahrscheinlichkeit steuern wir jedoch auf einen Krieg zu, und in solchen Zeiten die Verantwortung für ein Kind zu übernehmen, ist eine wahre Herausforderung. Wie soll es erzogen werden, wo soll es die benötigte Schulbildung erhalten …?«

»Na, ganz einfach, mein lieber Ei«, unterbrach ihn Gabriele, »es wird nicht ein Elternteil haben, sondern drei davon. Das ist doch ein Geschenk des Himmels für ein kleines Menschenkind. Sie, mein Lieber, sind für die schulische Bildung zuständig und übernehmen die Aufgaben eines Vaters, ich selbst werde mich für die musischen Themen engagieren, Amalia für die praktische Ausbildung, und alle gemeinsam werden wir es mit der besten Essenz erziehen, die wir aus eigener Erfahrung zu bieten haben.« Sie reckte ihr Kinn nach vorn und setzte mit ruhigem Ton fort. »Und wenn ein Krieg kommt, können wir nichts daran ändern. Ein Krieg trifft alle gleichermaßen, egal wo und wer wir sind.«

Eichner räusperte sich mehrere Male, als wäre es ihm peinlich, was er sagen wollte.

»Nur raus mit der Sprache, es muss alles gesagt werden. Diskretion ist jetzt nicht gefragt. Ist die Tatsache, dass es das Kind eines Russen ist, für Sie ein Problem?«

»Trefflicher lässt es sich nicht sagen. Ich habe schon gehört, dass uneheliche Russenkinder und deren Mütter ins Arbeitslager geschafft wurden.«

»Amalia wird den Vater nicht angeben, aber bei der blühenden Fantasie der Dorfbewohner könnte es passieren, dass Sie, mein lieber Ei, sich dem Gerücht aussetzen müssen, der Kindsvater zu sein.« Gabrieles Blick ruhte auf ihm, als wäre sie gespannt auf seine Reaktion.

»Es gab schon schlimmere Gerüchte, mit denen ich konfrontiert wurde.«

Amalia, die immer noch im Flur stand, erinnerte sich, wie sich die Leute im Dorf den Mund über das Verhältnis von Gabriele und Herrn Eichner zerrissen hatten, hatte jedoch in den zurückliegenden Jahren nichts mehr davon gehört. Wie hatte ein Freund Gabrieles bemerkt, als er sie besuchte: »Jetzt haben sie eine andere Sau, die sie durchs Dorf treiben.«

»Na, dann sind wir uns doch einig.« In diesem Moment sah es Amalia an der Zeit, dass sie ihren Horchposten aufgab; sicher würde Herr Eichner gleich das Zimmer verlassen. Außerdem begannen ihre Arme durch die Last des Tabletts und der unnatürlichen Haltung zu zittern. Sie trat mit ihrem Teetablett ins Zimmer, dabei sah sie, wie Gabriele Eichner anlächelte.

»Was sagen Sie nun zu dem Taufkleid, liebster Ei?« Sie ließ nicht locker. »Wir wollen uns doch nicht lumpen lassen, oder?«

»Das wird das schönste, was der Murnauer Pfarrer jemals zu sehen bekommt, da bin ich sicher.« Eichner erhob sich und schob seinen Stuhl akkurat unter den Tisch.

»Ich wusste, auf Sie ist Verlass, mein Lieber«, rief Gabriele ihm beim Hinausgehen nach.

Amalia war wieder einmal froh, dass Gabriele vor Jahren in der schwersten Zeit ihres Lebens auf diesen Mann getroffen war. Er hatte sie aus ihrer Depression nach der Trennung von Kandinsky und ihrer daraus resultierenden Unfähigkeit, malen zu können, herausgeholt. Lange hatten die beiden diskutiert, wie und wo sie leben wollten. Eichner hatte es von Berlin nach München gezogen, da er glaubte, Stadtluft zum Arbeiten und Leben zu brauchen. Die Voraussetzung für seinen Entschluss, doch in Murnau zu leben, war der Um- und Ausbau des Hauses gewesen, damit jeder von ihnen seinen eigenen Lebensbereich hatte. Er hatte den Raum unter dem Giebel für Amalia ausbauen lassen, der demnächst auch Platz für ihr Baby bieten würde. Sie hatten bereits beschlossen, dass sie ihr eigenes kleines Häuschen wie bisher weitervermieten würde, so verfügte sie über eine zusätzliche kleine Einnahmequelle. Wenn es hart auf hart käme, würde sie auch im Münterhaus ohne Bezahlung arbeiten, das stand für Amalia längst fest.

»Amalia, ich fühle mich so leicht und beschwingt. Der Gedanke, dass hier ein Kind einziehen wird, lässt alles in einem goldenen Licht erscheinen. Es ist, als hätten wir eine glänzende, leuchtende Zukunft vor uns.«

Amalia nickte ihr lächelnd zu, ihr fiel dazu keine Antwort ein. Wenn sie doch auch alles in einem goldenen Licht sehen könnte. Ihr erschien die Zukunft ziemlich grau und düster, nicht selten sogar bedrohlich dunkel.

Amalia war nun schon den vierten Tag bei den Eltern auf dem Hof, um bei der Kartoffelernte zu helfen. Die vollzählige Familie, ihre Schwestern mit den Ehemännern, ihre Schwägerin, Benedikt, ihre Nichten und Neffen und sie selbst saßen dicht gedrängt um den Küchentisch. Gerade wischte ihr Vater mit einem Brotkanten den letzten Rest des Gemüseeintopfs am Topfboden aus und schob ihn bedächtig in den Mund. Bestimmt hätte jeder gern noch mehr gegessen, aber mehr gab es nicht, denn auch die Bauern mussten mit ihren Vorräten haushalten. Die nächste Mahlzeit war erst am Spätnachmittag in Sicht, wenn die Mutter wie jeden Tag eine Brotzeit zum Kartoffelacker bringen würde. Aber auch dann würden die Brote mit einer dünn aufgekratzten Schmalzschicht den Hunger, der ein ständiger Begleiter der Erwachsenen und Kinder war, nur notdürftig stillen.

Amalia war schon länger mit dem Essen fertig, nicht etwa weil sie satt war, sondern weil ihr Kloß im Hals immer größer wurde und sie selbst die dünne Suppe kaum schlucken konnte. Heute, am letzten Tag der Kartoffelernte, wollte sie ihnen sagen, dass sie schwanger war, denn heute waren ausnahmslos alle da, damit die Ernte vor dem angekündigten Dauerregen eingeholt werden konnte.

»Na, Mali, hat's dir nicht g'schmeckt, weil'st scho' fertig bist«, keifte ihre Schwägerin Vroni, die die Suppe gekocht hatte. »Bist wohl Besseres g'wohnt, sauber g'nährt schaust' ja allemal aus. Lässt es dir wohl gut gehen bei der Münterin. Man kann's kaum glauben, dass ihre Farbkleckserei heutzutage noch Geld bringt.«

»Im Gegenteil, gut war's. Aber wenn wir schon beieinandersitzen, hätt' ich euch was Wichtiges zu sagen.« Amalia räusperte sich, der Kloß im Hals wurde noch mal größer. »Ich ...« Sie holte tief und laut hörbar Luft. »... ich sag's einfach gradraus, ich bin in anderen Umständen, in sechs Wochen kommt mein Kind zur Welt.« Nun war es gesagt, und sie wagte nicht, den Blick zu heben. Der Brotkrumen vor ihr auf dem Tisch ließ ihren Blick nicht mehr los. Die plötzliche Stille wirkte wie ein Signal, selbst die Kinder verstummten, denn sie hatten die unheilvolle Spannung schnell erfasst, die von den Erwachsenen ausging.

»Do legst di nied'r ...« Ihr Vater schüttelte den Kopf, klopfte mit der Faust auf den Tisch und stand abrupt auf. Der Stuhl kippte nach hinten. »Und du traust dich noch an unsern Tisch. Dass du dich ned schamst.« Er verließ die Küche, die Tür fiel krachend ins Schloss.

»Du liederliches Weibsbild, kannst' uns denn gar nix erspar'n? Ich hab's ja gleich g'wusst, der Münterhaushalt mit dem Eichner, das tut nicht gut. Treibt er's gleich mit zwei Weiberleit, der feine Herr?«

Amalia war entsetzt. »Was hast du bloß für eine krude Fantasie, Vroni? Ich muss mich gar für dich schämen.«

»Die Einzige, die sich schämen muss, bist du. Irgendwie ist des Kind ja g'macht word'n, oder ist es etwa eine unbefleckte Empfängnis? Und noch dazu in deinem Alter, so eine Schand', so eine Schand'!« Ihre Mutter verbarg das Gesicht in ihrem Brusttuch, als würde sie weinen. Aber Tränen hatte ihre Mutter nicht, zumindest hatte Amalia sie noch nie weinen sehen.

Benedikt, der neben ihr saß, legte ihr seine Hand auf den Rücken, unsichtbar für die anderen. Seine Hand strahlte eine Wärme aus, die ihr Kraft gab. Gerade in diesem Moment bewegte sich das Baby, und sie legte intuitiv die Hände auf ihren Bauch. Das erinnerte sie daran, dass es nur um ihr Kindchen ging, dass es ihm gut gehen sollte, alles andere konnte ihr egal sein. Sie beschloss, sich nicht weiter beschimpfen zu lassen.

»Jetzt, wo ihr's wisst, könnt ihr euch gleich euer Maul zerreiß'n. Ich würde nur gern wissen, ob ich die alte Wiege, die Windeln und die Jackerl mitnehmen kann. Es war ja bisher für jedes Kind in der Familie da.«

»Ich glaub's gleich, Mali. Für so einen Bankert ist das nicht gedacht, wir sind rechtschaffene Bauersleut. Ist sicher das Kind von so am feinen Künstler, der im Russenhaus ein und aus geht. Da kriegst du doch sicher alles, was du brauchst.« Vroni, die Frau ihres ältesten Bruders und Hoferben, antwortete anscheinend stellvertretend für alle, denn keiner widersprach.

Amalia schaute jeden an, aber keiner senkte seinen Blick, die Ablehnung sprach aus allen Gesichtern. »Und dass du's gleich weißt, brauchst hier nimmer mitarbeiten, zum Schluss passiert noch was, und wir sind dran schuld.«

Amalia erhob sich langsam, dabei stützte sie sich mit beiden Händen auf dem Tisch auf, denn die schwere Arbeit auf dem Feld hatte ihr körperlich arg zugesetzt. Sie richtete sich auf und hob den Kopf. »Wenn das alles ist, was ihr zu sagen habt, dann gehe ich jetzt. Grüß Gott miteinander.« Sie sprach den letzten Satz bewusst und besonders betont in Hochdeutsch. Als wollte sie ihnen vor Augen führen, dass sie wirklich anders war als sie.

Erst als sie außer Sichtweite des Hofes war, ließ sie ihren Tränen freien Lauf. Sie hatte damit gerechnet, beschimpft zu werden, aber dass sie sie auf der Stelle hinausschmissen! Und keiner ihrer Brüder oder Schwestern hatte etwas dazu gesagt, sie hatten sich Vroni mit ihrem Schweigen angeschlossen. Besonders Benedikt – von ihm war sie am meisten enttäuscht. Was half es, wenn er immer nur heimlich auf ihrer Seite war, er hätte auch mal für sie Stellung beziehen können.

Sie lief in Richtung ihres Häuschens. Auf dem kleinen Feld, das sich an den Garten anschloss, hatte sie für das Münterhaus Kartoffeln angebaut, die mussten ebenfalls vor dem angekündigten Regen geerntet werden. Gut, wenigstens hatte sie nun dafür mehr Zeit als gedacht. Aus dem kleinen Stall, in dem früher eine Kuh und zwei Schweine standen, holte sie eine breite Hacke, mit der sie die Erde um die Kartoffelpflanzen lockerte, um die Knollen leichter aufsammeln zu können. Das fiel selbst einer nicht schwangeren Frau nicht leicht, für eine mit dickem Leib bedeutete es absolute Schwerstarbeit, und schon nach kurzer Zeit zog sich ihr Bauch zusammen und wurde hart. Sie atmete reflexartig tief ein und aus und wartete ab, bis der Krampf sich wieder löste. Sie musste weitermachen, denn sie waren im Münterhaus auf ihre Kartoffeln angewiesen. Nichts durfte verloren gehen, selbst die allerkleinsten Kugeln wurden als Saatkartoffeln für das kommende Jahr aufgesammelt. Aber nach wenigen Minuten kam der Krampf wieder, noch stärker und andauernder als der vorherige.

Gerade als sie wieder die Hacke ansetzte, rief jemand von Weitem. »Mali, bist du narrisch, des kannst doch nicht machen, willst du dich und des Kinderl umbringen?«

Sie drehte sich um und sah, wie Benedikt mit großen Schritten auf sie zulief.

»Wie sollen sonst die Kartoffeln aus der Erde kommen?«

Benedikt riss ihr die Hacke aus der Hand. »Das ist schwere Männerarbeit, und daher schon dreimal nichts für eine Frau in and're Umständ'. Jetzt holst' an Korb, und wir sammeln die Erdäpfel auf, die schon aufg'hackt sind. Ich frag, ob ich vom Brandlerbauern den Traktor mit dem Kartoffelernter krieg. Dann erledig' ich morgen die restliche Ernte.«

Benedikt trug die gesammelten Kartoffeln zum Lagern in den Schuppen. »Ich will dich nimmer mit der Hacke rumwerkeln seh'n, ein für alle Mal.«

»Ich dank dir, Benedikt. Ich hab schon geglaubt, du hätt'st mich auch verdammt. Gesagt hast' ja nichts ... wie alle anderen.«

»Was glaubst du denn von mir? Wenn ich was gesagt hätte, wär's noch schlimmer g'worden für dich. Ich bin still und mach, was ich für richtig halt'. Ich muss das keinem gegenüber rechtfertigen. Ich halt' zu dir, darauf kannst du allweil vertrauen. Und jetzt bring ich dich zum Münterhaus. Du kannst dir gar nicht vorstellen, wie froh ich bin, dass ich bald mein' eig'nen Hof hab' und in Zukunft nicht mehr mit der Vroni unter einem Dach leben muss.«

Amalias Tränen liefen erneut, als er sie, am Arm eingehakt, nach Hause brachte. Aber aus Freude und Glück, dass ihr Bruder sie nicht allein ließ.

5

Oktober 1938

Amalia trug gerade das Frühstücksgeschirr ab, und Eichner las in der Zeitung. »Mein lieber Ei, beste Ama, wir müssen wegen der Gemälde von Kandinsky etwas unternehmen. Ama, bitte setze dich zu uns und trinke noch einen Tee. Das tut dir sicher gut. Außerdem musst du auch Bescheid wissen, denn bei meinem Plan müssen wir alle zusammenarbeiten.«

Amalia kam mit ihrem Haferl aus der Küche zurück und goss sich Tee ein. Sie setzte sich auf die Kante des Stuhls, denn es fühlte sich irgendwie falsch für sie an, dass sie zu einer Besprechung zwischen Herrn Eichner und Gabriele dazugebeten wurde.

»Ich muss die Gemälde von Kandinsky, Chagall, Werefkin und Jawlensky, die seit vielen Jahren in München in der Halle eines Spediteurs lagern, in Sicherheit bringen. Das ist mir in den letzten Wochen und Tagen immer klarer geworden. Sollten sie den Nazis in die Hände fallen, wären sie für immer verloren. Alle meine Künstlerfreunde wurden als entartet eingestuft, nur ich selbst bin mithilfe meines lieben Ei dieser Kategorisierung entgangen.«

»Aber Mü, wie stellen Sie sich den Transport vor. Wir haben kein Automobil und auch keine anderen Transportmöglichkeiten, und in der Bahn würden wir großes Aufsehen erregen.«

»Es sind sehr viele Bilder, und wir müssen alle auf einmal hierherschaffen. Ich habe einen Plan für den Transport, allerdings immer noch keine Idee, wo wir die Bilder verstecken könnten.« Gabriele erklärte, dass sie alles schon sehr detailliert ausgearbeitet hatte. Ein Bauer aus Murnau, der sein Gemüse regelmäßig auf dem Wochenmarkt in München verkauft, sollte auf dem Rückweg die Gemälde mitnehmen. Sie hatte ihm erzählt, dass sie einige Teppiche aus dem Lager von

München nach Murnau schaffen wolle. Das größte Risiko wäre eine Kontrolle unterwegs, was immer häufiger durch Bürgerwehren und natürlich auch durch die Polizei geschah. Aber dieses Risiko mussten sie eingehen.

»Wo bringen wir die Gemälde unter? Es müsste ein unauffälliger, ganz normal wirkender Platz sein, wie er in jedem Haus oder jeder Scheune zu finden ist.«

Gabriele schaute Eichner und Amalia mit gerunzelter Stirn an, die beide noch gedanklich damit beschäftigt waren, sich einen problemlosen Transport von München nach Murnau vorzustellen. Dass Eichner angestrengt nachdachte, war wie immer an seinem mehrmaligen Streichen über seinen Schnauzer zu sehen, dazwischen räusperte er sich wiederholt.

»Ist nicht der sicherste Ort für ein Versteck die Aufbewahrung außerhalb des Hauses? Sollten die Gemälde dort entdeckt werden, kann uns keiner damit in Verbindung bringen.«

»Ach, mein lieber Ei, die Idee ist an sich gut. Aber wir müssten immer wieder nachschauen, ob alles in Ordnung ist. Selbst das könnte einen aufmerksamen Beobachter veranlassen, nachzusehen und uns anzuschwärzen.«

»Wie wäre es unten im Keller?«, meldete sich Amalia zu Wort. »Unter der Treppe ist ein Verschlag, den ich kürzlich durch Zufall entdeckt habe. Wir könnten Regale mit Eingemachtem davorschieben, dann vermutet niemand etwas dahinter.«

»Ama, das klingt gut. Gehen wir doch gleich runter und schauen, ob sich das arrangieren lässt.«

Zu dritt standen sie unter der Kellertreppe. Amalia zog eine Holzwand nach vorn, die genau unter den hölzernen Treppenstufen eingepasst war. Dahinter kam die unverputzte Hausmauer zutage. Amalia demonstrierte, wie sie sich das Versteck vorstellte, und Gabriele war begeistert. »Diese Lösung ist so einfach, kein Mensch würde hier etwas Wichtiges verstecken. Ama, du bist einfach ein praktischer Mensch, wir denken viel zu kompliziert. So machen wir's. Nächste Woche am Dienstag ist Markttag im Münchner Stadtteil Bogenhausen, und am Abend bringen wir hier alles unter.«

So klar und einfach, wie Gabriele ihr Vorhaben äußerte, hatte sie es zwar geplant, aber ihre Bedenken, ob es wirklich klappen würde, wankten täglich mehrere Male zwischen Zuversicht und Verzagen. Das Risiko, erwischt zu werden, war immens. Die Polizei und die vielen Gruppen, die im Auftrag des selbst ernannten Schutzes der Bürger im Sinne des Nationalsozialismus unterwegs waren, würden sie auf der Stelle ins Gefängnis befördern, und den Bauern mit dazu. Er hatte sich die Fuhre von Gabriele gut bezahlen lassen, die Hälfte vorweg, den Rest würde er bei Abholung des Anhängers vor dem Münterhaus am Tag nach der Aktion erhalten. Er wollte nicht wissen, was er transportierte, aber dass es nicht nur Teppiche waren, wie Gabriele ihm erzählt hatte, konnte er sich selbst zusammenreimen, dazu war der Preis, den Gabriele ihm bezahlte, zu hoch.

Je näher der Tag heranrückte, umso nervöser wurden die drei Hausbewohner.

Am Montagnachmittag saßen Gabriele und Amalia in der Wohnstube, beide versuchten, sich mit Strick- und Flickarbeiten zu beruhigen. Als Eichner das Zimmer betrat, sprang Gabriele auf. »Sie machen jetzt hoffentlich keinen Rückzieher, mein Lieber? Sie wissen, dass ich Sie brauche, allein schaffe ich das nicht.« Sie bestürmte ihn, ohne dass er irgendetwas gesagt hätte.

»Ach, Gabriele, Sie wissen doch, dass ich Ihnen kaum etwas abschlagen kann. Ich möchte nur noch mal auf die Gefahr hinweisen, in die wir uns begeben. Ist es das wert, wegen der Gemälde Leib und Leben aufs Spiel zu setzen? Haben Sie das wirklich bedacht?«

»Ei, was denken Sie! Mir bleibt keine Wahl, glauben Sie mir. Es ist alles geregelt, sollte unser Vorhaben aufgedeckt werden und wir im Gefängnis landen. Amalia soll hier im Haus wohnen, bis wir wieder frei sind.« Sie erkannte an Eichners ernsthafter Miene, dass er sie gern vom Gegenteil überzeugen würde, es aber nun nicht mehr versuchen würde.

»Gut, dann fahren wir morgen in aller Herrgottsfrüh mit dem Zug nach München und gehen nach Plan vor. Hoffen wir auf ein gutes Gelingen.«

Gabriele blieb an diesem Tag in ihrem Zimmer, sie ordnete und sortierte, als würde sie Vorbereitungen treffen, dass ihr Hab und Gut auch für Fremde durchschaubar wäre.

Am nächsten Morgen überreichte sie Amalia beim Abschied einen verschlossenen Briefumschlag, den sie nur dann öffnen sollte, wenn es Probleme gab. Sie drückte Ama beide Hände und nickte ihr wortlos zu.

»Ein gutes Werk lässt der Herrgott gelingen, Frau Ella. Ich vertraue darauf.«

Endlich kamen sie! Es war schon fast zehn Uhr abends, als Amalia das Pferdefuhrwerk die Kottmüllerallee heraufpoltern hörte. Seit Stunden war sie immer wieder ans Fenster gelaufen, um Ausschau zu halten. Mit jedem Mal war sie nervöser und kribbeliger geworden, selbst das Kind in ihrem Bauch war davon angesteckt worden. Es hatte gestrampelt und gegen ihre Bauchdecke gestoßen wie selten zuvor, sie war gezwungen gewesen, sich hinzusetzen. Dabei hatte sie sich so viel für den Tag vorgenommen, sie wollte Windeln säumen, an ein Jäckchen, das Gabriele gestrickt hatte, mussten noch Knöpfe genäht werden, außerdem wollte sie aus einem alten Vorhang einen Bettbezug fürs Babybett anfertigen. Es war Gabrieles Idee gewesen, denn falls die Polizei hier im Haus auftauchte, sollte es so wirken, als wäre Amalia völlig unbedarft und ahnungslos. Sie war nur eine schwangere Hausangestellte, die auf ihre baldige Niederkunft wartete und die letzten Vorbereitungen traf.

Nun waren sie endlich angekommen! Amalia beobachtete vom Fenster aus, wie der Bauer seine beiden Pferde abschirrte und den Anhänger sicherte, damit er den leicht abschüssigen Hang nicht hinunterrollte. Als der Bauer mit dem Gespann nicht mehr zu sehen war, lief Amalia nach draußen.

»Gott sei Dank, dass alles gut gegangen ist. Ich bin so froh, dass Sie wohlbehalten zurück sind. Meine Gebete haben geholfen, wenigstens dieses eine Mal.« Amalia waren ihre Freude und die unendliche Erleichterung ins Gesicht geschrieben.

»Vermutlich waren es deine Fürbitten, die geholfen haben, Frau Münter die richtigen Ausreden und Erklärungen einzugeben. Wir hatten größte Mühe, die beiden Murnauer Polizisten zu überzeugen, dass wir keine Hilfe beim Abladen der Fuhre brauchen.« Herr Eichner resümierte mit gespitzten Lippen das Geschehen.

»Oje! Was ist passiert, die kommen doch hoffentlich nicht hierher?« Amalia schlug die Hände vor der Brust zusammen.

»Einfach war's nicht«, seufzte Gabriele, »aber wir haben es geschafft. Das ist das Wichtigste. Nun müssen wir uns ans Abladen machen. Es ziehen Wolken auf, und dann werden wir trotz des Vollmonds kaum etwas sehen können.« Lampen oder Laternen wollten sie unbedingt vermeiden, denn das könnte Neugierige anziehen.

Sie arbeiteten Hand in Hand, Gabriele und Eichner trugen die zusammengerollten Gemälde zum Seiteneingang in den Keller, dort übernahm Amalia sie und stapelte sie hinter der Holzwand.

Es war fast Mitternacht, als Gabriele und Eichner den letzten der vier Teppiche hereintrugen, die sie als Tarnung auf die Fuhre gelegt hatten. Amalia saß auf der Treppe, erschöpft von ihrer Arbeit. Aber sie war erleichtert: Sie hatten es geschafft. Wie geplant schob sie ein altes Holzregal vor die Stellwand und stellte Einweckgläser und Saftflaschen auf die Bretter. Es wirkte, als stünden sie schon lange Zeit dort. Zu guter Letzt warf sie mit einer Schaufel Staub über das Regal und die Gläser. Jetzt war sie zufrieden; wenn jemand das Regal verschieben wollte, musste er sich die Hände schmutzig machen und würde viel Dreck aufwirbeln.

Als Amalia die vorletzte Stufe der Kellertreppe hochstieg, durchfuhr sie plötzlich ein stechender Schmerz, und sie krümmte sich mit einem keuchenden Laut zusammen. Mit ihren Händen umfasste sie ihren Bauch, als könnte sie ihn damit schützen. Gabriele, die hinter ihr ging, breitete reflexartig die Arme aus und ergriff beidseitig den Handlauf. Falls Amalia stürzen würde, könnte sie sie aufhalten.

Auch Eichner hatte Amalias Keuchen gehört und drehte sich am Treppenende zu ihr um. Er sah die zusammengekrümmte Frau an. »Wie kann ich Ihnen helfen, Amalia, was soll ich tun?«

Amalia konnte nicht antworten. Ihr blieb die Luft weg, der Schmerz war so durchdringend, als würden Pfeile sie durchbohren. Hoffentlich waren es keine Wehen, es waren noch mindestens drei Wochen. Es würde doch jetzt nichts mehr passieren, wo bisher alles gut gegangen war. Sie spürte Eichners Hände, die ihre Unterarme ergriffen.

»Gabriele, stützen Sie Amalia am Rücken, ich ziehe von hier oben.« Es war das erste Mal, dass Eichner eine praktische Anweisung äußerte.

Amalia gab nur ein jämmerliches Fiepen von sich.

War das wirklich aus ihr gekommen? Langsam hob sie ihr rechtes Bein auf die nächste Stufe, aber da war er wieder, der Stich durch Bauch und Rücken. Und wieder dieses Fiepen, dieses Mal noch lauter. Beinahe hätte sie das Bein wieder zurückgezogen, aber es musste dort oben bleiben.

Reiß dich zusammen, jetzt das nächste Bein, spornte sie sich an. Unter nie gekannten Schmerzen und mit der Unterstützung von Eichner und Gabriele gelangte Amalia nach einer gefühlten Ewigkeit auf das Sofa im Wohnzimmer. Gabriele bettete sie, legte ihr die Füße hoch, brachte ihr ein Glas Wasser und hielt Amalias Hand.

»Soll Eichner die Hebamme holen? Wir sollten kein Risiko eingehen.«

Amalia lächelte mit schmerzverzerrtem Gesicht. »Ich weiß es nicht, vielleicht warten wir erst mal ab. Es geht mir schon viel besser im Liegen.«

Gabrieles Sorgenfalte auf der Stirn hatte sich tief eingegraben, und sie zögerte. »Gut, wenn es innerhalb der nächsten halben Stunde besser wird, holen wir die Hebamme morgen früh. Ich setze mich in den Sessel und bleibe hier.«

»Nein, das ist nicht nötig. Es wird schon.« Amalia wollte keine Umstände bereiten, nichts war ihr mehr zuwider, als jemandem zur Last zu fallen.

»Keine Widerrede. Ich bleibe hier, und morgen sehen wir weiter«, rief Gabriele bestimmt.

Als Amalia am nächsten Morgen von Fanni, der Hebamme aus dem Dorf, an der Schulter wach gerüttelt wurde, war sie mehr als überrascht, dass sie fest und tief geschlafen hatte. Sie wollte sich erheben, wurde aber zurechtgewiesen.

»Das wär ja noch schöner, du bleibst erst mal liegen. Ich untersuch dich jetzt, und dann schau'n wir weiter«, ordnete sie an.

Amalia sank zurück auf das Sofa, ihr fehlte die Kraft zur Widerrede. Sie ließ die Untersuchung über sich ergehen, bei manchen Griffen zuckte sie zusammen, bei anderen fühlte sie, wie sich ihr Bauch entspannte.

»In zwei Wochen ist des Kinderl da, so schaut's aus. Und bis dahin bleibst am besten liegen. Nichts Schweres heben und wenig rumlaufen, dann wird's schon werden.«

»Du hast gehört, was Frau Fanni gesagt hat. Und genauso wird es gemacht. Du hütest dein Bett bis zur Niederkunft. Da kenne ich keinen Pardon«, meinte Gabriele, nachdem die Hebamme gegangen war.

»Aber wer soll kochen und sauber machen und das Laub im Garten rechen ... Ich bin sicher, dass ich das alles übernehmen kann, ein bisschen langsamer vielleicht als sonst.« Amalia wollte sich nicht bedienen lassen, sie war schließlich schwanger und nicht krank. Ihre Schwestern hatten immer bis zum letzten Tag vor der Niederkunft gearbeitet, warum sollte sie das nicht können? Sie hatte noch so viel vorzubereiten.

Aber Gabriele war unerbittlich, und sie musste sich ihr fügen.

6

Oktober 1938

Mein über alles geliebter A,

ich bin zum Liegen verdammt, Frau Gabriele und die Hebamme wachen über mich, als wäre ich ein Staatsschatz. Dabei geht es mir und dem Kindlein prächtig, ich komme jedoch nicht gegen die beiden an.
Du sollst wissen, dass wir in einer Nacht-und-Nebel-Aktion alle Gemälde, die in München gelagert waren, hierher transportiert und im Keller gut versteckt haben. Die meisten sind von Kandinsky, aber auch von Dir und Chagall sind einige dabei.
Ich vertreibe mir meine Zeit mit Nähen, Stricken und Sticken für unser Kind, denn meine Familie hat mir die Erstausstattung verweigert. Sie haben mich mit Schimpf und Schande aus dem Haus getrieben. Es war zwar schmerzhaft, aber ich kann es verkraften. Hauptsache, mein Bruder Bene steht auf meiner Seite, das ist das Wichtigste für mich.
Es wird nun nicht mehr lange dauern, und ich werde unser Kind in den Armen halten. Ich hoffe, Du bist wieder gesund und auf gutem Wege, an Deinem Ziel anzukommen.
In tiefer Liebe,

Deine A

7

Nun verbrachte sie schon den zehnten Tag in ihrem Zimmer, und um sie herum schaute es aus wie in einer Nähstube – Nadelkissen, Garnspulen, ein Knäuel feine Wolle für ein Mützchen, das noch fehlte, dünne Mullstoffe, aus denen sie Windeln anfertigen wollte. Ständig servierte ihr Gabriele frischen Tee nach einem Rezept, das ihr die Hebamme aufgetragen hatte. Die Zutaten bis auf den Frauenmantel hatten sie im Haus, denn Ama sammelte und trocknete das ganze Jahr über Blätter, Blüten und Wurzeln. Den Frauenmantel, der fehlte, holte Eichner von der Hebamme, die ihm noch einmal auftrug, gut auf die Schwangere zu achten.

Amalia war beim Stricken eingenickt und schrak hoch, als es an der Tür klopfte. Langsam wurde die Tür geöffnet, und Benedikt steckte seinen Kopf herein. »Ja, grüß Gott, Bene, des freut mich unbändig, dass du mich besuchst. Bitte, schau dich nicht um in dem Durcheinander hier. Aber ich darf nicht aufstehen, es wurde mir streng verboten.«

Benedikt ergriff mit beiden Händen ihre Rechte und schüttelte sie, er ließ sie nicht mehr los. Umarmungen gab es nicht in ihrer Familie, aber Amalia verstand seine Freude auch so.

»Ich bin so froh, dass es dir gut geht. Die Frau Münter hat mir erzählt, dass du liegen musst. Ich bin nämlich gekommen, um dir was zu bringen. Warte kurz, du wirst Augen machen.« Er ging vor die Tür und schob die Familienwiege vor sich her. Sie war voll bepackt mit Stoffwindeln, Moltontüchern und Kleidungsstücken, alles, was sich in der Familie in den vergangenen Jahren als Ausstattung für den Nachwuchs angesammelt hatte.

»Ich hab der Mutter g'sagt, dass jeder in unserer Familie das Recht hat, die Ausstattung zu benützen. Du genauso wie alle andern. Sie hat's gleich zugegeben, aber die Vroni hat sich mächtig aufg'mantelt. Dabei hat die nichts zum Sagen, zumindest noch nicht. Das alles gehört dir, so lange, wie du es brauchst. Ein für alle Mal.« Benedikt strahlte sie an.

Amalia erhob sich umständlich aus dem Bett. Ihre Tränen liefen, aber dieses Mal vor Freude und Rührung. Ihr Bruder hatte sich für sie eingesetzt, er stand zu ihr. Sie musste ihn umarmen, auch wenn sie das noch nie zuvor gemacht hatte. Sie trat auf ihn zu und öffnete die Arme, doch plötzlich durchzuckte sie ein stechender Schmerz, der vom Rücken durch den Bauch ging. Sie verzog das Gesicht und ging automatisch in die Knie, dabei spürte sie, wie an ihren Beinen lauwarme Flüssigkeit auf den Boden floss.

»Bene, hol die Frau Gabriele. Ich glaub', es ist so weit«, hauchte sie und ließ sich wieder aufs Bett sinken.

»O mei, o mei, Mali, hab ich was falsch gemacht? I wollt dich doch nur fröhlich seh'n. Wart, ich geh und hol sie.« Benedikt verschwand durch die Tür und kam gleich darauf mit Gabriele wieder.

Sie sah den nassen Fleck am Boden, ein Blick von ihr genügte. »Das ist Fruchtwasser. Es ist so weit. Benedikt, holst du Fanni, die Hebamme. Du weißt, wo sie wohnt?« Gabriele ordnete an, und Bene war froh, eine Aufgabe zu haben und das Zimmer verlassen zu können. Einer Geburt war er nicht gewachsen, das war Frauensache.

Gabriele half Amalia, ein Nachthemd überzuziehen. Die Wehen kamen alle sechs Minuten, es würde wohl noch etwas dauern. Aber besser, sie waren vorbereitet. Gabriele ging in die Küche, um heißes Wasser aufzusetzen, und brachte Handtücher und eine Decke. Sie unterstützte Amalia bei jeder Wehe, legte ihr ein feuchtes Tuch auf die Stirn und gab ihr Tee zu trinken. Immer wieder, wenn sich eine neue Wehe ankündigte und zum Höhepunkt kam, keuchte Amalia laut auf, obwohl sie versuchte, es zu unterdrücken. Gabriele konnte es nicht verbergen, dass sie immer wieder auf die Uhr schaute. Benedikt war nun schon fast zwei Stunden weg, allmählich müsste er mit der Hebamme zurückkommen. Die Wehenabstände verringerten sich zum Glück nur geringfügig. Wenn die Hebamme endlich hier wäre, würden sich alle viel sicherer fühlen.

Nach fünf nicht enden wollenden Stunden kamen Benedikt und Fanni an, beide vollkommen außer Atem. Bene hatte sich an verschiedenen Stellen durchgefragt, bis er Fanni auf einem Hof, der außerhalb Murnaus lag, mit einem Neugeborenen auf dem Arm angetroffen hatte.

Fanni übernahm nun die Regie, und allein durch ihre Anwesenheit kehrte Ruhe und Zuversicht bei Amalia ein. Nun würde alles seinen geregelten Lauf nehmen. Allerdings erklärte die Hebamme nach der Untersuchung, dass es noch dauern würde, denn der Muttermund sei noch nicht weit geöffnet. Und die Wehenabstände verringerten sich kaum. Amalia bettelte sie an, bei ihr zu bleiben, und nicht, wie sie vorschlug, zwischenzeitlich nach Hause zu gehen. Frau Ellas Angebot, sich mit einer Brotzeit zu stärken, überzeugte Fanni, denn auch sie litt ständig Hunger.

Es war sieben Uhr am Abend, die Glocken am Kirchturm läuteten fürs Gebet. Die erste Wehe lag schon mehr als zehn Stunden zurück, und es ging nicht vorwärts. Amalia verließ allmählich die Kraft. Vor jeder Wehe, die sich ankündigte, wuchsen ihre Bedenken, ob sie durchhalten würde. Hatte sie diese Schwierigkeiten wegen ihres Alters? Was, wenn das Kind Schaden nehmen würde durch die lange Geburt? Die Sorgen nahmen überhand, wie damals, als sie über die ungewollte Schwangerschaft nachgedacht hatte. Wenn doch Alexej hier wäre! Wo er wohl war? Immer wieder stellte sie Überlegungen dazu an, in den vergangenen Tagen hatte sie viel Zeit dafür gehabt. Er würde doch sicher eine Karte schreiben, wenn er in Amerika angekommen wäre. Aber sie hatte keine

Vorstellung, wie lange die Reise unter den erschwerten Bedingungen dauern würde.

Gabriele, Benedikt und selbst Eichner ließen es sich nicht nehmen, abwechselnd bei Amalia zu sitzen, um die geringste Veränderung Fanni zu berichten, die ein Stockwerk tiefer in der Wohnstube beim Essen saß. Nach ihrer nächsten Untersuchung zeigten sich Sorgenfalten auf Fannis Stirn, denn der Muttermund war immer noch nicht weit genug für die Geburt, und sie meinte, es sei allmählich an der Zeit.

Sie gab Mali eine Tasse Tee und sagte ihr, sie müsse auch innerlich bereit sein, das Kind loszulassen. »Weißt, Mali, es ist auch eine Kopfsache. Du musst das Kind hergeben, es loslassen. Denk mal darüber nach, das hilft.«

Amalia begann bei diesen Worten plötzlich zu schluchzen. »Ich muss es doch schützen mit meinem Bauch. Wer weiß, was es erwartet. Ich kann's nicht loslassen, es geht einfach nicht.«

Jetzt wurde Fanni energisch. »Alles hat seine Zeit, und jetzt ist die Zeit der Geburt. Wenn du es nicht hergibst, wird's sterben, wenn's über die Zeit geht. Also, ich sag's noch mal, lass des Kinderl los in die Welt. Du wartest doch schon so lang darauf.«

Gerade als Amalia »Ich versuch's« sagen wollte, kam eine heftige Wehe, so stark wie nie zuvor. Sie hatte kaum Zeit zum Durchatmen, als auch schon die nächste folgte. »Ja, so ist's richtig. Jetzt geht's vorwärts.« Fanni machte sich bereit und rief Gabriele. »Noch eine, höchstens zwei Wehen, und es ist so weit. Unterstützen S' bitt' schön von hinten ihren Rücken, und wenn ich sag, pressen, helfen Sie ihr. Das kriegen wir schon hin, wär ja gelacht.«

Gabriele strahlte unter Freudentränen, als sie Amalia ein Paket überreichte. In Größe und Form wie ein Brotlaib, umwickelt mit einer Decke. Nur an einem Ende schaute ein dunkler, lockiger Schopf hervor. Darunter leuchtete ein verdrücktes rotes

Gesicht mit einem weit geöffneten Mund, aus dem ein durchdringender, fordernder Schrei drang. Gabriele ließ sich nicht davon irritieren.

»Ein Mädchen, ich wusste es. Amalia, sie ist herzallerliebst.«

Amalia setzte sich mit schmerzverzerrtem Gesicht auf, und Gabriele bettete das Neugeborene vorsichtig in ihren Arm. »Schau nur, sie will trinken. Und weiß genau, wo die Quelle ist«, rief Gabriele bewundernd aus, während sich der Mund der Kleinen in Richtung von Amalias Brust bewegte.

Amalia war erschöpft von der endlos langen Entbindung, aber sie war unendlich erleichtert, dass sie es hinter sich hatte. Sie betrachtete das Bündel in ihrem Arm, und allmählich, als sie die dunklen Locken und fast schwarzen, weit geöffneten Augen sah, die sie fixierten, war es, als würde sie in Alexejs Gesicht schauen. Ihr unglaubliches Glück über dieses kleine Menschenkind linderte ihre schmerzhafte Sehnsucht nach ihrem Geliebten. Ihre Tochter, Alexejs Kind und Ebenbild!

Nun flossen auch ihre Tränen, die Gabriele ihr gleich abtupfte.

»Es ist ein Wunder, so ein kleines Menschlein. Und mit welcher Kraft sie saugt, unglaublich.« Gabriele kam aus dem Staunen nicht mehr raus.

»Drei vor zwölf, grad noch am 21. Oktober. Der Zettel hier ist fürs Standesamt, zum Anmelden.« Fanni schrieb die Daten auf ein Blatt Papier und legte es auf der Kommode ab. »Ich denk', meine Aufgabe ist erledigt, und ich lass dich jetzt allein. Denk dran, nur alle vier Stunden zum Stillen anlegen, keinesfalls öfter, sonst wird sie verzogen. Solltest du Probleme haben, dann wisst's ihr, wo ihr mich findet.«

Amalia nickte erschöpft, es würde schon werden.

Sie schlief beim Stillen ein und schrak auf, als ein durchdringender Schrei ertönte. Gabriele stand neben ihr und lächelte selig. »Ich glaube, sie hat noch Hunger, leg sie doch gleich an die andere Brust. Warte, ich helfe dir.« Wie ein rohes Ei hob sie das Bündel hoch und bettete es Amalia in den linken Arm.

Gierig nahm das Neugeborene die Brustwarze in den Mund, als sie jedoch wieder herausrutschte, schrie die Kleine zornig auf. »Sie weiß genau, was sie will, so ist es richtig«, sagte Gabriele mit Stolz in der Stimme.

»Ich weiß nicht, ob mir das gefällt. So klein und schon so zornig.« Amalia schüttelte sachte den Kopf.

»Gerade ein Mäderl muss wissen, wie es zu was kommt. Hast du denn schon einen Namen für sie?« Gabriele streichelte die dunklen Locken des Neugeborenen, das laut schmatzend trank.

»Alexandra soll sie heißen«, flüsterte Amalia, und plötzlich fing sie an zu weinen.

Gabriele strich nun Amalia über den Kopf. »Schsch, Ama, nicht weinen.«

Amalia nickte unter Tränen. »Von Anfang an wusste ich, entweder Alexandra oder Alexander, als Erinnerung an Alexej. Er hat mir mal gesagt, dass der Name ›Beschützer‹ bedeute.«

»Dann bekommt sie von mir den Kosenamen Sascha, das klingt weich und mädchenhaft. Was meinst du?«

»Das klingt sehr schön, so sanft. Hoffentlich wird die Kleine auch so.« Amalia war schon wieder müde, und Gabriele hob das Baby in die Wiege.

Plötzlich fiel Amalia etwas ein. »Frau Ella, ich würde Sie gern etwas fragen, wenn es nicht zu anmaßend ist.«

»Ama, du weißt doch, dass ich für alles ein offenes Ohr habe. Raus mit der Sprache.«

»Ich tät Sie gern fragen, ob Sie die Taufpatin werden wollen für das Mädchen. Zusammen mit Benedikt, meinem Bruder. Nur, wenn es nicht zu viel für Sie ist.«

»Meine liebe Ama, nichts würde ich lieber machen. Es ist mir eine Ehre, für unser Töchterlein die Taufpatin zu sein, solange ich lebe.« Gabriele nahm Amalias Hand und strich darüber. »Das macht mich sehr glücklich, musst du wissen. Es ist der Ersatz für mein eigenes Kind, das ich mir immer sehr gewünscht hatte, das aber nie hatte geboren werden dürfen.«

»Ich danke Ihnen von Herzen. Benedikt habe ich schon gefragt, dann muss ich noch zum Herrn Pfarrer und einen Termin festlegen.« Sascha sollte möglichst bald getauft werden, wer wusste schon, was in den nächsten Monaten auf sie alle zukommen würde. Zum Schluss dürften sie nicht mal mehr die heilige Taufe empfangen, wenn es den Nazis in den Sinn kam. Sie traute den Braunjacken alles zu. Während sie darüber nachdachte, wurde sie schon wieder müde; ihr fielen die Augen im Sitzen zu.

»Leg dich hin, Amalia, sie meldet sich, wenn sie Hunger hat. In der Zwischenzeit erledige ich die Hausarbeit.«

Amalia wühlte sich aus dem Bett, als sie nach einem zweistündigen erschöpften Schlaf aufwachte. Sie ging zur Wiege, kniete sich davor und betrachtete eingehend ihr Kind. Sie strich vorsichtig über die winzigen Händchen, die geballt neben dem Kopf lagen, und über den Brustkorb, der sich sanft hob und senkte. Wenn Alexej doch nur hier wäre und mit ihr dieses kleine Wunder bestaunen könnte. Bestimmt hätte er eine wohltuende Wirkung auf Sascha, er war einfach ein Mensch, der wusste, was jedem guttat. Sie sehnte sich nach ihm mehr als je zuvor, hoffte aber, dass er möglichst weit weg wäre, am besten schon in Amerika. Sie würde Sascha allein großziehen, Hauptsache, Alexej war in Sicherheit.

Sie setzte sich an den Tisch und schrieb einen Brief über die Stunden der Geburt. Sie würde ihn zusammen mit all den anderen, die sie seit seiner Flucht verfasst hatte, an Alexej schicken, sobald sie eine Adresse hätte. Da Sascha noch schlief, musste sie die Gelegenheit nützen. Alle paar Minuten schaute sie in die Wiege, um sicher zu sein, dass die Kleine noch atmete.

Sie hatte mehrere Seiten dicht beschrieben, als aus der Wiege der bekannt schrille Ton erklang. Amalia ließ den Füller erschrocken fallen. Ihre anfängliche Hoffnung, dass sich das Geschrei ändern würde, war dahin. Sie nahm Sascha hoch, die sich jedoch durch nichts beruhigen ließ. Ama sang ein Wiegenlied, lief hin und her und wiegte sie in den Armen. Erst dann fiel ihr ein, sie könnte schon wieder Hunger haben, und als sie dem Kind die Brust reichte, wusste sie, dass ihre Vermutung richtig war. Gierig saugte Sascha, und löste sich erst, als keine Milch mehr kam. Daraufhin folgte wieder ein Schrei.

Mittlerweile stand Gabriele in der Tür, auch sie hatte das Geschrei gehört. »Schon wieder hungrig? Ja, ja, die Geburt war anstrengend, sie muss Kraft tanken.«

»Mir wär's ohne das Geschrei lieber. Hat die Hebamme nicht gesagt, alle vier Stunden zu stillen sei genug?« Amalia legte sie währenddessen auf der anderen Seite an. »In dem Buch *Die deutsche Mutter und ihr erstes Kind,* das ich von Resi bekommen habe, stand das auch drin. Dann kann es doch nicht falsch sein.«

»Das spielt sich schon ein, wirst sehen, nach ein paar Tagen hat sie den Rhythmus.«

Nach einigen Minuten hörte Sascha auf zu saugen, anscheinend war sie satt. Aber sie quengelte, irgendetwas passte ihr nicht. »Ich Depp, vielleicht braucht sie nur eine frische Windel.« Amalia schlug sich mit ihrer freien Hand an den Kopf.

»Lass mich das machen, ich erledige das gern für dich.« Gabriele wollte ihr Sascha aus dem Arm nehmen, aber Amalia hielt sie fest.

»Nein, ich mach das schon. Wär ja noch schöner, wenn Sie mir auch noch meine Arbeit abnehmen.«

Gabriele bettelte und zog sie zu sich. »Ach, gib sie mir doch, du wirst das noch oft genug machen müssen.«

Amalia war von der Vehemenz, die Gabriele plötzlich an den Tag legte, irritiert. Das kannte sie nur von ihr, wenn sie irgendetwas verbergen wollte. »Frau Ella, Sie können gern zuschauen, aber das Wickeln ist meine Aufgabe.« Amalia beharrte darauf, sie würde diese unangenehme Arbeit selbst erledigen, Gabriele half ihr schon genug.

Sascha lag vor ihr auf der Kommode und nuckelte an einer Faust, ihre dunklen Augen blickten gebannt auf ihre Mama.

Diese entfernte die Lagen der Tücher und Windeln, bis der winzige Körper nackt vor ihr thronte. Langsam hob sie die Nabelbinde hoch und begutachtete interessiert den abgebundenen, tiefblau glänzenden Rest der Nabelschnur. Sie streichelte sie entlang der Arme und Beine. Plötzlich schrie Amalia auf und starrte entsetzt auf Saschas rechten Fuß.

Gabriele drückte sich die Hand auf den Mund und drehte sich zur Seite.

»Warum hat mir keiner was davon gesagt? Ihr lasst mich in dem Glauben, dass sie gesund ist, und dann das!« Amalia hob den rechten Fuß leicht an, der unterhalb des Sprunggelenks wirkte, als wäre er zur Innenseite abgeknickt. »Wie beim Benedikt! Der Fuß ist total verkrüppelt!« Sie drehte und wendete den Fuß vorsichtig hin und her. »Was soll aus einem Mäderl mit einem Klumpfuß werden? Sie ist gestraft für ihr Leben, das ist sicher.« Amalia war das Entsetzen ins Gesicht geschrieben, sie zitterte am ganzen Körper. Gabriele schob sie auf die Seite und säuberte Sascha, um sie anschließend wieder in die Tücher zu wickeln. Sie hob sie hoch und hielt sie im Arm, als müsste sie sie vor ihrer Mutter schützen.

»Den Fuß kann man behandeln lassen, da bin ich mir sicher. Wir wollten es dir nicht gleich nach der Geburt sagen, um dich nicht zu beunruhigen. Bitte verzeih mir, es war nur zu deinem Schutz. Liebste Amalia, Johannes und ich werden dich dabei unterstützen, einen guten Arzt zu finden.«

Amalia schüttelte unter Tränen den Kopf. »Dem Bene konnte auch keiner helfen, der hinkt heute noch. Er war deswegen immer ein Außenseiter, wurde von allen gehänselt und ›Hinkebein‹ geschimpft. Ich bin sicher, deswegen hat er nie eine Frau gefunden. Warum sollte das bei einem Mäderl anders sein, es ist wohl eher noch schlimmer.«

»Die Zeit ist anders als damals, und die Menschen ändern sich. Auch die Medizin macht Fortschritte. Du musst zuversichtlich sein, glaube mir, es wird eine Möglichkeit zur Heilung geben.«

»Grad jetzt kommt eine neue Zeit, aber gewiss nicht derart, dass das Leben für einen Krüppel leichter wird«, stieß Amalia zischend aus. »Das Gegenteil ist der Fall. Sobald jemand auch nur eine schiefe Nase hat, muss er fürchten, dass er von allen anderen abgesondert und in ein Heim oder Lager gesteckt wird. Wahrscheinlich gilt ein Klumpfuß als Rassenschande oder was immer sich der feine Herr aus Österreich dazu ausdenkt.« Amalia war außer sich.

Gabriele hatte sie noch nie zuvor so erlebt. Vorsichtig, damit die Kleine nicht wach wurde, legte sie sie in die Wiege. Sie wandte sich Amalia zu und umarmte sie. Wütend versuchte diese, sich aus Gabrieles Umarmung zu lösen, diese hielt sie jedoch beharrlich fest und drückte sie an sich. »Wir finden einen Arzt, der Sascha hilft, ich verspreche es dir. Und bitte beruhige dich jetzt, das geht sonst auf die Kleine über.« Erst als Amalia den Widerstand aufgab, ließ sie von ihr ab und setzte sich aufs Bett.

Amalia schluchzte noch, als Gabriele aus dem Zimmer ging. Sie wollte allein sein, allein mit ihrem Kummer und ihrem missgestalteten Kind. Nun fühlte sie sich noch einsamer, die Sorgen schlugen in hohen Wellen über ihr zusammen. Ob ein Arzt Sascha helfen könnte? Sie bezweifelte es.

8

November 1938

In den folgenden Tagen erledigte Amalia ihre Mutterpflichten wie eine Maschine. Wickeln, Stillen und Beruhigen, das war alles, was von ihr gefordert wurde. Schaffte sie es nicht, zuverlässig wie ein Uhrwerk zu funktionieren, ertönte das durchdringende Schreien der Kleinen. Diese ständige Herausforderung, die sie an den Rand ihrer körperlichen Leistungsfähigkeit und ihres Nervenkostüms führte, machte jede Chance zunichte, Gefühle für das kleine Wesen zu entwickeln. Sie staunte über Gabriele, die die Kleine küsste und herzte und mit immer wieder neuen Kosenamen umgarnte. Die große Freude, die Gabriele an den Tag legte, war Amalia fremd. Sie hatte keinen Zugang dazu, sie war lediglich froh, wenn das unersättliche Wesen schlafend in der Wiege lag und sie hoffentlich für die nächsten zwei Stunden in Ruhe ließ.

Amalia wollte irgendwann wieder ihren Aufgaben im Haus nachkommen. Nach einer langen Diskussion mit Gabriele einigten sie sich darauf, dass die Wiege in die Wohnstube gestellt wurde, zwischen Gabrieles Staffelei und das Kanapee. Gabriele war überzeugt, dass die Anwesenheit und die alltäglichen Verrichtungen der Erwachsenen Sascha mit der Zeit besänftigen würden, sodass sie ruhiger und ihr häufiger Hunger nachlassen würde.

Jedoch war auch nach einer Woche an einen Trinkrhythmus von vier Stunden gar nicht zu denken; seit der Geburt ertönte zweistündlich das Hungergeschrei und verstummte erst, wenn Amalia dem Mädchen resigniert die Brust gab. Sie hatte aufgegeben, sie würde so oft stillen, wie Sascha es einforderte. Nur damit Ruhe im Haus war. Sie wusste, würde sie allein in ihrem Häuschen mit Sascha leben, wäre sie den Ratschlägen des Erziehungsratgebers gefolgt, das Kind so lange schreien zu lassen, bis die vier Stunden vorüber waren. Aber das Häuschen war vermietet, und Frau Ella würde ein stundenlang schreiendes Kind nie dulden.

Als sie beim Abendessen saßen, gab Amalia ihren Entschluss bekannt. »Frau Ella, Herr Eichner, ich werde meinem Mieter kündigen und gehe mit Sascha in mein Häuserl, damit hier wenigstens in der Nacht Ruhe einkehrt. Ich kann es nicht verantworten, dass keiner schlafen kann. Sie müssen nicht auch noch drunter leiden.« Amalia beobachtete aus dem Augenwinkel, dass Johannes ansetzte, erleichtert aufzuatmen, als Gabriele bestimmt antwortete: »Das kommt nicht infrage. Wie willst du sie versorgen, wenn dir die Kraft dazu fehlt? Nein, ganz entschieden nein. Ihr bleibt hier, das wird sicher bald besser.«

Eichner und auch Amalia gaben sich geschlagen, gegen diesen Ton kamen beide nicht an.

Aber in den folgenden Tagen wurde das Geschrei immer schlimmer, Sascha selbst fand kaum noch Schlaf, dafür quengelte und schrie sie abwechselnd. Sie warf die kleinen Beinchen in die Luft, soweit das unter den Wicklungen der Tücher möglich war, und wälzte sich hin und her.

Gabriele schlug vor, den Arzt aufzusuchen, denn es war offensichtlich, irgendeine Ursache musste es für die Unruhe geben. Amalia lehnte einen Arzt ab, ihrer Überzeugung nach war es eine Phase, die sicher wieder vorbeigehen würde. Aber es wurde nicht besser, sondern mit jedem Tag lauter und nervenaufreibender. Jeder war gereizt, Amalia hatte ständig rot geränderte Augen von den vielen Tränen, die sie tagsüber kaum zurückhalten konnte und sie nachts nicht schlafen ließen. Sie war entsetzt über ihr Versagen, nicht wie jede andere Mutter ihr Kind so versorgen zu können, dass es glücklich und zufrieden war. Sie war am Ende ihrer Kräfte.

Als sie während des Stillens völlig erschöpft auf dem Sofa im Wohnzimmer einschlief, nahm ihr Gabriele sacht das Kind aus dem Arm, um es zu wickeln. Plötzlich drang ein lauter Schrei durchs Haus, dieses Mal jedoch von Gabriele.

Eichner und Amalia liefen hintereinander die Treppe zum Dachgeschoss hoch, sie befürchteten beide das Schlimmste.

»Wie kannst du dem Mäderl so etwas antun! Kein Wunder, dass es vor Schmerzen schreit und nicht zur Ruhe kommt?« Gabriele wies mit der Hand auf die festen Wicklungen um Saschas Fuß.

»Das hat die Mutter mit Benedikt auch gemacht, sonst wäre sein Fuß noch schlimmer geworden. Mit dem Holz und den Bandagen wird der Fuß geformt, vielleicht kann sie dann richtig laufen.«

»Die Kleine hat sicher unsägliche Schmerzen.« Nun weinte auch Gabriele, und Johannes Eichner zupfte sich ständig am Schnurrbart.

Er sprach ein Machtwort. »Wir suchen in München einen Spezialisten auf, gleich nächste Woche. Nur dann wissen wir, ob man etwas unternehmen kann. Und bis dahin lässt du die Wicklungen weg, Amalia. Ich kann mir nicht vorstellen, dass sich damit irgendetwas bessern wird.«

»Wenn Sie meinen. Aber der Arzt kostet sicher viel Geld, und helfen tut es wahrscheinlich gar nichts. Aber ich verspreche es. Hoffentlich ist dann endlich mal Ruhe.« Amalia wusste, wenn Herr Eichner diesen Ton anschlug, dann durfte ihm keiner, selbst Gabriele nicht, widersprechen.

Mein liebster A,

das Leben mit einem Neugeborenen bedeutet eine große Veränderung. Unsere Sascha ist sehr lebhaft und bestimmt, ich werde den Anforderungen kaum gerecht. Immer wenn ich denke, sie würde ein paar Stunden schlafen, schreit sie schon wieder und hat Hunger. Die Versorgung unseres Kindleins ermüdet mich enorm, mir fehlt die Kraft, die gleiche Begeisterung wie Frau Ella aufzubringen. Sie liebkost und herzt unser Kind über alle Maßen,

viel mehr sogar, als es von einer Mutter erwartet wird. Es ist ein Trost für mich, dass die Kleine von Gabriele die Liebe bekommt, zu der ich gerade nicht imstande bin. Gleichzeitig tröstet mich Frau Ella, sie meint, wenn ich mich erst einmal von der schweren Geburt erholt habe, wird alles gut.
Herr Eichner will mit uns zu einem Münchner Spezialisten fahren, um den verkrüppelten Fuß richten zu lassen. Ich stehe so sehr in der Schuld Frau Gabrieles und Herrn Eichners, ich weiß nicht, wie ich das jemals wiedergutmachen kann.
Aber ich will Dich mit meinen Bedenken nicht belasten, schließlich kämpfst Du gerade ums Überleben auf dem Weg nach Amerika. Meine Sehnsucht und meine Liebe begleiten Dich, ich hoffe, sie sind Dir eine Unterstützung.
In größter Liebe und brennendster Sehnsucht,

A.

9

Als sie am Morgen des dreizehnten Novembers aus dem Fenster schaute, hing dichter Nebel über dem Murnauer Moos. Sie kannte diese Wetterlage, der Nebel würde sich den ganzen Tag nicht lösen, es würde grau, feucht und vor allem kalt bleiben. Aber das Wetter sollte in den nächsten Tagen nicht besser werden, und heute war die letzte Gelegenheit, um ihre Familie zur Taufe einzuladen. Das Kind an ihren Körper gedrückt, umwickelte Amalia es mit einem großen, dicken Wollschal. So machte sie sich auf den Weg zu ihrem Elternhaus. Heute am Sonntag würde sie ihre Geschwister mit ihren Familien beim Mittagessen antreffen.

Vorsichtig setzte sie einen Fuß vor den anderen, als sie leicht bergab die Kottmüllerallee in Richtung des Dorfes ging. Bloß nicht auf einem Wurzelstück der Bäume ausrutschen, schließlich hatte sie Sascha im Arm. Mit jedem Schritt, den sie ihrem Elternhaus näher kam, wurde ihr beklommener zumute. Dass sie nicht mit offenen Armen empfangen wurde, war ihr klar. Sie befürchtete, dass sie ähnliche Vorwürfe wie vom Pfarrer hören würde, bei dem sie zwei Tage zuvor wegen der Taufe vorgesprochen hatte. Wenn Herr Eichner sie nicht begleitet hätte, hätte ihr die Pfarrersköchin sicher die Tür vor der Nase zugeschlagen. Aber vor ihm hatten die Murnauer Respekt, ohne dass er in der Öffentlichkeit jemals das Wort erhoben hätte.

Der Pfarrer weigerte sich wortgewaltig, Sascha wie alle Täuflinge während des Sonntagsgottesdienstes zu taufen, da das Kind unehelich geboren war und Amalia angegeben hatte, dass der Kindsvater eingezogen worden sei. Den Namen wollte sie jedoch nicht nennen, was der Pfarrer mit einem Schnauben abtat. Er bot ihr an, Sascha ohne großes Aufsehen an einem Wochentag am Nachmittag zu taufen. Aber Amalia beharrte darauf: Sascha sollte am Sonntag im Hauptgottesdienst getauft werden. Ihre Tochter hatte die gleichen Rechte wie alle anderen Murnauer Kinder, und alle Gemeindemitglieder sollten dabei sein. Sie selbst war hier geboren und getauft worden, sie hatte die Kommunion erhalten, und nicht mehr oder weniger forderte sie für ihr Kind. Der Pfarrer bezeichnete sie als »gefallenes Mädchen«, das im Hause des Herrn keinen Platz habe. Herr Eichner verwies ihn auf die Bibelstelle, als Jesus im Tempel zu den Pharisäern sagte: »Wer ohne Sünde ist, werfe den ersten Stein.« Er gab ihm auch den Denkanstoß mit, dass es nicht zwangsläufig bedeuten würde, den Vater nicht zu kennen, bloß weil sie ihm den Namen nicht nannte. Plötzlich lachte der Pfarrer hämisch. Mit verächtlicher Stimme fragte er Eichner, warum er sich denn nicht zu seiner Vaterschaft bekennen würde. Der Standesunterschied hätte ihn nicht abgehalten, die naive Amalia zu schwängern, doch jetzt sei er wohl zu fein, der Vater zu sein?

Johannes Eichner schlug mit seinem Gehstock auf den Schreibtisch und fragte mit leiser, aber klar verständlicher Stimme, mit welchem Recht er sich hier zum Richter aufspiele. Er pflege einen intensiven und freundschaftlichen Kontakt mit Bischof Faulhaber in München, dessen Name ihm doch sicher ein Begriff sei. Es wäre sicher sehr interessant, dessen Meinung über die Dreistigkeit seines Pfarrers in Murnau zu hören. Es werde schließlich nichts anderes erwartet, als ein unschuldiges Neugeborenes in die Christengemeinde aufzunehmen. Nicht mehr und nicht weniger. Und dann setzte Eichner noch eine Spur leiser hinzu, der Pfarrer hätte schließlich die zwei Kinder seiner unverheirateten Haushälterin auch getauft. Der Geistliche schnappte mehrmals wie ein verendender Karpfen nach Luft, so direkt hatte ihm das noch keiner auf den Kopf zugesagt, gleichwohl jeder im Dorf darüber Bescheid wusste.

Amalia drückte Herrn Eichner wortlos, aber fest die Hand, als sie sich wieder auf den Rückweg machten. Ihr Kind würde am kommenden Sonntag getauft werden, das war das Wichtigste für sie.

Als sie die Dorfmitte erreichte, ließ sie das Griesbräu linker Hand liegen und wandte sich in eine kleine Seitenstraße, an deren Ende ihr Elternhaus stand. Nur noch wenige Hundert Meter, und sie war am Ziel. Ihre Schritte wurden langsamer und zögerlicher, und die Versuchung, wieder umzukehren, nagte an ihr. Sollte sie klein beigeben und ohne ihre Familie die Taufe ihres Kindes feiern? Es erschien ihr jedoch ungerecht Sascha gegenüber, nicht ihren Platz in der Familie einnehmen zu können, ganz gleich, ob jemand etwas dagegen hatte oder nicht. Sie selbst war eine geborene Bernreuther, und ihr Kind trug ihren Namen. Das sollte die Murnauer Kirchengemeinde am Sonntag erfahren. Dann könnten sie sich die Mäuler darüber zerreißen.

Sie klopfte mit der Faust an die schwere Haustür und trat ein. Im düsteren Flur kam ihr ihre Schwägerin Vroni entgegen. »Ja, da schau her, was willst denn du, du ausg'schamte Dirn? Du traust dich was, des muss ich schon sagen.« Sie stellte sich breitbeinig, mit verschränkten Armen vor Amalia.

»Grüß Gott, Vroni! Warum sollte ich mich nicht hereintrauen? Ich besuche meine Familie in *meinem* Elternhaus.« Amalia ging nicht auf den scharfen Ton ein.

»Was willst du hier? Zur Arbeit nicht auftauchen, aber am heiligen Sonntag zum Mittagessen kommen. Das sind mir die Richtigen.«

»Ich esse dir nichts weg, darum brauchst du dich nicht zu sorgen. Im Gegenteil, ich bring euch was, und dann geh ich wieder.« Amalia schob die verdatterte Vroni auf die Seite und trat durch die Tür in die geräumige Wohnküche. Dort saßen alle um den großen Tisch, neben dem Vater ihr ältester Bruder Xaver, der den Hof übernehmen würde, der Stuhl daneben war frei für Vroni, dann folgten Benedikt und ihre Schwester Anna mit deren Mann Josef. Über Eck schlossen sich Josefa und ihr Mann Loisl an, auf der Eckbank drängten sich die sieben Nichten und Neffen, aufgereiht wie die Orgelpfeifen – ähnlich wie damals, als sie ihnen die Schwangerschaft mitgeteilt hatte. Amalias Mutter schnitt den Braten in hauchdünne Scheiben auf, ihre Schwester Josefa stand am Herd, fischte mit einer Gabel Knödel aus dem Topf und häufte sie in einer Schüssel zu einem Berg.

Amalia stand mitten in der Küche. Alle drehten sich zu ihr um, und selbst die Kinder waren einen kurzen Moment still. Nach wenigen Sekunden fragte Sofia, die Kleinste. »Tante Mali, hast du ein Geschenk dabei?« Die Kinder kicherten und plapperten wieder, bis ihr Vater mit der Hand auf den Tisch schlug.

»Seid still!« Er wandte sich Amalia zu. »Was treibt dich zu uns? Hast du Hunger, denn die Arbeit kann's ja nicht sein, heut' am heiligen Sonntag.«

Amalia durchzuckte ein Schmerz, nicht körperlich – und er raubte ihr kurzzeitig den Atem. Ihr Vater hatte früher immer auf ihrer Seite gestanden, denn sie war sein heimlicher Liebling, auch wenn er das nie zugeben würde. Vermutlich hatte er auch noch nie darüber nachgedacht. Wenn selbst er sie mit einem derartigen Vorwurf begrüßte, was war von den anderen zu erwarten?

»Grüß Gott, Vater!« Und an alle gewandt: »Grüß Gott, miteinander! Schön, dass ich euch alle antreffe, denn ich wollt euch jemanden vorstellen.« Sie zog mit einer Hand das Tuch von Alexandra und hob sie mit der Hand einige Zentimeter in die Höhe. »Schaut sie euch an, das ist mein Mädel, die Alexandra. Ich nenne sie Sascha. Nächsten Sonntag, am zwanzigsten November, ist die heilige Taufe im Gottesdienst, und ich tät mich freu'n, wenn ihr alle dabei seid. Die Frau Münter und der Benedikt sind die Taufpaten, damit alles seine Ordnung hat. Der Benedikt ist auch der eingetragene Vormund meiner Sascha. Und am Nachmittag lad ich euch zu Kaffee und Kuchen ein, so, wie es sich gehört.« Amalias Ankündigung löste ein Stimmengewirr aus, wodurch sie Zeit gewann, ihre innere Aufregung in den Griff zu bekommen.

Alle redeten durcheinander, sie hörte immer wieder die Worte »unehelich«, »Britschn«, »ausg'schamt«, aber keiner interessierte sich für ihre Tochter. Nur die kleine Sofia kraxelte von der Bank und stand vor ihr. »Zeigst mir mal die Sascha?«

Amalia hielt sie vor sie hin.

»Mei, die ist ja so klein wie ein Pupperl«, sagte das Kind und patschte dem Baby ins Gesicht.

Amalia erschrak, denn sie befürchtete, dass Sascha gleich losschreien würde, aber nichts passierte. Die Kleine öffnete die Augen, und es wirkte, als würde sie Sofia anschauen.

»Die hat ja richtig dunkle Knopfaugen. Das habe ich noch nie gesehen.« Plötzlich umringten alle Kinder den Säugling und wollten ihn anfassen. Benedikt nahm Amalia das Baby ab und forderte sie auf, ihren Mantel abzulegen.

»Was soll das, wir haben keinen Platz mehr am Tisch?«, keifte Vroni.

»Hast du vergessen, dass das meine Schwester ist? Das Recht, in ihrem Elternhaus zu sein, machst du ihr nicht strittig. Und das bleibt auch so, selbst wenn du mal die Bäuerin sein wirst.« Benedikt schob Amalia zur Eckbank, und die Kinder rutschten zur Seite.

Amalia überlegte. Sollte sie bleiben? Ihre Mutter hatte noch kein Wort gesagt, sie stand vor dem Herd, verfolgte sie mit den Augen, dabei wirkte es so, als hielte sie sich an dem Brett mit dem Schweinebraten fest. Wenn doch nur ein Wort von ihr käme, aber nichts ... Es schmerzte Amalia besonders, dass ihre Mutter nicht den geringsten Versuch unternahm, Sascha anzuschauen.

Nein, sie würde gehen, sie wollte niemanden zu etwas zwingen.

»Ich wünsche euch einen gesegneten Appetit. Ihr braucht nicht mit mir zu teilen, ich wollt euch nur allen Bescheid sagen.« Während ihre Familie ihr mit Blicken folgte, zog sie ihren Mantel über, nahm Sascha auf den Arm und schlug ihr Wolltuch über sie. »Lasst es euch schmecken und gehabt euch wohl. Bis nächsten Sonntag, auf euren Kirchgang werdet ihr wohl nicht verzichten wollen ... nur wegen mir.« Das war Amalias Trumpf, denn vor den Murnauern würde sich ihre Familie nicht die Blöße geben und bei der Taufe des Enkelkindes dem Gottesdienst fernbleiben. So waren sie alle dabei, ob sie wollten oder nicht.

Benedikt brachte sie zur Tür. »Es tut mir leid, eine verstocktere Sippschaft als uns Bernreuther gibt's nimmermehr.«

»Ach, Bene, ich kenn sie doch. Ich hatte zwar gehofft, aber was willst du denn erwarten? Aber ich dank dir für deine Fürsprache, du bist ein feiner Kerl.« Sie legte ihm den Arm auf die Schulter, das war mehr an körperlicher Zuwendung, als jemals in ihrer Familie üblich gewesen war. Bene war irritiert, aber plötzlich erwiderte er die Umarmung.

So hatte es doch noch etwas Gutes, dachte Amalia lächelnd auf dem Rückweg zum Münterhaus. Ihr Magen knurrte laut, denn sie hatte außer einem dünnen Haferbrei am Morgen nichts gegessen. Aber ihren Stolz würde sie wegen eines Mittagessens nicht aufgeben.

November 1938

Amalia betrat, mit Sascha auf dem Arm, flankiert von Benedikt, Gabriele und Eichner, die Kirche. Gabriele zog den dicken Strickschal von Sascha, der sie auf dem Weg zur Kirche vor der Kälte geschützt hatte. Als sie den Mittelgang entlangliefen, ging ein leises Raunen durch die Kirche. Die Murnauer drehten sich zu ihnen um, denn jeder kannte Amalia und die Bernreuther, schließlich waren sie Alteingesessene. Die neugierigen Blicke verfolgten sie, bis sie in Höhe der angestammten Bankreihe der Familie Bernreuther angelangt waren. Jeder versuchte, eine Reaktion eines Familienmitglieds zu erhaschen, aber die würdigten die Ankömmlinge keinen Blickes, ihre Köpfe waren starr zum Altar gerichtet. Nur der fünfjährige Toni drehte sich vorwitzig zu den Neuankömmlingen um, erhielt aber sofort eine Kopfnuss von seinem Vater. Erst als die Bewohner des Münterhauses und Benedikt in der ersten Bank Platz nahmen, wurden sie regungslos von der Familie begutachtet.

»Da ist sie ja, die kleine Sascha. Mei, hat sie a schönes Kleiderl an«, war Sofias helles Stimmchen zu hören, gefolgt von einem zischenden: »Pst, bist' wohl leis'.«

Das Taufkleid war wirklich eine Pracht, Gabriele hatte es in liebevollster Kleinstarbeit aufwendig bestickt.

Amalia war zu Tränen gerührt gewesen, als sie es ihr überreichte. »Eine Prinzessin könnte nicht schöner gekleidet sein, selbst der Name und das Datum sind auf dem rosafarbenen Bindeband eingestickt.«

Amalia konnte sich nicht sattsehen an dem mit Rüschen, Blattranken und Röschen verzierten Battistkleid. Immer wieder strich sie über den hauchzarten Stoff. »So was Feines hab ich noch nie gehabt.«

»Und damit die Arbeit sich lohnt, kann es Sascha später als Kleid tragen, ich habe es extra so genäht. Und irgendwann sogar ihr eigenes Kind darin taufen. Und hier habe ich noch etwas.« Sie überreichte Amalia eine zierliche, mit Intarsien verzierte Schatulle. »Das ist mein Taufgeschenk. Du darfst es gleich öffnen«, forderte Gabriele sie auf.

Amalia strich über die glatt polierte Oberfläche und öffnete zögernd den Deckel, schon allein die Schatulle war wertvoller als alles, was sie je besessen hatte. Sie hob den Deckel an und sah ein feines Silberkettchen mit einem Schutzengel als Anhänger, eingebettet in blauen Samt.

»Wenn du es ihr jetzt gleich umlegst, dann wird es bei der Taufe mitgesegnet. Es soll unserem kleinen Engel Glück und Segen bringen«, sagte sie lächelnd unter Tränen.

Amalia hatte sich die Hand auf den Mund gedrückt. »Frau Gabriele, das kann ich nie und nimmer annehmen. So etwas Wertvolles hab ich noch nie besessen.«

»Nimm's, der Engel soll sie immer beschützen, so wie er es bei mir getan hat.«

Nachdem der Pfarrer die Predigt beendet und mit dem Taufbefehl die Taufzeremonie eingeleitet hatte, trat er auf Amalia zu. Mit seinem Daumen führte er das Kreuzzeichen auf Saschas Stirn aus. Plötzlich, genau in diesem Moment, stieß Sascha einen schrillen Schrei aus und fand kein Ende – im Gegenteil, der Ton wurde immer durchdringender. Amalia war ratlos, es konnte kein Hunger sein, denn sie hatte Sascha vor dem Kirchgang gestillt, um sicherzugehen, dass sie in den nächsten beiden Stunden Ruhe gab. Der Ruf des Pfarrers zum Taufbecken drang nicht zu ihr durch, erst als Gabriele und Benedikt sie anstießen, verstand sie die Aufforderung. Sie stellten sich um das Taufbecken herum, und die Zeremonie nahm ihren gewohnten Gang – aber Sascha schrie und schrie. Amalia schwitzte trotz der eisigen Kälte in der Kirche, und als sie Saschas Namen nannte, musste sie laut rufen, um trotz des betäubenden Geschreis verstanden zu werden. Sie hielt das Mädchen über das Taufbecken – aber Sascha schrie, ohne Unterbrechung, immer in der gleichen Lautstärke. Erst als Benedikt Amalia zurück in die Kirchenbank schob, wo sie sich erschöpft fallen ließ, endete das Geschrei – von einer Sekunde auf die andere, als hätte jemand den Schalter umgelegt.

Als der Pfarrer sich nun wieder der Gemeinde zuwandte, sprach er davon, dass es doch hoffentlich nicht der Widerwille gegen diesen heiligen Ort oder gar das Sakrament der Taufe sei, der das Geschrei dieses kleinen Menschenkindes verursacht habe. Nur die feste Hand eines Familienvaters in einer christlichen Familie könne die Erziehung eines Kindes in die richtigen Bahnen weisen. Es gebe Mittel und Wege, den Willen eines Menschenkindes entsprechend zu brechen, was besonders in solchen schwierigen Fällen dringend angebracht sei.

Amalia musste sich zurückhalten, als sie diese menschenverachtenden Ratschläge hörte, am liebsten wäre sie sofort aufgestanden, um die Kirche zu verlassen. Sie presste die Lippen aufeinander und betrachtete Sascha, die jetzt tief und fest schlief. Plötzlich rührte sich in Amalia das Gefühl des Stolzes, sie war überzeugt davon, dass ihr Kindchen gespürt hatte, dass der Pfarrer einer von der üblen Sorte war – als Mensch und noch mehr als Pfarrer. »Nach außen heilich, nach innen greilich«, hatte ihre Großmutter immer gesagt.

Recht hast, kleine Sascha, du weißt, wer gut für dich ist, dachte sie und lächelte.

Mit erhobenem Haupt verließen Gabriele, Eichner, Benedikt und Amalia direkt nach dem Pfarrer die Kirche, dabei schaute Amalia jedem ihrer Familie fest in die Augen. Nur ihr Vater hielt ihrem Blick stand, alle anderen schauten weg. Ihre Mutter wischte verstohlen Tränen aus dem Gesicht, aber Amalia war sich sicher: Wenn überhaupt, waren es keine Tränen der Rührung, wohl eher wegen der soeben erlittenen Schmach.

Der Pfarrer blieb wie nach jedem Gottesdienst an der Kirchentür stehen, um die Gläubigen zu verabschieden. Gabriele überreichte ihm eines ihrer Gemälde als Dank für die Taufe. Sie hatte lange mit sich gerungen, ob sie sich davon trennen sollte, denn mit dem Gemälde, das ein Gipfelkreuz zeigte, verband sie intensive Erinnerungen an Kandinsky.

Er warf einen kurzen Blick darauf und schüttelte abwehrend den Kopf. »Ach, Frau Münter, die Kinderl in der Sonntagsschule malen auch viel, und die kriegen das sogar noch besser hin.«

Gabriele nahm das Bild mit gerecktem Kinn wieder entgegen. »Das soll mir recht sein, Herr Pfarrer. Nichts für ungut, dann wünsche ich Ihnen einen schönen Sonntag.«

10

Amalia war schon weitergegangen, denn sie wollte die Glückwünsche der Kirchgänger nicht an der Kirchentür entgegennehmen, wie es üblich war. Schließlich müsste die Neugier der Leute nicht unnötiges Futter erhalten. Mit großen Schritten lief sie die Schlossbergstraße in Richtung des Obermarktes, sie wollte weg von diesem Ort.

»Was rennst du denn so, als wär der Teufel hinter dir her?«, rief Benedikt ihr nach. Mit seinem Klumpfuß konnte er kaum nachkommen.

»Ich kann nicht anders, ich musste dort weg. Ich ertrage die Scheinheiligkeit nimmer.« Sie lief immer schneller und kam völlig außer Atem beim Gasthof an.

Wenig später trafen auch Benedikt, Gabriele und Johannes Eichner im Griesbräu ein. Dorthin hatte sie Johannes Eichner zur Feier des Tages zum Essen eingeladen. Amalia hatte schon Platz genommen und unterhielt sich mit der Wirtin Resi, mit der sie seit der Kindheit befreundet war und die ihr immer zur Seite stand, egal was die Leute tratschten. Sascha schlief selig in ihrem Arm, und selbst als Amalia sie auf ein Kissen auf der Bank legte, döste sie einfach weiter. Resi erkundigte sich nach der Taufe, denn sie hatte wegen ihrer Arbeit im Gasthaus den Gottesdienst nicht besuchen können.

»Wie es halt immer ist bei einer Taufe«, antwortete ihr Amalia und verdrehte dabei die Augen.

»Ich kann's mir schon denken, welche gütigen und großherzigen Worte unser Herr Pfarrer gefunden hat.« Resi machte eine wegwerfende Handbewegung. Sie wusste, welche unbarmherzige Haltung er gegenüber unverheirateten Müttern einnahm. »Der soll doch erst mal vor der eigenen Tür kehren, damit hätte er genug zu tun. Lass dich von dem nicht durcheinanderbringen, du machst das schon richtig. Ich bring euch gleich was zum Trinken, dann spült ihr den Ärger damit hinunter.«

Gleich darauf stellte sie vier gut gefüllte Bierkrüge auf den Tisch. »Lasst's euch schmecken, die Runde geht auf mich«, verkündete sie und prostete ihnen zu.

Während des Essens unterhielten sie sich über die Taufe und den Pfarrer, und besonders Johannes Eichner war fassungslos über die Borniertheit des Geistlichen. Gabriele meinte nur, dass sie nichts anderes erwartet habe, da sie selbst streng katholisch erzogen worden sei und diese Haltung kenne.

Amalia bat sie, nicht mehr darüber zu reden, sie würde die Taufe gern hinter sich lassen. »Mir war wichtig, dass die Sascha getauft wird, und vor allem – dass meine ganze Familie da war, wenn auch mehr oder weniger erzwungenermaßen. Damit haben sie Sascha in der Öffentlichkeit als eine Bernreutherin anerkannt. Und jetzt lasst uns essen, ich bin hungrig wie ein Bär.« Sie löffelte die Vorsuppe, die aus einer kräftigen Brühe mit Leberknödeln bestand, danach folgte ein Schweinebraten mit einer reschen Kruste und Knödeln, genau so, wie sie es mochte. Lange war es her, dass sie ein solch üppiges Essen auf dem Teller gehabt hatten, und sie würde bei der Erinnerung die Taufe immer mit diesem schmackhaften Essen und dem wohligen Gefühl im Magen verbinden – alles andere würde sie verdrängen.

»Wir sollten uns allmählich auf den Weg machen«, drängte Gabriele, nachdem sich Benedikt das letzte Knödelstück in den Mund geschoben hatte. »Nicht, dass wir nicht zurück sind, wenn deine Familie zum Kaffee kommt.«

»Ja, also, des hätt' ich beinah vergessen«, stammelte Benedikt. »Ich glaub, es wird wohl keiner kommen, so wie ich des verstand'n hab.«

»So was habe ich mir schon gedacht. Es hätte mich eher gewundert, wenn sie kommen würden. Wenn überhaupt, dann nur aus Neugier, aber nicht auf Sascha, sondern darauf, wie es im Münterhaus ausschaut.« Aber obwohl sie damit gerechnet hatte, war Amalia in ihrem Innersten enttäuscht, mehr, als sie sich selbst zugestand. Das Gefühl legte sich wie eine Klammer um ihren Brustkorb.

»Warten wir es ab«, tröstete Gabriele sie. »Vielleicht will doch jemand unser süßes Töchterlein sehen, jetzt, wo es getauft ist.«

»Wir essen unseren Streuselkuchen mit Äpfeln selbst, so haben wir mehr davon.« Amalias Versuch zu lächeln endete in einer schmerzhaften Grimasse.

Als sie das Griesbräu verließen, forderte Resi Amalia auf, demnächst vorbeizukommen, denn sie hätte von ihren eigenen Töchtern, die schon größer waren, noch einiges zum Auftragen.

»Ich dank dir, das nehm ich gern an.« Amalia war froh über die Treue ihrer Freundin, die sich trotz des Geredes der Murnauer nicht beirren ließ.

Vor der Tür zog sie ihr Wolltuch noch fester um sich und Sascha, denn der Wind war mittlerweile stärker geworden und blies ihnen eiskalt schneidend entgegen. Auch Gabriele schob ihren Hut tiefer ins Gesicht, um sich zu schützen. Mit eingezogenen Köpfen und schnellen Schritten gingen sie über die Petersgasse in den Burggraben, und als sie endlich die Kottmüllerallee erreichten und bergauf gingen, wurde ihnen vor Anstrengung sogar warm. Von Weitem sahen sie, dass am Gartentor vor dem Münterhaus ein Mann und eine Frau standen, die von einem Bein auf das andere trippelten, anscheinend warteten sie schon länger in der Kälte.

Amalia traute beim Näherkommen ihren Augen nicht, es waren tatsächlich ihre Eltern im Sonntagsstaat. Ihr Herz schlug schneller, sie wusste nicht, ob vor Aufregung oder vor Freude.

Gabriele ging auf das Ehepaar Bernreuther zu und begrüßte sie. So offen und freundlich, dass es den beiden sichtlich unangenehm war. Zögerlich nahmen sie ihre dargebotene Hand an.

Dagegen schüttelte Amalias Vater Johannes Eichners Hand so heftig, als wäre er erleichtert, sich einem Mann gegenüberzusehen.

Amalia schaute zuerst ihre Mutter und danach den Vater an. »Grüß Gott und kommt's rein, drin ist es gemütlich warm.«

Gabriele führte die beiden in die Wohnstube und bot ihnen einen Platz auf der Eckbank an, nachdem sie ihnen die Jacken und Mäntel abgenommen hatte.

»Ich würd' erst mal die Sascha seh'n woll'n«, flüsterte Agnes Bernreuther und ging zur Wiege.

Gabriele kam ihr zuvor und hob die Kleine, die immer noch schlief, heraus. »Ist sie nicht ein bildhübsches Kind, unsere kleine Prinzessin. Und heute ganz besonders, in ihrem Taufkleid.« Sie übergab sie Amalias Mutter, die, obwohl sie schon viele Babys im Arm gehalten hatte, seltsam unbeholfen wirkte. Immer wieder griff sie mit der rechten Hand unter den kleinen Kopf, als könnte er abfallen.

In diesem Moment öffnete Sascha die Augen, und Amalia, die gerade aus der Küche mit dem Kaffeegeschirr kam, befürchtete, dass nun wieder das Geschrei einsetzte. Schließlich musste sie jetzt auch hungrig sein, es waren mehr als vier Stunden vergangen, seit sie das letzte Mal getrunken hatte. Aber es kam nichts, sie beobachtete mit großen Augen Amalias Mutter, die mit der Zunge schnalzte und Töne von sich gab, die Amalia noch nie von ihr gehört hatte.

»Mäderl, dem Herrn Pfarrer hast du es aber gezeigt, dem alten Zausl. Recht hast, nur so kommt man dem dummen Laffen bei. Wär doch gelacht, wenn wir uns von ihm das Kraut ausschöpfen lassen.«

Amalia glaubte, nicht richtig zu hören. Diese Worte aus dem Mund ihrer Mutter! Wo doch der Herr Pfarrer die höchste Instanz überhaupt war in ihrem Leben. Waren die Tränen in der Kirche womöglich doch aus Rührung gewesen? Hatte Amalia sich so verschätzt? Vielleicht war sie selbst zu aufgebracht gewesen, über alles, was ihr widerfuhr, dass sie niemandem Gefühle zugestand, schon gar nicht jemandem aus ihrer Familie. Sie musste aufpassen, nicht selbst eine sauertöpfische Alte zu werden.

Währenddessen wiegte ihre Mutter ihr Enkelkind in den Armen und trat auf ihren Mann zu. »Da, schau nur hin, das ist dein Opa.« Dem fiel nichts anderes ein, als Sascha mit dem Finger in den Bauch zu stupsen. Plötzlich setzte das Geschrei ein, und er trat erschrocken zurück. »Musst du so grob sein, ich glaub's ja nicht«, schimpfte ihre Mutter und schüttelte den Kopf.

»Ich glaub, sie hat Hunger, das lag nicht am Vater. Es ist schon über der Zeit, dass ich sie gestillt habe.« Amalia übernahm die Kleine. »Fangt schon mal mit dem Kaffee an, ich geh in meine Kammer zum Stillen.« Allmählich wich die Anspannung von ihr, und sie begann sich zu freuen. Es geschehen doch noch Wunder! Wenn sie es sich recht überlegte, war es gut, dass nicht die ganze Familie gekommen war. Ihre Eltern und Benedikt, die genügten ihr. Mehr brauchte sie nicht, und ihre Geschwister und deren Frauen und Ehemänner würde sie sowieso nie ändern können. Aber damit konnte sie leben.

Als sie mit der frisch gewickelten und gesättigten Sascha zurückkam, lobte ihre Mutter gerade den Streuselkuchen.

»Den hat Amalia gebacken, sie kann mit den geringsten Zutaten wahre Wunder vollbringen.« Gabriele lächelte sie wohlwollend an. »Und jetzt setz dich mal zu uns und iss selbst von deinem Kuchen, ich übernehme gern unser Töchterchen.«

Agnes, Amalias Mutter, krauste die Stirn, ein untrügliches Zeichen ihres Unmutes, das sich auch schnell in Verärgerung verwandeln konnte. Amalia vermutete, die Bezeichnung »unser Töchterchen« passte ihr gar nicht. »Geben Sie sie mir, Frau Münter, ich bin schon fertig. Ich habe ja sonst nicht viel Zeit mit meinem Enkerl«, meinte die Bernreutherin und nahm das Kind in den Arm.

Gabriele hatte ein feines Gespür. »Ich denke, der Herr Eichner und ich lassen sie jetzt allein, sicher wollen sie als Familie auch ein bisschen unter sich sein.« Sie trat auf die Eltern zu, um sich zu verabschieden.

Plötzlich zog Amalias Vater aus seinem Rucksack, den er vorher am Boden abgelegt hatte, etwas hervor. »Das haben wir mitgebracht, zur Stärkung für alle.« Er überreichte Gabriele einen gewaltigen Schinken und eine Kette mit drei aneinanderhängenden geräucherten Würsten. »Ein herzliches Vergelt's Gott«, meinte er, und Gabriele strahlte ihn an.

»So was Gutes haben wir schon lange nicht mehr zu essen gehabt. Damit können wir bis ins neue Jahr hinein richtig schlemmen.« Sie nahm den Schinken und die Würste in den Arm, als läge Sascha darin, und es machte ihr nichts aus, dass sie sich mit dem anhaftenden Ruß und Fett die Bluse beschmutzte. Dieses Geschenk war eine unglaublich großzügige Gabe, denn selbst die Bauern durften nicht ohne Genehmigung schlachten. Aber noch mehr freute sie sich für Amalia und Sascha, dass die Bernreuthers sich mit ihnen ausgesöhnt hatten.

11

Januar 1939

Der Arzt untersuchte eingehend Saschas Fuß, dabei drehte er ihn hin und her, hob und senkte ihn. Er beugte und streckte das Bein, dann bog er den Fuß entgegen der nach innen gezogenen Wuchsrichtung. Sascha schrie auf, gleichzeitig kullerten ihr die Tränen über die Wangen.

Amalia fühlte den Schmerz mit ihr. Am liebsten hätte sie ihn dem Mädchen vollständig abgenommen ...

»Das musst du schon aushalten, es wird noch mehr auf dich zukommen«, äußerte Professor Dr. August Ebeling ungerührt. »Mit so einem verkrüppelten Fuß musst du dir in Zukunft ein dickes Fell zulegen.«

Amalia drehte sich weg, sie konnte ihm nicht zusehen. Wie er das wohl meinte, bezog er das auf den zu erwartenden Spott der Mitmenschen, oder war es eine Anspielung auf die Politik, die ihre Tochter als »degeneriert« bezeichnete? Oder was sonst sollte das heißen? Warum äußerte sich eigentlich Herr Eichner nicht dazu, hatte es ihm die Sprache verschlagen? Nur er konnte dem Professor das Wasser reichen, nur ihm würde eine wirkliche Auskunft erteilt werden.

»Herr Professor Ebeling, wie ist Ihre werte Prognose bezüglich einer Heilung. Sehen Sie eine Möglichkeit, die Fußstellung zu korrigieren?«

»Heilung, Heilung, jeder will geheilt werden.« Unwirsch reagierte er auf Eichners Frage. »Vollständig heilen kann man das nie, da müsste man schon den Fuß abnehmen und ihn wieder gerade ansetzen.« Er fügte ein dröhnendes Lachen an.

Amalia war noch weniger zum Lachen zumute. Was wollte dieser derbe Rohling, der ihrem Kind Schmerzen zufügte?

»Es hat ein Gutes, da Sie frühzeitig mit dem Klumpfuß zu mir kommen. So haben wir eine echte, wenn auch kleine

Chance zur Regulierung. Aber die ist mühselig und schmerzhaft, das sage ich vorweg. Früher hat man einen derartigen Fuß fest bandagiert, um ihn in die richtige Stellung zu bringen. Heute wird der Fuß eingegipst, aber der Gips muss jede Woche erneuert werden. Dabei wird der Fuß Woche für Woche ein wenig mehr nach außen gedreht.«

Er sprach nur zu Eichner, Amalia schien er völlig zu ignorieren. Die atmete laut und tief ein und aus, immer schneller. Ihr Atem verselbstständigte sich und galoppierte gleichzeitig mit ihren Gedanken davon. Jede Woche nach München fahren, wie sollte das gehen, woher sollte sie das Geld dafür nehmen? Und die Behandlung musste sie auch bezahlen! Amalia bekam viel zu viel Luft und taumelte.

»Immer mit der Ruhe«, griff der Professor ein, »hier, atmen Sie in die Tüte, immer ein und aus, dann geht es Ihnen gleich besser.«

Als sie sich wieder beruhigt hatte und ihr Atem gleichmäßig wurde, flossen ihre Tränen, und sie verbarg ihr Gesicht hinter einem Taschentuch.

»Sie können das Kind wieder anziehen, danach kommen Sie in mein Sprechzimmer. Dort bereden wir alles Weitere.« Mit diesen Worten verschwand Ebeling durch die Tür.

Jedes Mal, wenn Amalia beim Anziehen Saschas Fuß berührte, schrie das Kind laut auf und zog ihn weg. »Der Grobian, hätte der nicht vorsichtiger mit ihr umgehen können?«, schimpfte Amalia.

Eichner trat neben sie, als hätte sie nichts gesagt. »Amalia, wir müssen überlegen, ob wir die Behandlung durchführen lassen wollen.«

»Des wird richtig teuer. Seh'n S', i' hab schon recht g'habt mit dem Bandagier'n, des war gar nicht so falsch.« Immer wenn Amalia aufgeregt war, verfiel sie in ihren bayerischen Dialekt.

»Das Geld soll nicht der Grund sein, die Behandlung abzulehnen. Das übernehmen Frau Gabriele und ich, darüber sind wir uns einig. Die Gesundheit ist schließlich das höchste Gut, das wir haben. Aber«, er legte ihr die Hand auf den Arm, »du musst bereit sein durchzuhalten. Ich kann mir vorstellen, dass der Gips äußerst unangenehm sein wird und auch Schmerzen verursacht. Sicher wird Sascha in dieser Zeit viel weinen.«

»Ich will, dass Sascha laufen kann wie alle anderen Kinder. Das ist mein größter Wunsch. Sie soll nicht unter dem Gespött leiden wie mein Bruder Benedikt. Und ich werde meine letzten Ersparnisse dafür geben, wenn die Behandlung etwas hilft. Den Vorwurf, ich hätte nichts unternommen, will ich mir nie machen müssen. Aber wenn sie deswegen noch mehr schreit und Sie beim Arbeiten gestört werden, frage ich mich, ob Sie das aushalten wollen.«

»Wenn das deine einzige Sorge ist, dann können wir dem Ebeling Bescheid sagen. Dann soll er am besten gleich heute mit der ersten Behandlung anfangen, dann sparen wir uns eine Fahrt.« Eichner verließ den Raum und kam wenige Minuten später mit Ebeling und einer Schwester in einer gestärkten weißen Schürze und mit einer riesigen Haube auf dem Kopf zurück. Er gab ihr kurze, klare Anweisungen, was zu tun war, und keine zwanzig Minuten später hatte die schreiende Sascha einen Fuß mit einem dicken Gips.

»Ach, meine arme Kleine. Drückt dich wieder der Gips.« Gabriele hob Sascha aus der Wiege, in der sie mit den Ärmchen um sich schlug. Ihre Beine strampelten immer wieder die Decke weg. Es war nun schon die vierte Woche, seitdem sie einen Gips trug, und die Nerven aller Hausbewohner lagen blank. Tag und Nacht schrie Sascha laut und durchdringend, die kurzen Momente, die sie in einen erschöpften Schlaf sank, fielen kaum ins Gewicht. Amalia stimmte mit Gabriele überein, dass es für alle Hausbewohner eine Erleichterung sei, als sich Anfang Februar die Gelegenheit für Eichner ergab, einige Wochen in München in der Redaktion der Zeitung *Münchner neueste Nachrichten* zu arbeiten. Gabriele selbst kam mit der Unruhe und der Lautstärke zurecht, besser als Amalia, die zum einen mit ihrem Kind litt, zum anderen wegen des Dauergeschreis immer ablehnender Sascha gegenüber wurde. Sie konnte kaum noch essen, und das ständige Stillen zehrte sie zusätzlich aus. Ihre Kleider schlotterten an ihr wie an einem Kleiderständer. Früher war sie schlank gewesen mit weiblichen Rundungen, jetzt waren diese vollkommen verschwunden.

Gabriele hob Sascha aus der Wiege, küsste sie und streichelte sie, lief hin und her, tanzte mit ihr und wiederholte ständig: »Mein hübsches süßes Töchterlein, bald ist alles gut, und wir laufen über Stock und Stein.« Sie widmete sich Sascha so hingebungsvoll, dass sie nicht bemerkte, dass Amalia in der Tür stand. Tränenüberströmt beobachtete sie Gabriele, bis ihr lautes Schniefen sie verriet.

Gabriele wandte sich ihr zu. »Was ist denn so schlimm, dass du so bitterlich weinst?« Sie blieb vor Amalia stehen und betrachtete sie mit besorgtem Blick.

»Sie sind die bessere Mutter, Frau Ella. Sie herzen das Kind, wie ich es tun sollte. Ich schaffe das nicht, schon Stillen und Wickeln fallen mir schwer. So habe ich mir das Muttersein nicht vorgestellt ... Sie sind wirklich die bessere Mutter.« Amalia blickte auf den Boden, die Scham über ihre eigene Unzulänglichkeit erdrückte sie.

»Das will ich jetzt nicht gehört haben, meine liebe Ama. Du tust alles, was in deiner Macht steht. Das erfordert eine fast unmenschliche Kraft, und ich bewundere dich dafür.«

»Ich hatte schon Albträume, dass ich Sascha ein Kissen auf das Gesicht drücke, damit sie endlich ruhig ist«, schluchzte sie auf. »Stellen Sie sich das mal vor, das eigene Kind ersticken! Ich habe Angst vor mir selbst, dass ich das irgendwann wirklich mache. Ich bin ein Ungeheuer, keine Mutter, so lautet die Wahrheit.« Sie drehte sich auf der Stelle um und lief aus dem Zimmer.

Gabriele legte Sascha, die auf ihrem Arm eingeschlafen war, vorsichtig in die Wiege und folgte einige Minuten später Amalia in die Küche.

»Wenn du die Schwarzwurzeln noch heftiger bürstest, bleibt nichts für uns zum Essen übrig.« Sie nahm Amalia die Bürste aus der Hand und drückte ihre Hände.

»Wir wussten, dass während der Behandlung eine harte Zeit auf uns zukommt. Jeder von uns leistet seinen Beitrag, wie er es am besten kann. Deiner ist ganz enorm, denn du trägst die Verantwortung für dein Kind, du stillst sie, dazu führst du den Haushalt ... Was willst du noch mehr?«

»Ich glaube, ich empfinde keine Liebe für mein eigenes Kind. Ich kann einfach nimmer, mir fehlt die Kraft dazu. Dabei meine ich jedes Mal, ich schau in Alexejs Gesicht, wenn ich sie ansehe. Das macht aber alles noch schlimmer für mich. Er wäre sicher ein liebenderer und verständnisvollerer Vater, als ich eine Mutter bin.« Amalia sank auf den Stuhl und drückte die Hände aufs Gesicht.

»Allein dass du das alles auf dich nimmst, zeigt doch schon deine Liebe für dein Kind. Du bist am Rand deiner Kraft und erwartest viel zu viel von dir. Ich wollte dir eh sagen, dass ich dich nächste Woche zum Professor Ebeling begleiten würde, denn ich habe einige Erledigungen in München vor. Aber nur, wenn es dir recht ist und dir hilft.«

»Ach, Frau Ella, Sie wissen doch, dass mir Ihre Begleitung jederzeit recht ist, das steht außer Frage.« Amalia wischte sich die Tränen weg.

»Dann machen wir das so, und jetzt trinkst du den Tee hier ... zur Beruhigung.« Gabriele reichte ihr eine große Tasse. »Du weißt doch, mit dem richtigen Tee wird alles gut.«

Februar 1939

Mein liebster A,

ich muss dir leider sagen, dass ich in meiner Aufgabe als Mutter eine vollkommene Versagerin bin. Unser Kindlein frisst meine Kräfte auf, ich werde dem Mädchen nicht gerecht. Jedes Mal, wenn sie schreit, breche ich in Tränen aus und fühle mich unfähig, richtig zu reagieren. Ich kann nicht unterscheiden, ob sie Hunger hat oder Trost wegen ihrer Schmerzen benötigt. Vielleicht möchte sie auch nur unterhalten werden, es ist mir ein Rätsel. Ich schaffe es nicht, auf ihre Bedürfnisse mit Hingabe und Geduld einzugehen. Manchmal habe ich mich dabei ertappt, bitte verzeih mir, dass ich Gedanken hege, unser Kindchen loszuwerden. Dann gehe ich ihr lieber aus dem Weg und meide jede Nähe, obwohl ich weiß, dass damit ihr Geschrei nicht besser wird.

Gabriele wäre die richtige Mutter für sie, sie weiß einfach immer, was zu tun ist. Mir scheint, sie hat eine unendliche Geduld zur Verfügung und kein Problem damit, ihre kostbare Zeit unserem Kindchen zu widmen. Sie liebt Sascha nicht nur abgöttisch, sie zeigt es ihr auch, sie küsst und herzt sie die ganze Zeit.

Ich bin so dankbar, dass Gabriele ihre Liebe unserem Kindchen zukommen lässt, denn von mir ist nichts zu erwarten. Ich bin dazu nicht fähig.

Es tut mir aus tiefster Seele leid, dass ich eine derartig schlechte Mutter bin. Ich hoffe, du kannst mir jemals verzeihen.

In verzweifelter Liebe,

Deine A

12

Dezember 1939

Seit drei Monaten herrschte Krieg. Hitler führte seinen Feldzug gegen Polen. Das Trio aus kneifendem Hunger, beißender Winterkälte und der Angst vor einem ausufernden Kriegsgeschehen war ein ständiger Begleiter nicht nur im Münterhaus, auch in der Bevölkerung hatte er sich breitgemacht. In den letzten Monaten hatten Gabriele, Eichner und Amalia selten das Haus verlassen, um den gefolgstreuen Murnauer Nationalsozialisten aus dem Weg zu gehen. Amalia vermochte sich kaum auszumalen, was passieren könnte, wenn von Gabriele der Hitlergruß gefordert werden würde! Die wenigen Male, als sie in das Dorf ging, hatte sie immer eine Tasche in der einen Hand und ihren Gehstock in der anderen, um keine Hand für den Gruß frei zu haben. Aber man konnte nie wissen, auf wen man traf und wie das von ihr kaum verständlich gemurmelte »Heil Hitler« ausgelegt werden würde.

Mit Sorge erkannte Amalia, dass sich Gabriele kaum noch zum Malen aufraffen konnte, denn das, was sie malen wollte, was ihrem Innersten entsprach, war verboten, galt als falsch, als »entartet«. Selten konnte Eichner sie motivieren, Bilder zu malen, die den nationalsozialistischen Vorgaben entsprachen. Er meinte, das würde die Aufmerksamkeit von ihrer früheren Malerei ablenken, die nur durch seine umsichtige Vorgehensweise nicht abgelehnt wurde. Aber man konnte nie wissen, auf welche Ideen manche Zeitgenossen kommen würden, um sich als besonders linientreu hervorzutun.

Amalia hatte ihr kleines Häuschen weiterhin vermietet, sie bewohnte mit Sascha das Zimmer unter dem Dach des Münterhauses. So ersparte sie sich am Morgen und Abend den beschwerlichen Weg zur Arbeit mit dem Kleinkind auf dem Arm. Die gewonnene Zeit konnte sie dafür nutzen, ihre tagsüber liegen gebliebenen Aufgaben am Abend zu erledigen, wenn Sascha schlief. Amalia wurde von dem ständigen inneren Zwang beherrscht, sie müsse die Stunden, die sie für Sascha zum Stillen und Spielen brauchte, wieder reinarbeiten. Mit der zusätzlichen Mieteinnahme für das Häuschen konnte sie Fleisch und Getreide bei den Bauern kaufen, um damit etwas zum mageren Speisezettel beizutragen. Das wenige, das übrig blieb, legte sie jeden Monat in eine Kassette, in der Hoffnung, ihrer Tochter später eine gute Schulbildung ermöglichen zu können. Sie sollte es einmal besser haben.

»Und jetzt noch einen Schritt, dann bist du bei der Mama, mein Töchterlein.« Gabriele lief gebeugt hinter Sascha her, während sie sie an den beiderseitig hochgestreckten Händen hielt, um sie zu Gehversuchen zu animieren. Amalia streckte ihr die Hände entgegen, aber Sascha ließ Gabriele nicht los. Sie wandte sich um, machte einen Schritt auf Gabriele zu und ließ sich langsam zu Boden gleiten.

»Mama Ella«, rief sie Gabriele zu, drehte sich zu Amalia und robbte zu ihr hin. »Mama Mali.« Das war die Unterscheidung zwischen Amalia und Gabriele, beide waren für sie die Mama, meistens klang es wie »Mamella« und »Mamali«. Anfangs war Amalia entsetzt gewesen, als sie es hörte, denn es bestätigte ihre Befürchtung, dass Sascha sich mehr zu Gabriele hingezogen fühlte. Sascha hatte den Rufnamen »Mali« von Benedikt aufgefischt, und als die Kleine auch »Mama Mali« gehaucht hatte, war Amalia ausgesöhnt gewesen. Sie hatte vor Glück und Erleichterung geweint. Vielleicht war sie doch nicht die Rabenmutter, für die sie sich immer gehalten hatte.

Sosehr sich die beiden Frauen auch bemühten, Sascha weigerte sich hartnäckig zu laufen. Mit Sicherheit lag es nicht an ihrem ehemals missgestalteten Fuß. Professor Ebeling hatte es tatsächlich geschafft, dass sich der Fuß nach Monaten im Gips mit geringer Abweichung in der normalen Fußhaltung befand.

Das wenige, was noch fehlte, würde sich mit festen Schnürschuhen regulieren lassen.

Vielleicht hatte sich die Erinnerung an die Schmerzen während der Behandlung so stark eingeprägt, dass Sascha es unbewusst vermied, den Fuß auf den Boden zu setzen. Bei jeder zufälligen Berührung am Fuß, sei es mit den Händen oder wenn sie sich anstieß, schrie sie gellend auf. Der Professor behauptete, dass sie sicher keinen Schmerz dabei empfinden würde, das sei nur Einbildung. Er bezeichnete die Kleine als störrischen Dickkopf, der ihr beizeiten ausgetrieben werden müsse. Gabriele konnte es nicht unterlassen, ihn darauf hinzuweisen, dass mit dieser Erziehungsmethode meist das Gegenteil erreicht werden würde. Als Gabriele aufgrund seiner Antwort, Eichner solle sich der Erziehung annehmen, dann würde das schon klappen, empört antworten wollte, schob Eichner sie aus der Tür. Er meinte, einen Streit über Erziehungsmaßnahmen mit Ebeling vom Zaun zu brechen, wäre vollkommen unangebracht. Sie sollten einfach froh und dankbar sein, dass der Fuß in Ordnung war. Schließlich müssten sie zukünftig jedes Jahr zur Untersuchung bei ihm vorsprechen.

Amalia war ihm so dankbar, dass er den Fuß geheilt hatte, sie hätte sich von ihm alles sagen lassen. Ihr Kind würde nicht hinken, mehr hatte sie nie von ihm erwartet. Zu ihrem großen Erstaunen hatte er nur die Hälfte seines üblichen Honorars berechnet, weil sie Durchhaltevermögen bei der Behandlung gezeigt habe. Amalia hatte dieses Geschenk gern angenommen, auch wenn der Mann in Weiß ihr damit noch rätselhafter erschienen war.

Sascha entwickelte sich wie jedes andere Kleinkind. Seitdem sie sitzen konnte und einige Wochen später versuchte, sich am Stuhl hochzuziehen, animierten Gabriele und Amalia sie mit einer Engelsgeduld, die ersten Schritte zu wagen. Aber sie weigerte sich vehement, sie ging einen Schritt mit dem linken Bein und ließ sich anschließend auf den Boden plumpsen. Es gelang ihr, auf dem linken Bein zu stehen, aber sie vermied es, den rechten Fuß auf den Boden zu setzen. Wieder einmal sank Amalias Zuversicht, sie fühlte sich absolut hilflos und überfordert. Ob ihr Kind wohl jemals würde laufen können?

Auch heute hoben und schoben die beiden Frauen Sascha zwischen sich hin und her, riefen »Englein flieg!« in der Hoffnung, dass sie dabei irgendwann unbeabsichtigt den Fuß auf den Boden stellen würde. Sascha gluckste lauthals vor Freude, wenn sie in die Luft geschleudert wurde, aber kaum zurück am Boden, stand sie wie ein Storch auf einem Bein.

Als es an der Haustür klopfte, ging Amalia hin, um zu öffnen.

Benedikt, dick mit Mütze und Schal eingemummelt, sodass sein Gesicht kaum zu sehen war, stand davor. Die Hände steckten in unförmigen Fausthandschuhen aus Fell. »Grüß dich, Bruder. Komm schnell rein und lass die Kälte draußen.« Amalia zog ihn am Arm, nachdem er den Schnee von den schweren Stiefeln geklopft hatte. »Wir sind gerade in der Stube und üben wieder mal das Laufen.« Amalia verdrehte Augen. »Es will gar nicht klappen. Sie weigert sich nach wie vor aufzutreten.«

Er begrüßte Gabriele, die neben Sascha am Boden saß.

»Onkel Ene, Onkel Ene!«, rief die Kleine strahlend und robbte auf ihn zu.

»Komm her, mein Mäderl, du bist doch die Beste. Und schau mal ...« Er griff unter seinen Wolljanker. »... ich hab dir was mitgebracht.« Alle Blicke waren auf ihn gerichtet. Er öffnete die Schale, die er mit beiden Händen geformt hatte, und lüftete das Geheimnis – ein winziges, flauschiges Häschen kauerte in seiner großen Hand.

Sascha war begeistert. »Ui, Hasi«, rief sie und patschte dem zitternden Fellknäuel auf den Kopf. Erschrocken sprang es aus Benedikts Hand und machte einen Satz auf den Stuhl. Schnell wie noch nie zuvor, zog sich Sascha am Stuhl hoch, den Hasen fest im Blick. Der jedoch sprang auf den nächsten Stuhl, und in diesem Moment setzte Sascha zum ersten Mal ihren rechten

Fuß auf den Boden. Sie hatte nur das Häschen im Blick und wollte es festhalten, aber es entkam ihr erneut und hüpfte auf den ersten Stuhl und wieder zurück. Sascha war so gefesselt von dem Wunsch, den Hasen zu streicheln, dass sie nun sogar zwei Schritte in Richtung des Stuhls unternahm und sich an der Sitzfläche festhielt, natürlich ohne den Mümmelmann zu erwischen. Enttäuscht ließ sie sich auf den Boden plumpsen.

Gabriele und Amalia nahmen sich an den Händen, still lächelnd mit Tränen des Glücks in den Augen.

Bevor sie lautstark protestieren konnte, nahm Benedikt das Häschen wieder in die Hand und hielt es Sascha hin.

»Ei, Ene, ei«, brabbelte sie vor sich hin, als sie das weiche Fell spürte.

»Ganz vorsichtig, ganz liab musst sein«, flüsterte ihr Bene zu und führte ihre Hand. »So machst du's richtig, genau so.« Seine Mundwinkel verzogen sich zu seinem typischen breiten Lachen, sie reichten fast von einer Backe bis zur nächsten, als er Amalia und Gabriele triumphierend ansah. »Ich hab's gewusst, das Mäderl braucht nur den richtigen Anreiz, dann wird's schon mit dem Laufen.«

»Es ist wie ein Wunder, ich kann's kaum glauben.« Amalia schüttelte wieder und wieder den Kopf. »Was machen wir denn mit dem Hasen? Zum Schlachten ist er noch zu klein«, stellte Amalia fest.

»Amalia«, entrüstete sich Gabriele. »Den behalten wir natürlich, es wird der Spielkamerad für Sascha. Mit seiner Hilfe lernt sie laufen, du wirst es sehen.«

»Und was wird der Herr Eichner dazu sagen? Ich kann mir nicht vorstellen, dass er das befürwortet.«

»Ich werde ihn davon überzeugen, dass so ein Häschen das Beste ist, was wir Sascha in ihrem Alter bieten können. Ich gehe gleich in den Keller und hole eine Kiste, und wir richten ihm ein schönes Plätzchen ein.«

»Ich bau euch einen Käfig mit Maschendraht, wenn ihr ihn wirklich behalten wollt. Aus einer Kiste springt der im Handumdrehen raus. Das wär nichts, worüber ihr euch freut, glaubt's mir.« Benedikt grinste erneut. »Und Heu bring ich euch auch mit, damit er nicht hungern muss.«

Während sie sich über die Ausstattung des Stalls unterhielten, hoppelte das Häschen durchs Zimmer, und Sascha robbte und krabbelte hinterher. Jedes Mal, wenn es auf das Sofa oder einen Stuhl sprang, zog sich Sascha hoch und hangelte sich an den Möbeln entlang, dem Häschen hinterher. Sie hatte den schmerzenden Fuß vergessen, er schien der Vergangenheit anzugehören.

Gabriele klatschte in die Hände vor Begeisterung, und Sascha jauchzte. Sie spürte, dass das Klatschen ihr galt, wusste aber nicht, wofür. Vor Begeisterung klatschte sie mit, wie sie das beim Singen der Kinderlieder auch immer machte. Das löste den nächsten Gefühlssturm der beiden Frauen aus, denn nun stand Sascha frei im Raum und klatschte. Sie konnten es nicht fassen, was hatten sie sich nicht alles ausgedacht, um Sascha zum Laufen oder Stehen zu bewegen – und ein winziges Häschen hatte es geschafft.

Als Sascha das Gleichgewicht verlor und mit ihrem Windelpopo auf den Boden plumpste, hielten sie kurz die Luft an. Aber das Geschrei blieb aus, sie zog sich wieder hoch, dem Häschen hinterher, »Hasi, Hasi!« rufend.

Niemand hatte bemerkt, dass Johannes Eichner seit einiger Zeit im Türrahmen stand und das Geschehen beobachtete. »Ein Hase hat das Wunder vollbracht, um das ihr beiden Damen euch seit Tagen bemüht.« Überrascht wendeten sich alle zu ihm hin. »Ich schätze, damit haben wir einen weiteren Hausbewohner, oder sehe ich das falsch?«

»Mein liebster Ei, ich wusste, dass Sie das mit einem Blick erkennen. Ach, wie schätze ich das an Ihnen, ohne große Worte und Diskussionen ist alles geklärt!«

Amalia erkannte, dass Gabriele die gleichen Gedanken hatte wie sie. Vermutlich hatte sie sich schon gedanklich eine Argumentationsliste zurechtgelegt, um die Anwesenheit des Häschens zu rechtfertigen.

»Meine Bedingung ist, dass er meinem Reich fernbleibt. Hasenkötel auf dem Teppich sind mir ein Graus.«

»Herr Eichner, ich verbürge mich dafür, dass Sie nirgendwo die Hinterlassenschaften finden.« Amalia wirkte, als wollte sie die Hand zum Schwur erheben.

»Dann fang doch schon mal an«, wies er Amalia auf das kleine, bohnenkernähnliche Häufchen vor dem Kachelofen hin.

Mein liebster A,

Sascha kann laufen!
Mein Bruder Benedikt brachte für unsere Tochter ein kleines Häschen mit. Sascha war versessen darauf, das Hoppelmännchen zu streicheln, und lief ihm, als es weghüpfte, hinterher. In diesem Moment hatte sie vergessen, dass sie sich weigerte zu gehen. Unsere wochenlangen Bemühungen, sie endlich dazu zu bringen, waren vollkommen überflüssig. Ein kleines Häschen hat es vollbracht. Wir sind überglücklich, denn unsere Verzweiflung, sie würde nie laufen lernen, war groß.
Es wäre so schön, wenn Du das miterleben und unsere Freude teilen könntest. Aber natürlich ist Deine Sicherheit wichtiger; das hat Vorrang. Trotzdem hoffe ich auf ein Wiedersehen … irgendwann, wenn der Krieg vorbei ist.

Deine überglückliche A

13

September 1941

Von einem Freund Gabrieles, der gemeinsam mit Alexej vor den Nazis geflüchtet war, war eines Morgens ein Brief gekommen, dass Alexej schon im März an seiner Krankheit verstorben war. Er hatte ihr Alexejs letzte Worte geschickt, die dieser ihm diktiert hatte, denn ihm selbst hatte die Kraft gefehlt, einen Stift zu halten.

Meine geliebte Amalia,

mit diesem Brief muss ich Abschied nehmen von der Welt und vor allem von Dir, meiner Geliebten.
Die Krankheit hat mich aufgefressen und so geschwächt, dass ich nicht, wie ursprünglich geplant, Hamburg und damit das Schiff für meine Flucht erreichte. Mein Geist ist wach, aber meine Hülle hat sich aufgelöst, meine allerletzte Kraft neigt sich dem Ende zu.
Im Gedenken an unsere kurzen, aber schönen Stunden verbleibe ich für immer Dein Geliebter!

Alexej

Amalias Entsetzen und ihre Trauer waren groß gewesen, und es hatte Monate gedauert, bis sie sich damit abgefunden hatte. Er war gestorben, ohne von ihrer gemeinsamen Tochter erfahren zu haben, denn sie hatte die Worte an ihn nie abgeschickt.

Amalia hütete seinen Brief wie ihren Augapfel, er war schon ganz zerfleddert, die Ränder gewellt und eingerissen, manche Buchstaben kaum noch lesbar, so oft hatte sie ihn in die Hand genommen und zärtlich darübergestrichen.

Es ging ihr erst wieder besser, als sie das abendliche Briefeschreiben an Alexej wieder aufnahm. Er sollte erfahren, wie sich sein Töchterlein entwickelte. Mit der Gewohnheit, ihm zu schreiben, hielt sie ihn in ihrer Vorstellung am Leben; er war ihr Anker eines jeden Tages und das Schreiben eine regelrechte Zeremonie für sie geworden. Abend für Abend zündete sie eine Kerze an, die auf der Kommode stand, die sie von Gabriele geschenkt bekommen hatte, darüber hing Alexejs Gemälde vom Gipfel des Herzogstands. Das Arrangement wirkte wie ein Altar, vor dem sie andächtig saß und den letzten Brief las. Immer und immer wieder. Den Herzogstand hatten sie beide geliebt, Alexej und Amalia, dort oben trafen sich in ihrer Vorstellung ihre Seelen. Während sie die Worte Alexejs auswendig rezitierte, schwelgten ihre Gedanken über die kurze Zeit, die sie gemeinsam verbracht hatten. Ihre Briefe waren die einzige Zwiesprache, die sie mit ihm als ihrem Mann und Vater von Sascha halten konnte.

Sascha war das Einzige, was ihr von Alexej geblieben war. Warum konnte sie ihr nicht die Liebe geben, die er nicht mehr annehmen konnte? Aber Amalia hatte nie gelernt, über Liebe zu sprechen, ja überhaupt das Wort in den Mund zu nehmen; es existierte in ihrer Familie nicht. Gabriele dagegen benannte in allen Facetten, was ihre Liebe zu Sascha ausmachte, sie kreierte neue Wörter, sie sang darüber, sie malte sogar Bilder dazu. Bei jeder Gelegenheit erfand sie für Sascha einen anderen Kosenamen – ob »Käferchen«, »Distelfink« oder »süßes kleines Glühwürmchen« –, Amalia wäre etwas Derartiges nie in den Sinn gekommen. Kein Wunder, dass die Kluft zwischen ihr und Sascha immer größer wurde, mit jedem einzelnen Tag, der verging, aber sie wusste nicht, wie sie es ändern sollte.

»Komm, mein hübsches Töchterlein, wir gehen ins Dorf.«

Sascha rappelte sich augenblicklich auf, denn Ausflüge liebte die Kleine, ganz besonders mit Gabriele. Die beiden hatten immer den größten Spaß miteinander, denn Gabriele ließ sich auf Sascha ein, sie blieb mit der gleichen Begeisterung stehen, um einen Regenwurm zu beobachten, genauso wie sie sich die Zeit nahm, mit Sascha die Geschäftigkeit der Ameisen zu betrachten. Außerdem bedeutete ein Gang ins Dorf für Sascha, dass sie etwas geschenkt bekommen würde, so war das bisher immer gewesen. Da heute auch Amalia dabei war, würde der Ausflug etwas gesitteter verlaufen, aber Ausflug war Ausflug.

Gabriele zog der Kleinen eine dicke, viel zu große Strickjacke über und schlug die Ärmel einige Male um, da sie deutlich zu lang waren. An diesem sonnigen Frühherbsttag genügte die Jacke, ein Mantel wäre zu warm. Außerdem musste Amalia den Mantel, den sie, wie viele andere Kleidungsstücke, von Resis Töchtern übernommen hatten, erst noch ausbessern. Der Saum war eingerissen, und Amalia wollte ihn mit einer bunten Tresse übernähen. Bis sich Gabriele ihre Jacke übergezogen hatte, schüttelte Sascha die aufgekrempelten Ärmel wieder von den Armen, sie hingen weit über ihre Hände herab.

»Sascha, willst du lieber hierbleiben? So können wir nicht losgehen. Sonst meint ein jeder, du hast keine Hände.« Gabriele schlug die Ärmel erneut um. Sie nahm ihren großen Umhängebeutel von der Garderobe, steckte zwei ihrer Gemälde hinein, bevor sie ihn über die Schulter hängte. Mit der anderen Hand fasste sie nach Sascha, die erneut die Ärmelumschläge herabgeschüttelt hatte.

Amalia wurde ungehalten und sprach ein Machtwort: »Sascha, jetzt ist es genug. Lass die Ärmel oben und laufe ordentlich an der Hand.«

Während die drei die Kottmüllerallee bergab gingen, drehte sich Sascha an Gabrieles Hand immer wieder um die eigene Achse, bis ihr Jackenärmel fest zu einem Strick verdreht war und die Jacke von der Schulter gezogen wurde. Amalia konnte diesem Getue nicht zusehen. »So, jetzt ist Schluss, du musst dich auch wieder zurückdrehen. Sonst ist die Jacke kaputt, bevor sie dir jemals richtig passt.«

Sascha löste sich von Gabrieles Hand und schüttelte den Ärmel, bis er sich wieder entwirrt hatte und glatt herunterhing. Nun jedoch um einiges länger als vorher. »Ui, die Jacke ist kaputt.« Ihr puppenhaftes Gesicht wirkte betreten.

»Kaputt nicht, aber nicht mehr schön. Da schimpft die Mama mit Recht, mein Töchterlein«, zwinkerte Gabriele in Amalias Richtung. »Ich kremple den Ärmel zum letzten Mal um, und das bleibt dann auch so.« Gabriele tippte ihr entschieden auf die Nase.

Sascha wusste, das Spiel war jetzt vorbei. Denn wenn Mama Ella darauf hinwies, dass Mama Mali schimpfen würde, dann war es ernst. Sie trippelte mit ihren kurzen Beinchen neben Gabriele her, die besorgt beobachtete, dass sie den rechten Fuß nur kurz aufsetzte und dann schnell zum linken wechselte. Vor ein paar Tagen hatte sie diese kleinen »Hüpfer« bemerkt, und seitdem versuchte sie, ihren besorgten Blick zu verbergen. Eigentlich müssten sie Professor Ebeling aufsuchen, aber es war gar nicht daran zu denken, mit dem Zug nach München zu fahren, geschweige denn sein Honorar zu bezahlen. Das wenige Geld, das sie hatten, reichte kaum für den täglichen Bedarf, darüber hinaus gab es nur wenig zu kaufen. Hunger war ihr täglicher Begleiter.

Zum Glück hatten Sie das selbst angebaute Gemüse aus dem Garten, für das das Rondell mit den wunderschönen Blumen hatte weichen müssen. Die üppigen Pfingstrosen, die hohen Stockrosen in Rot- und Rosatönen, die vielen Blautöne des Rittersporns, die prächtigen Margeriten – ein paar Stauden hatten sie an den Rand des Grundstücks neben der hohen und dichten Hecke gerettet, wo sie sich wegen des fehlenden Lichts zum Leidwesen aller immer mehr zurückzogen. Alle drei Bewohner des Münterhauses halfen bei der Gartenarbeit zusammen, sie hatten es sich zur Aufgabe gemacht, im Frühjahr mit letztjährigem selbst gewonnenem Samen zu säen, anschließend pflanzten sie die Setzlinge aus und bewachten mit Argusaugen während des Sommers täglich die Beete, damit sich die ebenfalls hungrigen Schnecken nicht über die Karotten, Bohnen, Rüben, den Lauch und die Zwiebeln hermachten. Selbst Eichner arbeitete mit, denn auch er schätzte den Wert des Gemüses als Grundlage ihrer Ernährung.

Während Gabriele sich immer noch Gedanken über Saschas Fuß machte, erreichten sie den Dorfmetzger. Mit einem Blick bemerkten Gabriele und Amalia, dass niemand im Laden war, was ihnen sehr gelegen kam. In der Theke lagen nur wenige Würste, ein paar magere Speckseiten hingen an Haken, außerdem ein Stück Schweinefleisch mit Schwarte.

»Grüß Sie Gott, Frau Münter, grias di, Mali, kommt's auch mal wieder runter ins Dorf.« Der Metzger begrüßte sie herzlich, schließlich kannte er sie seit fast dreißig Jahren.

»Grüß Gott, Loisl, das schöne Wetter hat uns zu einem kleinen Ausflug verlockt.« Während sie sich unterhielten, begann Sascha herumzuspringen und sich im Kreis zu drehen, dabei stieß sie erst einen Summton aus, der allmählich in einen schrillen, ständig lauter werdenden Ton ausuferte.

»Sascha, Herzchen, wir wollen uns unterhalten. Sei bitte für einen Moment still und bleib stehen.« Amalia griff ein und hielt sie mit einem eisernen Griff am Arm. Sascha erstarrte in ihrer Bewegung, als wäre sie eingefroren.

»Loisl, ich würde gern die Essensmarken und eines meiner Bilder gegen ein Stück Speck oder eine geräucherte Wurst eintauschen, was immer du erübrigen kannst.« Diese Art von Tauschgeschäft war die einzige Chance, zusätzlich zu den mageren Lebensmittelkarten etwas Fleisch zu bekommen. Aber ein höchst gefährliches Unterfangen, da es streng bestraft wurde. Keiner durfte sie dabei beobachten, denn man war sich nicht mehr sicher, wem man vertrauen konnte. Sie wusste, dass die meisten Murnauer nicht viel von ihrer Malerei hielten, aber der Metzger hatte sich bisher immer auf einen Tauschhandel eingelassen.

»Sie wissen doch, dass Sie bei mir was kriegen, wenn es auch nicht viel ist, was ich anbieten kann.« Er packte zwei

Rauchwürste und eine Speckseite ein, dazu noch ein gutes Pfund vom Schweinefleisch. Außerdem hielt er Sascha eine dünne Scheibe Fleischwurst hin.

»Magst ein Wurstradl?«

Ganz artig, als könnte sie kein Wässerchen trüben, schaute Sascha Gabriele und Amalia fragend an, und als beide nickten, nahm sie die Wurst an. »Danke schön, Herr Loisl«, wisperte sie.

Der Metzger klopfte lachend mit der Hand auf seinen Hauklotz. »Herr Loisl« hatte ihn noch kein Kind genannt.

Während Gabriele ihm zwei Bilder zur Auswahl reichte, begann Sascha erneut, erst leiser, dann immer lauter zu quietschen und sich wie ein Kreisel zu drehen. In diesem Moment betrat eine ältere, gebeugt gehende Frau den Laden. Abgelenkt durch Saschas Quietschen sah sie nicht, dass der Metzger die Bilder hinter der Theke verschwinden ließ.

Sie schüttelte den Kopf. »Kann denn niemand den Bankert zur Ruh bring'n, des ist ja nicht zum Aushalt'n?«, schimpfte sie in Richtung Amalia. »Die gehört ins Lager wie die andern auch, das ist doch eine wahre Rassenschand'.« Die Alte machte aus ihrer Ablehnung keinen Hehl.

Amalia schaute betroffen zu Boden, sie wusste nicht, was sie sagen sollte. Selbst Gabriele blieb der Mund offen stehen; es war selten genug, dass ihr keine Antwort einfiel. Aus den Augenwinkeln erkannte Amalia Gabrieles Entsetzen, hoffentlich würde sie sich nicht zu einer unbedachten Äußerung hinreißen lassen. Während Gabriele sichtlich nach Worten rang, drehte Sascha sich weiter – jetzt ohne Ton.

»Alexandra, lass das!« Wenn Gabriele ihren Taufnamen aussprach, dann war es genug, das wusste Sascha, und sie blieb stehen.

Plötzlich keimte bei Amalia der Verdacht auf, dass die Alte nicht Saschas Hinken meinte, sondern auf den russischen Vater anspielte, denn dieses Gerücht hatte sich nach Saschas Geburt im Dorf verbreitet. Was sonst meinte sie wohl mit Rassenschande? Amalie musste sich zusammenreißen, durfte nichts Falsches sagen, sonst stand demnächst der Gauleiter mit seinen Speichelleckern vor ihrer Tür, und das konnte schlimm ausgehen.

Gabriele reagierte, sie musste den gleichen Gedanken gehabt haben. »Was meinen Sie mit Rassenschande? Unser Töchterlein ist durch und durch arisch«, entgegnete sie mit betonter hochdeutscher Aussprache. »So deutsch wie jeder hier im Ort.«

»Wer's glaubt?«, keifte die Alte und verließ den Laden.

Loisl überging den Vorfall ohne ein Wort. »Schauen S', das hier nehme ich, das mit dem Sturm auf dem Walchensee. Unsere Oma wird sich freuen, wie über jedes Bild von Ihrer Hand.«

Gabriele atmete erleichtert auf, die Alte hatte wegen Saschas ungehörigem Benehmen nichts von dem Tausch mitbekommen. Aber Amalia machte der Vorfall zu schaffen, sie bekam plötzlich kaum noch Luft und hyperventilierte. Erst als sie in eine Tüte atmete, die ihr Gabriele hinhielt, beruhigte sie sich wieder. Gabriele legte ihr besorgt die Hände auf den Arm.

»Geht schon wieder, ich weiß auch nicht, was los war.« Sie schüttelte kaum merklich den Kopf, sie wollte nicht, dass der Loisl weiter auf ihren Anfall einging. Gabriele hatte anscheinend verstanden und wandte sich dem Metzger zu.

»Geht's der Oma gut, sie ist doch jetzt auch schon in den Achtzigern? Ich habe sie länger nicht mehr gesehen.« Gabriele mochte die alte Theres, die sich vor vielen Jahren von ihr hatte porträtieren lassen. Die Oma hatte überschwänglich von den Bildern und der Art, wie Gabriele malte, geschwärmt und Gabriele erzählt, was ihr die Bilder bedeuteten. Gabriele war überrascht gewesen über die Gefühle, die ihren eigenen beim Malen sehr nahe kamen.

»Die Oma muss liegen, es geht ihr nimmer so gut. Aber sie is' a Liabe, nicht wie manch andere Zwiderwurzn.« Loisl nickte in Richtung der Alten, die den Laden verlassen hatte.

Gabriele grinste, der Ausdruck traf den Nagel auf den Kopf.

»Dann richte ihr doch bitte einen Gruß von mir aus; wenn ich das nächste Mal ins Dorf komme, werde ich sie besuchen.«

Gabriele zog Amalia, die wie versteinert mitten im Laden stand, am Arm, und zusammen verließen sie die Metzgerei. Sascha trottete ungewöhnlich still hinter ihnen her. Außerhalb der Hörweite anderer Dorfbewohner blieb Gabriele zitternd stehen und atmete laut hörbar mehrere Male ein und aus.

Sie hielt Sascha an den Schultern. »Alexandra, das war nicht nur sehr ungehörig von dir. Es ist gefährlich, wenn du dich so benimmst, und es macht mir Angst. Du tust deiner Mama und auch Opa Ei keinen Gefallen damit.«

Und zu Amalia gewandt flüsterte sie, dass ihnen Sascha zwar durch ihr ungehöriges Verhalten geholfen habe – mit der Ablenkung von dem verbotenen Tauschhandel –, trotzdem müsse sie sie tadeln, damit sie sich in Zukunft gebührlicher verhalten würde.

Amalia war überrascht, so hatte sie Gabriele noch nie mit ihrer Tochter reden hören. Aber es war durchaus angemessen und richtig. Sie konnte also auch streng sein.

Sascha schaute Gabriele mit großen Augen an, und plötzlich kullerten die Tränen. »Sascha wieder lieb, nicht dem Opa Ei sagen.« Sie streckte die Hände nach Gabriele und Amalia aus. Aber nur Gabriele beugte sich zu ihr herab und nahm sie in den Arm. »Es ist wieder gut, aber versprich mir, dich nie wieder so aufzuführen.« Für beide Frauen war es erstaunlich, zu erkennen, wie wichtig es für Sascha war, Opa Ei nicht zu verärgern. Er war die Respektsperson, die sie ohne Murren akzeptierte.

Während sie Hand in Hand die Allee zum Münterhaus hochgingen, löste sich allmählich die Angst und der Ärger beider Frauen und machte der Freude über ihren Einkauf Platz. Heute Abend hätte jeder eine Scheibe Wurst auf dem Brot, und es würde das reinste Festmahl werden.

Mein liebster A,

heute hat uns Saschas ungehöriges Benehmen beim Metzger davor bewahrt, von einer linientreuen und boshaften Murnauerin bei unserem Tauschhandel »Gemälde gegen Fleisch« entlarvt zu werden.
Obwohl das in diesem Moment unser Glück war, habe ich große Zweifel, ob Sascha jemals lernt, sich gewissen Regeln unterzuordnen und zu fügen. Der Einzige, dem sie wirklich Respekt zollt, ist Johannes Eichner. Ich danke täglich meinem Schöpfer, dass ich mit Sascha im Münterhaus leben darf. Gabriele und Johannes Eichner sind die besseren Eltern und Erzieher für unser Kind. Als Mutter eigne ich mich nur bedingt, so schwer es mir fällt, das einzugestehen.

Deine liebste A

14

Dezember 1944

Der Krieg dauerte an. Die Verluste, die die deutsche Armee erlitt, wurden in der Öffentlichkeit immer wieder beschönigt. Die Durchhalteparolen in Hinblick auf den Endsieg wurden leiser und verstummten allmählich, denn den meisten war zu diesem Zeitpunkt längst klar: Der Krieg war verloren. Jeder arrangierte sich nach seinen Möglichkeiten mit dem Leben und hielt sich nach außen hin bedeckt. Im Münterhaus war es ungemütlich kalt, selbst Holz und Kohle gab es in geringsten Mengen nur auf Bezugsschein, alles wurde für die Unterstützung der Truppen konfisziert. Die umliegenden Wälder um Murnau waren wie leer gefegt, nicht das kleinste Ästchen blieb am Boden liegen, ganze Familien durchkämmten die Forsten und sammelten, was irgendwie brennbar erschien.

Amalia und Gabriele trugen zum Schutz vor der Kälte mehrere Lagen Pullover, Röcke und wollene Strümpfe übereinander. Mit den vielen Lagen Stoff wirkten sie gut genährt, dabei waren sie unter den vielen Schichten mager und ausgezehrt. Die Hände steckten in fingerlosen Handschuhen, das hielt sie beweglich, und wenn es im Haus ganz kalt wurde, setzten sie Mützen mit Ohrenklappen auf, aus aufgelassener Wolle selbst gestrickt. Für Sascha hatte Gabriele eine pluderartige Hose aus einem alten Wollcape genäht. Unter den weiten Hosenbeinen trug sie, entsprechend der Temperatur, mehrere Wollstrümpfe übereinander. Das monotone Klappern ihrer Holzschuhe war den ganzen Tag im Haus zu hören, denn Lederschuhe waren den Soldaten vorbehalten.

Im Münterhaus war es ein ungeschriebenes Gesetz, nie über den Mangel zu sprechen, als könnten sie damit vermeiden, dass er sich noch deutlicher zeigte. Dagegen wurde die Freude über alles, was Amalia unter widrigsten Umständen auf den

Tisch brachte, laut und überschwänglich geäußert. Gabriele meinte, die Dankbarkeit für das, was sie hatten, würde den Blick ablenken von dem, was ihnen fehlte. Und ein dankbarer Mensch war zufrieden und glücklich, diesem Gefühl konnte man sich nicht verwehren.

Wenn es das Wetter und die Jahreszeit zuließ, streifte Amalia schon in aller Frühe nach Sonnenaufgang durch die Felder und sammelte jedes Kräutlein, das sie kannte. Sie war oft stundenlang unterwegs, irgendetwas brachte sie immer mit nach Hause, das im Kochtopf landete oder durch Trocknen haltbar gemacht werden konnte. Im Herbst entdeckte sie einen Hagebuttenstrauch, der durch andere Büsche verdeckt wurde. Sie strahlte vor Freude über den Fund und kochte mit den Hagebutten ein köstliches Mus, leicht gesüßt mit ihrem selbst geernteten Honig.

Im Sommer hatte sie bei einem ihrer Streifzüge durch den Wald einen Bienenstock in einem abgestorbenen dicken Ast einer Eiche entdeckt. Umsichtig hatte sie einige Honigwaben geerntet und den daraus gewonnenen Honig wie einen Goldschatz gehütet. Er ergänzte gelegentlich ihre geringen Zuckerrationen, und sie behielt eine eiserne Reserve zurück, falls jemand im Münterhaus krank werden würde, denn Honig hatte eine große Heilwirkung. Amalia hatte gelernt, mit allem zu haushalten, sich von allem Reserven zurückzubehalten, auf die sie im Notfall zurückgreifen konnten.

Da jedoch seit Wochen Schnee lag und die Temperaturen immer noch weiter ins Minus sanken, war sie schon lange nicht mehr unterwegs. Die wenigen Vorräte, die noch im Keller einlagerten, hatten sie streng rationiert, sie mussten bis zum Frühling reichen, wenn Brennnesseln, Sauerampfer und Gräser wieder austrieben.

Heute stand eine Brotsuppe auf ihrem Speiseplan, nicht wie früher mit Zwiebeln, ausgebratenem Speck und angedickter Milch gekocht, sondern nur mit einer Kräuterbrühe und eingeschnittener Zwiebel angereichert. Ihr Entsetzten war unermesslich, als sie die dafür gesammelten harten Brotrinden aus dem Stoffbeutel nahm und erkannte, dass alle verschimmelt waren. Ihr kamen die Tränen, das Gefühl der Ohnmacht übermannte sie. Sie konnte noch nicht einmal den Schimmel wegschneiden, denn das Brot war verdorben. Wie konnte ihr so ein schwerwiegender Fehler unterlaufen; sie war fassungslos.

»Hör auf zu jammern, das hat noch nie geholfen«, schalt sie sich selbst und wischte die Tränen weg. In diesem Moment sah sie Hasi im Flur hoppeln, der gerade seine Kötel neben der Eingangstür hinterließ. Bevor sie mit ihm schimpfen konnte, kam ihr ein Gedanke – aber nein, sie durfte ihn nicht zu Ende führen. Obwohl, das wäre ein Festschmaus für viele Tage. Aber wie sollte sie das Fehlen des Hasen erklären, wenn gleichzeitig eine Brühe mit Fleischeinlage auf dem Tisch stand. Sascha wäre noch zu klein, um Rückschlüsse zu ziehen, aber sie traute es Gabriele zu, dass sie sich weigern würde, davon zu essen. Als Bauerntochter dachte Amalia pragmatisch – aber trotzdem brachte sie es nicht übers Herz, den Hasen zu packen. Während sie dem davonhoppelnden Tier hinterherschaute, bemerkte sie plötzlich, dass Gabriele in der Tür stand und ihren Blick verfolgte.

»Denk gar nicht darüber nach, meine Liebe. Das kannst du unserem Töchterlein nicht antun. Du weißt, durch ihn hat sie laufen gelernt.« Gabriele legte ihr die Hand auf den Unterarm.

Amalia senkte wie eine ertappte Sünderin den Kopf.

»Ich gehe mit Sascha runter ins Dorf, irgendwas Essbares werde ich finden. Aber rühr den Hasen nicht an, niemals. Versprich es mir.« Die letzten Worte flüsterte Gabriele, denn Sascha durfte nichts davon mitbekommen. Sie griff zu ihrem Umhang, hängte sich die große Tasche schräg über die Schulter, nahm einen Stock, damit sie auf dem eisigen Weg nicht ausrutschte, und fasste an der anderen Hand Sascha, die bereits angekleidet war. So zogen sie los, und Amalia sah ihnen nach, bis sich Saschas Geplapper durch die Entfernung verlor.

Während Amalia den Boden von der Hinterlassenschaft Hasis säuberte und anschließend wischte, war sie immer noch erschüttert, dass Gabriele ihre Gedanken hatte lesen können. Waren sie ihr so deutlich ins Gesicht geschrieben? Wer weiß, welche ihrer Gedanken Gabriele sonst noch ahnte? Hatte sie erkannt, dass sie sich als schlechte Mutter fühlte, die ohnmächtig und unfähig war, ihr Kind zu lieben? Sie erfüllte ihre Pflichten, aber mehr ging einfach nicht. Sie selbst hatte von ihrer Mutter nie liebevolle Zuwendung erfahren, und egal wie groß ihr Wunsch danach war, sie schaffte es nicht, mit Sascha zärtlich umzugehen. Bei Gabriele dagegen schien es ganz normal zu sein, ein inneres Bedürfnis, über das sie nicht nachdachte – sie äußerte es einfach. Aber jedes Mal, wenn sie auf Sascha zugehen wollte, um sie in den Arm zu nehmen, war es, als würde sie innerlich erstarren, sie konnte es einfach nicht. Diese lähmende Distanz war ihr zuwider, doch sie fand keinen Weg, sie zu lösen. Selbst die Vorstellung, Sascha wäre Alexej, half nicht. Im Gegenteil, es verschlimmerte die Situation. Lag es daran, dass er nie mehr zurückkommen würde?

Amalia wischte ihre Gedanken mit einem Handstreich weg. Diese Befindlichkeiten waren im Moment nebensächlich, gerade jetzt wurden sie vom Hunger geplagt. Aber wer wusste es schon, vielleicht hatte Gabriele Glück. Wenigstens ein paar Brotrinden oder eine welke Kartoffel ... Daraus ließe sich eine nahrhafte Suppe kochen. Getrocknetes Zwiebelkraut und einen Hauch gerebelten Majoran könnte sie zum Würzen verwenden, dann hätte sie sogar noch Geschmack. Während sie über die Zubereitung der fehlenden Zutaten nachdachte, flossen ihre Tränen, ohne dass sie es selbst bemerkte.

Es entging ihr, dass Johannes Eichner plötzlich in der Küche stand. Erst als er ihr wortlos ein Taschentuch reichte, nahm sie ihn wahr.

Amalia lehnte es beschämt ab, trocknete ihre Tränen mit ihrer Schürze und legte beide Hände ineinander. »Es ist nichts, Herr Eichner, entschuldigen Sie bitte meine Schwäche. Frau

Gabriele ist auf dem Weg ins Dorf. Sie meinte, sie würde etwas für unser Nachtmahl auftun.«

Eichner schob seine Hände in die ausgebeulten Taschen seiner Hausjacke. Amalia verfolgte die Bewegung seiner Hände und bemerkte, dass die Ränder der Jacke schon wieder ausgefranst waren. Dieses Mal müsste sie die Kanten mit einem Stoff einfassen, denn nur mit ein paar Nähstichen würde der fadenscheinige Stoff nicht mehr zusammenhalten.

»Gabriele ist ein Mensch, dem immer wieder das Glück begegnet, gerade dann, wenn man es nicht vermutet. Sie vertraut darauf, und wir sollten es auch tun.« Er lächelte sie an und räusperte sich. »Darf ich Sie um einen Ihrer heilsamen Tees bitten. Ich glaube, ich habe mir den Magen verdorben.«

»Wovon sollten Sie sich den Magen verdorben haben. Der Hunger wird es sein, der Ihnen Unwohlsein bereitet. Aber, keine Sorge, ich weiß schon, welches Kraut dagegen hilft.« Amalia war froh, etwas tun zu können, und setzte Teewasser auf. Sie stellte eine Tasse mit Untertasse und die Teekanne auf ein Tablett, auf dem ein weißes Spitzendeckchen lag. Gabriele bestand darauf, dass trotz aller Not die äußere Form gewahrt blieb, so könnten sie ihre Selbstachtung sichern. »Das schöne Drumherum kostet uns nichts, aber es unterstützt unsere Wertschätzung und die guten Sitten«, lautete ihr Motto.

»Stellen Sie für sich selbst eine Tasse dazu, dann setzen wir uns gemeinsam in die Wohnstube, bis Gabriele und die kleine Sascha zurück sind.«

Sie nahmen auf der Eckbank Platz, dabei wickelte sich jeder eine Decke um Hüfte und Beine. So ließ sich die nur leicht überschlagene Temperatur aushalten, und der Tee wärmte von innen. Wortlos tranken sie ihren Tee, beide hatten die Fähigkeit, die Stille im Zusammensein genießen zu können.

Nach einer Weile schloss Amalia die Augen und atmete tief ein. »Beinahe könnte man die Not, den Krieg und den Hunger vergessen«, sinnierte sie.

»Wir haben das große Glück, hier in Murnau geschützt und relativ unbehelligt vom Kriegsgeschehen zu leben. Es sind keine Bomben gefallen, auch sind uns Plünderungen durch Soldaten erspart geblieben. In den großen Städten wie München und Berlin, in denen die Menschen ständigen Luftangriffen und der Zerstörung ihrer Wohnungen ausgesetzt waren, kann keiner auch nur einen Moment den Krieg vergessen.«

»Wie lange können wir dem noch standhalten, wie lange können wir das aushalten?«

»Der Krieg wird aller Voraussicht nach nicht mehr so lange andauern. Allerdings, einen Sieg wird es für uns nicht geben, auch wenn immer noch einige meinen, diesen lautstark verkünden zu müssen.«

»Darauf haben wir doch im letzten Jahr schon gehofft, und immer wieder ging es weiter.« Amalia schüttelte den Kopf. »Die unsägliche Not, wegen der viele Münchner hier bei uns die Gärten und Felder nach Essbarem durchsuchen, ist kaum zu ertragen. Die beiden Buben, die letzte Woche plötzlich in unserem Keller standen und versucht haben, unsere letzten Kartoffeln und ein paar dürre Äste als Brennholz zu stehlen, waren am Verhungern ... Es hat mir die Tränen in die Augen getrieben. Ob die vier Kartoffeln und zwei Äpfel, die ich ihnen mitgegeben habe, geholfen haben, den Hunger ihrer Familien zu stillen? Ich bezweifle es ...«

»Sie werden sehen, bald ist es so weit; in ein paar Monaten hat alles ein Ende.«

»Sie sagen ›alles‹ ... Hat es mit uns dann auch ein Ende? Was soll aus uns werden, selbst wenn der Krieg vorbei ist, steht nicht plötzlich Essen auf dem Tisch. Im Gegenteil. Die Felder und Gärten sind verwüstet, viele Häuser sind zerstört. Die Männer sind im Krieg gefallen oder kommen schwer verletzt an Leib und Seele nach Hause. Wie soll das alles wieder werden? Wo finden die Menschen ein Dach über dem Kopf, wer bestellt die Felder, um Nahrungsmittel für Mensch und Tier anzupflanzen? Wer sich mit dem Wiederaufbau beschäftigen muss, kann keine anderen, genauso notwendigen Arbeiten leisten. In den letzten Jahren blieb alles an den Frauen hängen, die jetzt ausgezehrt und ausgemergelt sind; jedem geht die Kraft aus. Wir hier im Münterhaus haben großes Glück, denn es geht uns sicherlich immer noch deutlich besser als den anderen Haushalten, wo viele Kinder, Alte und Kriegsversehrte zu versorgen sind.« Amalia verbarg ihren Kopf in den Händen. Heute glomm keinerlei Fünkchen Hoffnung in ihr auf, keiner konnte ihr ihre Ängste nehmen.

In diesem Moment hörten sie das Quietschen des Kellereingangs, den sie seit dem Wintereinbruch benützten. So blieb die Kälte im Keller und brach nicht mit dem Öffnen der Haustür in die Wohnräume ein. Danach klapperten Saschas Holzschuhe kurz und schnell auf der Treppe, kombiniert mit den langsameren und festeren Schritten Gabrieles, und plötzlich wurde die Tür aufgerissen.

»Unser Abendessen ist da! Wir waren im Griesbräu bei der Tante Resi. Einen ganzen Topf voll. Schaut!« Sascha wies auf Gabriele, die eine große Kanne ohne Deckel trug.

»Frau Gabriele, ich bin sprachlos«, erhob sich Amalia. »Wie haben Sie das geschafft?« Sie trat auf sie zu, um ihr den Topf abzunehmen. In diesem Moment wirbelte Sascha zu ihr herum und stieß mit dem Arm gegen die Kanne, die Suppe schwappte über ... und landete in einer großen Pfütze am Boden.

Eichner, Gabriele, Amalia und selbst Sascha blickten wie erstarrt auf den Boden, still und reglos. Bis sich Amalias Erstarrung löste und sie wie ein Blitz in die Küche lief, mit einer Kuchenpalette zurückkam und versuchte, die Suppe vom Boden aufzuschöpfen. Gabriele hielt sie davon ab, die aufgenommene Suppe zurück in die Kanne zu kippen.

Keiner hatte ein Wort gesprochen, bis Sascha einen klagenden Laut ausstieß und sich hinter Gabriele versteckte. »Ich wollte das nicht, ich wollte das nicht ...« Der Schreck durchfuhr ihren kleinen Körper und schüttelte sie, ihr Schluchzen war schrill und durchdringend.

»Musst du überall deine Finger dazwischenhaben, ich versteh's einfach nicht«, herrschte Amalia sie an. Sie war zutiefst enttäuscht von ihrer Tochter. Wenn es irgendwo ein Malheur gab, Sascha war beteiligt.

Sascha schaute hoch zu Gabriele, die ihre Arme tröstend und schützend um das Kind gelegt hatte. Natürlich, Frau Ella tröstete sie, dabei hätte sie eine Ohrfeige verdient. Sie war der Urheber des Unglücks, Trost war fehl am Platz. Und sie, Ama, war wieder einmal die Mama, die schimpfte und nichts verstand.

»Schau, Saschakind, die Mama ist eine wahre Zauberin.« Gabriele wies auf den Topf. »Der ist noch halb voll, wir schütten noch ein bisschen Wasser dazu, dann ist alles in Ordnung.«

Allmählich traute sich Sascha wieder aus der schützenden Deckung von Gabrieles Armen heraus, vorsichtig schaute sie Amalia und Eichner an, als würde sie sich versichern wollen, dass sie weiterhin unter Gabrieles Schutz stand.

Amalia schüttelte den Kopf. »Geh in dein Zimmer, bis zum Abendessen will ich dich nicht mehr sehen.« Sascha lief schnell aus der Reichweite ihrer Mutter. Sicher war sicher.

»Geh, liebe Ama. So schlimm war's doch nicht. Das hätte jedem passieren können. Es war doch keine Absicht, sie war so stolz und hat sich unbändig gefreut.« Gabriele legte ihr die Hände auf die Schultern und sah sie an.

»Wenn alles ausgelaufen wäre, dann müssten wir heute Abend hungrig ins Bett. So schaut's aus. Ich zerbreche mir den ganzen Tag den Kopf, was ich Essbares auf den Tisch bringen könnte, und sie schusselt es auf den Boden. Ich versteh das Mädel nicht ...«

»Deine Freundin Resi meinte, wir hätten schon längst kommen sollen. Sie benötigt deine Hilfe in der Küche, wenn möglich, sollst du jeden Tag um zehn Uhr kommen. Das Griesbräu muss die hochrangigen Kriegsgefangenen versorgen, die in der Kaserne interniert sind, und sie schafft das nicht allein.

Ihre Töchter sind noch nicht alt genug, um ihr eine echte Hilfe sein zu können.«

»Die Resi wieder, das hätt' sie mir doch schon längst sagen können. Natürlich helfe ich ihr aus. Wie oft hat sie mir schon in der Not beigestanden. Das ist eine wahre Freundin, ein wahres Gottesgeschenk.« Amalia konnte es kaum glauben, denn dieses Angebot bedeutete für die Bewohner des Münterhauses die Rettung. Sie war sich sicher, dass sie nach dem Kochen nie mit leeren Händen nach Hause gehen würde. Nun war der größte Hunger vorbei.

Nachdem Amalia die Küche aufgeräumt hatte, goss sie sich eine Tasse Tee auf und nahm sie mit in ihr Schlafzimmer. Sascha wurde sofort nach dem Essen ins Bett geschickt, ohne gemeinsames Spiel oder eine Geschichte, die Johannes Eichner ihr allabendlich vorlas. Sie sollte spüren, dass ihr Handeln Auswirkungen hatte. Als Amalia das Schlafzimmer unter dem Dach betrat, das sie gemeinsam mit Sascha bewohnte, wurde ihr Blick von einem in vielen Farben leuchtenden Bild auf ihrem Bett angezogen. Verschiedenfarbige Dreiecke, Rechtecke, Quadrate und Kreise waren darauf zu sehen; Gabriele hatte es mit Sascha vor einigen Tagen gemalt. Sascha hatte es als ihr allerallerbestes Bild bezeichnet, sie würde es nie verschenken oder verlieren.

Amalia klangen diese Worte im Ohr, als sie das Bild sah. Mit krakeliger Schrift lag ein Zettel daneben, auf dem stand: Für Meine bäste MAMA. Der Hauch eines Lächelns entspannte Amalias Gesichtszüge. Sie war erleichtert, wenigstens hatte Sascha verstanden, dass sie sich über ihr ungestümes Verhalten ärgerte. Hoffentlich würde das Kind nicht so bleiben, denn damit stünden ihm viele Schwierigkeiten ins Haus. Sie schob den Vorhang, der Saschas Bett von ihrem Zimmer trennte, auf die Seite und blickte zärtlich auf ihre schlafende Tochter. Natürlich war sie glücklich über das kleine Wesen, doch oft machte es ihr das Leben schwer. Oder erschwerte sie es sich selbst? Die ungewisse Zukunft des Kindes, der ständige Hunger, die Ängste wegen des nicht enden wollenden Krieges, die Sorge um ihren Bruder Benedikt – die Liste war endlos und wurde täglich länger.

Sie fühlte eine riesengroße Last auf ihren Schultern, die ihr zeitweise die Luft zum Atmen nahm, aber es gab niemanden, der ihr davon etwas abnehmen oder sie wenigstens mit ihr teilen konnte. Benedikt fehlte ihr sehr, er wäre für sie da. Aber seit zwei Jahren hatte sie nichts von ihm gehört, er galt als verschollen. Sie vermutete, dass er in Gefangenschaft geraten oder irgendwo auf dem Schlachtfeld getötet worden war, denn wäre es ihm möglich gewesen, hätte er sich bei ihr gemeldet.

Der Krieg hatte ihrer ganzen Familie schwer zugesetzt. Ihr ältester Bruder wurde gleich am Anfang von einem Querschläger getötet, die Männer ihrer beiden Schwestern waren ebenfalls eingezogen, da sie jedoch mit den Schwestern keinen Kontakt hatte, wusste sie nichts über deren Verbleib. Ihr Vater war nach einem komplizierten Oberschenkelhalsbruch seit fast drei Jahren bettlägerig. Durch die fehlende medizinische Behandlung war er sich selbst und der Mutter eine große Last. Jedes Mal, wenn Amalia ihn besuchte, sprach er davon, sterben zu wollen, sie solle ihm helfen, die Familie und sich selbst von ihm zu befreien. Ihre Mutter und ihre Schwägerin Vroni, die als Witwe mit den Kindern bei Amalias Eltern wohnte, arbeiteten bis zur Erschöpfung auf dem Hof, um das, was von der Landwirtschaft übrig war, zu erhalten. Auch sie hatten genug Sorgen, Amalia wäre nie auf die Idee gekommen, sich an sie zu wenden.

15

September 1945

Sascha hüpfte zwischen Amalia und Gabriele, die sie an den Händen hielten, unruhig vor und zurück. Heute war ihr erster Schultag, und sie war aufgeregt wie noch nie zuvor. Endlich durfte sie das, was sie mit Opa Ei und Mama Ella seit einigen Jahren täglich geübt hatte, mit anderen Kindern gemeinsam in der Schule fortsetzen. Sie konnte schon flüssig schreiben, lesen und auch rechnen, selbst das Einmaleins beherrschte sie. Opa Ei hatte ihr auf ihre Frage, was es denn sonst noch zu lernen gebe, geantwortet, dass da immer noch etwas Neues war, was man lernen könnte, auch er selbst würde täglich immer wieder dazulernen. Sascha war sehr gespannt, was das wohl sein könnte. Noch größer war ihre Neugier auf die vielen Kinder, mit denen sie mehrere Stunden an jedem Tag verbringen sollte. Möglichst still solle sie sich verhalten, hatte Mama Mali ihr geraten, es sei denn, die Lehrerin richtete eine Frage an sie. Aber was sollte die von ihr wissen wollen, es war doch umgekehrt: Sascha würde ganz viel von ihr hören wollen, alles eben, das sie noch nicht kannte.

Sie hatte sogar ein neues Kleid bekommen, rosa, mit kleinen Blümchen drauf. Mama Ella hatte es ihr heute Morgen überreicht, und sie liebte es, wie die Rüschen am Saum immer auf und ab wippten beim Gehen. Während sie zwischen den beiden Frauen hüpfend und hopsend weiterging, plumpste auf ihrem Rücken der Schulranzen auf und ab, die Schreibtafel und die Kreide verursachten jedes Mal ein dumpfes Poltern. Sie war so stolz, endlich war sie ein Schulkind, und ab morgen durfte sie sogar allein zur Schule gehen.

Den Weg kannte sie seit Langem, denn es war annähernd der gleiche wie zu Centa, Zilly und Afra, den Töchtern von der Tante Resi aus dem Griesbräu. Sascha kannte deren Geschichten über die Schule und hatte sie Gabriele und ihrer Mama erzählt. Centa, die älteste Tochter, war schon dreizehn Jahre alt. Sie hatte verkündet, dass sie ganz schnell mit der Schule fertig werden wolle, um dann Köchin zu werden bei ihrer Mutter im Gasthaus. Bei Zilly, der mittleren, war in den Kriegsjahren häufig die Schule ausgefallen, außerdem hatte sie Angst vor der Lehrerin, Fräulein Mackenrott. Die hatte ihr bei einem Essen in der Wirtsstube angekündigt, sie würde sie schon recht hernehmen, damit sie schnell alles nachholen könne. Und Afra, die jüngste Tochter, war zwar ein Jahr älter als Sascha, aber sie kümmerte die Schule überhaupt nicht. Sie versuchte, sich vor dem Schulbesuch zu drücken, aber natürlich war Resi unnachgiebig. »In die Schule gehst, komme, was wolle. Wissen kann euch niemand nehmen, das ist das Einzige, was für immer bleibt«, hatte sie zu Afra gesagt, als die beiden über die Schule sprachen.

Sascha freute sich, dass sie Zilly und Afra in der Schule treffen würde, denn sie kamen alle in die gleiche Klasse. Sascha malte sich den Unterricht in den schönsten Farben aus, ständig sprach sie darüber, was sie sich von der Schule erhoffte, besonders auf den Malunterricht freute sie sich, denn das Malen übte einen großen Reiz auf sie aus.

Vor dem leicht verfallen wirkenden Gebäude, das sich aber kaum von den umliegenden Häusern im Dorfkern unterschied, blieben Amalia und Gabriele stehen. Sascha schaute sie erwartungsvoll an.

»So, mein liebes Töchterlein, jetzt bist du dran, ab hier musst du allein weitergehen.« Gabriele beugte sich zu ihr herunter und drückte ihr einen Kuss auf die Wange. »Ich wünsche dir eine wunderschöne Schulzeit, mein Engelchen, hol das Beste für dich raus.«

»Sei folgsam und höre auf das, was dir die Lehrerin sagt«, gab ihr Amalia mit auf den Weg, während sie ihr über den Kopf strich und die vorwitzigen Strähnen, die sich aus den

Zöpfen herausringelten, an Ort und Stelle schob. »Der Opa Ei holt dich in drei Stunden wieder ab, hier, an dieser Stelle.«

Sascha nickte, zog eine ernste Miene und ging ganz artig und sittsam durch die Eingangstür. »Ich verspreche euch, ich mache alles richtig. Ehrenwort.«

Gabriele und Amalia standen schon seit einigen Minuten am Gartentor, um Sascha bei ihrer Rückkehr zu begrüßen. Ungeduldig lächelten sie sich beide immer wieder an. Als Eichner jedoch mit Sascha an der Hand eintraf, erkannten sie mit einem Blick, dass etwas vorgefallen sein musste. Amalias erster Gedanke war, Sascha hätte etwas angestellt oder sich mit einem Kind gestritten. Ohne die Begrüßung zu erwidern, ging Sascha schnurstracks an ihnen vorbei und lief ins Haus. Amalia rannte ihr nach, sie wollte wissen, was vorgefallen war. Sascha lag bäuchlings auf ihrem Bett, ihr Weinen, das sie bis dahin zurückgehalten hatte, schüttelte den ganzen Körper.

Vorsichtig strich ihr Amalia über den Rücken, immer wieder, aber Sascha ließ sich nicht beruhigen. »Willst du mir nicht erzählen, was passiert ist. Ich will dir doch helfen, schließlich sollte das heute dein schönster Tag werden, dein erster Schultag.«

»Nichts war schön, und es war auch mein letzter Schultag«, heulte Sascha schluchzend auf. »Ich gehe nie mehr hin, ganz sicher nicht.«

»Dann riskierst du, dass die Polizei dich holt.« Amalia fuhr sofort das große Geschütz auf, denn sie kannte ihre Tochter, mit weniger ließ sie sich nicht überzeugen.

»Was hat die Polizei mit der Schule zu tun, du willst mir bloß Angst machen?«

»Kinder müssen in die Schule gehen, so steht es im Gesetz. Wenn die Kinder oder Eltern sich weigern, dann werden deren Sprösslinge von der Polizei in die Schule gebracht.«

Sascha setzte sich auf. »Du meinst, ich *muss* dorthin gehen, Tag für Tag?« Vollkommen entsetzt schaute sie Amalia an, dabei flossen ihre Tränen.

»So ist es, daran lässt sich nichts ändern. Aber vielleicht können wir etwas ändern, wenn du uns erzählst, was so schlimm war an deinem ersten Schultag.« An der Tür hörten sie ein leises und zaghaftes Klopfen, und Sascha und Amalia schauten sich an. »Ich bin's, die Afra. Ich wollte fragen, wie es Sascha geht.«

»Setz dich schon mal ins Wohnzimmer, Frau Münter hat bestimmt ein Gutti für dich. Wir kommen gleich«, rief Amalia und zwinkerte Sascha zu. Sie hörten, wie Afra laut klappernd die Treppe hinablief.

»Mir scheint, sie ist dir eine richtige Freundin geworden. Wasch dir das Gesicht, und dann gehen wir hinunter.«

Sie betraten das Wohnzimmer, in dem Gabriele, Eichner und Afra am Tisch saßen. Sascha zwängte sich zwischen Stuhl und Tisch, als würde sie sich nicht trauen, den Platz dafür wegzunehmen.

Afra lächelte zuerst Sascha, dann die Erwachsenen an. »Die Sascha ist richtig gut im Rechnen und im Lesen. Das hat der Mackenrott nicht gepasst«, begann sie aufgeregt zu erzählen. »Deswegen hat sie sie die ganze Zeit getriezt, und die anderen Kinder haben ihr das nachgemacht.«

»Ich glaube, am besten wäre es, wenn Sascha erzählt, wie es dazu kam. Gut, dass du da bist, dann kannst du ergänzen, wenn sie etwas vergisst.« Eichner war der geborene Diplomat, so bezog er Afra in den Bericht mit ein, ohne dass sie sich als Petze fühlen musste.

Sascha begann zuerst stockend, dann aber immer flüssiger, den Tagesablauf zu erzählen: »Fräulein Mackenrott wies mir vorn einen Platz zu, dort saßen alle Erstklässler, wie sie sie nannte. Ich konnte es kaum erwarten, aufgerufen zu werden. Frau Mackenrott las einen Namen nach dem anderen vor und setzte auf ihrer Liste einen Haken dahinter. Bei jedem Aufruf musste das Kind aufstehen, den eigenen Namen und das Alter sagen und sich danach mit einem Knicks oder Diener wieder in die Bank setzen. Und dann hat sie ›Alexandra Bernreuther‹ gesagt; ich wusste zwar, dass sie mich meinte, wollte ihr aber gleich sagen, dass ich anders genannt werde. Ich bin aufgesprungen und dabei mit dem rechten Fuß umgeknickt. Das hat wehgetan, und deswegen habe ich ›Aua‹ gesagt, bevor ich mich aufrecht hinstellen konnte. ›Aua heißt du, ein ungewöhnlicher Name‹, rief Frau Mackenrott. Alle Kinder haben gelacht. ›Nein, natürlich nicht. Ich bin die Sascha Bernreuther‹, habe ich ihr zugerufen. ›Eine Sascha habe ich nicht auf meiner Liste, denn Sascha ist kein Name für einen deutschen Menschen, so heißt vielleicht ein Hund. Falls du allerdings Alexandra Bernreuther bist, dann darfst du dich wieder setzen. Und in Zukunft bewegst du dich so wie alle anderen, ohne zu springen.‹ Ich habe ihr erklärt, dass ich mit einem kaputten Fuß geboren worden bin, aber dass der fast ganz in Ordnung ist und ich nur noch selten umknicke. Sie hat mich laut angeschrien: ›Hast du nicht verstanden, du sollst dich setzen. Dein Fuß interessiert hier keinen, ein für alle Mal.‹ Ich habe mich dann nur noch hingesetzt, zum Glück ist mir in letzter Sekunde der Knicks eingefallen.«

»Sie hat sogar noch ›Sehr wohl, Fräulein Mackenrott‹ gesagt, das war richtig artig von ihr«, ergänzte Afra den Bericht.

Die beiden Mädchen lächelten sich an, und Sascha sprach weiter: »Schule hatte ich mir anders vorgestellt, irgendwie lustiger. Die nächsten drei Stunden waren richtig langweilig, wie zäher Schleim, der an allem kleben bleibt. Wir mussten die ganze Zeit still sein, die Hände auf den Tisch legen und nach vorn schauen. Als die ›Zweitklässler‹ das Einmaleins abgefragt wurden, habe ich mich bei der Aufgabe acht mal sieben als Erste gemeldet. Frau Mackenrott war wie vom Donner gerührt, als ich ›Sechsundfünfzig!‹ gesagt habe. ›Na, das hast du bestimmt von den anderen gehört. Setz dich und warte ab, bis du dran bist.‹ Ich habe ihr gesagt, dass ich das ganze Einmaleins bis zur Vierzehn kann, und sie hat mich gleich getestet, sie wollte eine Probe aufs Exempel ›statieren‹.«

Die Erwachsenen lächelten, hörten aber weiter zu.

»Dann wollte sie wissen: ›Wie viel ist zwölf mal acht?‹ – ›Sechsundneunzig‹, habe ich sofort gesagt, denn das ist einfach. Egal welche Malaufgaben sie gestellt hat, ich habe alle richtig gewusst.«

Afra kicherte. »Wir haben alle wie die dummen Affen geguckt, weil die Sascha alles konnte.«

»Als Fräulein Mackenrott gemerkt hat, dass ich das Einmaleins aus dem Effeff kann, hat sie mit ihrer knochigen Hand auf das Pult getrommelt. ›Setz dich, für heute ist das genug. Du bist schließlich nicht die Einzige hier.‹ Dann hat sie weitergemacht, aber mich nie mehr drangenommen. In der Pause mussten wir in Zweierreihen rausgehen, und ich habe gehofft, dass es jetzt endlich lustig werden würde. Wir könnten vielleicht ein Spiel machen und dabei die ersten Stunden vergessen. Ich habe gleich zwei Mädchen gefragt, die bei Afra standen, ob sie beim Gummihüpfen mitmachen würden. ›Mit dir Hinkepupperl mach ich nix. Du bist eh a Siebengscheite‹, haben sie mich angeblafft, und alle haben gerufen: ›Hinkepupperl, Hinkepupperl im rosa Kleid, bist so g'scheit, bist so g'scheit.‹ Ich dachte, das ist ein Spaß, aber die hatten richtig biestige Gesichter. Zum Glück hat mich dann Zilly auf die Bank geholt, denn die anderen Mädchen sind immer näher auf mich zugekommen. ›Die frisst der Neid, weil du so gut im Rechnen und Lesen bist, glaub's mir‹, flüsterte mir Zilly zu. ›Sind selbst nämlich nicht die Hellsten, sonst würden sie nicht so dumm daherreden.‹ Ich war so froh, sie als Beschützerin zu haben, und wollte mich bei ihr bedanken, aber sie hat mich zur Bank geschoben. ›Iss einfach und sag nix mehr‹, hat sie mir zugezischt. Dann hat sich Afra neben mich gesetzt und stillschweigend ein Brot gekaut. Ich habe ganz leise ›Danke‹ gesagt.«

Dabei begannen Saschas Tränen wieder zu fließen. Gabriele nahm sie in den Arm und trocknete ihre Tränen. »Das hast du gut gemacht, das war sicher nicht einfach.«

Stockend berichtete Sascha weiter. Nach der Pause sollten sie die Ziffern von Null bis zur Neun auf ihren Tafeln üben, währenddessen stellte die Lehrerin den älteren Kindern der dritten und vierten Klassenstufe Aufgaben. Selbst die waren so einfach, dass es keine Herausforderung für Sascha bedeutete. Sie meldete sich eifrig, wurde jedoch nie aufgerufen. Aus Langeweile versuchte sie, ohne dass es die Lehrerin mitbekommen sollte, mit Maria, ihrer Sitznachbarin, zu sprechen. Da knallte vorn das Lineal aufs Lehrerpult.

»›Alexandra Bernreuther, hast du nicht verstanden, dass ich nichts von dir hören will, es sei denn, ich frage dich. Komm auf der Stelle nach vorn‹, hat sie mich angebrüllt. Ich lief also langsam zwischen den Reihen nach vorn, vor Aufregung hab ich leicht zu hinken begonnen. Ich stand vor dem Pult, Frau Mackenrott wirkte auf ihrem Podest riesig – wie eine bedrohliche Statue. Eine Hand hatte sie in die Seite gestemmt, in der anderen hielt sie ein dünnes Lineal.« Sascha schluckte schwer. »›Streck deine Hände aus, die Innenflächen nach oben‹, schrie die Frau, und ich hab die Hände gehoben. Ich hab nicht mit dem schneidenden Schmerz gerechnet und ein zischendes ›Aua‹ gerufen. Beim zweiten Schlag hab ich die Zähne zusammengebissen, die Genugtuung wollte ich ihr nicht geben. ›Jetzt weißt du, was Aua bedeutet. Reiß dich in Zukunft zusammen und halte dich an das, was ich dir sage. Setz dich.‹ Ich hab mich umgedreht und bin mit gesenktem Kopf zu meinem Platz geschlichen. Keiner sollte sehen, dass mir die Tränen in den Augen standen, ich konnte sie kaum zurückhalten. Nur Alfons, der mich im Pausenhof schon attackiert hatte, zischte mir ›Hinkepupperl‹ zu. Wenn das Schule ist, dann werde ich ab sofort nicht mehr hierherkommen, lernen werde ich sowieso nichts; alles, was die Lehrerin wissen wollte, konnte ich schon. Ich habe mich dann auf meinen Platz gesetzt und bis zum Ende der drei Stunden nicht einmal den Kopf gehoben. Wie eine Marionette bin ich mit allen anderen zum Abschluss aufgestanden, hab ›Auf Wiedersehen, Frau Mackenrott‹ gemurmelt, geknickst, und wir sind im Gänsemarsch zur Tür gegangen. Zum Glück stand Opa Ei gegenüber dem Eingang, ich bin zu ihm gerannt, hab seine Hand genommen und ihn von der Schule weggezogen.«

Gabriele nahm langsam Saschas Hände und drehte sie mit den Handflächen nach oben. Zwei tiefrote Striemen liefen über beide Handflächen. Entsetzt stöhnte sie auf.

»Mein lieber Eichner, wir werden morgen nach Schulschluss mit Fräulein Mackenrott sprechen.« Gabriele war wütend. Wie konnte diese Dorfpomeranze ihrem Töchterlein den Unterricht gleich am ersten Schultag vermiesen? Sie würde sicher zu ihren besten Schülerinnen gehören, denn Ei und sie hatten ihr in den vergangenen Jahren den gesamten Stoff der ersten beiden, wenn nicht sogar drei Schuljahre vermittelt. Und Sascha war wissbegierig und gelehrig, sie lernte mit Freude, selbst Gedichte konnte sie im Handumdrehen auswendig aufsagen. Wer wusste schon, was hinter dem Verhalten der Lehrerin steckte, aber das würden sie morgen herausbekommen.

»Frau Ella, meinen Sie nicht, dass das Sascha eher schadet als hilft?« Amalia hatte größte Bedenken. Noch heute schauderte sie, als sie an ihren Unterricht dachte, bei dem Prügel mit einem Haselnussstock, Ohrenziehen und Verbannungen in den dunklen, modrigen Schulkeller an der Tagesordnung gewesen waren.

»Ich wünsche nicht, dass unser Kind geschlagen wird. Das werden wir Fräulein Mackenrott klar und deutlich zu verstehen geben.« Gabriele haute wie zur Bestätigung mit der Hand auf den Tisch. »So, und jetzt gibt es zur Feier des Tages Pfannkuchen mit Pflaumenmus. Denkt einfach nicht mehr an das, was passiert ist. Manches muss man schnell vergessen, sonst hat es Einfluss auf dein ganzes Leben. Und du, kleine Afra, darfst natürlich gern mitessen. Schön, dass Sascha dich als Freundin hat.«

16

Sascha war erleichtert, sie hatte den heutigen Unterricht hinter sich gebracht. Sie lief Opa Ei und Mama Mali entgegen, die schon vor dem Schultor warteten, und ging mit ihnen zum Klassenzimmer zurück. Dort blieb sie stehen, als Opa Ei entschlossen an die Tür klopfte.

Auf ihr »Herein« betraten Johannes Eichner und Amalia das Klassenzimmer. Fräulein Mackenrott ließ ihren fragenden Blick zwischen dem älteren Herrn im Anzug und mit Krawatte und der mit einer Lodenjacke und Tegernseer Hut gekleideten Frau schweifen. Ihr Gesichtsausdruck änderte sich, als sie erkannte, wer vor ihr stand. Sie richtete sich auf, warf die Schultern zurück und hob den Kopf, als würde sie in den Kampf ziehen.

Sascha stand draußen im Gang, ihr Ohr in Richtung des offenen Türspalts geschoben. Sie musste hier warten und durfte sich nicht von der Stelle rühren. Für Sascha war das keine Frage, denn sie wollte unbedingt hören, was über sie gesprochen wurde. Zum Glück redete Fräulein Mackenrott immer sehr laut, nicht nur im Unterricht. Johannes Eichner begrüßte die Lehrerin und stellte Amalia und sich selbst vor.

»In welcher Angelegenheit kommen Sie, wenn ich fragen darf. Meine Zeit ist begrenzt, in einer Stunde kommt bereits die nächste Klasse.«

»Das trifft sich gut, denn unsere Zeit ist ebenfalls begrenzt«, gab Eichner zur Antwort. »Um es kurz zu machen, Sie haben Sascha mit einem Lineal geschlagen. Die Auswirkungen sind heute noch deutlich sichtbar.«

»Mit welchem Recht mischen Sie sich in meine Erziehungsmethoden ein?«, zischte Fräulein Mackenrott und wurde immer lauter. »Ich bin hier für die Bildung verantwortlich und lasse mir von den Kindern nicht auf der Nase herumtanzen.

Alexandra war ungezogen und hat den Unterricht gestört. Sie ist ein ständiges Ärgernis.«

»Können Sie mir die Art der Störung beschreiben, denn ihr Wissensstand dürfte kaum Anlass zu Ärger geben«, fragte Eichner nach.

»Ich glaube nicht, dass ich Ihnen zur Rechenschaft verpflichtet bin.«

»In diesem Fall wohl doch, denn die körperliche Züchtigung unserer Tochter steht niemandem zu.«

»Das sehe ich anders. Es ist schon schlimm genug, dass ein körperlich beeinträchtigtes Kind den Unterricht mit anderen Kindern teilen darf. Solche Kinder wären in den vergangenen Jahren von anderen getrennt worden, um diese nicht bei der Wissensaufnahme zu behindern.«

»Von welcher körperlichen Einschränkung reden Sie?«

»Das ist doch wohl offensichtlich, dass Alexandra einen Klumpfuß hat, eine erbliche Degeneration.« Fräulein Mackenrott redete sich in Rage. »Kinder mit Behinderung sollten in Sondereinrichtungen untergebracht werden, um die anderen nicht zu beeinträchtigen ...«

»Fräulein Mackenrott, nehmen Sie sich Folgendes zu Herzen. Erstens hat Alexandra keinen Klumpfuß, und zweitens, falls sie einen hätte, würde das keinesfalls ihre Geisteskraft beeinträchtigen. Und drittens, das ist ganz wichtig für Sie, falls Sie weiterhin nationalsozialistisches Gedankengut äußern, werde ich mich bei der Schulbehörde über Sie beschweren. Vielleicht wissen Sie noch nicht, dass in Kürze ehemalige Mitglieder der NSDAP nicht nur in den amerikanischen Besatzungszonen entnazifiziert werden sollen, sondern überall. Sie waren von Anfang an als glühende Anhängerin der NSDAP in Murnau bekannt. Ist es nicht so?« Eichner sprach sehr leise, aber bestimmt.

»Ich wünsche nicht, dass mein Kind geschlagen oder in irgendeiner Form gezüchtigt wird«, hörte Sascha nun ihre Mama langsam und deutlich sagen. Nie hätte sie geglaubt, dass ihre Mama so etwas für sie tun würde. Ihr Herz klopfte laut, vor Aufregung, vor allem aber vor Freude. Mama Mali gab ihr keine Schuld ... ausnahmsweise.

Fräulein Mackenrott klang jetzt ganz komisch, als würde sie mit zusammengepressten Lippen reden. »Wie Sie meinen, aber das ist kein Freibrief für Ungehorsam«, rief sie, und kaum hatte sie es gesagt, kamen Opa Ei und Mama durch die Tür. Mit großen Schritten gingen sie in Richtung Ausgang, und Sascha hatte größte Mühe hinterherzukommen.

Als das Dreiergespann endlich am Fuß der Kottmüllerallee angekommen war, zupfte Sascha Opa Ei und Mama Mali am Ärmel. »Bitte geht ein bisschen langsamer. Außerdem«, keuchte sie atemlos, »was bedeutet das lange Wort ... dieses entnazi...?«

Beide drehten sich abrupt zu ihr um. »Sascha, du hast gelauscht. Du weißt ...«

»Ja, Mama, der Lauscher an der Wand hört seine eig'ne Schand' ... Aber ich habe nichts Schlimmes über mich gehört. Nur das Wort habe ich nicht verstanden.«

»Sascha«, beschwichtigte sie Opa Ei, »wir besprechen das zu Hause, hier auf dem Weg ist es doch etwas zu unkomfortabel. Mama Ella will sicher auch hören, was wir besprochen haben, dann kann ich dir auch das Wort erklären.«

Erst als Sascha die Erklärung zur Entnazifizierung verstanden hatte, ging sie an ihren Schreibplatz im Dachzimmer, um ihre Hausaufgaben zu erledigen.

Als die Kleine weg war, unterhielten sich die Erwachsenen.

»Die Mackenrott war von Anfang an bei den Nazis aktiv, schon als Jungmädel, und hat sich dann hochgearbeitet.« Amalia konnte sich noch gut erinnern, als Theresia Mackenrott mit ihren Eltern nach Murnau gekommen war. Ihr Vater war ein hochrangiger Funktionär in der NSDAP gewesen, und Theresia eiferte ihm nach. Es ging auch das Gerücht um, dass sie mit einem der Offiziere verlobt gewesen sei, der kurz vor Kriegsbeginn ganz plötzlich von der Bildfläche verschwand.

»Ich befürchte, mit diesem Gedankengut werden wir uns noch länger herumschlagen müssen. Persilschein hin oder her. Diese Gesinnung lässt sich vielleicht nach außen hin verbergen, aber was jemand wirklich denkt, kann man nach so vielen Jahren Gehirnwäsche nicht auf Kommando abstellen und ins Gegenteil verkehren.« Gabriele hatte sich über den Bericht Eichners über die Unterredung in der Schule so echauffiert, dass Amalia ihr einen Baldriantee serviert hatte.

»Da haben Sie sicher recht, Frau Ella. Meine Angst ist groß, dass die Mackenrott Sascha wegen jeder Kleinigkeit kritisiert und bloßstellt und sie dadurch die Lust an der Schule verliert. Ich habe keine Reichtümer, mit denen ich sie ausstatten kann, daher ist mir das Wichtigste, dass sie eine gute Bildung als Grundlage für ihre Zukunft erhält.«

»Meine liebe Amalia, dafür werden wir alle drei sorgen, das verspreche ich dir. Der Anfang ist gemacht, Sascha ist meiner Einschätzung nach vom Lernstoff her weiter als mancher Drittklässler, womöglich kann sie am Ende des Jahres eine Stufe überspringen.«

»Das muss sie gar nicht, Hauptsache, sie macht ihre Sache gut.«

Amalia hatte erst im Münterhaus erfahren, welche Chancen und Möglichkeiten Bildung eröffneten. Ihre Gedanken wanderten in die Vergangenheit zurück: Sie hatte riesiges Glück, dass Gabriele ihr als Dreizehnjährige, als sie in den Haushalt gekommen war, mit größter Geduld alles erklärte, was sie nicht verstand. Keine ihrer Fragen blieb unbeantwortet, besonders wenn es um Malerei und die Kunst im Allgemeinen ging. Gabriele zeigte ihrer Angestellten aber auch, wie man ein Haushaltsbuch führte, Amalia erfuhr von ihr, dass es Sinn machte, Geld zu sparen und anzulegen, und sie lernte, nicht alles ungefragt hinzunehmen. Nur so könne sie sich eine eigene Meinung bilden und auch versuchen, den Standpunkt eines anderen Menschen zu verstehen und zu akzeptieren, was das Zusammenleben ungemein erleichtern würde. In ihrem Zuhause war ihr immer eingetrichtert worden, bloß nicht aufzufallen. »Sei still und mach deine Arbeit«, lautete das Credo. Ihre allmähliche Veränderung bewirkte, dass Amalia sich mehr und mehr von ihrer Familie unterschied, was ihr selbst jedoch nicht bewusst war. Mit ihrer neu gewonnenen Klarheit über Zusammenhänge entwickelte sie ein von Liebe geprägtes Verständnis für ihre Eltern und Geschwister, sodass es ihr gelang, deren Verhalten zu akzeptieren. Aber je mehr sie sich weiterentwickelte, umso größer wurde die Ablehnung durch ihre Familie. Amalia war anders, »was Besseres«, wie sie ihr immer deutlich machten. Nur Benedikt unterstützte ihre Veränderung, und selbst wenn er sie nicht immer verstand, er nahm seine Schwester, wie sie war. Das war ihr schon genug. Die Sehnsucht nach ihrem Bruder war groß, gleichzeitig wuchs täglich ihre Angst, dass sie ihn nicht mehr lebend sehen würde. Er war als Saschas Vormund eingetragen, sonst wäre ihr Vater oder irgendein Fremder vom Amt dafür bestimmt worden, da sie unverheiratet war. Sie durfte nicht darüber nachdenken, was passieren würde, falls er eines Tages offiziell als verstorben galt. Dann musste wieder ein Vormund für Sascha eingetragen werden, und sie hatte keine Vorstellung, wer das sein sollte.

Ihr Gedankenkarussell wurde mit einem Schlag unterbrochen.

»Ich bin schon fertig«, rief Sascha hinter ihr mit glockenheller Stimme. »Alles richtig, sagt Opa Ei.« Strahlend hielt sie ihr die Tafel mit den Wörtern und Buchstaben vor das Gesicht. »Ich finde es langweilig, nur Buchstaben zu schreiben. Lieber würde ich Wörter oder Sätze schreiben, aber Fräulein Mackenrott sagt, ich kann das noch nicht. Aber ich habe eine ganze Seite mit Sätzen aufs Papier geschrieben. Mama Ella hat mir ein Heft geschenkt, in das ich alles schreiben kann, was ich möchte.«

Amalia strich ihr über den Kopf und lächelte. »Das hast du wirklich gut gemacht und auch sehr ordentlich. Das Heft würde ich nicht mit in die Schule nehmen, oder, was meinst du?«

»Das hat Mama Ella auch gesagt. Aber warum soll ich ein Geheimnis drum machen, was ich kann? Ich verstehe euch Erwachsene nicht. Immer soll ich gut sein und lernen, aber wenn ich was besonders gut kann, soll ich es niemandem sagen.«

»Sascha, das ist eine heikle Situation. Du darfst uns immer zeigen, was du kannst. Aber Fräulein Mackenrott reagiert darauf sehr empfindlich, sie fühlt sich dabei womöglich angegriffen ... Was weiß ich? Ich will doch nur, dass es dir gut geht in der Schule und du mit den anderen Kindern auskommst. Das ist alles.«

»Ach, Mama, das kriege ich hin. Wirst schon sehen. Ich kann mich nämlich wehren.« Sie spannte die Muskeln ihres Arms an und grinste.

»Mir ist lieber, du setzt die Muskeln hier oben ein.« Amalia tippte ihr auf den Kopf. »Ich möchte nie sehen oder hören, dass du dich mit jemandem prügelst, verstanden.« Ihre Stimme schlug in einen strengen Ton um. Auf der Stelle bekam Amalia Angst, dass Sascha auf ein anderes Kind losgehen würde. Das Lächeln auf Saschas Gesicht verschwand, und ihre Zornesfalte auf der Stirn zog sich zusammen.

»Warum denkst du so schlecht von mir? So bin ich nicht.« Sie stampfte mit dem Fuß auf und drehte sich wütend um, dabei fiel ihre Tafel auf den Boden und zerbrach.

»Was hast du nun wieder gemacht?«, rief Amalia.

Beide blickten entsetzt auf die Scherben.

»Siehst du, jetzt ist die Tafel kaputt. Und ich bin wieder schuld«, schrie Sascha laut auf.

Gabriele war durch den lauten Wortwechsel in die Küche gekommen und sah das Malheur.

»Ist dir die Tafel aus der Hand gerutscht, mein Töchterlein? Die hatte schon einen kleinen Sprung und wäre sicher früher oder später sowieso gebrochen.«

»Woher soll ich bis morgen eine neue Tafel herkriegen?« Saschas Tränen kullerten über ihre Wangen. Ihre Sorge, morgen ohne Hausaufgaben und Tafel in die Schule gehen zu müssen, war grenzenlos. Das wäre ein willkommener Anlass für Fräulein Mackenrott zu schimpfen und sie zu bestrafen.

»Was meinst du, sollen wir mal zum Metzger Loisl gehen. Sein Sohn ist schon ein paar Jahre aus der Schule raus, womöglich hat der seine Tafel aufgehoben. Komm, zieh dir Schuhe und Jacke an, dann spazieren wir ins Dorf.«

Amalia drehte sich weg, wieder einmal war Gabriele die Retterin in der Not und sie die strenge Mama, die schimpfte. Wieso fand sie nicht wie Gabriele eine Lösung, warum sah sie selbst immer nur die Probleme? Wenn sie sich bloß ändern könnte, aber sie wusste überhaupt nicht, wie das funktionieren sollte. Hoffentlich würde ihre Tochter eher wie Gabriele werden, zielsicher und nach vorn schauend – das wäre ihr größter Wunsch.

März 1946

»Meine liebe Ama, der Briefträger hat mir Post für dich mitgegeben, so hat er sich den Weg bergauf erspart, mit seinem Holzbein ist das sicher eine große Pein.« Gabriele, die gerade von einem Besuch von einer Freundin zurückkam, reichte ihr einen Briefumschlag, der schon ziemlich abgegriffen wirkte.

Amalia las zuerst ihre Adresse, und glaubte, nicht richtig zu sehen, als sie die Schrift ihres Bruders Benedikt erkannte. Ihr Herz hüpfte vor Freude, als sie den Umschlag umdrehte und den Absender sah. »Der Brief ist wirklich von Benedikt, ich glaube es nicht, was für ein Glück, dass er noch lebt. So ein Glück, ein solcher Segen! Was er wohl schreibt? Ob es ihm gut geht?«

»Wenn du es wissen möchtest, dann solltest du ihn öffnen«, riet ihr Gabriele, als Amalia immer noch wie gebannt auf den

Umschlag starrte. »Ich kann ihn für dich vorab lesen und gebe ihn dir nur, wenn es ihm gut geht. Ist dir das lieber?« Gabriele lächelte sie an, wohl wissend, dass das keinen Sinn machte.

»Nein, nein, ich lese ihn. Ich brauche nur ein paar Minuten, um mich darauf einzustellen. Ich koche uns einen Tee, danach ... gleich danach ...«

Ganz vorsichtig, als könnte sie etwas beschädigen, öffnete sie den Umschlag. Drei Seiten, beidseitig beschrieben, lagen vor ihr. So viele Worte hatte sie noch nie von ihrem Bruder gelesen, selbst als er noch zur Schule ging. Während sie las, liefen ihre Tränen, und ständig musste sie zum Taschentuch greifen, denn ihr Blick war verschleiert. Immer wieder hielt sie kurz inne und schüttelte ungläubig den Kopf, bevor sie weiterlas. Ihr Bruder hatte ein unglaubliches Glück gehabt, dass er gleich bei seinem Einsatz an der Front in der Normandie im Juni 1942 schwer verletzt wurde. Da er einem jungen französischen Widerstandskämpfer, während er selbst schwer verletzt am Boden lag, das Leben schenkte, wurde er zum Dank von dessen Familie geborgen. Sie versteckten ihn und pflegten ihn gesund.

Er würde wegen dieser Beinverletzung jetzt noch mehr hinken, da durch die notdürftige Versorgung das Bein mehr schlecht als recht zusammengeflickt worden sei. Da er jedoch durch seinen Klumpfuß ans Hinken gewöhnt war, mache das nun für ihn keinen großen Unterschied. Er half seinen Rettern in Haus und Stall, sogar auf den Feldern, wenn im Dämmerlicht am Abend keiner mehr unterwegs war. Seine Hilfe wurde noch unentbehrlicher, als Armand, der Sohn, kurze Zeit später bei einem Anschlag sein Leben verlor.

Chloé, die Tochter der Familie, war ebenfalls in der Résistance organisiert. Sie verliebten sich unsterblich ineinander, trotz aller Widerstände und Bedenken der Familie und ihrer Freunde. Benedikt unterstützte die Familie und die Widerstandsgruppe mit seinen Fähigkeiten als Schlosser, er machte sich nützlich, wo es ihm möglich war. Sie nannten ihn damals, meist begleitet von einem Ausspucken, abfällig *boche*. Er unternahm alles, ihr berechtigtes Misstrauen zu zerstreuen, denn die meisten der Widerständler vermuteten, er sei ein Spion. Als er sie jedoch in einer brenzligen Situation mit einer Gruppe deutscher Soldaten nicht verriet und seinen Kopf für sie riskierte, wurde er zu einem der ihren, sie zählten auf ihn.

Kurz nach der Landung der Alliierten heiratete er Chloé, da sie ein Kind bekam. Estelle war nun schon fast zwei Jahre alt, und weiterer Nachwuchs hatte sich auch schon angekündigt. Amalia konnte kaum glauben, dass er schrieb, er habe die beste Frau der Welt, die er über alles liebe – jeden Tag mehr. Diese Worte aus dem Mund ihres Bruders, es war unvorstellbar für sie. Wie gern hätte sie diese Frau und Benedikts Familie kennengelernt, aber daran war im Moment nicht zu denken. Er entschuldigte sich, dass er nicht früher von sich hatte hören lassen, aber am Anfang sei es die Angst gewesen, als Deserteur entlarvt zu werden, dann musste er versteckt bleiben, um die Résistance zu unterstützen. Erst als er sich sicher gefühlt hatte, dass ihm nichts mehr geschehen könne, war er in der Lage gewesen, den Brief an sie zu schreiben. Um seinen Kindern und auch sich selbst das Leben in Frankreich etwas zu erleichtern, hatte er den Nachnamen seiner Frau – Dubois – angenommen, er hoffte, sie würde das verstehen und ihn nicht verstoßen. Er würde sicher nicht mehr nach Deutschland zurückkehren, denn mit Ausnahme von Amalia würde sich aus ihrer Familie vermutlich keiner nach ihm verzehren. Er bat sie, sich um seinen Hof mit der Werkstatt zu kümmern, den er kurz vor dem Krieg gekauft hatte. Er werde veranlassen, dass alles, was dazugehörte, ihr überschrieben werden würde. Irgendwann einmal würde er zu Besuch kommen, mit seinen Kindern und seiner wunderbaren Frau, aber er wolle auf nichts in Deutschland Anspruch erheben.

Er hoffte, dass sie unverletzt durch den Krieg gekommen sei. Amalia möge ihm doch alles schreiben, er lechzte danach, zu erfahren, wie es ihr ging. Er hoffte, dass Amalia immer noch bei Gabriele Münter und Johannes Eichner wohnte und arbeitete, dort wäre sie mit der Kleinen sicher gut aufgehoben. Er endete damit, dass sie ihm verzeihen möge, dass er sich jetzt erst meldete, und wünschte ihr alles Glück der Welt.

Amalia las immer wieder den Namen: Benedikt Dubois. Es klang fremd für sie, aber natürlich konnte sie die Entscheidung ihres Bruders nachvollziehen. Alles war in Ordnung für sie, jetzt, nachdem sie wusste, dass es ihm gut ging. Benedikt lebte, das war das Wichtigste, alles andere war nebensächlich. Nun musste sie sich um ihren Bruder keine Sorgen mehr machen, im Gegenteil, sie durfte sich über sein großes Glück mit seiner Frau und den Kindern freuen.

Amalia vernahm ein Klopfen am Türrahmen der Küche. Dann stand Gabriele vor ihr. »Erzähl, wie ist es ihm ergangen. Trotz deiner Tränen lächelst du, ich nehme das als gutes Zeichen.«

»Benedikt lebt, er ist verheiratet mit Chloé, hat eine Tochter namens Estelle, und sie erwarten in Kürze ihr zweites Kind! Ich könnte vor Glück die ganze Welt umarmen, alle meine Ängste um ihn haben ein Ende.«

»Die Nachricht hätte kaum besser sein können. Du musst unbedingt eine Reise nach Frankreich planen, um ihn zu treffen.«

»Das werde ich sicher gern machen, aber es hat noch Zeit. Wichtig ist im Moment, dass ich weiß, wo ich ihn finde.«

17

April 1946

»Diese beiden Zimmer können Sie für sich haben.« Amalia öffnete die Türen der beiden hintereinanderliegenden Kellerräume im Münterhaus, die durch die Hanglage Tageslichtfenster besaßen.

Die beiden Frauen, eine sicherlich schon in den Siebzigern, die andere könnte vierzig, aber auch schon fünfzig Jahre alt sein, blickten um sich. Die jüngere reckte sich, schaute Gabriele mit hoch erhobenem Kopf an und stellte sich mit klarer, deutscher Aussprache vor: »Ich bin Lena Kowalski, das ist meine Schwiegermutter Frieda.« Als hätte sie sich mit diesem Satz vollkommen verausgabt, holte sie tief Luft und schloss dabei die Augen.

Der etwa zwölfjährige Junge ergänzte: »Ich bin der Anton, das sind meine Schwestern Luise und Katharina, auch Lulu und Kati genannt.« Die Erschöpfung und die Entbehrungen, die sie auf der Flucht vor den Russen aus Schlesien erlitten hatten, standen beiden Frauen ins Gesicht geschrieben. Ihre Kleidung war verschmutzt, ihr weniges Hab und Gut trugen sie in drei Rucksäcken bei sich, den größten schulterte Anton auf dem Rücken. Seine Hosensäume endeten hoch über den Knöcheln, darunter lugten löchrige Strümpfe hervor, die Schuhsohlen waren mit Bändern am Schuh verknotet. Die Ärmel seine Jacke reichten gerade bis zur Mitte der Unterarme, er war aus allem herausgewachsen oder hatte die Kleidung von einem kleineren Jungen übernommen. Aber er hatte einen wachen Blick und stellte sich wie ein Beschützer vor seine kleine Familie. Die zwei kleinen Mädchen mit langen Zöpfen drängten sich dagegen ängstlich an die Mutter und Großmutter.

Mit den zugewiesenen Flüchtlingen hatte sich die Anzahl der Bewohner im Münterhaus auf einen Schlag mehr als verdoppelt. Gabriele war natürlich bereit zu helfen, abgesehen davon musste jeder Flüchtlinge aufnehmen. Mit fünf Personen hatte jedoch keiner gerechnet; sie würden sich arrangieren müssen. Amalia und Johannes Eichner hatten alte Matratzen aus dem Speicher nach unten geschleppt, darüber Laken und Decken gebreitet. Amalia überreichte ihnen einen Topf mit Suppe, die sie dankbar annahmen. Anton bekam große Augen, es war ihm anzusehen, dass er vor Hunger am liebsten darüber hergefallen wäre. Aber fürsorglich, wie er war, hielt er sich zurück. Amalia sagte ihnen, sie sollten sich erst einmal ausruhen und zurechtfinden. Am Abend würden sie gemeinsam essen und besprechen, wie es weitergehen konnte.

Als Sascha mittags von der Schule zurückkam, saßen drei Kinder nebeneinander auf der Wiese vor dem Haus. Die Mädchen banden aus den ersten Gänseblümchen Kränze, der Junge hockte daneben und stocherte mit einem Stock in der Erde herum. Da Sascha wusste, dass an diesem Tag Flüchtlinge zu ihnen kommen würden, war sie ganz schnell nach Hause gelaufen. Sie konnte sich unter der Flucht nichts vorstellen, ihr erschien es eher wie ein Abenteuer.

»Grüß Gott, miteinander! Ich bin die Sascha«, stellte sie sich vor die drei Fremden.

Die Blicke der Geschwister richteten sich auf sie. Nur Anton antwortete und stellte sich mit den gleichen Worten wie am Morgen vor. »Ich bin der Anton, das sind meine Schwestern Luise und Katharina, auch Lulu und Kati genannt.«

»Ich bin froh, dass ihr Deutsch sprecht, dann können wir miteinander spielen«, plapperte sie drauflos. »Nach dem Essen muss ich Hausaufgaben machen, danach komme ich zu euch, und dann geht's los.« Während sie weiter zur Haustür ging, schauten ihr die drei Kinder wortlos nach.

Am nächsten Morgen gingen alle vier Kinder vom Münterhaus gemeinsam zur Schule. Die Flüchtlingskinder mussten den Unterricht besuchen wie alle anderen auch. Anton wurde der fünften Klasse der Volksschule zugewiesen, obwohl er in seiner Heimat das Gymnasium besucht hatte, die beiden Mädchen waren Fräulein Mackenrott zugeteilt. Nachdem sich die vier am Nachmittag vorher im Garten die Zeit mit Fangen vertrieben hatten und Sascha ihnen ihr besonderes Versteck in einem großen Busch gezeigt hatte, waren sie schnell zu einer kleinen Gemeinschaft geworden. Anton als der große Beschützer, die beiden Schwestern immer noch stumm und Sascha als ihre Anführerin, die über alles Bescheid wusste. Sie genoss es, endlich einmal mit Kindern zusammen zu sein, denn immer nur Erwachsene um sich zu haben, war anstrengend.

Jetzt führte Sascha Kati und Lulu zu Fräulein Mackenrott ans Pult und wies sie darauf hin, dass das die Flüchtlingskinder seien, die seit gestern im Münterhaus wohnten. Fräulein Mackenrott konnte es nicht lassen, sie mit spitzen Lippen darauf hinzuweisen, dass sie auf ihre Hilfe verzichten könne. Sascha solle sich an ihren Platz setzen.

In den vorherigen Wochen und Monaten waren ständig Flüchtlingskinder aus Polen und Schlesien in die Klasse gekommen. Das Schulzimmer platzte aus allen Nähten, die Kinder mussten in den Bankreihen immer mehr zusammenrutschen. Die Unruhe vor Beginn des Unterrichts war groß, obwohl die Neuankömmlinge extrem still waren. Die Geräuschkulisse wurde von den Murnauer Kindern verursacht, denn die meisten wollten nicht mit den Neulingen zusammensitzen, ständig schubsten sie sie aus den Sitzbänken oder drängten sie an den Rand.

»Ich will nicht, dass ihr neben mir sitzt, bestimmt habt ihr Läuse oder Wanzen.« Katta, eine Murnauer Bauerntochter, stand auf und rief es laut in die Klasse. Luise und Katharina, die sich auf Anweisung von Fräulein Mackenrott neben sie setzen sollten, fassten sich an den Händen, drängten sich aneinander und schwiegen.

»Was ist los?«, rief Fräulein Mackenrott und stand auf.

Katta wiederholte die Beschuldigung und fügte hinzu: »Meine Eltern haben's mir verboten, mit denen zusammenzukommen.« Sie deutete mit dem ausgestreckten Arm auf die beiden Mädchen.

»Dann wechselst du mit Alexandra den Platz, sie kann bei den Flüchtlingen sitzen, schließlich gehört sie mehr zu denen als zu uns.«

So kam es, dass Sascha in die hinterste Reihe rutschen musste, die Fräulein Mackenrott hauptsächlich für die Kinder aus Polen und Schlesien bestimmt hatte. Sascha fand das nicht schlimm, aber sie wusste, dass sie es keinesfalls Mama Ella sagen dürfte, da sie sich darüber fürchterlich aufregen würde.

Die vier Kinder hielten zusammen wie Pech und Schwefel, was wohl auch daran lag, dass Sascha, ähnlich wie die Flüchtlinge, in Murnau eine Außenseiterin war. Da tauchten immer wieder Gerüchte um das Münterhaus und die Bewohner auf, außerdem war ihre Mutter unverheiratet, und zu guter Letzt trennte Saschas überragender Wissensstand sie von den allermeisten Kindern. Bildung war der Landbevölkerung suspekt, keiner verstand, wie man davon leben konnte oder was man damit anfangen sollte. Es grenzte Sascha von ihren Mitschülern aus, und besonders auch deswegen fühlte sie sich zum ersten Mal einer Gruppe zugehörig. Die ungerechtfertigte Ablehnung der Flüchtlinge war ihr egal, denn es waren ihre Freunde. Und ganz besonders hatte sie in Anton einen großen Bruder gewonnen, der im Notfall auch für sie eintrat.

Alle trauerten, als Oma Frieda, die Großmutter der drei Kinder, im zweiten Winter schwer an einer Influenza erkrankte und verstarb. Kurze Zeit danach beschloss Lena, dass sie mit ihren drei Kindern nach München umziehen würde, da sie dort Arbeit als Näherin und auch eine kleine Wohnung in Aussicht hatte. Das war ein großer Schock für die vier Kinder, besonders für Sascha, denn dann wäre sie wieder allein. Nur die Aussicht auf den Wechsel aufs Gymnasium lenkte sie von ihrer Traurigkeit ab. Keines der Kinder konnte absehen, dass es sehr schwer werden würde, in Zukunft Kontakt zu halten, aber sie schworen sich beim Abschied, für immer »heimliche Geschwister« zu bleiben.

18

September 1948

Ein riesiger Stein der Erleichterung war Amalia, Gabriele und Johannes Eichner vom Herzen gefallen, als Sascha im Gymnasium in Garmisch aufgenommen wurde. Die beträchtlichen Kosten für den Schulbesuch und die tägliche Zugfahrt würde Johannes Eichner übernehmen. Sascha war für ihn wie sein eigenes Kind, deswegen wollte er sicherstellen, dass sie eine solide Bildung als Grundlage für ein Studium erhalten würde.

Amalia war ihm über alle Maßen dankbar, nicht nur, da er sich um Sascha wie eine Tochter sorgte, sondern weil damit die Probleme mit Fräulein Mackenrott endlich ein Ende hatten.

In den letzten Tagen der Sommerferien, bevor Sascha auf das Gymnasium wechselte, hatten Mutter und Tochter das kleine Häuschen, das Amalia von ihrer Patentante geerbt hatte, bezogen. Im April waren die bisherigen Mieter zurück nach München gegangen. Amalia hatte den richtigen Zeitpunkt kommen sehen, ihre und Saschas Unterkunft im Münterhaus zu beenden. Trotz des Krieges hatte sich Amalia ihre Ersparnisse bewahrt, wenn sie auch durch die Währungsreform auf einen Schlag nur noch einen Bruchteil wert gewesen waren. Trotzdem war es ihr gelungen, damit und mithilfe von Nachbarn das Häuschen renovieren zu lassen, das Dachgeschoss war mit zwei Schlafzimmern und einem Badezimmer ausgebaut worden, unten blieben die Wohnküche und ein Wohnraum. Es war klein, bot aber genügend Platz für Sascha und sie selbst. Mit dem eigenen Haus verband sie die Hoffnung, dass Sascha dann mehr auf sie als Mutter fokussiert wäre und sich ihr distanziertes Verhältnis bessern würde.

Natürlich behielt Amalia ihren Arbeitsplatz im Münterhaus, und Sascha saß seit Gymnasialbeginn wie früher jeden Nachmittag im Dachzimmer und erledigte ihre Hausaufgaben, um anschließend mit Opa Ei alles durchzugehen und weitere Themen zu besprechen. Ihren Lerneifer behielt sie bei, wenn sie jedoch auf einen Fehler hingewiesen wurde, konnte es passieren, dass ihr Zorn mit ihr durchging. Sie schrie und stampfte und warf alles, was ihr in die Finger kam, gegen die Wand. Gabriele meinte, das sei der beginnenden Pubertät geschuldet, das würde sich wieder legen, aber Amalia glaubte nicht an eine Besserung. Johannes Eichner gegenüber hielt sich Sascha im Zaum, denn sie hatte größten Respekt vor ihm, da er alles, was sie interessierte, zu wissen schien. Er fand immer Antworten auf ihre Fragen, und wenn er etwas nicht auf der Stelle wusste, hatte er am nächsten Tag die Erklärung parat. Sie genoss es, mit ihm zu diskutieren; was er sagte, sog sie auf wie ein Schwamm und vergaß es auch nicht mehr.

Gabriele versuchte stets, Sascha bei einem Ausbruch von ihrer Wut abzulenken und ihre Aufmerksamkeit auf etwas anderes zu fixieren, aber je älter das Mädchen wurde, umso weniger gelang es »Mama Ella«, den Herausforderungen einer Heranwachsenden gerecht zu werden. Oft war ihre Antwort, wenn sie nicht mehr weiterwusste: »Ach, mach doch, was du für richtig hältst, mein Töchterlein. Du musst es sowieso selbst ausbaden.«

Mein liebster A,

seit wenigen Tagen wohnen Sascha und ich in meinem Amalienhäusl. Mit der Renovierung wurde es sehr gemütlich und modern. Das Häuschen meiner Erbtante Amalia war doch recht heruntergekommen; die Mieter, die in den letzten Jahren während des Krieges und danach drin wohnten, hatten kein Geld, um die geringsten Reparaturen auszuführen. Und wohl auch kein Interesse daran, denn das eine oder andere hätte man durchaus selbst reparieren können, ohne einen fachmännischen Handwerker. Aber was will man von Mietern erwarten, es gehört ihnen nicht.

Nun sind die beiden Zimmer im oberen Stock für Saschas und mein Schlafzimmer ausgebaut, auch haben wir ein kleines Badezimmer mit einem Ofen für heißes Wasser. Ein echter Luxus! In meinem Schlafzimmer steht die Kommode, die mir Gabriele und Kandinsky vor vielen Jahren geschenkt haben, darüber hängt Dein Gemälde vom Herzogstand. Ich sitze jeden Abend davor und gedenke Deiner.
Im Erdgeschoss haben wir eine gemütliche Wohnküche eingerichtet, die Möbel stammen größtenteils noch von Tante Amalia. Ihr früheres Schlafzimmer ist jetzt unser Wohnzimmer. Ein Maler hat uns Muster auf die Wände gerollt, hellgrün auf cremefarbenem Untergrund, dazu habe ich passende Vorhänge aus einem Stoff genäht, den mir Gabriele schenkte. Ich habe die alte Chaiselongue, die noch von der Tante im Haus stand, mit einem moosgrünen Samt bezogen, es ist nun ein wahres Schmuckstück geworden. Dazu gehören zwei Stühle und ein Tisch.
Mit dem Einzug ist meine große Hoffnung verbunden, unserem Töchterlein näherzukommen. Wenn wir Tag für Tag im eigenen Haus wohnen und miteinander leben, sollte das gelingen.
Alles wäre so viel schöner und leichter mit Dir. Ich vermisse Dich jeden Tag.

Deine liebste A

19

Oktober 1952

»Ich komme heute erst am Abend nach Hause. Ich spiele ab sofort in der Theatergruppe mit, und wir proben Mittwoch am Nachmittag.« Während Sascha Käsebrote, ein hart gekochtes Ei und zwei Äpfel in die Schultasche packte, informierte sic Amalia.

»Ach herrje, warum sagst du das erst jetzt? Ich muss dir doch mehr zu essen mitgeben.«

»Ich weiß es quasi erst seit gestern. Du sagst doch immer, ich soll jede Gelegenheit ergreifen, mit meinen Mitschülern etwas gemeinsam zu machen.« Sie stellte ihre Schultasche mit einem Ruck auf den Stuhl. Ihr Ton klang auf der Stelle gereizt. »Was ist daran denn falsch?«

»Nichts ist falsch. Aber ich würde mich gern darauf einstellen.« Amalia atmete tief durch.

»Gut, dann weißt du's jetzt. Ich komm nachmittags nicht ins Münterhaus, das wird zu spät.« Sascha stand schon fertig angezogen in der Tür, nahm ihre Schultasche und warf die Tür hinter sich ins Schloss.

Wenn das Mädchen doch bloß etwas umgänglicher wäre. Ständig musste Amalia damit rechnen, dass sie von ihr zurechtgewiesen wurde; eigentlich war alles falsch, was sie sagte oder machte. Fragte sie nach, war Sascha genervt, fragte sie nicht nach, beschuldigte ihre Tochter sie, sie habe kein Interesse an ihrem Leben. Nie hatte das Mädchen eine Freundin zu Besuch, nie verabredete sie sich mit anderen. Natürlich, durch den Schulbesuch in Garmisch fehlten ihr gleichaltrige Jugendliche hier in Murnau, nur zwei ältere Kinder fuhren ebenfalls mit dem Zug ins Gymnasium. Aber soweit sie wusste, hatte Sascha keinen Kontakt mit den beiden. Sascha erzählte nichts von der Schule, sie erledigte ihre Hausaufgaben gewissenhaft, gelegentlich nahm sie Herrn Eichners Unterstützung in Anspruch, um Fragen zu klären. Amalia hörte die beiden oft diskutieren, besonders wenn es um Literatur ging. Mit Gabriele hatte Sascha ein sehr inniges Verhältnis, die ältere Frau durfte sich ihr auch körperlich nähern, ihr über den Kopf streichen oder sie in den Arm nehmen.

Bei Amalia wehrte sie sich vehement, körperlicher Kontakt war zwischen ihnen beiden vollkommen ausgeschlossen. Die Mauer zwischen Mutter und Tochter war für Außenstehende unsichtbar, aber sie war da und wurde mit jedem Jahr dicker und höher. Amalia fand keinen Weg, sie zu überwinden, allein schon aus Angst, von Sascha zurückgewiesen zu werden. Was war das bloß, dass ihr eigenes Kind sie so offensichtlich ablehnte? Jeder gut gemeinte Rat prallte an Sascha ab, wurde, wenn es gut ging, mit hochgezogenen Augenbrauen und einem verächtlichen »Pfft!« abgetan. In einem ungünstigen Moment geäußert ging der Zorn mit ihr durch, dann warf sie wie als Kind alles, was ihr gerade in die Finger kam, durch die Luft. Amalia hätte nur zu gern den Grund dafür herausgefunden. Sie wollte ihre Tochter verstehen, sie wollte erfahren, was sie berührte, welche Sorgen sie hatte, worüber sie sich freute. Aber es blieb ihr nichts anderes übrig, als sie nach besten Kräften zu versorgen, alles für den Schulbesuch und was damit zusammenhing, bereitzustellen und zu hoffen, dass ihr Verhältnis sich irgendwann einmal bessern würde.

Amalia war dennoch erleichtert, dass Gabriele auch weiterhin eine enge Bindung mit Sascha pflegte. Die beiden verstanden sich wie beste Freundinnen. Die Eifersucht, die manchmal bei ihr aufflackerte, drängte sie immer mit der eigenen Beschwichtigung zurück, dass irgendjemand Zugang zu Sascha haben musste – wenn nicht sie, dann wenigstens Gabriele. Trotzdem würde sie selbst so gern teilhaben am Leben ihres Kindes. Empfand sie ihre arbeitende Mutter vielleicht als blamabel, denn die anderen Mütter waren Hausfrauen? Sie wusste es nicht und würde es wohl auch nie erfahren.

Zum Glück waren Saschas Noten gut. Denn eines hatte das Kind verstanden: Das Gymnasium war ihr Sprungbrett heraus aus der Enge Murnaus. Sie hatte weder mit Amalia noch Gabriele oder Opa Ei darüber gesprochen, aber bei der ersten Gelegenheit würde Sascha weggehen, das wusste Amalia. Das Mädchen wollte Künstlerin werden wie Gabriele und ihr Vater, von dem sie alles, was sie erfahren konnte, wie ein Schwamm aufsog.

20

April 1955

Gabriele und Johannes Eichner stießen wie auch viele der übrigen Zuschauer laute Bravorufe aus, Amalia klatschte begeistert. Sascha glänzte als einer der beiden Weber in Hans Christian Andersens Märchen »Des Kaisers neue Kleider«. Immer wieder verbeugten sich die Schauspieler, allesamt Schülerinnen und Schüler der Oberstufe. Der Schulleiter bedankte sich und lud alle Anwesenden zu einem kleinen Umtrunk in die Aula ein.

Amalia, Johannes und Gabriele saßen an einem Tisch, als nach kurzer Zeit Sascha auf sie zustürmte, jetzt wieder ohne Kostümierung. Sie strahlte, ihre Freude über den Erfolg der Theatergruppe war ihr anzusehen. Amalia registrierte erleichtert, dass Sascha mit ihrem Fuß keinerlei Probleme beim Laufen hatte, auch nicht, als sie auf der Bühne gestanden war. Fast unmerklich schüttelte sie den Kopf, jedoch über sich selbst. Sie hasste ihre Angewohnheit, bei jeder Gelegenheit zu prüfen, ob Saschas früherer Gehfehler sichtbar war.

»Grandios, mein Töchterlein, es war einfach grandios«, rief ihr Gabriele zu. »Du hast wirklich Talent zur Schauspielerei.« Gabriele stand auf und umarmte sie.

Während beide eng umschlungen dastanden, trat ein Mann mit einer angedeuteten Verbeugung auf sie zu. »Frau Münter, das ist aber eine Überraschung!«

Gabriele wandte sich ihm zu. »Herr Junkers, schön, Sie hier zu sehen. Darf ich vorstellen«, sie trat einen Schritt zurück und wies auf Sascha: »Das ist unser Töchterlein Sascha, und das ist meine Freundin Amalia Bernreuther.«

Amalia stand etwas unbeholfen auf und reichte ihm die Hand. Sascha taxierte sie mit zusammengepressten Lippen, als würde sie jeden Moment damit rechnen, dass ihre Mutter etwas Falsches sagen würde. Doch Herr Junkers machte eine angedeutete Verbeugung und wandte sich gleich darauf Johannes Eichner zu. »Verehrter Herr Eichner, wie schön, auch Sie hier zu treffen.«

Auch er erhob sich und reichte Junkers die Hand.

»Verzeihen Sie mir meine Neugier, Frau Münter, Sie sprachen von ›unserem Töchterlein‹. Ich wusste nicht, dass Sie eine Tochter haben.« Junkers blickte zwischen Gabriele und Eichner hin und her.

Sascha errötete und schaute zu Boden, es war ihr peinlich, am liebsten würde sie auf der Stelle davonlaufen.

»Ach nein, Herr Junkers, die junge Dame ist in unserem Haus geboren und bei uns aufgewachsen, daher sprechen wir immer von ›unserem Töchterlein‹.« Gabriele stellte den Sachverhalt klar, und lächelte mit der ihr angeborenen Nonchalance.

Saschas rötlich blasser Hautton wurde noch intensiver, ein Sonnenbrand könnte nicht leuchtender wirken.

Junkers betrachtete Sascha von Kopf bis Fuß. »Du warst doch einer der Betrüger gerade eben in dem Theaterstück. Alle Achtung, gut gespielt. Daraus kann noch etwas werden.« Er grinste sie an, dabei zwinkerte er unmerklich.

»Auf eine Schauspielkarriere habe ich keine Lust, ich werde Künstlerin«, platzte Sascha heraus.

»Na so was, Frau Münter, dann bringen Sie doch die junge Künstlerin zu unserem nächsten Treffen mit, wer weiß, vielleicht kann sie uns unterstützen.« Er breitete die Hände aus und nickte vielsagend.

»Das mache ich natürlich gern. Sie müssen wissen, Sascha kennt alle Gemälde, die das Lenbachhaus übernehmen wird. Vielleicht kann sie sich in irgendeiner Form einbringen, es ist schließlich noch viel Arbeit zu leisten.«

Saschas Herz hüpfte vor Freude. Dieser gut aussehende Mann hatte sie wahrgenommen und nicht als Kind abgetan, und Mama Ella hatte sich für sie eingesetzt.

»Sascha, meinst du nicht, das wird zu viel für dich? Du weißt, dass die Schule immer herausfordernder wird.« Amalia äußerte ihren Einwand mit gerunzelter Stirn.

Saschas Mimik zeigte pures Entsetzen über die Bedenken ihrer Mutter. Gleich darauf wandelte es sich in trotzige Entschlossenheit. Amalia kannte den Ausdruck. Sascha würde sich von ihr nichts sagen lassen.

»Mama, du weißt, dass ich keinerlei Probleme beim Lernen habe. Und wenn Mama Ella mich braucht, dann bin ich natürlich dabei. Das ist doch selbstverständlich.« Sie strahlte Gabriele an.

»Das wird schon, mein Töchterlein.« Gabriele strich ihr lächelnd über die Wangen.

Amalia bemerkte aus den Augenwinkeln, dass auch Herr Eichner eine kritische Miene zeigte. Saschas Stirn wirkte abermals umwölkt, aber als Herr Junkers ihr bei der Verabschiedung zuwinkerte, setzte sie sofort ihr schönstes Lächeln auf.

»Dann sehen wir uns bald, mein hübsches Kind«, meinte er und nickte Amalia und Johannes zu.

Sie nahmen wieder Platz, und Gabriele legte den Arm um Sascha. »Du wirst sehen, Herr Junkers kann dir sicher einiges beibringen, wenn du mitkommst. Er ist als Assistenzkurator im Lenbachhaus tätig und ist immer bei den Treffen dabei, wenn es um unsere Gemäldesammlung geht.«

»Was könnte er Sascha diesbezüglich beibringen? Die Gemälde kennt sie sowieso, und von den Vorgängen, die nötig sind, um sie an die Galerie zu übergeben, ist sie als junger Mensch weit entfernt.« Eichner äußerte seine Bedenken, und Sascha fragte sich, was er auf einmal hatte. Immer wollte er, dass sie sich für Neues interessierte und es ausprobierte, aber jetzt hielt er sie zurück.

»Mein lieber Ei, es ist eine gute Gelegenheit, Verhandlungen und Organisationsabläufe im Kunstbetrieb kennenzulernen. Wer weiß, vielleicht kann Junkers unsere Sascha irgendwann mal in ihrer Kunst unterstützen. Kontakte muss man pflegen, und man kann nie früh genug beginnen, ein Netzwerk aufzubauen.«

Saschas Erleichterung war sichtbar; solange Gabriele auf ihrer Seite war und etwas befürwortete, würde sie es durchsetzen, nicht nur gegenüber ihrer Mutter, auch gegenüber Opa Ei.

Eine Woche später begrüßte Gabriele Sascha lächelnd, als sie von der Schule ins Münterhaus kam, um ihre Hausaufgaben mit Opa Ei zu besprechen. »Wenn ihr beide fertig seid, habe ich eine Überraschung für dich.«

»Ach bitte, Mama Ella, sag's mir doch gleich, sonst kann ich mich bei den Matheaufgaben nicht konzentrieren.« Saschas Neugier war von jeher grenzenlos, und Warten war auch nicht ihre Stärke.

»Erst die Arbeit, dann das Vergnügen.« Gabriele war unerbittlich und schob sie in Richtung von Eichners Zimmer.

Während Sascha versuchte, sich auf die Aufgaben und deren Lösung zu konzentrieren, schweiften ihre Gedanken immer wieder ab zu Gabrieles Ankündigung. Was sie wohl als Überraschung parat hatte? Aber ihr fiel nichts dazu ein, rein gar nichts. Sie musste sich einfach beeilen, mit den Aufgaben fertig zu werden.

»Fertig, Opa Ei, und vielen Dank. Ohne dich hätte ich das wirklich nicht geschafft.« Hastig packte Sascha ihre Bücher und Hefte in ihre Tasche, sie wollte schnell weg zu Gabriele.

»Na dann, lass dich überraschen«, hörte sie ihn beim Hinausgehen rufen. Er wusste also, was sie erwartete. Wie gemein, aber so waren sie, die Erwachsenen. Hielten immer zusammen, meistens hatte sie alle drei gegen sich. Sie klopfte an Gabrieles Tür und stürmte fast gleichzeitig ins Zimmer. »Jetzt kannst du mir die Überraschung verraten«, legte sie los.

»Warte bitte einen Moment, ich bin gleich fertig.« Gabriele blickte kurz auf und las weiter in einem Stapel Unterlagen, die vor ihr lagen.

»Ach bitte, ich bin so neugierig.«

»Sascha, ich habe dich gebeten zu warten, bis ich fertig bin. Wenn du mich unterbrichst, dauert es umso länger.« Selten wurde sie von ihr zurechtgewiesen, aber wenn, dann, wusste Sascha, gab es kein Pardon. Mama Mali war ständig am Ermahnen und Kritisieren. Fast schon gewohnheitsmäßig ignorierte sie ihre Einwände und Hinweise, ausschlaggebend waren für sie nur Gabriele und Opa Ei. Selten waren die Einwürfe ihrer Mutter berechtigt oder gar hilfreich. Sie sollte sich anpassen. Nie das tun, was sie selbst für richtig hielt. Ihre ständige Leidensmiene war unerträglich. Dagegen wirkte Gabriele jünger und lebendiger, hörte ihr immer zu und ignorierte keine ihrer noch so absurden Ideen. Mama Mali hatte immer Bedenken, sah nur Probleme oder Gefahren, die hinter jeder Ecke lauerten.

So bald wie möglich würde sie aus dem Amalienhäusl ausziehen, das hatte sie ihrer Mutter schon zu verstehen gegeben. Sie würde sich vom Leben der Tristesse häuten, alles Fremde ausprobieren, sich selbst neu erleben. Neues kennenlernen, ob in der Kunst, der Mode, der Musik, sie wollte rauchen und trinken – einfach alles tun, was zu Hause verpönt war. Sie verdrängte den Gedanken, dass auch Gabriele und Opa Ei vermutlich nichts von diesen Begehrlichkeiten halten würden. Während sie sich ihre Zukunft in schillernden Tönen ausmalte, bemerkte sie nicht, dass Gabriele fertig war und sie anlächelte. Anscheinend hatte sie sie schon länger betrachtet.

»In welchen Gedankenwelten schwelgst du, mein Töchterlein, dein Gesicht leuchtet regelrecht?«

Sascha fühlte sich ertappt. »Ach, ich dachte nur, dass ich nach dem Abitur gern ein Jahr nach Amerika gehen möchte, um dort die moderne Kunst kennenzulernen.« Sascha äußerte diese Idee Gabriele gegenüber zum ersten Mal, genau in dem Moment, als Amalia das Zimmer betrat.

»Bis dahin ist es noch lange hin, mein Kind.« Gabriele und Amalia tauschten vielsagende Blicke aus. »Aber es ist immer gut, Pläne zu haben. Sicher wird sich dein Plan noch mehrmals ändern, bis es so weit ist.«

»Ich weiß ganz sicher, dass ich nichts anderes will. Amerika ist das Land meiner Träume.«

»Und dein Studium? Du wolltest dich doch an der Kunstakademie bewerben.«

»Das mache ich, wenn ich zurückkomme. Amerika ist Vorreiter in der modernen Kunst, ich werde danach den anderen gegenüber einen riesigen Vorsprung haben.«

»Das könnte durchaus sein. Aber jetzt zu meiner Überraschung ...« Gabriele betrachtete sie intensiv. »Ich habe einen Termin im Lenbachhaus mit dem Kurator, und auch Herr Junkers als sein Assistent ist dabei. Er hat gesagt, dass du mitkommen dar...«

Bevor Gabriele weitersprechen konnte, sprang Sascha auf, umarmte sie und jubelte.

»Er hat daran gedacht. Ich kann es kaum glauben! Wann ist der Termin, soll ich gleich nach der Schule hinkommen, oder wie machen wir es?« Sascha sprudelte über vor Begeisterung. Sie würde Herrn Junkers im Lenbachhaus treffen. Sie war in der Welt der Erwachsenen und der Kunst angekommen. Ein ernst zu nehmender Termin, denn, wie sie wusste, hatten Gabriele und Opa Ei die Gemälde, die im Keller lagerten, einer Galerie versprochen, wenn diese ihre Bedingungen erfüllte. Opa Ei hatte ihr schon vor längerer Zeit den unschätzbaren Wert der Gemälde erklärt, denn die meisten waren von Wassily Kandinsky, der mittlerweile nicht mehr lebte und von dem sie wusste, dass er viele Jahre mit Gabriele zusammengelebt hatte. Mama Ella hatte seine Gemälde vor der Zerstörungswut der Nazis gerettet, und nun sollten sie in einem angemessenen Umfeld ausgestellt werden. Sascha war überwältigt, dass sie bei einem Termin von solcher Tragweite dabei war – und sie würde Herrn Junkers wiedertreffen. Jedes Mal, wenn sie an ihn dachte, bekam sie ein Kribbeln im Bauch – wie die Perlen im Champagner, von dem sie kürzlich das erste Mal hatte nippen dürfen.

Mein liebster A,

ich glaube, Sascha hat sich in Herrn Junkers, den Kurator vom Lenbachhaus, verguckt. Außerdem eröffnete sie Gabriele und mir, sie würde nach dem Abitur nach Amerika gehen, um dort die Vorreiter der modernen Kunst kennenzulernen, statt wie ursprünglich geplant, die Kunstakademie in München zu besuchen. Normalerweise hätte sie nach unseren berechtigten Zweifeln an ihrem Plan getobt. Aber als Gabriele ihr eröffnete, dass Herr Junkers ihr ermöglichen wollte, ins Lenbachhaus zu kommen und dort an der Erfassung der Gemälde mitzuarbeiten, war sie mit einem Mal wie ausgewechselt. Ihre Augen glänzten, sie lächelte, sie schwebte vor uns herum – kurz und gut, so habe ich mein Kind noch nie erlebt.
Was kommt mit diesem Mädchen noch auf uns zu, ich vermag es nicht abzuschätzen.
Für immer,

Deine liebste A

21

Juni 1955

»... und dann hat er mir die Räume des Lenbachhauses gezeigt. Riesige Räume mit großen Wänden, perfekt für die Gemälde. Und was noch nicht optimal ist, wird geändert. Dort soll die Ausstellung präsentiert werden. Und er wollte wissen, wie mir seine Ideen gefallen.«

Voller Begeisterung berichtete Sascha von dem Termin im Lenbachhaus. Amalia erkannte ihre Tochter kaum wieder. So viel hatte sie ihr noch nie erzählt, und sie fand immer noch etwas, das ihr zum Nachmittag einfiel. Sie lebte auf, wirkte viel lebendiger, etwas hatte sie intensiv berührt. Irgendetwas war mit ihr geschehen, ob es nur der Umgang mit den Erwachsenen war? Oder war es die Schwärmerei für Herrn Junkers, der sie sehr beeindruckt hatte. Aber das war wohl nicht möglich, der Mann war mindestens zwanzig Jahre älter als ihre Tochter. Nur weil er ihr Aufmerksamkeit schenkte, würde sie doch wohl nicht hoffen, dass er sich für eine Schülerin mit knapp siebzehn Jahren interessierte. Amalia vermutete eher, dass er sich durch seine Hinwendung zu Sascha die Aufmerksamkeit und Zustimmung von Gabriele erhoffte. Denn diese war nicht mit all seinen Plänen und denen seines Chefs, die Gemälde betreffend, einverstanden.

»Er hat mich gefragt, ob ich nach der Schule kommen würde, um ihm zu helfen, ein Verzeichnis zu erstellen.«

»Ich finde, das geht etwas zu weit. Du bist Schülerin und hast dein Abitur vor dir, der Zeitaufwand, um nach München zu fahren, ist zu groß.« Amalia wollte von vornherein einen Riegel vorschieben. Zum Schluss würde Sascha in der Schule absacken und ihr Abitur hinschmeißen.

»Es ist nur am Wochenende, an den Samstagen, an denen ich schulfrei habe. Ach bitte, Mama, das ist doch eine fantastische Chance für mich, etwas zu lernen.«

Diesen schmeichelnden Ton kannte Amalia nicht von ihr, normalerweise trotzte sie und wurde wütend, wenn sie ein Verbot zu hören bekam. »Was glaubst du, was du dort lernst?«

»Alles über die Kunst Kandinskys, über sein Leben, seine Entwicklung. Und über die richtige Präsentation der Gemälde. Ich finde es so spannend. Und dann sind auch noch Gemälde von Marc Chagall, Marianne von Werefkin und sogar von meinem Vater, Alexej von Jawlensky, dabei ...«

»Frag Mama Ella, die kann dir das alles aus erster Hand erzählen.«

»Das weiß ich doch schon, aber es von einem anderen zu hören, bringt einen neuen Aspekt in die Sichtweise ein. Du weißt, man sollte alles von mehreren Standpunkten aus betrachten. War das nicht der Grundsatz meines Vaters?«

Amalia war auf der Stelle berührt, niemals hätte sie erwartet, dass das für Sascha von Bedeutung war. Als Sascha eines Abends aufgewacht war, während Amalia gerade vor ihrem »Altar« saß, hatte sie ihr erklärt, welche Bedeutung das Gemälde für sie hatte. Es war eine der seltenen Gelegenheiten, dass sie über Gefühle sprachen, sie hatte ihrer Tochter von ihrer großen Liebe erzählt, der einzigen ihres Lebens. Das wenige, was sie ihr von ihrem Vater mitgeben konnte, wollte sie ihr nicht vorenthalten. Damals hatte Sascha die Geschichte über sich ergehen lassen und keinerlei Reaktion gezeigt.

»Gut, dann finde neue Standpunkte. Aber sollte sich zeigen, dass deine Leistungen absinken, ist sofort Schluss mit den Besuchen in München.« Amalia gab sich geschlagen, obwohl sie befürchtete, dass nichts Gutes bei den Treffen mit Junkers herauskam. Aber vermutlich war sie wieder mal zu pessimistisch. Sie malte sich wie immer das Schlimmste aus, wenn sie über Situationen nachdachte, die sie selbst nie erlebt hatte. Aber wen wunderte es, denn sie hatte noch nicht viel erlebt. Ihr Leben beschränkte sich auf Murnau und die Menschen, die bei Gabriele ein und aus gingen und gegangen waren. Ihre Tochter würde ihr in kürzester Zeit weit überlegen sein. Sie musste lernen, ihren vor Bedenken grummelnden Bauch zu ignorieren.

Mein liebster A,

nun wird sie flügge. Aber sie taucht dabei in die Kunst ein. In Deine, die von Kandinsky, Chagall und den anderen Künstlern des Blauen Reiters. So glücklich, wie ich über ihr Interesse an der Kunst bin, so unglücklich bin ich darüber, dass ich sie wohl auf diesem Wege verliere. Ich kann nicht mehr mithalten mit ihrem Wissen, ihrem Können, einfach mit allem, was sie lernt. Sie wird mir weit überlegen sein. Es macht mich sehr stolz, dass sie sich loslöst aus unserer Murnauer Familiengeschichte. Aber es macht mich auch einsam, ich werde zurückgelassen.

Deine liebste A

22

August 1955

Amalia und Sascha warteten in ihrem Sonntagsstaat im Garten auf Gabriele und Eichner. Amalia im Wäschedirndl und Sascha mit einem weit schwingenden Rock und einer in der Taille eng verknoteten Bluse; ihre langen Haare hatte sie mit einem Tuch zu einem hohen Pferdeschwanz gebunden. Lieber wäre sie in ihrer heiß geliebten Jeans gekommen, aber Amalia war strikt dagegen gewesen: Das sei unpassend für eine Einladung am Sonntagnachmittag. Sie rätselte immer noch, was der Anlass für die Einladung war, denn sie vermutete mehr dahinter als nur Kaffee und Kuchen.

Gabriele kam am Arm von Eichner durch die Tür, sie trug ein leichtes Sommerkleid, ihre Jacke hatte sie über den Arm gehängt. Sie waren ein elegantes Paar, auch wenn sie sich nicht modisch kleideten.

»Sascha, heute im Rock. Das macht sich wirklich hervorragend«, bemerkte Johannes Eichner.

»Na ja, ich hätte lieber meine Jeans angezogen, aber Mama …«

»… Mama bestand mit Recht auf etwas Sommerlichem, mein Töchterlein. In dieser engen Hose musst du bei den hohen Temperaturen nur schwitzen.« Gabriele stupste ihr auf die Nase.

»Mir ist nie zu heiß. Lasst mich raten, wir gehen in die neue italienische Eisdiele?«

»Warte ab, erst einmal gehen wir zum Friedhof. Danach lass dich überraschen.« Gabriele zwinkerte ihr lächelnd zu.

Sascha war entsetzt, was sollten sie auf dem Friedhof? Es gab keinen Todesfall im Bekanntenkreis, und das Grab ihrer Großeltern würde Gabriele nicht besuchen. Während sie den dreien mit etwas Abstand folgte, grübelte sie über den Sinn dieser Unternehmung.

Auf dem Friedhof bog Gabriele ganz gezielt erst rechts, dann links und erneut rechts in immer schmalere Nebenwege ein, die jedoch zu keinen Gräbern, sondern einer freien Fläche führten. Plötzlich blieb sie stehen.

»Hier ist es. Das ist der Platz, den wir ausgesucht haben.« Sie blickte von Johannes Eichner zu Amalia und Sascha, dabei strahlte sie, als hätte sie einen Schatz gefunden. Sie wies mit der Hand in Richtung der Berge. »Schaut mal, wenn ihr in Richtung meiner Hand schaut, seht ihr unser Haus in der Kottmüllerallee, und am Horizont dahinter erheben sich die Berge. Ist das nicht ein wunderbares Plätzchen?«

Die Blicke von Sascha und Amalia folgten ihrer Hand, und tatsächlich fanden sie in einiger Entfernung das Münterhaus. Die von der Sonne beschienene Giebelseite mit der Veranda leuchtete zwischen den umliegenden Bäumen.

»Ich verstehe nicht, was du meinst, Mama Ella. Wir sind hier auf dem Friedhof, es gibt sicher schönere Plätze in Murnau, um dein Haus zu sehen. Willst du hier eine Sitzbank stiften ...?«

»Genau hier ist der Platz für unser Grab. Opa Ei und ich haben es für uns gekauft. Jeder, der vor unserem Grab steht, sieht im Hintergrund unser Häuschen und die Berge. Einen besseren Platz kann es doch am Ende nicht geben.«

»Seid ihr krank? Wieso denkt ihr jetzt ans Sterben?« Sascha ergriff ihre Hand und keuchte auf, dabei liefen ihre Tränen die Wangen hinab. Hatte sie irgendetwas nicht mitbekommen? Opa Ei hatte zwar Probleme mit dem Herzen, aber der Arzt sagte immer, er könne noch lange leben, wenn er sich an seine Ratschläge halte. Und Mama Ella ging es viel besser als vor Jahren. Durch die Nachfrage nach ihren Bildern und die Ausstellungen in ganz Deutschland stand sie wieder mitten im Leben der Kunstszene, wurde immer eleganter und, wie Sascha fand, auch souveräner und interessanter als je zuvor. Selbst Saschas Lehrer und der Schulleiter hatten sie schon mehrmals auf Gabriele angesprochen, um sie für diverse Projekte in der Schule zu gewinnen. Sie wurde von Künstlern und selbst Kritikern geschätzt, sie war gefragt, Vorträge und Vorlesungen zu halten und Ausstellungen zu eröffnen, und Opa Ei unterstützte sie dabei. In Saschas Augen standen sie auf dem Höhepunkt ihres Lebens. Wie also kamen sie dazu, sie so zu erschrecken?

Sascha konnte ihre Tränen nicht zurückhalten, und Gabriele wischte sie ihr mit einem Taschentuch weg. »Mein Töchterlein, nicht weinen, wir freuen uns doch so sehr, dass wir heute schon wissen, wo wir einmal beerdigt werden ... Johannes und ich.«

»Aber ihr sollt leben und nicht ans Sterben denken, ich brauche euch doch noch. Was soll ich ohne euch denn anfangen? Mama, sag doch auch mal was.« Sascha schrie es laut heraus, sodass die Besucher einige Reihen weiter sich neugierig nach ihnen umdrehten.

»Sterben müssen wir alle mal, mein Kind«, brach es aus Amalia beinahe flüsternd heraus, die genauso überrascht über die Grabstelle war wie ihre Tochter.

»Aber doch nicht jetzt, was redet ihr denn bloß?«, Sascha war fassungslos. »Ich bin doch sonst ganz allein auf der Welt mit Mama.«

Nun wischte sich auch Amalia die Tränen fort und blickte zum Boden. Sascha stampfte mit dem Fuß auf. »Das habt ihr euch so gedacht, euch aus dem Staub zu machen und mich zurückzulassen. Mama Mali, hast du etwa auch schon ein Grab ausgesucht? Sag's mir doch gleich, dann weiß ich heute schon, wo ich hingehen muss. Was wollt ihr denn noch alles regeln, steht der Zeitpunkt auch schon fest?« Sascha lief hektisch hin und her, und plötzlich war ihr leichtes Hinken erkennbar, wie immer, wenn sie aufgeregt war.

»Sascha, bleib bitte stehen.« Opa Ei hielt sie auf. »Es spricht doch nichts dagegen, sich die letzte Ruhestätte selbst auszusuchen. Und selbst wenn wir hundert Jahre alt werden würden, wäre es mir ein Trost, die nächsten dreißig Jahre hierherzukommen und auf unser Haus und die Berge zu schauen. Willst du mir das verwehren?«

»Nein, aber das ist so skurril, ich mag das nicht. Denkt doch besser über das Leben nach und nicht über den Tod, jetzt, wo wir endlich wieder ein richtiges Leben haben – ohne Not und ohne Krieg.« Sie hob verzweifelt die Hände und ließ sie dann kraftlos sinken. Noch nie hatte sie darüber nachgedacht, dass einer von ihnen sterben könnte. Sie waren da, in jeder Minute ihrer Vergangenheit, und gehörten damit auch zu ihrer Zukunft, daran hatte es nie irgendwelche Zweifel gegeben. Wie kamen sie auf solche absurden Pläne, wie konnten sie an ihren eigenen Tod denken? Sie hatte noch nie von einem Menschen gehört, der seine eigene Grabstätte aussuchte.

»Mein Töchterlein, du musst dir über unseren Tod keine Gedanken machen. Denn noch leben wir mit großer Freude und bleiben so lange auf dieser schönen Erde, wie es nur irgendwie geht. Deswegen ...« Sie hielt kurz inne. »... lasst uns jetzt in die italienische Eisdiele gehen und einen der berühmten Eisbecher genießen.« Gabriele zog Sascha mit sich, und Amalia und Eichner folgten ihnen.

In den folgenden Wochen und Monaten erschrak Sascha bei dem geringsten Anlass, der bei Opa Ei oder Gabriele auf eine Krankheit hindeuten könnte, und sofort wanderten ihre Gedanken zur Grabstelle, die wie ein Damoklesschwert über allem zu schweben schien.

Mein liebster A.

Gabriele und Johannes haben mir und Sascha heute vor Augen geführt, dass sie irgendwann einmal nicht mehr hier sein werden. Ich war entsetzt, denn noch niemals vorher habe ich nur einen Gedanken daran verschwendet. Und auch jetzt mag ich nicht daran denken: Ein Leben ohne Gabriele oder Johannes Eichner oder, noch schlimmer, ohne beide, ist unvorstellbar für mich. Wer weiß, vielleicht endet mein eigenes Leben vor den beiden, aber was wird dann mit unserem Kind? Eine tiefschwarze

Trauer ist bei diesen Gedanken in mein Inneres eingezogen. Wie bringe ich bloß wieder Licht in dieses unfassbare Dunkel? Was könnte ich tun, dass unser Kind nicht eines Tages vollkommen allein auf der Welt ist?

Deine liebste A

23

Juni 1957

Amalia und Gabriele weinten vor Freude und Ergriffenheit, Johannes Eichner strich sich ständig aufgeregt über den Schnauzer, während der Schulleiter Sascha das Abiturzeugnis überreichte. Er betonte ihren hervorragenden Notenschnitt von 1,2. Amalia, die selbst nur vier Jahre die Schule besucht hatte, hatte eine Tochter mit dem Zugang zur Universität! Ihr Stolz war grenzenlos, und in Gedanken umhüllte sie Sascha mit einem goldenen Kokon, der die früheren Zornesausbrüche und Verletzungen in den Hintergrund drängte. Ob Sascha diese Chance ebenso großartig und einmalig wie sie empfand? Sie bezweifelte es, schob aber den Gedanken gleich wieder weg, denn er war unwichtig. Hauptsache, Sascha machte was daraus.

Als Eichner ihr nach den Abiturprüfungen feierlich erklärte, dass er als sein Vermächtnis für das Töchterlein ein Sparbuch auf ihren Namen angelegt habe, damit sie studieren könne, war Sascha überglücklich und dankbar. Sie ergriff die Gelegenheit, ihr »Elternkleeblatt« in Kenntnis zu setzen, dass sie vor dem Studium ein Jahr nach Amerika gehen wolle.

Sie diskutierten zu viert diesen Wunsch, wägten alle Argumente dafür und dagegen ab, stritten, weinten und schrien. Sascha war von dem Gedanken besessen, und schlussendlich erklärte sich Gabriele bereit, an ihre Cousine in Amerika zu schreiben, ob sie Sascha für einige Monate bei sich aufnehmen würde. Sie lebte in Manhattan, es wäre genau der richtige Platz für Saschas Kunststudien.

Amalia durchlitt schlimme Ängste. Würde Sascha je wieder zurückkommen? Was wäre, wenn sie dort unter die Räder käme. Sie könnte überfallen werden, das Flugzeug könnte abstürzen – es gab so vieles, was passieren könnte, von dem sie keinerlei Vorstellung hatte, da sie nichts davon selbst kannte.

Es würde bedeuten, dass sie zum ersten Mal überhaupt allein leben würde. Natürlich würde sie weiter Tag für Tag ihrer Arbeit im Münterhaus nachgehen, das stand außer Frage. Herr Eichner hatte vor einigen Monaten eine zusätzliche Haushaltshilfe eingestellt, die die schwereren Arbeiten erledigte, denn schließlich war Amalia auch schon fast sechzig Jahre alt.

Zuerst hatte sie sich dagegen gewehrt, aber seitdem die zwanzigjährige Theres viermal in der Woche am Vormittag kam, spürte sie, dass ihr die verbliebenen Aufgaben leichter von der Hand gingen. Nun kehrte sie schon am Nachmittag in ihr Häuschen zurück und konnte den Garten und das Haus ausgiebig nutzen, und es war nicht mehr nur eine Unterkunft zum Schlafen. War die Arbeit in Haus und Garten getan, genoss sie es, auf der Bank unter dem Fliederbusch zu sitzen und die farbenfrohen Blumenrabatten und Gemüsebeete zu bewundern. Sie lud ihre Freundin Resi regelmäßig zum Kaffeeklatsch und einem Gläschen selbst gemachten Eierlikörs ein. Das Leben wurde einfacher, und Amalia erlaubte sich, ihre ungewohnten Stunden der Freizeit zu genießen. Vielleicht könnte sie sich auch irgendwann dazu entschließen, ihren Bruder Benedikt zu besuchen. Er hatte mittlerweile drei Töchter. Eine Reise ihrerseits nach Frankreich musste gut überlegt werden, noch war sie nicht so weit.

Der Tag des Abschieds war da.

Amalia betrachtete die zwei Koffer mit gemischten Gefühlen. Sie standen fertig gepackt im Flur des Amalienhäusls. Amalias Angst war genauso groß wie ihr Stolz über den Mut ihrer Tochter, allein nach Amerika zu reisen.

Johannes Eichner hatte Sascha am Nachmittag vorher in seinem Arbeitszimmer, in dem sie beide in den vergangenen Jahren viel Zeit verbracht hatten, verabschiedet und ihr einen Briefumschlag mit zweihundert Dollar übergeben. »Mit diesem Extrageld sollst du etwas ganz Besonderes machen, einen Malkurs besuchen, Ausrüstung kaufen, was auch immer dein

Herzenswunsch sein wird. Nütze die Zeit, mein Kind, und mache das Beste aus dieser großen Chance. Aber vergiss uns dabei nicht, wir sind immer für dich da.« Es war eine der seltenen Gelegenheiten, in der er sie umarmt und auf beide Wangen geküsst hatte.

»Opa Ei, ich danke dir für alles, was du mir beigebracht hast. Ich verspreche dir, ich werde dich nicht enttäuschen«, hatte Sascha geflüstert und sich in seine Arme gedrückt.

»Enttäusche *dich* nicht, das ist das Wichtigste.«

Jetzt war es also so weit, und Gabriele und Amalia brachen mit Sascha am frühen Morgen zum Bahnhof auf. Bis München fuhren die drei mit dem Zug, anschließend stiegen sie in den Bus zum Flughafen.

Aufgeregt plapperte Sascha über ihre Pläne.

»Ich hoffe, deine Erwartungen werden nicht enttäuscht. Schraube sie etwas herunter, dann ist die Freude umso größer, wenn sie in Erfüllung gehen. Und halte deinen Blick offen, nur so lernst du Neues kennen.« Gabriele erzählte Sascha von ihren Erlebnissen, als sie mit ihrer Schwester um die Jahrhundertwende durch Amerika gereist war. »Ich habe damals die Möglichkeiten der Fotografie entdeckt, denn mein Bruder schenkte mir vor der Reise eine Kamera. Wer weiß, welche Techniken du kennenlernst, mit denen du deine Eindrücke festhalten und zeigen kannst.«

»Ach bestimmt, irgendetwas wird mir über den Weg laufen«, sprudelte es aus Sascha hervor. »Ich bin so gespannt auf den Flug, auf Amerika, ach, einfach auf alles.«

Amalia wurde währenddessen immer stiller. Der Abschied kam näher – wie konnte sie ihrer Tochter sagen, dass sie ihr Ein und Alles war, dass sie sie unbedingt wieder zurückhaben wollte. Nie zuvor hatte sie Sascha gesagt, dass sie sie liebte, wie sollte sie das jetzt können? Ihr Kloß in der Kehle wuchs mit jeder Minute, er drückte auf ihre Stimmbänder und ließ sie verstummen. Sie würde am liebsten die Zeit anhalten – aber schon standen sie vor dem Gate, durch das nur die Passagiere gehen durften.

Gabriele hielt Sascha fest im Arm, küsste sie und wünschte ihr alles Glück der Welt. Sie trat auf die Seite, und Sascha und Amalia standen sich gegenüber. Sie reichten sich die Hände. »Sascha, ich wünsche dir alles Gute. Bleib gesund und genieße das Jahr in Übersee«, flüsterte Amalia unter Tränen.

Gerade als Sascha sich wegdrehen wollte, schlang sie ihre Arme um die Tochter und drückte sie fest an sich. Sie küsste sie unter Tränen auf beide Wangen. »Sascha, ich hab dich so lieb. Du bist alles, was ich habe. Denk immer daran.«

Sascha schaute ihr in die Augen. »Mama, das weiß ich. Ich habe dich auch lieb, und ich komme wieder zurück, versprochen.«

Sie lächelten sich an, und plötzlich war da ein nie gekanntes, tiefes Verständnis zwischen ihnen. Es war, als würde die Saite einer Geige zum ersten Mal zum Klingen gebracht werden. Sascha ging durchs Gate und warf ihnen eine Kusshand zu.

Amalia war trotz des Abschiedsschmerzes glücklich, denn sie hatte den Eindruck, nur ihr allein gelte der Kuss.

Mein liebster A,

sie ist weg. In wenigen Stunden wird sie in New York ankommen und keinen Gedanken mehr an mich verschwenden.
Nun ist sie den Weg gegangen, den du für deine Flucht geplant hattest. Ist es die Vorsehung, unsere Tochter dorthin zu führen?
Ich hoffe so sehr, dass sich ihre Wünsche und Hoffnungen erfüllen. Aber das Wichtigste wird sein, dass sie wieder wohlbehalten zurückkommt und ich sie in meine Arme schließen kann.
Wohin wird das Leben ihren Blick und ihre Zukunft lenken?

Deine liebste A

24

Juli 1957

»Ein Brief von Sascha«, rief Gabriele von der Gartentür zum Haus, wo Amalia gerade die Blumenkästen auf der Veranda goss.

Ob sie mir wohl auch geschrieben hat, war Amalias erster Gedanke, gleich darauf ermahnte sie sich. Die Eifersucht ließ sie nicht los, selbst jetzt, obwohl Sascha so weit weg war.

Gabriele stand vor ihrem Sekretär und schob die Spitze ihres zierlichen Briefmessers in den dicken Umschlag, der wegen ihrer Ungeduld schließlich doch zerriss. »Ach, wie schön, hier ist auch ein Brief für dich mit drin, liebe Ama. Wie klug von Sascha, so spart sie sich sicher eine Menge Porto.«

Sie überreichte Amalia mehrere zusammengefaltete Seiten. »Ich bin so gespannt, was sie schreibt.« Mit einem kurzen Blick zu Gabriele stellte sie mit Genugtuung fest, dass Gabriele auch nicht mehr Seiten in der Hand hielt als sie selbst.

»Da schau her, Sascha schreibt, wir sollen uns gegenseitig erzählen, was sie schreibt, dann müsste sie nicht alles doppelt verfassen. Sie scheint sich die Zeit gut zu vertreiben, sonst käme sie nicht auf diese Idee.« Gabriele setzte sich in ihren Sessel und vertiefte sich in die Lektüre der eng beschriebenen Seiten.

Amalia zog sich in die Küche zurück, um ihren Brief zu lesen; das war ihr Reich, hier pflegte sie ihre Privatsphäre.

Meine liebe Mama,

der Flug war sehr aufregend, da alles neu für mich war. Die Stewardessen waren nett und behandelten mich genauso zuvorkommend wie die Dame, die neben mir saß. Frances Goldstein stellte sich mir vor, gleich nachdem wir Platz genommen hatten. Sie erklärte mir während des Fluges, worauf ich bei der Ankunft ach-

ten müsse und was ich in New York unbedingt unternehmen solle. Sie war überrascht, dass ich nach Amerika flog, um moderne Kunst kennenzulernen.
Mittlerweile habe ich Frances in New York schon mehrmals getroffen, durfte sie in ein Konzert begleiten, und wir besuchten gemeinsam das MoMA (Museum of Modern Art). Frances ist eine Kennerin der Kunst, da sie selbst eine Galerie mit Werken moderner amerikanischer Künstler führt.
Gabrieles Cousine Mary und deren Töchter Holly und Ivy, bei denen ich lebe, sind gezwungenermaßen freundlich, und die Mädchen helfen mir, da Mary sie dazu nötigt. Findest du ihre Namen nicht auch seltsam? Holunder und Efeu? Mittlerweile habe ich Ähnliches auch in anderen Familien kennengelernt, die Freundinnen der Mädchen heißen übersetzt Rose und Veilchen.
Mary hatte mich gebeten, ihren Töchtern gegen Bezahlung Deutschunterricht zu geben, aber ich lehnte eine Entlohnung natürlich ab, schließlich wohne ich kostenlos bei ihnen. Aber die beiden legen keinen großen Wert auf die deutsche Sprache, da sie keine Absichten hätten, jemals in dieses »Land der Barbaren« zu reisen, wie sie mir immer wieder erklären. Auf meine Frage, wie sie zu dieser Haltung kämen, deuteten sie an, über die Nazis wüsste doch jeder in Amerika Bescheid.
Bitte sprich nicht mit Gabriele darüber, aber ich finde, Holly und Ivy sind ziemlich langweilig und oberflächlich, sie interessieren sich für nichts außer für Mode, Partys und welcher der jungen Männer in der Upperclass für sie als Heiratskandidat infrage kommen würden. Darin werden sie von ihrer Mutter tatkräftig unterstützt, denn sie schleppt sie zu jeder Veranstaltung ihres Clubs und den Partys ihrer Freundinnen.
Die Bälle im Manhattan Society Club empfinde ich als entwürdigende »Fleischbeschau«. Dort hat mich Mary ebenfalls eingeführt, nachdem sie mir ein höchst elegantes Cocktailkleid mit passenden Schuhen und einer Handtasche gekauft hatte. Es war der anstrengendste Tag meines Lebens, als wir zu viert in unzähligen Geschäften unterwegs waren, um die passende Ausstattung

für diesen einen Ball zu kaufen. Ein derart teures Kleid und ebensolche Schuhe habe ich noch nie besessen, und ich wüsste auch nicht, zu welchem Anlass ich das in Deutschland tragen sollte. Stell Dir vor, ich konnte sogar mit den hochhackigen Pumps tanzen, niemandem ist mein Fuß aufgefallen. Mary bestand darauf, dass ich auf meine üblichen Ballerinas verzichtete. Nun weiß ich, dass mein Fuß zukünftig kein Problem sein wird. Ehrlich gesagt fühle ich mich in der Welt der High Society nicht wohl, ich gehöre einfach nicht dazu. Viel interessanter sind die Menschen, die ich durch Frances Goldstein kennenlerne. Sie ist eine Koryphäe im Wissen um moderne Kunst und pflegt mit den Künstlern der gerade aufgekommenen Pop-Art beste Kontakte. Sie hat mir die Vermittlung eines Praktikums bei einem dieser Künstler angeboten; schon in den nächsten Tagen werden wir ihn in seinem Atelier besuchen.
In meiner freien Zeit laufe ich durch die Straßen von New York und bewundere die Wolkenkratzer, die Autos und die unzähligen Menschen – einfach alles, was fremd für mich ist. Besondere Szenen halte ich in meinem Skizzenheft fest, demnächst muss ich mir ein neues zulegen. Ich bin schon richtig gut und schnell geworden im Skizzieren.
Es ist ein wirklich aufregendes Leben, und täglich gewinne ich neue Eindrücke. Die Ferienzeit bis September werde ich mit der ganzen Familie in ihrem Wochenendhaus auf Coney Island verbringen.
Stell Dir vor, Mama, dann lerne ich auch das Meer kennen. Bitte, tausche das, was ich Dir geschrieben habe, außer über Holly und Ivy, mit Mama Ella aus, sie kann Dir noch mehr aus ihrem Brief erzählen.
Ich hoffe, es geht Dir gut! Ich denke oft an Dich,

Deine Sascha

Amalia sank auf ihrem Küchenstuhl zurück und las den Brief gleich noch einmal, als könnte sie damit das Leben ihrer Tochter in allen Einzelheiten kennenlernen. Sie war froh darüber, dass Sascha sich nicht von dem Glamour beeindrucken ließ, dem Marys Töchter huldigten, sondern sich ihren eigenen Weg suchte. Besonders war sie davon berührt, dass sie sich ihr über Holly und Ivy anvertraute, um Gabriele nicht zu verletzen. Sie seufzte. Mit Unterstützung von Herrn Eichner und Gabriele hatte sie bei der Erziehung anscheinend doch einiges richtig gemacht. Sie war glücklich, und ihre Tränen flossen aus Freude und Erleichterung.

Gabriele kam in die Küche und lächelte, als sie sah, dass bei Amalia wie auch bei ihr selbst die Tränen liefen. »Was sind wir bloß für Mutterglucken, meine liebste Ama.« Sie fasste sie an den Händen. »Ich habe den Eindruck, dass es genau das Richtige war, unser Töchterlein nach Amerika zu schicken. Sie hat mir von der neuesten Kunstrichtung, der Pop-Art, geschrieben. Das klingt interessant, ich habe auch schon von dieser Strömung aus England gehört.«

Die beiden Frauen tauschten die Inhalte ihrer Briefe aus und sonnten sich beide in der Zuversicht, dass ihr Töchterlein wunderbare und lehrreiche Tage in New York verbrachte.

25

September 1957

Liebe Mama,

vor wenigen Tagen kehrte ich von Coney Island zurück, die übrige Familie bleibt noch zwei Wochen. Und obwohl Bill, Marys Ehemann, während der Ferienzeit ebenfalls in New York wohnt, bin ich allein in der Wohnung. Er residiert während der Abwesenheit seiner Frau in einer Suite seines Herrenclubs, damit es ihm an nichts fehlt.
Das Ferienhäuschen am Meer entpuppte sich als riesiges himmelblaues Holzhaus mit fünf Schlafzimmern und entsprechend vielen Bädern und einer gigantischen Terrasse zum Meer hin! Ich bin platt, dass man sich so ein großes Haus als Ferienhaus leistet, nur für ein paar Wochen im Jahr. Die Köchin und das Hausmädchen sind von Manhattan mit uns ans Meer gereist, um auch im Urlaub den gewohnten Lebensstandard der Familie zu gewährleisten. Verglichen mit diesem Luxus ist Deutschland tatsächlich eher ein Entwicklungsland, wie Holly und Ivy mir immer wieder klarmachen. Ich widerspreche ihnen vehement, denn sie kennen Deutschland nicht, aber insgeheim muss ich leider zugeben, dass sie recht haben.
Jedes Jahr treffen sich dort die gleichen Familien im feudalen Coney Island Club beim Tennisspielen, Golfen und am Abend bei Tanz- oder Gesangsveranstaltungen, oder sie laden sich gegenseitig zum Barbecue ein. Die »Brautschau« setzt sich dort fort, allerdings unter gelockerten Urlaubsbedingungen. Von Montag bis Freitag leben die Mütter mit ihren fast erwachsenen Kindern in ihren Ferienhäusern, Freitagabend treffen die gestressten Ehemänner aus New York ein, da sie auch während der dreimonatigen Ferienzeit weiter ihrer Arbeit nachgehen. Mein Eindruck ist, dass die Männer ganz froh sind, in der Stadt in Ruhe ihren Be-

schäftigungen nachgehen zu können. Ohne Bälle, Einladungen und gesellschaftliche Verpflichtungen.
Ich fand es nach kurzer Zeit sehr ermüdend, jeden Tag die gleichen Menschen zu treffen, die sich mit Wettspielen im Club und am Strand die Zeit vertreiben. Da ich weder Tennis noch Golf spiele, blieb mir diese Art von Gruppenzwang zum Glück erspart, und ich hatte viel freie Zeit, um die Gegend zu erkunden. Im Meer zu baden ist herrlich, aber es darf nur in bewachten Bereichen geschwommen werden, da es sonst zu gefährlich ist.
Mir erschien das alles zu eintönig und langweilig, und es war wie eine Erlösung, als der Brief von Frances Goldstein eintraf. Sie schrieb mir, dass ich mein Praktikum bei einem Werbegrafiker, der sich gerade einen Namen als Pop-Art-Künstler mache, Anfang September beginnen könne.
Wenn du meinen Brief erhältst, arbeite ich bereits mehrere Tage für ihn. Ich bin schon sehr gespannt und auch aufgeregt, seine Grafiken haben mich total beeindruckt.
Mary konnte es nicht fassen, als ich ihr sagte, dass ich auch ohne Köchin in der Wohnung zurechtkommen würde. Sie überlegte hin und her, wie sie eine Haushälterin organisieren könnte, die mich in New York während ihrer Abwesenheit versorgen würde. Es hat mich viel Mühe und Überzeugungskraft gekostet, ihr das auszureden. Zu guter Letzt hat sie durch die Hausverwaltung eine Putzfrau engagiert, damit ich mir zumindest nicht selbst die Hände schmutzig machen muss. Für die Amerikaner dieser Schicht ist es unvorstellbar, selbst einen Putzlappen in die Hand zu nehmen oder sich täglich das eigene Bett aufzuschütteln. Das erscheint mir regelrecht degeneriert, aber mit einer Putzfrau kann ich leben. Mary hat mich gebeten, auf ihr Konto im Grocery Store Lebensmittel einzukaufen oder Essen zu bestellen, damit ich mich nicht in Unkosten stürzen müsse und sie ihrem Ruf als Gastgeberin gerecht werden könne.
Jetzt residiere ich in der riesigen, luxuriösen Wohnung im achten Stock in Manhattan und fühle mich wie eine Prinzessin. Die Wohnung ist sicher dreimal so groß wie das mehrstöckige Mün-

terhaus! Der Portier im Eingang begrüßt mich immer zwinkernd mit »Hi, Princess of Germany!«, denn ich hatte ihm erzählt, dass ich mich hier wie in einem Königreich fühle. Morgen treffe ich Frances, wir besuchen eine Ausstellung von Roy Lichtenstein und David Hockney, das sind ebenfalls Pop-Art-Künstler. Dort tritt die Band Velvet Underground auf. So viele neue Eindrücke prasseln auf mich ein – wie ein warmer Regenschauer, der alles Eingefahrene und Alte wegwäscht und den Blick auf neue Ziele und Einsichten frei macht.
Bitte, Mama, lass Dir von Mama Ella oder Opa Ei die Grundlagen der Pop-Art-Künstler erklären, ich bin sicher, es interessiert dich auch. Ich habe ihnen einiges dazu geschrieben, damit sie wissen, worum es geht. Vielleicht gibt es auch in Deutschland schon Bücher oder Ausstellungen dazu, die sie sich angeschaut haben.
Jetzt bin ich sehr müde, morgen wartet ein neuer interessanter Tag auf mich. Lass es Dir gut gehen, genieße den Spätsommer in meinem geliebten Murnauer Land, manchmal vermisse ich die Berge und den Staffelsee.
Ich umarme Dich,

Deine Sascha

Amalia schloss die Augen und hing den Worten nach. Ob sie ihre Mama wohl auch vermisste? Beinahe kamen ihr dabei die Tränen, aber gleich schalt sie sich egoistisch. *Gönne es ihr, lass ihr diese einmalige Chance und denk nicht an dich!*

Was das Kind doch alles erlebte, und dieser unglaubliche Luxus. Gabriele hatte ihr nie erzählt, dass ihre Cousine so wohlhabend war. Das würde eine Umstellung bedeuten, wenn Sascha zurückkehrte. Aber der Reichtum schien sie nicht zu beeindrucken, die Kunst hatte es ihr angetan. Das war dem Einfluss Gabrieles und Johannes Eichners zu verdanken, dieses Samenkorn hatten die beiden bei Sascha gesät und über die Jahre gehegt und gepflegt. Mit Sicherheit ging die künstlerische Begabung auch auf ihren Vater zurück, die Kunst lag ihr in den Genen. Von ihr selbst hatte sie wenig, aber was hätte sie auch zu vererben gehabt? Keine außerordentliche Begabung, kein besonderes Aussehen, nur das Manko einer Gehbehinderung, die glücklicherweise weitgehend geheilt war.

Mein liebster A,

wie schön wäre es, wenn Du hier wärst. Wir könnten zusammen auf unserer lauschigen Gartenbank sitzen und uns über die Erlebnisse unserer Tochter austauschen. Du könntest unsere Tochter mit Deinem Kunstverstand unterstützen, ihr könntet fachliche Diskussionen führen, all das, was ich ihr nicht bieten kann. Aber leider ist es anders gekommen. Wir müssen unseren Weg ohne Dich gehen. Sei versichert, Du lebst in meinem Herzen weiter, ich werde Dich nie vergessen. Es vergeht kein Abend, da ich nicht an Dich und an unsere kurze, aber schöne Zeit denke. Morgen lasse ich mir von Gabriele oder Herrn Eichner die neue Kunstrichtung der Pop-Art erklären, denn ich bin sicher, sie haben sich seit dem letzten Brief von Sascha bereits darüber informiert.

Deine liebste A

26

Dezember 1957

Seit Tagen schneite es, und Amalia musste mehrmals am Tag den Weg freischaufeln. Der Pfad von ihrem Häuschen zum Gartentor wurde immer schmaler, die seitlichen Schneehaufen dagegen immer höher. Als sie in der Küche mitbekam, dass der Briefträger die Klappe ihres Briefkastens laut hörbar fallen ließ, lief sie eilig nach draußen.

Seit Oktober hatte sie nichts mehr von Sascha gehört, und damals war der Brief nur sehr kurz gehalten gewesen. Überschwänglich, voller Begeisterung hatte sie von ihrem Praktikum bei Andrew Warhola berichtet, der sich den Künstlernamen Andy Warhol zugelegt hatte. Er würde sie in seine Technik der Malerei, besser gesagt der Grafik in Verbindung mit dem Druck einweisen und Sascha freie Hand lassen, um selbst zu experimentieren. Bei ihm würde sich die Künstlerszene der Malerei, Literatur und Musik der Gegenwart treffen. Warhol nenne Sascha gg, »german girl«. Seitdem würden sie alle so nennen, und sie würde es als ihr Künstlersignet übernehmen ... und demnächst ausführlicher schreiben, im Moment dränge die Zeit, alles für die Ausstellung von Warhol vorzubereiten.

Die Frage, ob wohl alles in Ordnung sei, stand bei Amalia ständig im Raum, aber Gabriele beschwichtigte sie. »No news are good news«, erklärte sie ihr, das sei ein gängiger Spruch in Amerika, schon als sie um die Jahrhundertwende dort gewesen war. Amalia hoffte, dass sie damit richtiglag, es blieb ihr sowieso nichts anderes, als abzuwarten.

Sie öffnete den Briefkasten und war erleichtert, als sie einen großen Briefumschlag mit der vertrauten Schrift vorfand. Zurück in der Küche, goss sie sich eine Tasse Kräutertee ein, legte ein paar selbst gebackene Weihnachtsplätzchen auf einen Teller, zündete drei Kerzen am Adventskranz an und setzte sich an den Tisch. Sie zelebrierte das Öffnen und Lesen des Briefes, schließlich war es das Einzige, was sie im Moment von ihrer Tochter hatte. Was, wenn sie schlechte Nachrichten bekam, wenn es Sascha nicht gut ging? Wenn es Ärger gab mit Gabrieles Familie ...

Mach auf, dann wirst du es wissen, bevor du alle Möglichkeiten durchspielst.

Dass sie immer nur an die schlechten Dinge dachte ... Schließlich war es bisher nur Erfreuliches gewesen, über das Sascha berichtet hatte. Sie öffnete den Umschlag und zog mehrere Seiten heraus, darunter war auch ein in Seidenpapier eingeschlagener quadratischer Karton. Vorsichtig entfernte sie das hauchdünne Papier. Vor ihr lag das Bild einer Mohnblume. Ob es gedruckt oder gemalt war, konnte Amalia nicht erkennen, die Ausführung war sehr einfach, nur wenige Umrisse und Flächen in kräftigem Rot, Grün und Schwarz. Andächtig betrachtete Amalia das Bild und drehte es hin und her. Am unteren Rand befand sich die Signatur *gg*. Jetzt ging Amalia ein Licht auf, das war anscheinend ein Werk Saschas. Sollte das diese Pop-Art sein, von der sie immer sprach? Besonders beeindruckend fand sie es nicht, eher sehr schlicht. Sie faltete den Brief auf, der nur auf einer Seite beschriftet war.

Hi Mama,

Merry Christmas!
Das wünscht man sich hier. Seit Beginn der Adventszeit fühlt sich New York wie ein großer Rummelplatz an. In jedem Kaufhaus, an jeder Straßenecke stehen geschmückte Christbäume, überall laufen als Santa Claus verkleidete Weihnachtsmänner herum, und zwischen den Häusern hängen an der Mainstreet Lichterketten. Die Menschen schleppen tütenweise Geschenke nach Hause und freuen sich auf das Weihnachtsfest, das hier erst am 25. Dezember gefeiert wird.

Ich bin sehr stolz auf mein Werk, ich hoffe, du erkennst die »Poppy«. Andy war ganz zufrieden damit, natürlich lässt es sich immer noch verbessern, ich bin schließlich nur Praktikantin.
In der vergangenen Woche durfte ich für ihn einige Drucke ausführen, es war eine echte Auszeichnung für mich, denn er verkauft sie in seiner Galerie. Die Leute reißen sie ihm aus der Hand, egal was er macht. In meinen Augen ist er ein Genie, auch wenn es darum geht, seine Kunst zu erklären und zu verbreiten.
Ich hoffe, ihr verbringt ein feierliches Weihnachtsfest unter dem Tannenbaum im Münterhaus und denkt an mich. Ich werde es vermissen.
Greetings,

gg alias Sascha

Amalia schluckte. Das war alles nach zwei Monaten ... ein paar kurze Worte zu Weihnachten. Natürlich, sie hatte ein Geschenk bekommen, das war mehr, als sie selbst in ihrem Brief an Sascha geschickt hatte, aber sie konnte auch nicht malen. Sie würde sich die Technik von Gabriele erklären lassen, vermutlich hatte Sascha auch ihr ein Bild geschickt. Sie hoffte es jedenfalls – als Dankeschön für den Aufenthalt in Amerika.

Sie hätte so gern gewusst, ob sich das Zusammenleben in der Familie eingespielt hatte, ob sie immer noch zu den Partys und Bällen ging, ob es auch Adventskränze in Amerika gab ... Aber anscheinend war das nicht wichtig für Sascha, sie ging voll und ganz in ihrem Praktikum bei dem Künstler auf. Na gut, das war ihre Absicht gewesen, einen neuen und modernen Kunststil in Amerika zu erlernen, um damit bei der Bewerbung an der Kunstakademie in München einen Vorteil zu haben.

Gabriele winkte am nächsten Morgen mit einem Bild in der Hand, als sie im Münterhaus eintraf. »Sascha hat geschrieben und uns ein eigenes Werk geschickt. Meine liebste Ama, das Mädchen hat sich wahrhaftig richtig gut gemacht.«

»Auch ich habe ein Bild bekommen, eine ›Poppy‹. Sie meinte, Sie könnten mir die Technik erklären.« Amalia war erleichtert, sowohl über den Brief als auch über das Lob. »Meinen Sie wirklich, dass sie über künstlerisches Können verfügt? Ich kann das schlecht beurteilen, mir erscheint das Bild sehr einfach, so ganz ohne ... Atmosphäre.«

»Das ist es genau, was die Pop-Art ausmacht. Plakative Flächen, leuchtende Farben und als Druck konzipiert, sodass sich jedes Motiv vervielfältigen lässt. Alle Menschen sollen sich die Werke kaufen können, nicht wie in früheren Zeiten, als sich nur wenige Menschen ein Kunstwerk leisten konnten.«

»Wenn das der neue Weg der Kunst ist, dann bin ich beruhigt. Ich vertraue darauf, dass Sascha ihr Talent nicht verschwendet oder von dem Künstler ausgenützt wird.«

»Du kannst beruhigt sein, sie hat schon viel gelernt. Gerade das Vereinfachen der Formen verlangt eine genaue Beobachtung und künstlerische Abstraktionsfähigkeit. Wie du selbst gesagt hast, hast du mit einem Blick die Mohnblume erkannt. So wie hier auf meinem Bild die Früchte. Ganz einfach, klar und deutlich.«

Damit war Amalia zufrieden und konnte sich nun ihrer Arbeit widmen. Lächelnd brachte sie das Frühstückstablett in Herrn Eichners Zimmer, der seit einigen Tagen sehr schwach war und deswegen das Bett selten verließ. Er schlief noch tief und fest, und nach einem besorgten Blick auf sein wächsernes, bleiches Gesicht schlich sie aus dem Zimmer, um ihn nicht aufzuwecken. Sein Herz machte ihm immer wieder Probleme, die Abstände zwischen den Schwächeanfällen wurden immer kürzer. Der Arzt hatte ihm Bettruhe und leichte Kost verordnet, aber obwohl sie sich bei der Essenszubereitung sklavisch daran hielt, hatte sich sein Zustand nicht gebessert. Gabriele und Amalia machten sich größte Sorgen um ihn und versuchten, alles für ihn zu tun, was seine Krankheit lindern würde. Amalia durfte gar nicht daran denken, was passieren würde, wenn er starb. Sie verbot sich den Gedanken, denn Johannes Eichner war jünger als Gabriele, er durfte einfach noch nicht gehen. Bestimmt würde er sich wieder erholen, wenn es draußen wieder wärmer wurde.

Mein liebster A,

gestern am Heiligen Abend war unsere Stimmung sehr gedrückt. Herr Eichner ist bettlägerig und wird mit jedem Tag schwächer, mir scheint, als würde ihm nichts mehr helfen. Gabriele und ich haben einen ruhigen und nachdenklichen Weihnachtsabend verbracht, wir waren uns gegenseitig eine Stütze. Wir haben unsere Geschenke von unserem Töchterlein unter den Baum gelegt, wir lächelten über ihr Signet gg. Wir spekulierten darüber, wie sie wohl in New York die Weihnachtsfeier erleben würde, die Traditionen zum Fest unterscheiden sich sicher sehr von den deutschen.
Wir schwelgten in Erinnerungen an die gemeinsamen Weihnachtsabende der vergangenen Jahre, die selbst in der Kriegszeit einen feierlichen Rahmen besessen hatten. Sie waren mit unseren Liedern und Gedichten etwas ganz Besonderes. Die Stunden in Gedanken an früher ließen uns die Sorgen und Nöte kurzfristig vergessen.
Wir scheiterten jedoch kläglich daran, den Heiligen Abend wie einst zu zelebrieren. Als Gabriele Herrn Eichners Part übernahm, ein Gedicht vorzulesen, brachen wir in Tränen aus und beschlossen, den Abend ausklingen zu lassen. Wir gingen nach oben, um Herrn Eichner ein frohes Fest zu wünschen, er schlief jedoch schon tief und fest. Wir verbanden unsere Wünsche mit der Hoffnung, dass er wieder genesen würde.
Es schmerzt mich sehr, zu sehen, wie ihn seine Kräfte verlassen, und ich kann ihm nicht helfen, nichts Gutes für ihn tun. Aber Heilung liegt nicht in unserer Hand, wir können nur zuversichtlich sein und hoffen.

Deine liebste A.

27

Januar 1958

Dr. Fechner betrat die Küche. Gabriele, die mit Amalia gerade den Speiseplan besprach, schaute ihn erwartungsvoll an.

»Verehrte Frau Münter, wir dürfen Herrn Eichners Zustand nicht auf die leichte Schulter nehmen. Das war ein Schlaganfall, zwar ein leichter, aber häufig folgen darauf noch weitere. Falls sich sein Zustand nicht bessert, würde ich eine Einweisung ins Krankenhaus nach München in Betracht ziehen. Dort kann ihm bei einem erneuten Anfall besser geholfen werden, hier sind meine Möglichkeiten begrenzt.«

»Was immer wir für ihn tun können, werden wir machen. Sollte eine Verschlechterung auftreten, darf ich Sie anrufen?« Gabriele hatte zu Beginn der Erkrankung Eichners einen Telefonanschluss ins Haus legen lassen. Sie wollte im Notfall sofort Hilfe rufen können und nicht erst in den Ort laufen müssen, vor allem, da sie selbst nicht mehr so gut zu Fuß war.

»Zu jeder Tages- und Nachtzeit ... Bitte haben Sie keine Vorbehalte. Als Arzt ist man immer im Dienst, das ist unsere Pflicht.«

»Ich danke Ihnen ganz herzlich und hoffe natürlich, dass wir Sie nicht rufen müssen.« Gabriele schüttelte ihm die Hand und begleitete ihn zur Tür.

In diesem Moment kam der Briefträger und übergab ihr mehrere Briefe, die sie vor lauter Sorge um Eichner unbesehen auf ihrem Sekretär ablegte.

Kurz bevor Amalias Arbeitstag beendet war, sagte ihr Gabriele, sie solle noch kurz bleiben, um zu hören, was Cousine Mary geschrieben hatte. Sie könnten zusammen Tee trinken, und sie würde ihr Marys Brief vorlesen. Erst müsse sie aber noch geschäftliche Post beantworten.

Ein Lächeln zeichnete sich auf Gabrieles Gesicht ab.

»Stell dir vor, liebste Ama, Konrad von Röthel hat mir geantwortet wegen unserer geplanten Stiftung für das Lenbachhaus. Und ich wurde von einer Galerie in Berlin angefragt, außerdem von einem Professor der Universität in Weimar um eine Gastvorlesung gebeten.« Gabrieles Augen leuchteten, denn sie war wieder gefragt, und es bereitete ihr größte Freude, am öffentlichen Leben in der Kunstwelt wieder einen gehörigen Anteil zu haben. Plötzlich erlosch das Leuchten, und sie wischte sich die Tränen aus den Augen. »Noch mehr Freude hätte ich daran, wenn mein geliebter Ei das alles in bester Gesundheit miterleben könnte. Seine Unterstützung war ausschlaggebend für meinen Erfolg, und nun erlebt er die Früchte seines Tuns nur noch am Rande.«

»Frau Ella, es wird seine Heilung unterstützen, wenn Sie ihm davon berichten. Ihre Anerkennung in der Kunstwelt war immer sein größtes Bestreben. Ich bin überzeugt, dass es ihm helfen wird.«

»Du hast recht, meine liebe Ama, komm, setz dich zu mir, dann lese ich Marys Brief. Bestimmt gibt es Neuigkeiten über unser Töchterlein.«

Gabriele überflog den Brief, während Amalia Tee eingoss.

Mit jeder Zeile, die Gabriele leise murmelnd las, wurde Amalia besorgter, denn der entsetzte Gesichtsausdruck Gabrieles ließ nichts Gutes hoffen. Was war passiert? Es konnte sich nur um Sascha handeln. Aber Gabriele blieb stumm, starrte auf den Brief in ihrer Hand und hatte Amalia anscheinend vergessen.

»Frau Ella, hier, trinken Sie einen Schluck Tee.« Amalia fiel nichts anderes ein, um sie auf ihre Anwesenheit aufmerksam zu machen.

Gabriele schreckte zusammen, sie war weit entrückt. »Amalia, das klingt nicht gut, was Mary schreibt. Hier, bitte lies selbst.« Sie reichte ihr den Brief hin. »Ich kann und will es dir nicht vorlesen.«

Amalia las langsam, damit sie nichts falsch verstehen würde. Sie war schockiert, denn aus jeder Zeile sprach ein Hilferuf. Mary erklärte, sie könne keine Verantwortung mehr für Sascha übernehmen. Tagelang bleibe sie der Wohnung fern, nächtige ihren Angaben nach im Atelier von Warhol und verbringe ihre Abende in anrüchigen Clubs mit Musikern und Künstlern, deren Ruf absolut zweifelhaft sei. Nachdem Mary in einem Gespräch mit Frances Goldstein erfahren hatte, dass Sascha als Nacktmodell in Warhols Filmen zu sehen sei, sei sie aus allen Wolken gefallen. Mrs. Goldstein hatte das nicht tragisch gefunden und ihr erklärt, in der Kunst bedeute Nacktheit nichts Verwerfliches, das sei seit dem Altertum so. Aber Mary wolle das keinesfalls billigen, Sascha müsse nach Deutschland zurück.

Amalia war entsetzt, was war bloß mit Sascha passiert? Und sie saßen hier und konnten nichts unternehmen. Frau Goldstein schien nicht der richtige Umgang zu sein, denn durch sie hatte ihre Tochter die Pop-Art und die Künstlerszene erst kennengelernt.

»Unser Töchterlein hat sich selbstständig gemacht, allerdings auf eine Art und Weise, die wir nicht billigen können.«

»Was machen wir denn bloß, hier von Murnau aus?« Amalia hatte keine Idee, was sie unternehmen könnten. »Als Aktmodell … und dann noch tagelang unterwegs, sie wird doch nicht auf die schiefe Bahn geraten.«

»Frau Goldstein liegt wohl richtig, ein Aktmodell in der Kunst ist nichts Anrüchiges. Natürlich ist das für meine erzkonservative Cousine ein Schock. Viel besorgniserregender ist für mich, dass Sascha sich nicht nach Marys Vorgaben richtet, denn schließlich hat sie die Verantwortung für sie übernommen. So war das nicht gedacht.«

»Sie muss zurück nach Hause, so schnell wie möglich.« Amalia sah keine andere Lösung.

»Ich schreibe an Sascha und an Mary. Bleib noch kurz, dann kannst du die Briefe lesen.«

Mit Genugtuung las Amalia kurze Zeit später den Brief an Sascha und stimmte Gabriele zu. Das Mädchen musste doch ein Einsehen haben, dass ihr Verhalten der Familie gegenüber nicht tragbar war. Sie sprach auch die Drohung aus, dass Sascha möglicherweise früher zurückkommen müsse, wenn sie sich den Gepflogenheiten nicht anpassen würde.

Ihre Cousine Mary bat sie um Nachsicht für eine angehende Künstlerin, als die sie Sascha betrachtete. Sie schlug wohl über die Stränge, würde aber sicher aufgrund ihres Briefes wieder vernünftig werden. Sie beschrieb ihr auch die Aufgaben eines Aktmodells in der Kunst, ohne die diese nicht möglich sei, und hoffte auf ihr Verständnis. Sollte sich jedoch nichts ändern, dann müsse sie Sascha nach Deutschland zurückschicken.

Amalia nahm beide Briefe mit, um sie auf dem Heimweg in den Briefkasten zu werfen. Ihre Hoffnung war groß, dass Gabrieles Worte etwas bewirken könnten, aber ihre Zweifel darüber ließen sich nicht beiseiteschieben.

Die Stille im Münterhaus war bedrückend, die rot geweinten Augen Gabrieles und Amalias, selbst von Theres, der Haushaltshilfe, sprachen Bände. Jede von ihnen ging der Arbeit nach, aber der Elan und die harmonische Freude, die sonst im Münterhaus vorherrschten, fehlten.

Vor drei Tagen war Johannes Eichner nach einem erneuten Schlaganfall ins Krankenhaus nach München gebracht worden. Dr. Fechner hatte das als letzte Möglichkeit angesehen, ihm zu helfen. Gabriele rief täglich an, erhielt aber immer die Auskunft, es gehe ihm den Umständen entsprechend, mit ihm selbst könne sie aber nicht sprechen, er sei zu schwach.

Nun saßen Gabriele und Amalia im Zug nach München, denn heute war am Nachmittag Besuchszeit im Krankenhaus. Beide hingen ihren Gedanken nach, und es war ihnen anzusehen, dass sie sich große Sorgen machten. Die Hoffnung auf Genesung hatte der Arzt nahezu ausgeschlossen, es gehe nur darum, ihm das Leben mit Medikamenten zu erleichtern. Da

Gabriele selbst gelegentliche Schwierigkeiten mit dem Gleichgewicht beim Gehen hatte, war es für Amalia selbstverständlich, sie nach München zu begleiten. Außerdem wollte sie Herrn Eichners wegen mitkommen, denn wenn sie den Arzt richtig verstanden hatte, würde es wohl das letzte Mal sein, ihn lebend zu sehen. Bei diesem Gedanken kamen ihr die Tränen, und sie wischte sie sogleich ab, in der Hoffnung, Gabriele würde es nicht bemerken. Ein verstohlener Blick zu ihr ließ sie erkennen, dass es ihr genauso ging, und Amalia nahm ihre Hand und drückte sie sanft.

Bei der Ankunft im Krankenhaus bedeutete ihnen die Schwester, dass sie nur einzeln mit Herrn Eichner sprechen könnten und auch nur ganz kurz. Eine Unterhaltung sei sowieso unmöglich, da der Schlaganfall sein Sprachzentrum geschädigt habe. Amalia bat Gabriele, ihr den Vortritt zu lassen, sie würde sich nur ganz kurz bei ihm aufhalten, damit Gabriele mehr Zeit mit ihm verbringen konnte.

Amalia war entsetzt, als sie Johannes Eichner vor sich liegen sah. Er reagierte mit der Bewegung seiner Augen auf sie, als würde er sie erkennen, aber als er zu sprechen versuchte, kam nur Gemurmel über die seitlich herabhängenden Lippen.

Amalia nahm seine Hand. »Schsch, Herr Eichner, Sie sollen sich nicht anstrengen. Ich bin gekommen, um Ihnen eine gute Genesung zu wünschen, ich will Sie nicht strapazieren.« Eichner drehte leicht den Kopf hin und her, als würde er Nein sagen. Sein Kopf war anscheinend noch klar, es schien ihr, als würde er über die Aussichtslosigkeit seines Zustandes Bescheid wissen. Sie musste ihm unbedingt sagen, was ihr auf dem Herzen lag, denn auch sie spürte, dass es ein Abschied für immer war.

»Lieber Herr Eichner, ich danke Ihnen für alles, was Sie für mich und Sascha getan haben. Sie sind der großherzigste Mensch, der mir begegnet ist, Ihnen verdanken mein Töchterlein und ich unser ganzes Glück. Sie waren wie ein Vater für Sascha und mir eine Stütze in jeder Lebenslage.« Amalia weinte, sie hob seine Hände und drückte ihre Lippen darauf. »Ich wünsche Ihnen Gottes Segen, wir werden uns hoffentlich wiedersehen.« Langsam legte sie seine Hände zurück auf die Bettdecke, denn sie spürte, dass er selbst keine Kraft mehr dazu hatte. Eichner sah sie an und schloss mit einem kaum merklichen Nicken langsam die Augen, was Amalia als Zustimmung deutete.

Als später Gabriele aus dem Krankenzimmer trat, umarmten sich beide Frauen unter Tränen. Sie wussten, dass es ein Abschied für immer war, es sei denn, ein Wunder würde geschehen.

Drei Tage später, am 19. Februar 1958, nahm Amalia den Anruf aus dem Krankenhaus entgegen. Sie wusste sofort, als sie den Hörer Gabriele übergab, dass es die Nachricht vom Tode Eichners war. In ihrer großen Trauer war sie froh und dankbar, dass sie sich noch von ihm hatte verabschieden können. Was für eine Gnade und ein Glück, dass sie ihn kennenlernen und erleben durfte.

Mein liebster A,

heute war ein schwarzer Tag. Mein über alles verehrter Johannes Eichner ist verstorben. Der Schmerz ist so groß, ich kann ihn weder fassen noch beschreiben. Ich bin so dankbar, dass ich mich von ihm verabschieden durfte und ihm für alles danken konnte, was er für Sascha und mich getan hat.
Es tut mir so leid für ihn, dass er den Erfolg seiner Bemühungen um Gabrieles Kunst nicht mehr miterleben kann. Und auch Saschas Entwicklung, die er seit ihrer Geburt betreute und leitete, wird er nun nicht mehr erleben können.
Nun ist er von seinen Schmerzen erlöst, das ist der einzige Trost, den der Tod mit sich gebracht hat.

Deine liebste A

28

Die Trauerfeier war vorbei. Johannes Eichner hatte nicht nur gemeinsam mit Gabriele die Grabstelle ausgesucht, er hatte auch genaue Anweisungen hinterlassen, wie er sich seine Bestattung und die Verabschiedung wünschte. Das erleichterte Gabriele die Organisation, sie musste sich nur in einem vorgegebenen Rahmen bewegen, aber selbst das fiel ihr unendlich schwer. Als die letzten Gäste nach dem Trauermahl das Griesbräu verließen, gingen Gabriele und Amalia Arm in Arm zum Münterhaus zurück. Sie waren einander ein großer Trost in ihrer Trauer.

Amalia brach bei der Testamentseröffnung in Tränen aus, als sie hörte, dass Herr Eichner sie mit zwölftausend Mark bedacht hatte. Seine kunsthistorischen Bücher hinterließ er Sascha, sie würden viele schöne Erinnerungen wecken an die Zeit, als die beiden mit seinen Büchern gearbeitet hatten. Ihr Erbe berührte sie zutiefst, denn es zeigte ihr, dass Herr Eichner sie zum Kreis der »Familie« im Münterhaus gezählt hatte. Kaum jemand verstand, dass manche von ihnen dreien sich siezten. Für Amalia bedeutete die Wahrung dieser äußeren Form kein Zeichen der Distanz oder einer gewissen Hierarchie zwischen Arbeitgeber und Angestellten, sondern es war ihr Ausdruck von Respekt und Achtung. Wer die tiefe Verbundenheit zwischen den dreien nicht spürte, brauchte darüber auch nichts zu wissen.

Amalias Beziehung zu ihrer eigenen Familie war dagegen nach wie vor oberflächlich, Gefühle wurden nicht gezeigt und verloren sich deswegen im Laufe der Zeit immer mehr. Aber auch das hatte sie zu akzeptieren gelernt, denn ihre Familie konnte nicht über ihren Schatten springen; keiner hatte jemals gelernt, Gefühle zu benennen, geschweige denn sie auszudrücken. Amalia empfand es als ihr größtes Glück in ihrem Leben, dass sie die intensiven Gefühle der Zusammengehörigkeit, des Respekts und der Achtung und vor allem der Zuneigung von Gabriele und Johannes Eichner erfahren hatte.

Die Tagesabläufe im Münterhaus spielten sich allmählich wieder ein, die bedrückende Stille im Haus wich jedoch nur langsam den Geräuschen, die ihren Alltag begleiteten. Immer wieder stießen die beiden Frauen auf die Leere, die Johannes Eichner hinterlassen hatte. Wenn Amalia sein Zimmer betrat, war sie jedes Mal aufs Neue überrascht, ihn nicht an seinem Schreibtisch vorzufinden. Ihr fehlte sein leiser, aber bestimmter Gang, wenn er die Treppe heruntergekommen war, denn sie hatten für sie das Signal bedeutet, die Suppe zum Mittagessen zu servieren. Sie fand Gabriele häufig im Sessel seines Arbeitszimmers vor, nachdenklich und in sich zusammengesunken, als suchte sie hier den Austausch mit ihm. Die Schenkung ihrer Kunstwerke an das Lenbachhaus hatten Eichner und Gabriele zwar im Jahr vorher noch gemeinsam abgeschlossen, aber nun galt es, ihre gemeinsame Stiftung, die *Gabriele Münter- und Johannes Eichner-Stiftung*, zu organisieren. Bis das Ganze rechtskräftig war, gab es noch vieles zu klären.

Seit Eichners Tod hatten sich die beiden Frauen angewöhnt, jeden Morgen gemeinsam zu frühstücken, um den Tag langsam angehen zu lassen. Dabei erzählte Gabriele Amalia, dass sie kaum mehr schlafen würde, da sie nach vielen Jahren der Zweisamkeit plötzlich allein im Hause lebte. Dazu kam, dass die Arbeit für die Stiftung sie über alle Maßen anstrengte und ihr Eichners ruhige und klare Sicht der Dinge fehlte. Aber sie würde ihr gemeinsames Vermächtnis nicht hängen lassen, auch wenn es ihr schwerfiel. Das sei sie ihm in jeder Hinsicht schuldig. Gabriele suchte händeringend nach einer Hilfe und Unterstützung, aber sie wusste niemanden, der sich dafür eignete.

Plötzlich fiel es Amalia wie Schuppen von den Augen, sie glaubte, sie hätte die Lösung gefunden. Als sie am Spätnachmittag zurück in ihr Häuschen kam, schrieb sie per Luftpost einen Brief an Sascha, egal wie viel das Porto kosten würde. Sascha musste auf der Stelle zurückkommen, um Gabriele zu unterstützen. Damit konnte sie ihren Dank zeigen, von dem sie in dem Brief nach Eichners Tod geschrieben hatte, gleichzeitig wäre die verfahrene Situation zwischen Marys Familie und Sascha gelöst, worüber Amalia jedoch nichts schrieb. Laut dem letzten Brief von Mary hatte sich Saschas Benehmen und ihr Umgang nur geringfügig geändert. Sie lehnte nach wie vor die Verantwortung für jede Verfehlung ab. Sascha erklärte dagegen, dass ihr Praktikum bei Warhol eine andere Lebensform bedinge als das typisch amerikanische Familienleben der Oberschicht. Die Frage, was sie unternehmen würde, falls Sascha nicht auf ihre eindringliche Bitte reagieren würde, schob sie beiseite. So viel Anstand würde sie doch hoffentlich haben, zu reagieren, wenn ihre Hilfe benötigt wurde, schließlich war Gabriele ihre Familie. Dass auch sie selbst mehr als erleichtert wäre, wenn Sascha zurückkäme, gestand sie sich nicht ein.

Neun Tage später öffnete sie abends dem Postboten außerhalb seiner üblichen Zustellungsroutine die Tür des Amalienhäusls.

»Telegramm aus Amerika«, rief er ihr zu. »Bestimmt von Sascha.«

Amalia bekam Herzklopfen, hoffentlich war es die erhoffte Antwort! Sie riss den Umschlag auf und starrte auf die wenigen Worte.

Komme am 3. April.
Sascha

Amalia ließ sich erleichtert in ihren Sessel fallen. Gott sei Dank, das Mädchen hatte verstanden, wie wichtig ihre Rückkehr war. Sie musste gleich Gabriele anrufen, sie konnte keinesfalls bis zum nächsten Morgen warten. Vielleicht gab ihr die Aussicht auf Unterstützung wieder ein bisschen Auftrieb.

»Frau Ella, sie kommt zurück«, rief Amalia in den Telefonhörer ... lauter als nötig.

»Ama, wen meinst du?«, flüsterte Gabriele schläfrig, sie war in ihrem Sessel eingeschlafen.

»Oh, Entschuldigung, ich habe Sie doch hoffentlich nicht geweckt. Aber ich freue mich so ...« Plötzlich konnte sie ihre Tränen nicht mehr zurückhalten. »Ich freue mich so, dass Sascha kommt. Jetzt wird alles gut, ich bin sicher ...« Amalia konnte nicht weitersprechen, die Sehnsucht nach ihrer Tochter überwältigte sie. Nie hätte sie sich das eingestanden, aber sie vermisste Sascha mehr als je zuvor.

»Ach, Ama, das ist eine gute Nachricht. Dann können wir uns gemeinsam freuen. Reden wir morgen darüber, meine Liebe.«

Amalia konnte das Lächeln ahnen, mit dem Gabriele ihr geantwortet hatte. Ja, Sascha würde Frau Ella aufmuntern und könnte ihr bestimmt helfen. Sie hatte richtig gehandelt.

Die Anspannung und die Zuversicht, mit der Sascha von beiden Frauen erwartet wurde, stieg täglich bis zu ihrer Ankunft. Amalia putzte das Haus, bis alles blank gewienert war, obwohl sie wusste, dass Sascha davon nichts bemerken würde. Für sie selbst war es jedoch wichtig, sie wollte alles für einen Neuanfang bereit machen, sich vom Vergangenen lösen, und dazu gehörte für sie auch das Reinemachen.

Gabriele wirkte tatsächlich etwas gelöster auf Amalia, ihr bis dahin fast schleppender Gang war wieder etwas leichtfüßiger und sicherer geworden. Auf ihrem Sekretär wuchs der Stapel mit Unterlagen, von denen sie sagte, dass diese Dinge »unser Töchterlein« erledigen könne. Amalia fragte sich mehr als einmal, ob ihrer beider Erwartungshaltung in Bezug auf Saschas Rückkehr nicht zu groß war. Wer wusste schon, wie sich Sascha durch den Umgang mit den Künstlern verändert hatte? Aber alle Überlegungen halfen nichts, sie würden beide warten müssen, bis sie hier war.

April 1958

Immer wieder liefen Gabriele und Amalia zum Fenster, von dem aus sie das Gartentor im Blick hatten. Wann würde Sascha ankommen? Leider hatte sie keine Uhrzeit im Telegramm angegeben, nur das Datum. Sie hatten zwar in Erfahrung gebracht, dass das Flugzeug aus New York am Vormittag landen würde, bis Sascha jedoch mit dem Bus zum Bahnhof fuhr und von dort nach gut einstündiger Fahrt in Murnau ankam, das konnte sich bis in den späten Nachmittag hinziehen.

Plötzlich stand Sascha in der offenen Eingangstür, ohne dass ihre Ankunft von ihren beiden »Müttern« bemerkt wurde.

Amalia war aus der Küche gelaufen, als sie die quietschenden Türangeln gehört hatte, und blieb wie angewurzelt stehen. »Sascha, da bist du ja. Wie schön ...« Sie umarmte sie überschwänglich.

»Hi, Mama, here I am«, antwortete sie mit einem breiten Grinsen und ließ ihre Koffer fallen.

Gabriele, die die Stimme Saschas im Wohnraum gehört hatte, kam angelaufen.

»Töchterlein, bist du endlich da, herzlich willkommen!« Auch sie umarmte sie und hielt sie dann etwas von sich weg. »Ich staune nicht schlecht, dein Äußeres hat sich erheblich verändert. Sehr farbenfroh, sehr blumig, fast wie deine Bilder«, sagte Gabriele lächelnd.

»Das ist sehr gemäßigt gegenüber der Mode in Amerika, aber hier falle ich natürlich trotzdem auf wie ein Papagei zwischen Kaminkehrern.« Sascha trug eine Jeanshose mit Schlag, die über und über von Hand mit Blumen und Peace-Zeichen bemalt war. Unter dem knielangen Parka schaute eine wadenlange Fransenweste hervor, darunter trug sie einen kunterbunt bestickten Kaftan. Unzählige dünne Armreife klimperten bei jeder Bewegung ihrer Hände, lange Ketten mit Peace-Anhängern und Herzen schwangen vor ihrem Oberkörper hin und her.

Amalia konnte sich gerade noch das Wort »Paradiesvogel« verkneifen, obwohl sie Sascha damit sicher nicht beleidigt hätte.

»Es ist so schön, wieder hier zu sein. Und es hat sich auf den ersten Blick nichts verändert ... nur, dass Opa Ei fehlt. Es tut mir so leid, dass ich nicht hier sein konnte, um ihm und euch beizustehen. Auf dem Weg hierher musste ich mich immer wieder daran erinnern, dass er nicht mehr da ist. Das tut sehr weh. Ich war schon an seinem Grab, ich wusste schließlich, wo es ist.« Saschas Stimme wurde immer leiser.

»Wir vermissen unseren lieben Eichner sehr, mein Töchterlein, er hinterlässt eine große Lücke in unserem Leben. Aber nun komm rein, wir wollten gerade unseren Nachmittagstee trinken. Deine Mama hat einen Osterzopf gebacken, der ist noch ganz frisch.«

»Wieso Osterzopf? Wann ist denn Ostern?« Sascha war irritiert.

»Heute ist Gründonnerstag, deswegen gibt es auch Spinat und Kartoffeln am Abend, ganz traditionell. Und am Sonntag gibt's ein Osternest ... wie früher.«

»Es war so aufregend und hektisch die letzten drei Wochen, bis ich endlich ein Flugticket hatte und mich von allen verabschieden konnte, von Ostern habe ich nichts mitbekommen. Ich soll dir von Cousine Mary und der ganzen Familie herzlichste Grüße ausrichten, ich habe auch einen dicken Brief für dich.«

Während des Tees erzählte Sascha, dass Holly im Mai heiraten würde, sie habe sich während des letzten Sommerurlaubs in einen jungen Mann verliebt, ohne dass die übrige Familie etwas mitbekommen hatte. Da er und seine Familie seit Generationen ebenfalls im Coney Island Country Club Mitglied waren, hätten weder Mary noch Bill den geringsten Zweifel daran, dass er gesellschaftlich zu ihnen, insbesondere zu Holly, passen würde. Mary und die beiden Töchter seien Tag und Nacht mit Hochzeitsvorbereitungen beschäftigt, jedes Gespräch und jeder Gedanke drehe sich darum, und Sascha war froh, dem Ganzen entkommen zu sein.

Es gab jedoch einige Menschen, die sie sehr vermissen würde, dazu gehörte Frances Goldstein, die sie seit ihrem gemeinsamen Flug nach Amerika immer wieder getroffen hatte und die ihr eine gute Freundin geworden war. Ihr verdankte sie nahezu alles, was sie in Amerika an Kunst und Künstlern kennengelernt hatte. »Sie war wie eine Mutter für mich, und ich freue mich schon jetzt darauf, dass sie noch in diesem Jahr nach Deutschland kommen will. Sie wird in London eine amerikanisch-englische Pop-Art-Ausstellung organisieren und will mich dann besuchen. Ich habe ihr auch von dir, Mama Ella, erzählt, und sie ist sehr neugierig auf dich. Und natürlich Andy, der fehlt mir schon jetzt. Ich habe unglaublich viel von ihm gelernt, das könnt ihr euch gar nicht vorstellen. Er hat mir so ein großes Vertrauen entgegengebracht, er sagte immer: ›Sure, gg, you can do it.‹ Das gg ist auch meine Signatur, aber das habt ihr auf meinen Bildern sicher schon gesehen.« Sascha erzählte, und ihre beiden Mütter sogen jedes Wort auf wie ausgetrocknete Schwämme, die mit jeder Geschichte voller und gesättigter wurden.

Mit der Zeit musste Sascha immer öfter gähnen, denn der Jetlag forderte seinen Tribut. »Ich schaue kurz nach oben in Opa Eis Zimmer, bevor wir nach Hause gehen.«

Als sie nach geraumer Zeit nach unten kam, war nicht zu übersehen, dass sie geweint hatte, aber Sascha machte auch keine Anstalten, das zu überspielen. »Es tut so weh, dass er nicht mehr da ist. Es ist, als würde der Platz an seinem Schreibtisch meine Gefühle magnetisch anziehen, sie aber nicht mehr zurückgeben, wie ein großes schwarzes Loch.«

»Das hast du gut beschrieben, mir geht das ebenfalls so. Mir fehlen seine Ruhe, seine Besonnenheit und der Gedankenaustausch mit ihm.« Gabriele legte Sascha den Arm um die Schulter. »Jetzt liegt es an uns, seine Ideen und Pläne zu Ende zu bringen. Ich würde mich sehr darüber freuen, wenn du mich dabei unterstützen könntest. Aber jetzt geh erst mal nach Hause und schlafe dich aus, morgen reden wir weiter.«

Als Amalia am Abend schlafen ging, deckte sie Sascha wie früher, als sie ein kleines Kind gewesen war, vorsichtig zu und betrachtete sie. Sie wirkte erwachsener und erfahrener, natürlich war sie nun eine junge Frau und keine Schülerin mehr. Amalia empfand es als großes Glück, als ein ganz besonderes Geschenk, dass Sascha keine Probleme hatte, über ihre Gefühle der Trauer und des damit verbundenen Schmerzes zu sprechen, denn sie selbst hatte das nie gelernt. Aber irgendetwas wirkte auch fremd an ihr, und sie fand keine Erklärung, ob es ihre neue Frisur mit Mittelscheitel war oder etwas anderes. Sicher prägten sie die Erlebnisse der vergangenen Monate, Amalia würde es in der nächsten Zeit herausfinden. Sie wusste jedoch ganz sicher, dass sie überglücklich war, ihr Kind wieder wohlbehalten hier zu haben.

Mein liebster A,

unser Kind ist wieder da, gesund und voller Energie. In den Monaten ihres Amerika-Aufenthaltes wurde sie von einer Jugendlichen zu einer jungen Frau, die viel Lebenserfahrung gewonnen hat.
Ihre auffällige äußere Erscheinung ist wohl der Tribut an die New Yorker Künstlerszene. Ihre Kleidung ist bunt und ungewöhnlich, ich habe hier in Murnau noch nie etwas Derartiges gesehen. Bemalte Jeans, klimpernde Armreife und Ketten, folkloristisch bestickte Blusen mit Fransen, die jedoch nichts mit der Tracht der hiesigen Bevölkerung gemein haben.
Sie sagte, das sei alles typisch für die Hippie-Szene und würde sicher bald von Amerika in alle Welt überschwappen.
Mit der gleichen Selbstverständlichkeit, mit der sie diese Kleidung trägt, spricht sie über die Politik, das Establishment und die

Kunst, die sich dagegen richtet oder zumindest das Establishment aufweichen möchte. Ich befürchte, dass unser schönes Murnau keinen Raum bietet für ihre freiheitlichen Gedanken. Aber sie ist da, und das ist das Wichtigste für mich. Alles andere wird sich ergeben.

Deine liebste A.

29

In den nächsten Wochen bewahrheitete sich die Befürchtung, dass die Fremdheit Saschas tatsächlich existierte und nicht nur Amalias Gefühlen entsprach. Das Amalienhäusl war ihr zu eng, sie konnte sich nicht entwickeln, ihr fehlte der Freiraum, wie sie sagte. Wenn sie in Murnau umherlief, fiel sie wegen ihrer Kleidung sofort auf. Das offensichtliche Kopfschütteln einiger Murnauer machte ihr nichts aus, aber es störte Sascha, dass sich die Leute von ihr abwandten, als hätte sie eine ansteckende Krankheit. Gern hätte sie ihnen zugerufen: »Keine Angst, Hippie-Sein ist nicht ansteckend, das ist meine innere Haltung, die niemandem schadet.« Sie kam überhaupt nicht auf den Gedanken, dass ihre Ablehnung des »Establishments« den Menschen Angst machte. Ihr »Anderssein« wirkte wie eine Aufforderung, die gewohnten Pfade und ihre Traditionen zu verlassen und sich Neuem zu öffnen, dazu war jedoch kaum einer bereit, schließlich hatten sie sich seit Kriegsende alle Errungenschaften mühevoll erarbeitet und wollten nichts davon aufgeben.

Für Gabriele war sie die lang ersehnte Hilfe, beide sprachen die gleiche Sprache, als wäre Johannes Eichner der Ursprung ihres gegenseitigen Verständnisses. Anfangs erst zögerlich, aber später ganz selbstverständlich, nahm Sascha seinen Platz am Schreibtisch ein und erledigte dort für Gabriele den Briefverkehr und die schriftlichen Anfragen. Amalia sagte sie, dass sie sich an diesem Platz Opa Ei sehr nahe fühle, sich immer wieder erinnere, worüber sie gesprochen und diskutiert hatten.

Gabriele bezahlte sie für ihre Mitarbeit, denn ihre eigene finanzielle Situation hatte sich mittlerweile erheblich gebessert. Ihre Vorträge und Expertisen waren gefragt, und der Preis ihrer Gemälde stieg beständig. Sascha nahm den Lohn gern an, um für später zu sparen. Sowohl Gabriele als auch Amalia waren überzeugt davon, dass sie damit die Zeit ihres Studiums meinte.

Amalia jedoch spürte mit jeder Woche, die Sascha mit ihr lebte, dass ihr Kind sich nicht wohlfühlte. Sie war daher kaum überrascht, als Sascha ihnen eröffnete, dass sie nach München umziehen wolle. Gabriele zeigte großes Verständnis dafür, da Sascha dort ihre Maltechnik weiter entwickeln könnte und Anregungen Gleichgesinnter bekäme, sie müsste ihrem Bedürfnis nach Freiheit und Unabhängigkeit Ausdruck schenken. Nachdem sie die Arbeit für die Stiftung weitgehend erledigt hatten, vermittelte Gabriele ihr im Lenbachhaus eine Arbeitsstelle als Assistentin des Kurators – sozusagen als Mädchen für alles, denn sie konnte sich in vielen Bereichen engagieren. Tatsächlich hatte ihre frühere Aushilfsarbeit ihre Chance auf eine Anstellung erhöht, der Chef von Herrn Junkers hielt seit damals große Stücke auf sie.

Sascha zog mit ihrem wenigen Hab und Gut in ein Zimmer in einer Künstler-WG in München. Drei Tage pro Woche war sie im Lenbachhaus beschäftigt, die übrige Zeit wollte sie malen und studieren. Gabriele und Amalia fielen allerdings aus allen Wolken, als sie Sascha in München besuchten und von ihr erfuhren, dass sie sich entschieden hatte, nicht an der Akademie zu studieren. Die Rahmenbedingungen und Vorgaben seien ihr zu konservativ und etabliert, jegliche Modernität und eine kritische Haltung der Professoren und Lehrer würden ihr fehlen. Sie hatte beschlossen, auf eigene Faust ihre Studien fortzusetzen, mit diversen Malklassen und Kursen. Sie hatte so viel von Warhol gelernt, dass sie sich selbst fortbilden könne.

Amalia und Gabriele saßen auf der Rückfahrt nach Murnau im Zug, vollkommen sprachlos. Jede hing ihren eigenen Gedanken nach. Amalias Bedenken wuchsen ins Unermessliche – wie konnte Sascha ihre Möglichkeiten so mit Füßen treten? Sie hatte die besten Startbedingungen für die Akademie: ihre

Kreativität, ihr Wissen über Kunst und sogar die finanzielle Sicherheit, für die Johannes Eichner gesorgt hatte. Aber sie war machtlos, es blieb ihr nichts anderes übrig, als Saschas Entscheidung zu akzeptieren und zu hoffen, dass sie richtiglag.

30

September 1961

Die Abstände zwischen den Besuchen Saschas in Murnau wurden immer größer, genauso wie Sascha ihrer Mutter immer fremder wurde. Amalia ertappte sich dabei, dass sie nach ihrem letzten Besuch erleichtert aufatmete, als Sascha in den Zug nach München stieg. Selbst Gabriele, die mit ihnen gemeinsam den Nachmittag verbracht und Sascha am Bahnhof verabschiedet hatte, war es schwergefallen, für alles, was Sascha erzählte, Verständnis aufzubringen. Trotzdem hatte sie wie früher versucht, tolerant zu sein, sich über ihren eigenen Horizont hinauszubewegen und Verständnis zu zeigen. Sie erklärte Amalia, dass Künstler anders leben müssten wie beispielsweise eine Verkäuferin oder eine Lehrerin. Durch die Auseinandersetzung mit der Gesellschaft und dem Neuen, das sie erschufen, würden sie unweigerlich aus dem Rahmen fallen, sowohl mit ihrem Äußeren als auch mit ihren Meinungen und Überzeugungen.

»Aber muss sie denn daherkommen wie aus der Lumpenkiste?«, fragte Amalia kopfschüttelnd. Sie war laut geworden. »Die langen, schlabbrigen Kleider mit kunterbunten Mustern und ohne jeden Schnitt, ihre ausgetretenen Schuhe, die einem Bettler alle Ehre machen würden. Ihre Haare werden immer zotteliger und länger – dazu haftet ihr ein penetrant-süßlicher Geruch an, als würde sie sich nie waschen. Das kommt nicht vom Rauchen, da bin ich sicher. Was hat das mit Kunst zu tun? Sie sind doch eine große Künstlerin, aber äußerlich ist das nicht zu erkennen.« Amalia schrie es fast heraus, sodass sich ein Murnauer Ehepaar, das einige Schritte vor ihnen ging, überrascht nach ihr umdrehten.

Erschrocken zog sie den Kopf ein.

»Meine liebe Amalia, das wird sich geben. Ich schreibe das ihrer Jugend zu, sie muss sich selbst testen und ihren eigenen Weg in der Kunst finden. Sie entwickelt sich einfach schneller als wir zwei Alten, noch dazu, da wir auf dem Land wohnen. In München fragt keiner nach ihrem Aussehen; in den Kreisen, in denen sie sich bewegt, ist das eher normal.«

Einige Monate später erhielten Gabriele und Sascha eine Einladung zu Saschas Vernissage in einer kleinen Galerie in München. Amalia war zwischen Stolz und Zweifel hin- und hergerissen. Würde sie ein besseres Bild von ihrer Tochter bekommen, und hatte diese es tatsächlich als Künstlerin geschafft? Sie wusste auch nicht, was sie sich unter einer Vernissage einer jungen, modernen Künstlerin vorstellen sollte. Zwar hatte sie Gabriele in den letzten Jahren regelmäßig zu Ausstellungseröffnungen begleitet, denn Gabriele war überall sehr geschätzt und wurde von Künstlern, Professoren und auch Kunstliebhabern hofiert. Aber diese Ausstellungen waren etwas anderes. Gabriele hatte sich etabliert, sie hatte einen großen Namen in der Welt der Kunst. Amalia begleitete sie wie ein lichter Schatten, nicht nur, um sie bei ihren immer häufiger auftretenden Gleichgewichtsstörungen zu unterstützen. Sie war unendlich stolz auf Gabriele, da sie sich trotz der Unterdrückung der Nationalsozialisten ihre Kunst bewahrt hatte und als Künstlerin wieder in aller Munde war.

Gabriele überzeugte Amalia, dass es ein Muss für beide sei, der Einladung zu folgen, schließlich handle es sich um ihr Töchterlein. Aller Anfang sei schwer für junge Künstler, das sei ein hartes Brot, aber wenn sich eine Galerie zu einer Ausstellung bereit erkläre, hätten die Arbeiten Saschas wohl ein gewisses Potenzial. »Wir werden sie unterstützen, liebe Amalia, sie ist unser einziges Kind.«

Gabriele und Amalia stiegen aus dem Taxi und blickten sich suchend nach der Hausnummer um, denn eine Kunstgalerie war auf den ersten Blick nirgends zu sehen. »Meinen Sie wirklich, dass wir reingehen sollen«, äußerte Amalia besorgt, als sie das handgeschriebene Schild *Galerie gg* über einer Treppe ausmachten, die nach unten führte. »Das ist doch nur ein Keller.«

»Amalia, das ist heute so, du kannst die Kunst, die sich gegen das Establishment richtet, nicht in einer noblen Galerie präsentieren. Das wäre ein Widerspruch in sich.« Während die beiden Damen in ihrem Ausgangsstaat auf den Eingang zugingen, übersahen beide geflissentlich die kritischen Blicke, die sie trafen. Die Galerie befand sich im Gewölbekeller eines alten Bürgerhauses im Glockenbachviertel, es ging mehrere Stufen nach unten. An der weit geöffneten Tür wurden sie von lauter, betont rhythmischer Musik und süßlichen Nebelschwaden empfangen.

Nachdem sie sich im Halbdunkel des Vorraums orientiert hatten, entdeckten sie in der Mitte des daran anschließenden Raums Sascha in den Armen eines Mannes, den sie hingebungsvoll küsste. Die umstehenden Anwesenden nahmen keinerlei Notiz von den beiden, als wäre es das Normalste auf der Welt. Amalia schämte sich für das Verhalten ihrer Tochter, denn der Kuss war intensiv und andauernd, nichts, was die Öffentlichkeit miterleben sollte. Der Mann, von dem sich Sascha anscheinend nicht lösen konnte, erkannte nach kurzer Zeit Gabriele, denn er unterbrach abrupt den Kuss und wies Sascha auf ihren Besuch hin.

Amalia presste die Lippen zusammen, sie konnte es nicht glauben, wen Sascha da küsste.

In diesem Moment stolperte Sascha auf sie zu, laut rufend, um die Musik zu übertönen. »Mama, Ella, ihr seid tatsächlich gekommen. Ist das nicht irre, was hier abgeht.« Sie umarmte die beiden Frauen und lächelte sie wie unter einem Schleier an. »Schaut euch um! Was hier hängt, ist alles von mir.« Sie breitete die Arme aus und drehte sich im Kreis. Im letzten Moment fing ihr Begleiter sie auf, bevor sie zu Boden stürzte.

»Herr Junkers, das ist aber eine Überraschung«, begrüßte Gabriele ihn.

Amalia hatte ihn längst erkannt, sofort hatte sie sich daran erinnert, dass er bei ihrem ersten Zusammentreffen von einer Ehefrau gesprochen hatte. Sie bezweifelte, dass sich an diesem Status zwischenzeitlich etwas geändert hatte.

Er gab erst Gabriele, dann Amalia die Hand. »Als Saschas Agent achte ich darauf, dass sie niemand übervorteilt. Das ist doch sicher in Ihrem Sinn, werte Damen?« Er wartete keine Antwort ab, denn schon wieder drohte Sascha auf den Boden zu sacken. »Hey, Sascha, ab sofort gibt's keinen Stoff mehr«, rief er leicht genervt.

Auf einen Schlag war Amalia im Bilde. Drogen! Welche, davon hatte sie keine Ahnung. Das war zu viel für sie, sie konnte und wollte das nicht ertragen. Ihr Kind und Drogen – kein Wunder, dass sie immer mehr verfiel. Dazu ein verheirateter Mann ... Ein Desaster größeren Ausmaßes konnte es kaum geben. Sowohl Gabriele als auch sie selbst wussten aus eigener Erfahrung, welche Schwierigkeiten auf sie zukommen würden. Sie wollte weg, diesem dunklen Loch entfliehen, in dem sich ihre Tochter offensichtlich wohlfühlte.

Gabriele schien es ähnlich wie ihr zu gehen, doch sie bewahrte Contenance und überredete sie, erst einen Blick auf die Bilder zu werfen, schließlich hätten sie die Mühe auf sich genommen und seien allein deswegen der Einladung gefolgt. Amalia ging neben Gabriele von einem Exponat zum nächsten. Sie musste sich zwingen, sich auf die Bilder zu konzentrieren, denn immer wieder driftete ihr Blick ab in den Raum auf der Suche nach Sascha, die zwischen den vielen Menschen im Marihuana-Nebel untergetaucht war. Gabrieles Erläuterungen zu den Bildern, ihrem gelegentlichen Lob, aber auch der vereinzelten Kritik hörte sie nur halbherzig zu.

Kaum waren sie beim letzten Bild angekommen, drängte Amalia nach draußen. Die Sorge und die Frage, was aus Sascha bloß werden sollte, schnürte ihr die Luft ab. Sie und auch

Gabriele konnten sie nicht beschützen, beide waren zu alt und hatten keinerlei Vorstellung von der Künstlerszene, in der sich Sascha bewegte.

Mein liebster A,

unsere Tochter ist verloren. Sie konsumiert Drogen und macht selbst in der Öffentlichkeit keinen Hehl daraus. Die Vernissage ihrer Ausstellung, zu der sie Gabriele und mich einlud, war eine einzige Demütigung für mich. Habe ich wirklich vollends versagt, denn sie zeigte nicht den geringsten Anstand oder irgendeine Form von Benehmen. Ich weiß, dass Künstlerkreise häufig aus der Reihe der bürgerlichen Norm fallen, aber Sascha war in ihrem Drogennebel auch als Künstlerin in keiner Weise ansprechbar.
War es unser Fehler, ihr den Aufenthalt in Amerika zu gestatten, oder war es von Anfang an falsch, ihr den Besuch des Gymnasiums zu ermöglichen? Verdirbt Bildung den Menschen, oder liegt es an den Genen oder an der Erziehung? Gabriele, Kandinsky, Johannes Eichner und auch du, ihr wart gebildet, ihr wart Künstler, aber keiner hat sich mit Drogen den Kopf vernebelt. Ich bin verzweifelt wie nie zuvor. Gabriele tröstete mich mit dem Hinweis, dass das sicher nur eine Phase in Saschas Entwicklungsprozess sei. Ich solle fest an das Gute in meinem Kind glauben, dann würde sich alles fügen.
»Der Worte hör ich wohl, allein mir fehlt der Glaube«, fällt mir dazu nur ein. Wenn Du doch hier bei mir wärst, dann könnten wir die Sorgen gemeinsam schultern. So wälze ich Nacht für Nacht meine Ängste um Sascha. Der Berg, auf den ich sie häufe, wird immer größer und unüberwindbar.
Mein liebster Alexej, ich weiß nicht ein noch aus.

Deine verzweifelte A

31

Mai 1962

Seit drei Tagen versuchte Amalia, Sascha telefonisch zu erreichen. In der Galerie, im Lenbachhaus, in ihrer Wohnung, selbst in der Wohnung von Junkers hatte sie schon angerufen. Vermutlich war es seine Frau gewesen, die das Telefon abnahm, und geistesgegenwärtig hatte sie ihren Anruf mit einem Auftrag Gabriele Münters erklärt, denn sie war sich sicher, dass Junkers Frau keine Ahnung von dem Verhältnis ihres Mannes mit Sascha hatte.

Endlich erreichte sie ihre Tochter an ihrem Arbeitsplatz im Lenbachhaus. »Sascha, du musst dringend nach Hause kommen. Gabriele leidet unter schweren Schwächeanfällen, ich befürchte, sie wird nicht mehr lange unter uns sein.« Amalia weinte, während sie mit Sascha sprach.

»Ach komm, Mama, so ein Schwächeanfall ist doch nichts Lebensbedrohliches. Das geht sicher wieder vorbei.«

Sascha sprach mit schwerer Zunge, und Amalia vermutete, sie stand wieder einmal unter Drogen.

»Bitte glaube mir, es ist sehr ernst. Der Arzt sagt, es geht dem Ende zu. Wenn du dich von ihr verabschieden willst, dann komm möglichst schnell, bevor es zu spät ist.« Amalia ließ plötzlich ihrer Wut freien Lauf. »Reiß dich zusammen und tu einmal das, was ich von dir verlange. Sonst wirst du es bitter bereuen.«

»Okay, Mamalein«, kicherte Sascha ins Telefon, »ich frage Herby, ob er mich fährt. Ich treffe ihn sowieso, wir wollten das Wochenende gemeinsam verbringen. Dann disponieren wir um und machen einen Ausflug an den Staffelsee.«

»Komm sofort und warte nicht, bis er sich dazu bequemt. Es könnte schnell vorbei sein.«

Amalia legte auf, ihr schien jedes Wort vergeudet. Ob Sascha sich an das Telefonat erinnerte, wenn sie wieder klar denken konnte? Sie wusste es nicht und wollte diesen Gedanken auch nicht weiterverfolgen. Sie war einzig und allein auf das Wohlergehen Gabrieles fokussiert.

Ihre liebe Frau Ella, die fast regungslos und tief eingesunken in ihrem Bett lag, wurde von Amalia keine Sekunde aus den Augen gelassen, als könnte sie damit das Schlimmste verhindern. Nur wenn der Arzt oder die Schwester im Zimmer waren, ging sie nach draußen, um für Gabriele einen Tee zu kochen oder ihr etwas zu holen, das ihr das Atmen erleichterte. Ihre eigenen Bedürfnisse ignorierte sie, sie wollte nur über Gabriele wachen und ihr zur Seite stehen.

Während sie einen Kräutertee aufgoss, klingelte das Telefon, und sie überlegte, ob sie es annehmen sollte, da es ihre Wache an Gabrieles Bett verkürzte.

»Mama, ich komme heute Abend, ich habe es nicht vergessen«, krächzte Sascha ins Telefon.

»Ist gut, aber beeil dich«, antwortete Amalia kurz angebunden und legte auf. Jeder Gedanke war auf Gabriele ausgerichtet, sie durfte nicht sterben, sie brauchte sie doch. Gabriele war ihr Ein und Alles.

Nachdem der Arzt gegangen war, ohne ihr große Hoffnungen zu machen, betrat Amalia das Zimmer und beobachtete die schlafende Gabriele. Sie setzte sich neben das Bett und ergriff ihre Hände, um sie zu wärmen. Schon früher hatte sie unter kalten Händen gelitten, aber jetzt fühlten sie sich an wie pures Eis. Sollte sie eine Wärmflasche machen, aber dann müsste sie in die Küche, und es würde einige Minuten dauern, die sie nicht bei Gabriele war. Wäre doch bloß jemand hier, der das für sie übernehmen könnte. Amalia war verzweifelt, was sollte sie tun? Während sie das Für und Wider einer Wärmflasche überdachte, ertappte sie sich dabei, dass ihr immer wieder die Augen zufielen. Der fehlende Schlaf der letzten Tage machte sich bemerkbar und forderte seinen Preis. Sie kämpfte dagegen an, aber ihr Schlafbedürfnis war stärker als ihr Wille, wach zu bleiben. Sie sank auf Gabrieles Bett und fiel in einen tiefen Schlaf.

Als sie aufwachte, schmerzten ihr Nacken und die Schultern durch die unbequeme Haltung. Während sie sich rekelte und den Nacken rieb, sah sie, dass sie fast fünf Stunden geschlafen hatte! Sie erschrak, aber ein Blick zu Gabriele beruhigte sie, ihr Atem war flach, aber gleichmäßig.

Plötzlich schlug Gabriele die Augen auf, und es dauerte einen kurzen Moment, bis sie Amalia wahrnahm. Mit einem kaum wahrnehmbaren Lächeln bewegte sie die Lippen, es war nur noch ein Hauch, als sie »Meine liebste Ama« flüsterte. Dann schloss sie die Augen, und wenige Sekunden danach sackten ihre Hände und Arme weg, die Spannung fiel von ihr ab.

Amalia wusste auf der Stelle, der liebste Mensch in ihrem Leben war von ihr gegangen. Amalia beugte sich über sie und küsste unter Tränen ihre Wangen, sie legte Gabrieles Hände auf der Decke zusammen und strich zärtlich darüber. Nun blieb ihr nur noch die Totenwache.

Wie aus weiter Ferne hörte sie die Haustür quietschen, irgendjemand musste das Haus betreten haben. Es war Amalia gleichgültig, sie blieb hier bei Gabriele, niemand würde sie von hier wegholen. Erst als sie Hände auf ihren Schultern spürte, drehte sie sich langsam um.

»Du kommst zu spät«, flüsterte sie und wandte sich erneut der Verstorbenen zu.

»Es ging nicht schneller, Herby hat mich warten lassen.« Sascha ging in die Knie und streichelte Gabrieles Wangen. »Ich wollte mich von ihr verabschieden, ich hatte so sehr gehofft, dass ich es schaffe.« Sie weinte, plötzlich bebte ihr ganzer Körper. »Ich hab's wieder mal vermasselt, es tut mir so leid. Dieser Scheißkerl, nie ist er pünktlich, ständig laufe ich ihm hinterher und warte auf ihn.«

»Sei still, ich will nichts von deinem Selbstmitleid und deinen Entschuldigungen hören.« Amalia sprach klar und gefasst. »Dir ist das Gespür verloren gegangen für das, was wichtig ist. Verabschiede dich von ihr und warte unten auf mich.«

Ungerührt beobachtete Amalia, wie Sascha Gabriele küsste und ihr im Hinausgehen zuwinkte. Sie richtete die Bettdecke und die Kissen, als ob Gabriele schlafen würde, küsste sie noch einmal auf die Wangen und ihre Hände.

»Vielen Dank, liebste Gabriele, Sie waren der wichtigste Mensch in meinem Leben. Nur durch Sie wurde ich zu einer respektablen Frau, Sie haben mich akzeptiert und gefördert, Sie haben mich das Leben und sogar die Liebe gelehrt. Durch Sie habe ich erkannt, dass ich zu meinen Gefühlen stehen darf. Unsere aufrichtige und tiefe Freundschaft war das größte Geschenk für mich. Ich werde Sie nie vergessen. Ich bete darum, dass Gott sich Ihrer wunderschönen Seele annimmt, Sie haben es verdient. Und grüßen Sie mir Johannes Eichner, der wartet bestimmt schon ungeduldig.«

Mein liebster A,

Gabriele ist von uns gegangen. Ich hatte die Ehre, bis zu ihrem letzten Atemzug bei ihr zu sein. Sie hinterlässt eine unendliche Leere, ein dunkles, ja schwarzes Loch in mir, das alles verschlingt und keinerlei Hoffnung auf Trost gewährt. Mein eigener Antrieb ist mit Gabriele gegangen, ich muss mich zu allem zwingen. Nichts geht mir von der Hand, jede Minute meines Lebens ist eine Herausforderung weiterzumachen.

Der Verlust meiner lebenslangen Freundin ist unfassbar groß, sie fehlt mir in jeder Minute, an jeder Stelle. Ich sehe keine Veranlassung mehr, am Morgen den Tag zu beginnen und ihn bis zum

Abend mit Sinn zu füllen. Mein Lebensinhalt ist mit ihr gegangen.
Mein Leben hat eine trostlose Wendung genommen, und ich sehe kein Licht, auf das ich zugehen könnte.

Deine liebste A

Noch mehr als nach Johannes Eichners Tod änderte sich nun Amalias Leben. Ihr Lebensinhalt, ihre Aufgabe als Haushälterin, vor allem aber auch ihre intensive Freundschaft mit Gabriele – all das war mit einem Mal beendet. Sie hatte den Auftrag, weiterhin das Haus und den Garten zu versorgen, bis die Stiftung alles Weitere geklärt hatte. Es war selbstverständlich für sie, denn es war die letzte Ehre, die sie Gabriele erweisen konnte. Dass sie ihr Gehalt noch ein Jahr beziehen würde, war nebensächlich.

Tag für Tag verbrachte sie weniger Zeit im Münterhaus, als würde sie sich langsam davon verabschieden. Mehrere Male pro Woche ging sie zu Gabrieles und Eichners Grab, um es mit Gartenblumen zu schmücken, entweder aus ihrem eigenen Garten oder aus dem des Münterhauses. Bei jedem Besuch hielt sie Zwiesprache mit Gabriele, manchmal auch mit Johannes Eichner. Sie fehlten ihr mehr, als sie sich das jemals hätte vorstellen können.

Nach der Beisetzung bekam sie täglich von ihrer Freundin Resi Besuch, die sich große Sorgen um Amalia machte. Immer wieder ermahnte sie sie, sich dem Leben zuzuwenden, schließlich habe sie eine Tochter, die sie brauche. Sie solle sich Gabriele als Beispiel nehmen, die nach dem Tode Eichners trotz ihrer Trauer nach vorn geschaut hatte. Amalia gab Resi in allem recht, nur in Bezug auf Sascha hatte sie jegliche Hoffnung aufgegeben. Ihre Tochter brauchte sie nicht.

32

Es war fast ein Jahr vergangen, bis Amalia ihre größte Trauer und den damit verbundenen Schmerz überwunden hatte. Die tief verwurzelte Sehnsucht nach Gabriele war jedoch geblieben, und auch Resi hatte sie ihr nicht nehmen können.

Unendlich groß war ihre Enttäuschung über Sascha, die sich in den darauffolgenden drei Jahren nur am Todestag Eichners und Gabrieles sowie an Amalias Geburtstag bei ihr hatte sehen lassen. In der Zeit dazwischen hatte sie nichts von ihr gehört.

Einmal las sie in der Tageszeitung einen kleinen Artikel über eine Ausstellungseröffnung von gg, die sich mittlerweile einen Namen als Pop-Art-Künstlerin gemacht hatte, was der Schreiber darauf zurückführte, dass sie bei Andy Warhol in die Lehre gegangen war. In dem Zeitungsbericht wurde angesprochen, dass sie als Künstlerin großes Potenzial habe, das leider durch den in der Künstlerszene üblichen Drogenkonsum verhindert werden würde.

Amalia war entsetzt, jetzt wurde sogar schon in der Zeitung darüber berichtet, aber Resi beschwichtigte sie, vermutlich kannte in Murnau keiner die Person, die hinter dem Kürzel gg steckte. Resi war überzeugt, dass Sascha irgendwann wiederkommen würde, weil sie sich auf ihre Mutter besann. Aber Amalia hatte jegliche Hoffnung in Bezug auf Sascha aufgegeben, in ihren Augen hatten sie sich verloren. Keiner konnte der anderen das geben, was sie brauchte. Dabei liebte sie Sascha immer noch, denn sie hatte es längst erkannt, für die Liebe einer Mutter gab es keine Bedingungen. Egal was passierte, Sascha war ihr Kind, ihr Ein und Alles, sie war ihre Familie, die einzige, die sie noch hatte.

33

August 1966

Amalia schob ein Blech Zwetschgendatschi in das Backrohr, jetzt musste sie nur noch die Küche aufräumen. In den vergangenen Jahren hatte es sich eingespielt, dass sie sich mit Resi und Martha, einer Freundin aus der Schule, abwechselnd an drei Nachmittagen pro Woche traf. Es war eine mittlerweile lieb gewonnene Routine zwischen den dreien, auf die keine mehr verzichten wollte, denn Resi und Martha waren auch schon seit einigen Jahren Witwen.

Gelegentlich unternahmen sie Ausflüge, fuhren mit dem Bus an den Walchensee und von dort mit der Seilbahn auf den Herzogstand, den Amalia immer noch sehr liebte, den sie jedoch nicht mehr zu Fuß erreichen konnte. Oben wanderten sie bis zum Gipfel und rasteten anschließend in der Bergstation. Martha, eine leidenschaftliche Kinogängerin, überzeugte ihre beiden Schulfreundinnen von ihrem Hobby, und tatsächlich fanden Resi und Amalia mit jedem Besuch im Kino mehr Gefallen daran. Vom letzten Film *Doktor Schiwago* waren alle drei so begeistert gewesen, dass sie ihn ein zweites Mal angeschaut hatten. So waren sie sich ein gegenseitiger Halt und hatten immer etwas zu reden und zu planen.

Gerade als sie die letzten Geschirrteile in den Schrank räumen wollte, klopfte es an der Haustür. Es musste ein Fremder sein, denn ihre Freundinnen und Bekannten würden wie immer einfach kurz klopfen und hereinkommen. Bevor sie zur Haustür ging, glitt ihr Blick prüfend über den Kaffeetisch. Er war fertig gedeckt, alles andere ordentlich verräumt. Egal wer jetzt kam, er würde sehen, dass sie Besuch erwartete, und hoffentlich nicht zu lange bleiben. In der weit geöffneten Haustür zeichnete sich gegen das gleißende Sonnenlicht die Silhouette einer Frau ab, Amalia konnte jedoch kein Gesicht erkennen.

»Grüß Gott«, rief sie der Person entgegen.

»Hi, Mama, ich bin's«, hörte sie eine leise, aber vertraute Stimme.

Sie blieb wie erstarrt stehen. »Sascha? Jetzt schlägt's dreizehn, so eine Überraschung.«

Beide gingen einen Schritt aufeinander zu und standen sich dann mit einem Meter Abstand gegenüber, als wüssten sie nicht, wie sie sich begrüßen sollten. Die räumliche Distanz der letzten Jahre hatte sich zu ihrem eigenen Schutz auch in Amalias Innerstem abgelegt. Plötzlich spürte sie, dass ihr Herz schneller klopfte, sie konnte nicht unterscheiden, ob es wegen der Überraschung oder aus Freude war. Das Herzklopfen wurde von einer Welle der Wärme abgelöst, und ihre Starrheit schmolz wie Eis in der Sonne. Sascha schien es ähnlich zu gehen, denn fast gleichzeitig traten sie aufeinander zu und umarmten sich. Erst zögerlich, aber dann schmiegten sie sich aneinander, zwei Menschen, die sich verloren und wiedergefunden hatten. Die Umarmung wurde immer inniger und fester. Amalia atmete tief ein, genoss den Moment mit geschlossenen Augen, um ihn festzuhalten. Waren es Sekunden oder Minuten, bis sie sich wieder voneinander lösten?

Lächelnd betrachtete sie ihre Tochter. »Komm rein, ich habe gerade einen Datschi ins Rohr geschoben, in einer halben Stunde ist er fertig.«

»Den habe ich immer geliebt, deinen Datschi. Darauf warte ich gern, die Vorfreude macht den Genuss noch größer.« Sascha ging voraus in die Küche und steuerte auf ihren gewohnten Platz auf der Eckbank zu. »Du kriegst Besuch? Dann störe ich wohl?«

»Die Resi und die Martha kommen, wir treffen uns ein paarmal in der Woche. Aber du störst überhaupt nicht, im Gegenteil. Die Resi freut sich sicher, dich zu sehen.« *Ich übrigens auch,* wollte Amalia noch dazusetzen, aber sie verkniff es sich. Was war passiert, dass Sascha wie aus dem Nichts auftauchte, ohne Ankündigung und ohne Begleitung von Herby oder sonst wem? Erstaunlicherweise sah sie viel besser aus, als sie sie in Erinnerung hatte, frischer und gesünder, die fahle Gesichtsfarbe war rosigen Wangen gewichen. Auch ihre langen Haare wirkten gepflegter als beim letzten Zusammentreffen. Die knöchellange Weste über dem Minirock und einer unter der Brust gerafften Blümchenbluse war nicht nach Amalias Geschmack, aber die meisten jungen Frauen waren mit ähnlichen Kleidern auf der Straße zu sehen.

»Macht ihr mal euren Kaffeeklatsch, ich gehe in der Zwischenzeit zum Friedhof, denn das hatte ich sowieso vor. Aber bevor ich gehe ...« Sie stockte, als suchte sie nach den richtigen Worten. »Macht es dir Umstände, wenn ich hier übernachte?« Saschas Blick wirkte, als hinge viel von der Antwort ab.

»Dein Bett steht oben in deinem Zimmer. Ich habe nichts verändert. Ist doch keine Frage, dass du hierbleiben kannst, oder hast du etwas anderes erwartet?«

»Na ja, ich könnte es verstehen, wenn du sauer bist und mich nicht hier haben wolltest.«

»Es stimmt, ich bin vor allem verletzt, dass du jahrelang nichts von dir hast hören lassen, daraus will ich keinen Hehl machen. Aber hier ist dein Zuhause, die Tür stand und steht dir immer offen.« Es musste etwas Grundlegendes passiert sein, anders konnte sich Amalia die Veränderung Saschas nicht erklären. Die Freude über ihren Besuch wurde gedämpft von ihrer inneren Stimme, die ihr im Wechsel »Vorsicht!« und »Achtung!« zurief.

Sascha sah sie mit einem Blick an, den Amalia nicht von ihr kannte. Eine Mischung aus Verständnis und Dankbarkeit.

»Danke, Mama. Können wir heute Abend reden? Darf ich im Garten einen Blumenstrauß für den Friedhof pflücken, Gabriele hat Gartenblumen immer geliebt?«

Wie schön, sie erinnerte sich noch an diese Vorliebe von Gabriele. Amalia war etwas besänftigt, es war also doch nicht alles verloren. Aber gespannt war Amalia schon, was der Grund für ihren Besuch bei ihr war.

»Nimm auch einen Strauß für das Grab deiner Großeltern mit, du weißt sicher noch, wo du es findest.«

Als Resi ein paar Minuten später vom Besuch Saschas hörte, umarmte sie Amalia. »Siehst du, ich habe dir doch immer gesagt, dass sie wiederkommen wird. Sie weiß, dass du für sie da bist. Jetzt geht alles einen guten Weg, wirst schon sehen.«

Während der Kaffeerunde wurde Amalia immer unruhiger, ständig schaute sie aus den Augenwinkeln auf die Küchenuhr. Hatte es sich Sascha anders überlegt? Hatte sie irgendetwas Falsches gesagt oder getan, denn ihre Tochter war schon fast zwei Stunden weg.

»So, es wird Zeit, dass wir gehen. Wir machen den Weg frei für deine Tochter. Ich bin sicher, sie will erst mal mit dir allein sein.« Plötzlich erkannte Amalia, Resi hatte wieder mal den Nagel auf den Kopf getroffen. Und sie war so dumm und zweifelte schon wieder an sich selbst. Wenn sie doch in Bezug auf Sascha nicht immer sich selbst infrage stellen würde. Mit ihren neunundsechzig Jahren war sie immer noch unsicher wie ein Teenager.

Wenige Minuten nachdem Resi und Martha sich verabschiedet hatten, kam Sascha zurück. »Ich habe im Garten gewartet, bis die beiden gegangen sind, ich wollte ihnen nicht begegnen«, gab Sascha zu.

»Was hat Resi dir getan, dass du ihr aus dem Weg gehst?« Amalia schob ihr einen Teller mit einem riesigen Stück Datschi und einem noch größeren Klecks Sahne hin.

»Setzen wir uns in den Garten unter deinen Fliederbusch. Von da hat man so einen tollen Ausblick auf die Berge.«

Amalia kam nicht aus dem Sich-Wundern heraus. Woran sich Sascha so erinnerte! Dass sie früher jemals bemerkt hatte, dass man die Gipfel von ihrem Garten aus sehen konnte, wäre ihr nicht in den Sinn gekommen. Und jetzt wollte sie sogar dort sitzen, an ihrem Lieblingsplatz.

»Ich habe mir erst vor Kurzem einen kleinen Tisch gekauft, so kann ich draußen auch essen. Das habe ich früher nie gemacht, aber jetzt genieße ich es. Nimm deinen Kuchenteller mit, ich trage die Kaffeekanne und deine Tasse.«

»Für mich keinen Kaffee, ich trinke lieber Leitungswasser, das vertrage ich besser.«

War Sascha womöglich krank, oder war das nur eine neue Marotte, Wasser zu trinken? Früher war Kaffee ihr Ein und Alles gewesen. Amalia seufzte tief, was auch immer es war, sie würde es gleich erfahren, dabei beobachtete sie Sascha bei jeder Bewegung, als würde sie auf der Lauer liegen.

Sascha stöhnte wohlig, als sie den letzten Bissen in den Mund schob. Schon als Kind hatte sie den Tick gehabt, die Sahne ganz akkurat einzuteilen, sodass jedes Kuchenstück mit einem Klecks Sahne in ihrem Mund landete. Sie grinste. »Geschafft.« Sie kratzte mit der Kuchengabel auf dem leeren Teller herum und verfolgte die Spur mit den Augen. Plötzlich wurde sie ernst.

»Als ich am Grab stand, habe ich mich an den Nachmittag erinnert, als Gabriele und Johannes uns die Grabstelle zeigten, weißt du noch? Ich war damals so schockiert, dass sie sich ein Grab ausgesucht hatten. Ich hatte es nicht fassen können, dass sie sich Gedanken übers Sterben machten. Und jetzt liegen beide da. Aber ich muss sagen, es ist wirklich ein guter Platz, besser hätten sie es nicht treffen können. Hast du auch ein Grab für dich bestimmt? Nicht, dass du meinst, ich denke an deinen Tod. Aber wenn, dann sollte ich es wissen ...«

»Ich habe mir Gabriele als Vorbild genommen und damals den Platz neben ihrem Grab gekauft. Ich könnte zwar in unserem Familiengrab unterkommen, aber ich habe mich im Leben Gabriele und Johannes Eichner näher gefühlt als meiner Familie, warum sollte ich im Tod darauf verzichten.«

»Mama, ich hoffe, dass du noch lange lebst. Aber du hast recht, einen Platz neben Gabriele und Opa Ei ist genau der Richtige für dich und später für mich, wer weiß. Die beiden waren unsere Familie, mehr als irgendjemand sonst auf der Welt.«

Amalia spürte, dass Sascha einen Weg suchte, ihr etwas mitzuteilen. Aber auch wenn sie vor Neugier und Spannung fast platzte, verbot sie es sich nachzufragen. Sascha musste von selbst den richtigen Zeitpunkt wählen.

Plötzlich atmete Sascha tief und laut ein. »Mama, ich bin zu dir gekommen, weil ich schwanger bin. Im Dezember kommt das Kind.« Sie legte beide Hände auf ihren Bauch, und nun erkannte Amalia unter der gerafften Bluse eine kleine Rundung.

Plötzlich traf sie die Erinnerung wie ein Blitz. Sie selbst hatte fast die gleichen Worte geäußert, als sie ihren Eltern und Geschwistern erklärte, dass sie ein Kind bekomme. In dem Moment, als Amalia vollends verstand, was es bedeutete, begann sie zu strahlen – immer mehr, immer heller.

»Du meinst, ich werde Großmutter? Das ist ja wunderbar, eine wirklich schöne Überraschung. Niemals hätte ich mit dieser Nachricht gerechnet. Dass ich das noch erleben würde, hätte ich nie und nimmer geglaubt. Und …«

»Um deiner Frage zuvorzukommen, Herby ist der Vater, und er ist immer noch verheiratet. Er wird sich auch weder trennen noch scheiden lassen. Und ganz ehrlich, ich will ihn nicht, zumindest nicht mehr. Ich habe von seinen Versprechungen und Schwüren die Nase voll. Was ich jedoch ganz sicher weiß, ist, dass er mein Kind nicht bekommt. Denke bitte immer daran, egal was passiert.«

Amalia strahlte vor Freude und Erleichterung, sie umarmte ihre Tochter und küsste sie, plötzlich fiel es ihr im Gegensatz zu früher ganz leicht. »Mein Mäderl, was sollte passieren, damit er dein Kind bekäme? Du bist die Mutter, du musst den Vater nicht angeben, wenn du das nicht willst. Das war bei mir damals leider anders, wenn ich keinen Vormund angegeben hätte, wärst du mir im schlimmsten Fall weggenommen worden.«

»Ich habe überhaupt nicht mehr dran gedacht, dass du mich auch ohne einen Ehemann bekommen hast. Wahrscheinlich, weil Opa Ei immer da war, die Frage nach meinem richtigen Vater hat sich mir nie gestellt.«

Sascha war erleichtert über Amalias Reaktion, ihre grenzenlose Freude machte sie gesprächig. Sie erzählte, dass sie ursprünglich geplant hatte, Herby mit der Schwangerschaft zu zwingen, sich endlich scheiden zu lassen, denn immer wieder hatte er es ihr in Aussicht gestellt, sein Versprechen aber nie gehalten. Als sie ihm von der Schwangerschaft erzählt hatte, hatte er nur gemeint, wenn es ein Junge würde, wolle er das Kind bei sich und seiner Frau großziehen, damit er einen Nachfolger habe, da seine Frau unfruchtbar sei. An einem Mädchen sei er momentan nicht interessiert, aber er würde darüber nachdenken. Ihr Entsetzen darüber hatte zu der endgültigen Erkenntnis geführt, dass er sie schon immer ausgenützt und mit seinen Versprechungen nur hingehalten hatte. Seine Liebes- und Treueschwüre waren Lippenbekenntnisse gewesen, damit sie jederzeit zu seiner Verfügung stand. Seit diesem Tag hatte sie ihn nicht mehr gesehen, seinen Vertrag als ihr Agent fristlos gekündigt und ihm jedes Gespräch verweigert. Alles, was zu erledigen war, erledigten sie nun schriftlich.

»Gut so, Sascha, ich bin wirklich froh darüber. Das Kind werden wir auch ohne ihn groß bekommen, ganz sicher. Ich habe es unter viel schlechteren Voraussetzungen geschafft, dann kriegst du das auch hin, jetzt, wo alle Menschen viel offener und fortschrittlicher sind.« Dann erzählte sie ihr, dass sich Gabriele mit Kandinsky in einer ähnlichen Beziehung wie Sascha mit Herby befunden und damals überlegt hatte, ob sie nicht einfach ein Kind bekommen sollte, damit er sich scheiden ließe. Aber das Schicksal hatte an ihrer Stelle entschieden, denn sie war nicht schwanger geworden. Dafür hatte sie später Johannes Eichner getroffen, was in Amalias Augen das größte Glück überhaupt für Gabriele gewesen war.

»Irgendwann wirst du jemanden treffen, der zu dir passt. Da bin ich mir sicher«, beteuerte Amalia. »Und bis dahin bin ich für dich und das Baby da. Ich freue mich so für dich. Schade, dass Gabriele ihr Enkelchen nicht mehr erlebt, das wäre das größte Glück für sie gewesen.«

Sascha hatte Tränen in den Augen, als sie sich bei Amalia bedankte. »Ich hoffe, ich werde auch so eine verständnisvolle Mutter sein, wie du es bist.«

Das war für Amalia die schönste Liebeserklärung, die sie sich niemals getraut hätte zu wünschen. Resi hatte recht behalten, sie hatte ihr Kind wieder. Aber eins musste sie noch wissen, auch wenn sie damit vielleicht gleich wieder Ärger riskieren würde. »Hast du keine Bedenken, dass dein Kind wegen der Drogen Schaden nehmen könnte?«

»Mama, ich habe vor über zwei Jahren einen Entzug gemacht, seitdem bin ich clean. Ich hatte mir geschworen, erst wieder zu dir zu gehen, wenn ich sicher war, ohne Drogen leben zu können.«

»Wenn ich das gewusst hätte, wäre ich beruhigter gewesen, als ständig in Sorge zu sein, dir wäre etwas passiert. Aber es sei, wie es ist, Schwamm drüber.«

Amalia war überglücklich.

Ihre Angst, ohne ihr einziges Kind alt zu werden, war der Freude über den bevorstehenden Zuwachs gewichen. Wie schnell konnte sich das Schicksal ändern, und was noch viel schöner war: endlich einmal zum Guten!

Mein liebster A,

Sascha ist wieder da! Sie kam mit einem ganz wunderbaren Geschenk zurück. Wir werden Großeltern! Mein Glück ist kaum zu fassen, ich könnte vor Freude singen und tanzen. Meine Sorgen um Sascha sind wie weggewischt, sie ist gesund und munter, hat

den Drogen den Rücken gekehrt. Von Junkers hat sie sich losgesagt. Er ist der Vater, aber wir brauchen ihn nicht.
Wir Bernreuther-Frauen sind stark, und was ich vor vielen Jahren hinbekommen habe, wird Sascha in der heutigen Zeit als Alleinerziehende ebenfalls schaffen.
Jetzt wird alles gut!

Deine liebste A

34

Am nächsten Morgen hatte Amalia Sascha schlafen lassen, und so war es schon fast zehn Uhr, als sie in die Küche kam. Ihr Babybauch verschwand unter einem langen Batikkleid mit dünnen Trägern.

»Lass uns im Garten frühstücken, es ist so schönes Wetter«, bat Sascha.

Während Amalia einen Kräutertee kochte, stand Sascha am Küchenschrank angelehnt und strich sich über den Bauch. »Willst du mal fühlen, es strampelt gerade und drückt gegen die Hand.«

Amalia war es nicht gewöhnt, ihrer Tochter so nahe zu sein, und wusste erst nicht, wie sie es anstellen sollte. Sascha nahm ihre Finger und drückte sie gegen den Bauch.

»Ich fühl's, als wär's ein Fuß oder eine Hand.« Amalia lächelte selig, sie konnte es nicht fassen. »Dass ich das erleben darf, ich bin so froh, dass du gekommen bist.«

Sascha umarmte sie. »Ich bin glücklich, dass ich hier mein Zuhause habe.«

Als sie am Tisch unter dem Fliederbusch saßen, überwältigte Amalia plötzlich ein ungeheures Glücksgefühl. Es war einfach unbeschreiblich, sie hätte die ganze Welt umarmen können: Sascha war hier, sie würde ein Enkelkind bekommen, ihrer beider Leben hatte eine Zukunft, die Sonne schien, die Blumen blühten, die Vögel zwitscherten, die Insekten summten – ihre Tränen flossen, aber sie strahlte.

Saschas besorgtem Blick entgegnete sie mit lächelndem Kopfschütteln, aber sie konnte nicht sprechen, das Glück ließ sich nicht mit Worten ausdrücken. Als Sascha erkannte, dass es Freudentränen waren, strich sie ihr über die Hände.

»Ich weiß jetzt erst, was es bedeutet, ein Zuhause zu haben, einen Ort, an dem man immer willkommen ist. Die Voraussetzung dafür war, mich selbst zu finden und mein eigenes Umfeld zu schaffen. Jetzt habe ich meinen Platz in München gefunden, in meiner WG mit Antonia und ihrem kleinen Sohn. Ich habe einen festen Freundeskreis und mich beruflich etabliert, ich fühle mich rundum wohl. Es ist zwar alles andere als die gängige Vorstellung einer Familie – der Mann verdient das Geld, die Frau ist mit Kind und Haushalt beschäftigt –, aber dem hast du auch nicht entsprochen, genauso wenig wie Gabriele. Ihr habt alle gängigen Konventionen gebrochen, wenn auch nicht ursprünglich gewollt, und ihr habt das bestens gemeistert. Die Art und Weise, wie wir im Münterhaus lebten, machte mich in Murnau zur Außenseiterin. Das fing damit an, dass wir bei Gabriele und Johannes mit Künstlern und Intellektuellen Umgang hatten. Das war den Murnauern immer suspekt, auch wenn sie alle Gabriele mochten. Du kennst ja die Gerüchte, die in die Welt gesetzt wurden. Als ich in die Schule kam, hat mich Gabriele wie ein Püppchen ausstaffiert, auf allen Fotos von damals trage ich wunderschöne Kleidchen, die anderen Kinder dagegen wirkten armselig und heruntergekommen. Dass mich Johannes vor Schulbeginn lesen und rechnen gelehrt hatte, vergrößerte die Distanz zu meinen Mitschülern von Anfang an. Ich war nicht nur das ›Hinkepupperl‹, sondern auch noch eine Streberin. Ich habe oft darüber nachgedacht und bin zu dem Schluss gekommen, dass den Bauern und Handwerkern Bildung von jeher ein Rätsel war, damit konnte keiner umgehen. Hier galt die Arbeit, die man mit den Händen schaffte und nicht mit dem Kopf. Das hatte keinen reellen Wert. Wenn du dich erinnerst, wie sich sogar die alte Zicke Fräulein Mackenrott aufgeführt hat, wenigstens sie hätte Verständnis für Bildung zeigen können ... Der Schulbesuch wurde für mich erst angenehm, als ich ins Gymnasium nach Garmisch durfte. Wegen der Entfernung hatte ich allerdings dort wieder keine Gelegenheit, Freundschaften zu pflegen, und hier in Murnau wurde meine Freundschaft mit Resis Töchtern verständlicherweise immer oberflächlicher. Andere Kinder hatten eine große Verwandtschaft um sich und dadurch unzählige Kontakte, aber bei uns fiel das weg. Der Krieg hatte dafür gesorgt, dass deine Schwägerinnen zu Witwen wurden und dadurch deine Nichten und Neffen vollkommen von unserer Bildfläche verschwanden. Der Kontakt zu Benedikt und seinen drei Töchtern in Frankreich war auch kein Ersatz, dafür war die Entfernung zu groß. Und schlussendlich war mein Aufenthalt in Amerika der absolute Break mit Murnau.«

Amalia hörte ihrer Tochter geduldig zu.

»Ich weiß, dass ich mit meinem Auftreten und Verhalten alles dafür getan habe, um die Leute vor den Kopf zu stoßen. Aber das war auch dem Zeitgeist geschuldet, dem Kampf gegen das Establishment. Alle Ämter und offiziellen Stellen waren noch oder wieder mit den früheren Nazis besetzt worden, die natürlich alle behaupteten, eine weiße Weste zu haben. Man kann ein System nur ändern, wenn man es aufrüttelt. Klar, ob mein Versuch erfolgreich war, sei dahingestellt. Aber ich musste es für mich tun, und seit einiger Zeit habe ich mein persönliches Ziel erreicht.«

Amalia hatte nie darüber nachgedacht, dass es nicht nur für sie als alleinerziehende Mutter schwierig gewesen war, sich zu behaupten, sondern auch für ihre Tochter. Sascha hatte sich zwar niemals als vaterlos betrachtet, denn Johannes Eichner war für sie der Vater gewesen, den sie gebraucht hatte, aber die anderen hatten sie als »Uneheliche«, als Bankert betrachtet. Aufgrund der »spinnerten« Künstler, die bei Gabriele ein und aus gingen. Amalia hatte Gabriele und Eichner und ihre Freundin Resi als Stützen besessen, das hatte ihr genügt, mehr war nicht nötig gewesen. Sascha dagegen war als Kind allein auf sich gestellt gewesen, und was Amalia erst heute erkannte, es war nie darüber gesprochen worden, ihre Sorgen waren unerheblich gewesen in den Augen der Erwachsenen. Die Erwachsenen hatten mit den Auswirkungen des Krieges zu kämpfen gehabt, der keinen Raum für die Sorgen eines Kindes gelassen hatte.

»Ach, Sascha, wir haben so viel falsch gemacht, und nicht nur der Krieg war schuld daran. Das Schlimmste war, dass ich nie gelernt hatte, über Gefühle zu sprechen oder sie zu zeigen. Es war für mich schon eine absolute Überwindung, als ich das erste Mal meinen Bruder Benedikt umarmte. Da war ich schon über vierzig, und es fühlte sich absolut fremd an. Damals habe ich zum ersten Mal gespürt, wie gut eine Umarmung tut. Kannst du dir das vorstellen? Und bei dir war ich immer darauf bedacht, dass du nicht aus der Reihe fällst, denn ich war nicht verheiratet, bin einer Arbeit nachgegangen, du warst ein uneheliches Kind und damit einfach alles, was nicht normal war. Heute wünschte ich, ich könnte das rückgängig machen, aber das ist vorbei. Es tut mir leid ...«

»Mama, das ist okay. Vielleicht haben wir das alles so erleben müssen, um heute hier drüber sprechen zu können. Das tut doch gut, oder?«

Amalia war erleichtert und zuversichtlich. Alles würde gut werden, endlich, sie würden in Zukunft bei Problemen einen Weg suchen, sie ansprechen und lösen, egal was passierte.

In den folgenden Monaten gab es einen regen Austausch zwischen Amalia und Sascha, um alles für die Entbindung vorzubereiten. Sascha wünschte sich eine Hausgeburt im Amalienhäusl, Amalia dagegen tendierte zum Krankenhaus, falls es Komplikationen geben würde. Aber zum Schluss gab sie sich geschlagen, denn auch sie hatte zu Hause entbunden – bei Gabriele im Münterhaus. Warum sollte das Sascha nicht genauso gut schaffen? Bloß weil in den letzten Jahren die Klinikgeburten in Mode kamen, hieß das doch nicht, dass sie dort besser aufgehoben war und aufmerksamer betreut werden würde.

In München hatte Sascha zwischenzeitlich alles geregelt, ihre Kollegin würde während ihrer Abwesenheit die gemeinsame Galerie weiterführen. Ihre Aufträge, die sie als freie Mitarbeiterin von verschiedenen Werbeagenturen erhielt, konnte sie in Murnau erledigen, währenddessen konnte Amalia das Baby versorgen. Sie plante, nach einem halben Jahr mit dem Baby zurück nach München zu gehen und sich abwechselnd mit ihrer Mitbewohnerin, die bereits einen acht Monate alten Säugling hatte, um die Kinder zu kümmern.

An den Wochenenden kam Sascha regelmäßig nach Murnau, und sie bereiteten in Saschas Schlafzimmer alles für das Baby vor, wie damals, als Amalia und Gabriele vor Saschas Ankunft das Zimmer im Münterhaus ausgestattet hatten. Amalia holte ihre alte Familienwiege aus dem Keller, für die nach Saschas Geburt in ihrer Familie keiner mehr Bedarf gehabt hatte. Sie schliffen die Holzflächen ab, bis sie glatt waren und matt glänzten, zusätzlich rieben sie Öl hinein, damit sich keine Spreisel bilden konnten. Amalia nähte die Bettwäsche und passend dazu aus einem hauchdünnen, orangefarbenen Battist den Wiegenhimmel. Einer alten Kommode verpassten sie einen orangefarbenen Lackanstrich, mit einer Auflage wurde sie zum Wickeltisch umfunktioniert.

Martha schenkte ihnen einen Kinderwagen, denn sie hatte bereits drei Enkel und ihre Tochter keine Verwendung mehr dafür. Es war ein schnittiges Modell aus cremefarbenem Korbgeflecht mit abnehmbarem Verdeck und chromglänzenden Rädern. Das Bettzeug dafür hatte Amalia schon genäht, eine Wagendecke lag fertig gehäkelt in Orange-Grün-Tönen im Wagen.

Während sie Saschas Zimmer renovierten und sich um die Ausstattung für das Baby kümmerten, was beiden viel Freude bereitete, machten sie immer wieder Spaziergänge durch Murnau. Die Leute, die Amalia auf ihren Besuch ansprachen, waren immer überaus erstaunt, wenn sie ihnen Sascha vorstellte. Der Stolz über ihre Tochter, die Schwangerschaft und die Tatsache, dass Sascha zur Entbindung nach Hause gekommen war, war in jedem Wort zu hören.

»Ja, da schau her, kommt des Mädel wieder nach Murnau zurück. Und ein Enkerl bringt's auch mit. Wer hätte das geglaubt, es geschehen immer wieder Wunder ...« So und ähnlich klangen die Bemerkungen von Amalias Murnauer Bekannten, manchmal aufrichtig, manchmal eher sarkastisch geäußert. Aber Amalia nahm keinen Anstoß daran, sollten die Leute doch reden, was sie wollten.

Sascha schlug bei einem dieser Spaziergänge vor, zum Münterhaus zu gehen, da sie seit dem Tod Gabrieles nicht mehr dort gewesen war. »Gern, ich spaziere fast jede Woche einmal dort vorbei. Wir können es allerdings nur von außen anschauen, denn es ist vermietet; mittlerweile wohnt schon der zweite Mieter, eine Familie mit zwei Kindern, drin. Ich glaube, sie haben keine Ahnung, dass in diesem Haus in der Vergangenheit große Künstler ein und aus gingen, dass es ein Treffpunkt für Literaten, Maler und Gelehrte war. Vielleicht ist es gut so, ich hatte immer gehofft, dass es eine Art Museum für Gabrieles Kunst wird. Aber dafür scheint kein Geld da zu sein. Schade ist, dass der Garten nur noch aus Rasen und einer Hecke besteht.«

Mittlerweile standen sie vor dem Gartenzaun des Münterhauses.

»Ich musste gerade daran denken, als ich in der ersten Klasse von der Schule nach Hause rannte, um zu sehen, welche Flüchtlinge uns zugeteilt wurden. Anton, Lulu und Kathi saßen auf der Wiese und starrten mich an, ohne ein Wort zu sagen. Wir hatten so eine schöne Zeit zusammen, endlich waren für mich auch Kinder zum Spielen da.«

»Trotz all der Not haben alle zusammengehalten, das war eine gute Erfahrung in der damaligen Zeit. Die Lene, also die Mutter, ist vor Kurzem gestorben. Anton hat mir eine Karte geschrieben. Allen drei Geschwistern geht es gut, wie er mir sagte.«

»Ich würde ihm gern schreiben, erinnere mich dran, dass du mir seine Adresse in München gibst. Der Anton war in den zwei Jahren, als sie hier wohnten, wie ein großer Bruder für mich.«

Drei Wochen vor dem errechneten Termin wurde Sascha von einer Freundin im Auto nach Murnau gebracht, da ihr das Koffertragen und Zugfahren mittlerweile viel zu beschwerlich geworden war. In der verbleibenden Zeit bis zur Entbindung wollte sie sich mit ihrer Mutter auf das Baby freuen.

Amalia konnte ihr Glück kaum fassen, ihr Töchterlein war hier, und im Amalienhäusl würde ihr Enkelkind zur Welt kommen. Alles hatte sich doch noch zum Guten gewendet!

Nachdem sie den Schrank und die Wickelkommode eingeräumt und gemeinsam die vielen kleinen Strampler und Jäckchen bewundert hatten, die Sascha gekauft oder geschenkt bekommen hatte, zog Sascha vorsichtig das Papier von einem großen Karton ab.

»Schau, Mama, das ist das Wertvollste und Liebste, was ich aus Amerika mitgebracht habe. Das Bild hat mir Andy zum Abschied geschenkt.« Amalia betrachtete den quadratischen Karton, auf dem eine Dose abgebildet war. Sie entzifferte die Aufschrift: Yummy Tomatosoup.

»Das ist diese Pop-Art? Eine Suppendose als Kunstwerk ... Da hat mir deine ›Poppy‹ ehrlich gesagt besser gefallen.«

»Das war erst der Anfang, hast du sein Bild von Marilyn Monroe schon mal gesehen? Das finde ich einfach gigantisch. Aber wie gesagt, dieses Bild hüte ich wie meinen Augapfel, so ähnlich wie du das von meinem Va..., von Jawlensky. Steht es eigentlich immer noch auf deinem ... Altar?« Sascha grinste ihre Mutter an.

»Aber sicher, der Herzogstand hat seinen festen Platz auf meiner Kommode. So haben wir beide unsere Altäre. Aber ich wusste nicht, dass du mit Warhol eine Beziehung hattest.«

»Nein, der interessierte sich nicht für Frauen. Aber er ist für mich wie eine Ikone, er hat mir die Grundzüge der Pop-Art vermittelt. Was ich bei ihm gelernt habe, hat mir in München bei den Werbeagenturen viele Aufträge verschafft, ich konnte in den letzten zwei Jahren sogar Geld auf die Seite legen. Obwohl ich nicht an der Akademie studiert habe, ist es mir gelungen, mit meiner Kunst Geld zu verdienen. Am Anfang war's nicht viel, aber das ist bei Künstlern ganz normal.«

»Hauptsache, du bist von den Drogen weg. Alles andere gibt sich.« Amalia umarmte ihre Tochter und strahlte zufrieden.

Mein liebster A,

wir sind dabei, eine echte Familie zu werden, glücklicher, als wir das jemals vorher waren. Ich bin ein Teil von Saschas Leben, ihrer Kunst und ihrer Schwangerschaft.
Wir haben alles für die Ankunft des neuen Erdenbürgers vorbereitet. Leider besteht Sascha darauf, hier im Amalienhäusl zu entbinden, da sie für die natürlichste Sache der Welt nicht in ein »Haus für Kranke« gehen wolle, wie sie sagt. Mir wäre viel wohler dabei, wenn sie zur Niederkunft in eine Klinik gehen würde. Darüber sind wir heftig in Streit geraten, und ich befürchtete anfänglich, dass sie mich deswegen erneut verlässt.
Nach ein paar Tagen haben wir uns versöhnt, und ich habe mich ihrer Entscheidung gefügt. Ihre Bitte, dass ich bei der Entbindung dabei sein sollte, hat mich sehr gerührt. Wir werden zusammenhalten, komme, was wolle, denn wir haben nur uns beide.
Und bald ist mein Enkelchen da!
Meine Freude darüber ist unermesslich, ich finde dafür keine Worte. Ein Kindchen birgt so viel Hoffnung und Zuversicht, es ist ein Pfand für die Zukunft. Nach meinem Gefühl wird es ein »Töchterlein«, wie Gabriele immer sagte. Ich bete jeden Tag, dass alles gut geht.

Deine überglückliche A

35

Dezember 1966

Amalia verwöhnte ihre Tochter, sie behandelte sie wie ein rohes Ei, und Sascha stöhnte, dass sie nicht krank, sondern nur schwanger sei. Insgeheim gefiel es ihr, denn es tat ihr so gut, umsorgt und gepflegt zu werden wie schon lange nicht mehr. Ihre Mutter versorgte sie mit ihren Lieblingsgerichten, sie buken gemeinsam Plätzchen, besorgten ein kleines Tannenbäumchen für Weihnachten und bereiteten alles für den Heiligabend und die Feiertage vor. Am vierten Adventssonntag kam Resi mit einer Tasche voll Geschenken vorbei, sie sollten sie unter dem Weihnachtsbaum auspacken, nicht erst, wenn Resi am ersten Feiertag zum Mittagessen käme.

Die Ruhe und Zufriedenheit, die Amalia seit Saschas Rückkehr ausströmte, war nicht zu übersehen. Sie saß in ihrem Sessel in der Wohnküche, hatte alle Kerzen am Adventskranz angezündet und strickte fürs Baby. Sie genoss diese heimelige Atmosphäre, im Ofen knisterte das Holz, der Kerzenglanz tauchte das Zimmer in ein sanftes Licht, und die mit Nelken gespickten Orangen verströmten einen wohligen Duft. Und als Krönung würde sie in wenigen Tagen Großmutter werden. Sie hatte sich immer ein Enkelkind gewünscht, aber in den letzten Jahren nicht den geringsten Hoffnungsschimmer gehabt, dass es jemals wahr werden würde. Sie als zukünftige Großmutter, Sascha hier bei ihr im Haus, und was ganz besonders entscheidend war: Es herrschte eine gelassene und heitere Stimmung zwischen ihnen. Sie redeten miteinander, sie hackelten sich, sie lachten und umarmten sich.

Wenn sie an diese Veränderung dachte, überkam sie ein unendliches Gefühl der Dankbarkeit und des Glücks, manchmal konnte sie es nicht fassen und zwickte sich fest in den Arm.

Amalia kniff die Augen zusammen, denn das komplizierte Loch- und Zopfmuster für die Babydecke erforderte ihr ganzes Geschick und ihre volle Konzentration. Plötzlich drang ein gellender Schrei durchs Haus. Amalia warf augenblicklich das Gestrick von sich und rannte nach oben in Saschas Zimmer, wo diese sich ausruhen wollte. Sicher hatten die Wehen begonnen, etwas anderes konnte es nicht sein. Sascha lag zusammengekrümmt im Bett, hielt sich die Hände vor den Bauch und schrie in kurzen Abständen auf, dabei war ihr Gesicht vor Schmerz und Angst verzerrt.

»Das sind die ersten Wehen.« Amalia vermutete, dass sich Sascha Sorgen wegen des verfrühten Termins machte. »Denk dir nichts dabei, es sind ja nur noch ein paar Tage bis zum errechneten Termin. Ein Entbindungstermin lässt sich nie auf den Tag genau ausrechnen, vor allem bei der ersten Schwangerschaft nicht.« Amalia beugte sich über ihre Tochter und strich ihr über die schweißnasse, aber eiskalte Stirn.

Sascha stöhnte auf. »Ich weiß nicht, ob es Wehen sind. Ich habe das Gefühl, es zerreißt mich innerlich. Die Hebamme sagte mir, dass es allmählich losgeht, aber dieser Schmerz ist ständig da. Mama, bitte, hilf mir, das halte ich nicht aus.«

»Wehen sind schmerzvoll, daran lässt sich leider Gottes nichts ändern. Ich rufe die Hebamme an und komme gleich wieder.« Amalia drückte kurz Saschas Hand und lief nach unten zum Telefon.

Sie wählte die Nummer der Hebamme. »Grüß dich, Franzi, Amalia hier. Bei Sascha haben die Wehen eingesetzt, und die Abstände sind schon sehr kurz. Sie klagt über unheimliche Schmerzen, aber schließlich weiß keine Erstgebärende, wie das ist. Sie meint, es fühlt sich an, als würde sie zerrissen werden.«

»Ja, ja, das ist schmerzhaft, mal mehr, mal weniger. Ich mache mich gleich auf den Weg, in einer Viertelstunde bin ich bei euch«, antwortete die Hebamme knapp und legte auf.

Als Amalia in Saschas Zimmer trat, wand diese sich unter lautem Stöhnen erneut hin und her und krümmte sich zusammen. »Es wird nicht besser, egal wie ich mich drehe oder lege. Ach, Mama, es tut so weh. Ich halte das nicht aus.« Sie presste die Zähne aufeinander und heulte erneut laut auf.

»Gleich kommt die Franzi, die weiß, was zu tun ist.«

Nachdem die Hebamme Sascha mit gezielten Handgriffen untersucht und die Herztöne des Kindes abgehört hatte, bat sie Amalia nach unten. Ihre steile Falte auf der Stirn irritierte Amalia, denn sie kannte Franzi nur als lächelnden und zuversichtlichen Menschen.

»Amalia, ruf bitt' schön einen Sanka, zur Sicherheit. Die Wehen sind extrem stark und kommen schnell hintereinander. Mir wäre es lieber, wir könnten sie ins Krankenhaus bringen. Hoffentlich ist es für einen Transport nicht zu spät. Und den Doktor Prechter rufst du bitte auch an. Ich glaube, ich kann jede Hilfe brauchen.« Die Hebamme gab ruhige, aber klare Anweisungen, aber sie konnte Amalia nicht darüber hinwegtäuschen, dass etwas nicht in Ordnung war.

Ruhe bewahren, beschwor sich Amalia, es wird alles gut, einfach nur Ruhe bewahren. Sie erledigte die Anweisungen Franzis und kam gleich darauf in Saschas Zimmer zurück. Sie streichelte ihr über die Stirn und sprach ruhig auf sie ein.

»Sascha, halt durch, du schaffst das. Bald ist es so weit, und du hältst dein Baby im Arm. Hast du dir schon einen Namen überlegt, oder willst du ihn mir noch nicht verraten?« Sie hoffte, Sascha etwas ablenken zu können, aber schon im nächsten Moment krümmte sie sich erneut zusammen und schrie auf.

Als sie wieder etwas zu Atem kam, flüsterte sie kaum hörbar. »Alissa soll sie heißen.«

Amalia wiederholte den Namen, um zu wissen, dass sie ihn richtig verstanden hatte. »Und wenn es ein Bub wird? Ach, ich glaube, der Doktor ist gerade gekommen. Wirst sehen, jetzt wird alles gut.« Sie lächelte ihre Tochter an und hoffte, dass sie ihre Besorgnis überspielen konnte. Sie hatte Angst, große, unbeherrschbare Angst, die sie wie eine Klaue umfasste und ständig fester zudrückte. Es musste alles gut gehen, gerade jetzt, wo sie endlich als Mutter und Tochter zueinandergefunden hatten.

In diesem Moment betrat Doktor Prechter mit der Hebamme das Zimmer. Er erklärte Sascha, dass er sie untersuchen würde und dann mit Franzi entscheiden wollte, ob sie mit dem Krankenwagen ins Krankenhaus gebracht werden müsste.

»Frau Bernreuther, setzen Sie sich bitte hinter Ihre Tochter und unterstützen Sie sie, ich sage Ihnen, was Sie tun sollen.« Amalia beobachtete jeder seiner Regungen und sein Mienenspiel, und ihre Angst wurde ständig größer. Er tauschte sorgenvolle Blicke mit Franzi und bat sie, mit ihm nach draußen zu kommen.

»Mama, was ist los, er hat nichts gesagt, oder habe ich es überhört?« Sascha schrie wieder auf, erneut krümmte sie sich vor Schmerzen.

»Die beiden müssen sich besprechen. Schau, da sind sie schon wieder.« Erwartungsvoll hob Amalia ihren Kopf in Richtung des Arztes.

»Frau Bernreuther, Sie hatten mehrere, dicht aufeinanderfolgende starke Wehen, wodurch der Uterus gerissen ist. Der Riss ist nicht riesig, denke ich, aber trotzdem will ich kein Risiko eingehen. Ein Transport ins Krankenhaus wäre meiner Meinung nach schwierig, denn die Gefahr einer starken Blutung ist einfach zu groß. Ich injiziere Ihnen zu Ihrer Unterstützung ein leichtes Schmerzmittel.«

Amalia hätte beinahe laut aufgeschrien, das konnte doch nicht sein! Warum musste es Schwierigkeiten geben? Ihre eigene Entbindung hatte sich zwar lang hingezogen, war aber ganz normal verlaufen. Sie biss die Zähne zusammen, sie wollte sich Sascha gegenüber keine Blöße geben, damit sie sie nicht noch mehr verunsicherte. »Das wird schon, mein Mäderl, wirst sehen. Alles wird gut.« Hatte sie das nicht gerade schon mehrmals gesagt? Sie wusste es nicht mehr. Hoffentlich konnte Sascha ihre Tränen nicht sehen ...

Aber nichts wurde gut, die Blutungen wurden immer stärker, und schließlich waren die Herztöne des Kindes nicht mehr hörbar. Die Entbindung musste so schnell wie möglich fortschreiten, sonst war das Baby in Gefahr. Der Arzt und die Hebamme arbeiteten Hand in Hand, Sascha schrie, und Amalia weinte ...

Doch dann war es geschafft. Und Amalia meinte, ein Wunder sei geschehen.

»Ein Mädchen, Sascha, ein süßes kleines Mädchen«, rief Amalia ihr zu und nahm der Hebamme das Baby ab, die es abgenabelt und in ein Mulltuch gewickelt hatte. Amalia hielt es vor Sascha, die unter größter Anstrengung die Augen öffnete und ihr Kind betrachtete.

»Meine süße kleine Alissa, mein Baby.«

Danach wurde sie ohnmächtig.

Amalia saß mit dem Baby in der Küche und versuchte, dem Mädchen mit dem Fläschchen einen Tee einzuflößen. Sie zwang sich dazu, sich ganz auf das Baby zu konzentrieren und nicht an Sascha zu denken, die von Doktor Prechter und Franzi versorgt wurde. Amalia stupste ihr immer wieder den Sauger des Fläschchens gegen die Lippen, denn die Hebamme hatte ihr gesagt, das Wichtigste im Moment sei, dass das Baby Flüssigkeit bekomme. Später, wenn es Sascha besser ging, könnte sie sie dann stillen. Aber die Kleine hatte kein Interesse, sie schlief ruhig und entspannt in Omas Arm.

Während sie das winzige Geschöpf betrachtete, tropften Tränen auf den kleinen Körper. Es erinnerte sie mit seinem dunklen Haarschopf an Sascha als Neugeborene. Amalias unbeschreibliches Glück und ihre beklemmende Angst hielten sich in diesem Moment die Waage. Doch die Waagschale neigte sich mehr und mehr in Richtung Angst, es war ein anstrengender Kraftakt, ihre Gedanken immer wieder in Richtung

Glück zu lenken. Dazu lauschte sie den Geräuschen in Saschas Zimmer, das über der Küche lag. Kurze, schnelle Schritte, die hin- und hereilten, dazwischen große, schwere Tritte auf der Stelle. Wenn doch bloß alles gut werden würde, wenn bloß endlich Franzi käme und sagte, alles ist gut. Ihre Nerven waren zum Zerreißen gespannt, sie glaubte, es nicht mehr aushalten zu können. Gerade als sie sich entschloss, nach oben zu gehen, öffnete sich die Küchentür.

Franzi stand da, reglos, still.

»Was ist los, sag schon, was ist mit Sascha? Ist alles gut ...?«

Amalia schrie entsetzt auf, als Franzi langsam den Kopf schüttelte.

»Mali, es tut mir so leid, aber ...« Sie holte tief Luft. »... deine Sascha ... sie hat es nicht geschafft.«

»Nein, nein, das kann nicht sein, sie war doch stark und gesund. Sag, dass das nicht stimmt. Das geht doch nicht ...« Amalia schluchzte, ihr ganzer Körper wurde geschüttelt, sie bemerkte nicht, dass Franzi ihr das Baby abgenommen hatte. »Doktor Prechter, sagen Sie doch, dass alles gut wird, bitte ...« Amalia flehte ihn an, als könnte er über Saschas Leben entscheiden.

Er legte seinen Arm um sie und führte sie zu ihrem Sessel. »Es tut mir unendlich leid, aber wir konnten nichts mehr machen. Sascha hatte eine Uterusruptur, und der Blutverlust war einfach zu groß. Wir waren machtlos.« Er drückte ihre Hände und schaute sie an. »Mein herzliches Beileid, Frau Bernreuther. Bei einer Geburt liegen Tod und Leben ganz nah beieinander, und wir haben es nicht in der Hand.«

Mein liebster A,

Alissa, unser Enkelkind, ist da. Aber unser Töchterlein ist tot.

A.

36

Vier Tage später stand Amalia mit dem Baby auf dem Arm an Saschas Grab. An dem Grab, das sie für sich selbst ausgesucht hatte, neben dem Grab von Gabriele und Johannes Eichner.

Resi hatte alles, was für die Bestattung erforderlich war, in die Hand genommen. Amalia war zu nichts fähig gewesen, außer dass sie das Baby ständig auf dem Arm hielt, als trüge sie damit Sascha mit sich und könnte sie festhalten. Sie nahm nicht wahr, dass unzählige junge Menschen sichtlich ergriffen um das Grab standen. Auch einige ältere Leute, vermutlich die Kunden ihrer Galerie und die Eigentümer der Werbeagenturen, waren gekommen. Resi hatte alle Nummern, die in Saschas Filofax standen, angerufen und den dazugehörigen Personen die schreckliche Nachricht mitgeteilt. Der Einzige, den sie auf Amalias ausdrückliches Geheiß nicht informiert hatte, war Herby, und anscheinend hatte ihm auch kein anderer Bescheid gesagt.

Amalias einzige Aufgabe, die sie auf die Minute genau erledigte, war das Füttern und Wickeln des Babys im Vierstundenrhythmus. Alles andere empfand Amalia als einen Film, bei dem sie nur Zuschauer war.

Als der Sarg sich in die Erde senkte, schluchzte sie laut auf. »Sascha, wie sollen wir ohne dich leben?«

Silvester 1966

Meine liebste Alissa,

Du bist ein kleines Wunder, dem zu begegnen ich nicht mehr geglaubt hatte. Deine Mama trug unendlich viel Liebe, großen Mut und einen kämpferischen Geist in sich, und sie lebte danach. Ich empfinde unermesslich viel Liebe für Dich, aber mir ist es nicht

gegeben, Dir das zu zeigen. Ich kann es einfach nicht, es ist wie damals, als Deine Mama, mein Töchterlein, geboren wurde. Ich bin untröstlich.
Solltest Du jemals Zweifel an meiner Liebe haben, glaube mir, ich liebe Dich über alles in der Welt. Ausgestattet mit den Eigenschaften und dem Kampfgeist Deiner Mama wirst Du alles im Leben schaffen, was Du Dir vornimmst. Davon bin ich überzeugt.
Als alte Frau werde ich Dich nicht mehr lange auf Deinem Lebensweg begleiten können, aber wir werden vom Himmel aus ein Auge auf Dich haben. Das Glück wird Dein Begleiter sein, der silberne Schutzengel soll Dich immer daran erinnern. Er war das Taufgeschenk von Gabriele Münter für Deine Mama, er soll auch Dich und Deine Kinder beschützen.
In großer Liebe,

Deine Oma Mali

Teil 2

37

März 2023

»Wow, das ist der Hammer, hier bleibe ich.« Nike strahlte ihre Mutter an und breitete ihre Arme weit aus, als wollte sie alles umarmen. »Das Häuschen, der Garten und der alte Stall mit dem Holzschuppen sind echt mega. Wie für mich gemacht, mehr brauche ich nicht.«

»Was du brauchst, ist ein Studium. Am besten Medizin, von mir aus auch Wirtschaft, um die Nachfolge in meiner Klinik zu übernehmen.« Alissa Bernreuther blickte sich suchend in der Wohnküche nach einer vertrauenswürdigen Sitzgelegenheit um, die zumindest trotz ihres Leichtgewichtes nicht zusammenzubrechen drohte. Sie ging ein paar Schritte auf einen Stuhl zu, dessen oberste Lackschicht rot war, darunter waren Lackfetzen in Lila und Braun erkennbar. Nachdem sie an der Lehne gerüttelt hatte und sich die Stuhlbeine in verschiedene Richtungen bewegt hatten, drehte sie sich gekonnt auf ihren zwölf Zentimeter hohen Manolo Blahniks um, um den nächsten Stuhl in Augenschein zu nehmen. Mit ihrem dunkelgrauen Hosenanzug, der weißen Bluse und ihrer großformatigen Prada-Bag, die ihr lässig über der Schulter hing, war sie ein Fremdkörper zwischen den heruntergekommenen Möbelstücken in der Wohnküche des Amalienhäusls – so wurde es seit eh und je in der Familie genannt.

»Ach, Mama«, seufzte Nike, »siehst du nicht das unglaubliche Potenzial des Häuschens. Es hat Charakter und Charme, jede Fliese am Boden, jedes Fensterkreuz wirkt, als könnte es Geschichten erzählen. Du musst nur hinhören. Du weißt, cool und clean sind nicht mein Ding … Das Häuschen ist ein wenig …« Sie suchte nach der passenden Bezeichnung.

»Komm mir nicht mit Shabby-Chic«, kam Alissa ihrer Tochter zuvor. »Nicht mal ein Engländer würde diese Bruchbude als shabby bezeichnen, und die sind in dieser Hinsicht hart im Nehmen.«

Alissa hatte das kleine Haus, das Ende des 19. Jahrhunderts erbaut worden war, im Alter von zweiundzwanzig Jahren von ihrer Großmutter geerbt. Schon damals weigerte sie sich, darin zu wohnen, obwohl sie während ihres Studiums in München nur mithilfe ihrer Waisenrente, eines Begabtenstipendiums und eines Aushilfsjobs im Krankenhaus über die Runden kam. Sie war in dem Häuschen, das sie heute als »Zumutung für den menschlichen Fortschritt und eine Beleidigung des Verstandes« bezeichnete, geboren und dort bei ihrer Großmutter aufgewachsen, aber solange sie zurückdenken konnte, war ihr dieses Zuhause peinlich gewesen. So sehr, dass sie nie Freundinnen eingeladen hatte. Das Knarzen der vorderen Bodendielen im Wohnraum und das Röhren der Wasserleitung klangen ihr heute noch im Ohr genauso wie das nervende Plopp des tropfenden Wasserhahns und das Pfeifen des Windes, der die Fensterscheiben zum Klirren gebracht hatte.

Damals schwor Alissa sich, niemals hier zu wohnen und alles Erforderliche dafür zu tun, um dieses Zeugnis der Armseligkeit hinter sich zu lassen. Reich und erfolgreich, umschwärmt und viel beachtet, das war ihre Zukunftsvision von sich selbst gewesen. In einer stylishen, eleganten Umgebung und keinesfalls zwischen dem Gerümpel des alten Gemäuers.

Sie war wie vom Donner gerührt, als sie bei der Testamentseröffnung erfuhr, dass sie das Haus ihrer Großmutter nicht verkaufen durfte. Sie hatte gehofft, dass sie sich mit dem Erlös für das Haus endlich voll und ganz dem Studium widmen und den anstrengenden Nebenjob beim Nachtdienst im Krankenhaus aufgeben könnte. Aber die Vorgaben von Oma Mali waren eindeutig und nicht zu ändern. Entweder müsste sie es selbst bewohnen oder das Häuschen zur Hälfte des ortsüblichen Mietpreises vorzugsweise an eine Künstlerin oder – falls sich keine fand – an einen Künstler vermieten, die oder der mit ihrer Kunst nur geringe Einkünfte erzielte. Wie sich herausstellte, gab es 1988 davon erstaunlich viele im kleinstädtischen, aber damals schon sündhaft teuren Murnau. Die betörende Atmosphäre des *Blauen Landes,* wie die Gegend um Murnau genannt wurde, hatte seit jeher Künstler wie auch vorwiegend die Geldigen aus München angezogen. Und die hatten die Preise in die Höhe getrieben.

Nike hörte den Einwand ihrer Mutter, sie solle studieren, nicht zum ersten Mal. Mit ihrer Ausbildung zur Holzbildhauerin nach dem Abi war sie glücklich und zufrieden. Dass ihre Mutter schon immer andere Pläne für sie gehegt hatte, war nicht ihr Problem, damit musste ihre Mutter selbst fertigwerden. Mutter und Tochter standen sich in diesem Punkt wie zwei Wände gegenüber – aus Stahlbeton, fest, unverrückbar, unumstößlich.

»Mama, ich habe einen Beruf, schon vergessen?«

»Ach, Nike, mein Schatz, trotz aller Emanzipation, aber das ist doch nichts für deine zarten Hände. Schau sie dir doch an. Der Umgang mit den Maschinen und dem rauen Holz setzt ihnen jetzt schon zu, wie wird das erst später werden?«

Nike war groß und zierlich, ihre feingliedrigen Hände erweckten nicht den Anschein, dass sie für den Umgang mit schweren Werkzeugen und Holzklötzen gemacht wären. Sie spreizte die Finger vor ihrer Mutter. »Mit diesen zarten Händen habe ich bisher in meinem Beruf alles mit Bravour geschafft. In ihnen steckt Kraft, ungeheure Kraft. Darauf bin ich sehr stolz.« Sie drehte sich abrupt um und ließ ihren Blick über die übrigen Möbel im Zimmer schweifen, dann ging sie in die danebenliegende Küche. Ihr Ton wurde geschäftsmäßig. »Bist du bereit, Geld in die Renovierung zu investieren? Natürlich für eine energetische Sanierung«, rief sie ergänzend aus der Küche. »Viele Arbeiten könnte ich vielleicht selbst oder mit Freunden erledigen, außer den Sanitär- und Elektroarbeiten. Ich kenne genug Leute von der Meisterschule. Gegen Bezahlung natürlich.«

Alissa stand im Türrahmen und rümpfte die Nase. »Wie kann man in diesem alten Gerümpel bloß leben? Die Anrichte mit der hängenden Tür stand schon bei Oma Mali hier, den Nagel an der Seite hatte sie eingeschlagen, um ihr Zwiebelsäckchen aufzuhängen. Glaubst du etwa, ich will dir das zumuten? Also ... sollte ich mich wirklich dazu entschließen, dann wird alles ausgeräumt und generalsaniert, mit Zentralheizung, zeitgemäßem Badezimmer und funktionaler Küche. Ich kann mir das richtig gut vorstellen: Hier kann man die Wand herausbrechen, dann hast du einen großen Raum, dort vergrößern wir die Fenster, machen sie bodentief ...« Alissa war sofort in ihrem Element, sie würde ein Schmuckstück daraus machen lassen, ein Schmuckstück ihrer ganz speziellen Art. »Ich kenne einen Architekten, der sich vor Kurzem bei mir unters Messer gelegt hat, gleich morgen spreche ich mit ihm.«

Nike wusste, dass Alissa jeden ihrer Patienten vor einer Operation googelte, schließlich wollte sie wissen, mit wem sie es zu tun hatte. »Du kannst dir selbst ein Bild von seiner Arbeit machen, du findest unzählige Fotos gigantischer Neu-, aber auch sanierter Altbauten auf seiner Homepage ... Er ist der Richtige, der Mann hat Klasse, nicht nur in beruflicher Hinsicht. Ich bin sicher, dass ich ihn als Architekten ins Boot holen kann«. Sie zwinkerte verheißungsvoll. »Weißt du, er würde alles für mich tun.«

»Mama, krieg dich ein. Ich renoviere das Amalienhäusl nach meiner Vorstellung. Denn ich will hier wohnen und nichts präsentieren. Wenn es dir zu teuer ist, kann ich auch das Geld verwenden, das du für meine Ausbildung angelegt hast, bisher habe ich es nicht angetastet. Die Summe müsste reichen, da du immer davon ausgegangen bist, ich würde in Cambridge studieren.«

Nike ließ keinen Zweifel an ihrem Entschluss aufkommen, und Alissa würde nichts anderes übrig bleiben, als ihr das Haus zu überlassen. Denn auch das hatte ihre Urgroßmutter Amalia im Testament fixiert: Wenn ein Familienmitglied einziehen wolle, habe das immer Vorrang vor fremden Mietern. Beide kannten den Passus, deswegen gab sich Alissa geschlagen.

»Dann möchte ich von dir einen genauen Plan und einen Kostenvoranschlag für alle Gewerke. Das wäre ja noch schöner, wenn ich dich das bezahlen ließe. Es ist immer noch mein Eigentum. Und jetzt gehen wir essen, sonst kriege ich hier noch die Krätze in dem staubigen Trödel.« Sie stöckelte in Richtung Haustür, um mit einem kleinen Aufschrei stehen zu bleiben. »Mein Gott, sogar die alte Kommode steht noch hier. Die hat Oma Mali als junges Mädchen vom Münterhaus geschenkt bekommen. Schau, sogar die seltsam kindliche Bemalung ist noch vorhanden.« Sie wies Nike auf die Bänder, Blätter und Blüten auf den Schubladenfronten hin. »Wenn es wenigstens echte alte Bauernmalerei wäre, aber so ...«

»Was meinst du mit ›Münterhaus‹?« Nike betrachtete eingehend die in eine dicke Staubschicht eingehüllte Kommode.

»Dort hat Oma Mali im Haushalt gearbeitet, seit sie dreizehn Jahre alt war. Die Kommode war ihr Heiligtum, sie würde sich im Grab umdrehen, wenn sie sie in diesem Zustand sehen könnte.«

»Ist das eine Aussicht, einfach unbeschreiblich.« Nike setzte sich auf ihre zusammengerollte Fleecejacke und nickte lächelnd die anderen Wanderer an, die schon vor ihr am Gipfel angekommen waren.

»Das ist immer wieder schön, egal wie oft ich auf einem Gipfel ankomme. Du hast vollkommen recht. Die Welt liegt dir zu Füßen, gleichzeitig ist der Himmel zum Greifen nah.« Eine junge Frau in knallig bunter Outdoorkleidung und mit strubbeliger blauer Igelfrisur bestätigte Nike.

»Kommst du öfter hier herauf?«

»Egal welches Wetter ist, ich komme immer wieder hier auf den Herzogstand, es ist mein absoluter Favorit, ganz besonders, wenn kaum Touristen unterwegs sind. Heute haben wir Glück, man kann fast bis München schauen, was für ein

Blick!« Nike angelte eine Brotbox und einen Apfel aus ihrem Rucksack. Sie breitete die Brotzeit vor sich aus und bot auch ihrer Nachbarin etwas an.

»Ein Apfelstück nehme ich, danke. Das Brot würde ich liebend gern essen, aber ich vertrage kein Gluten, außerdem lebe ich vegan. Da passt der Käse nicht dazu.«

»Alle Achtung, kein Gluten und vegan, das ist eine krasse Kombination. Ich bin Vegetarierin, selbst das ist manchmal schwierig genug, besonders in den bayerischen Gasthäusern. Ich heiße übrigens Nike.« Sie reichte der anderen die Apfeldose. »Hier, nimm du die übrigen Apfelstücke, mir reicht das Käsebrot. Ach, und Gurken und Karotten habe ich auch noch. Schaut aus, als hättest du nichts dabei.«

»Hettie, von Henriette«, erläuterte sie und griff zu. »Ich bin losgelaufen, um mir Luft zu verschaffen. Ich muss ein paar Entscheidungen treffen, und dafür brauche ich einen klaren Kopf.«

»Das kenne ich gut. Ich nehme mir dann ein Stück Holz und arbeite daran.«

»Klingt interessant. Auch eine Möglichkeit, sich abzureagieren.«

»Aber heute bin ich hier rauf, um für mich etwas zu klären.«

»Und, alles klärchen?«

Nike atmete tief ein und aus, nickte fast unmerklich und richtete ihren Blick in die Ferne. »So klar wie noch nie.«

»Klingt gut.« Hettie lächelte sie an und schaute ihr forschend in die Augen.

»Ist irgendwas, habe ich eine Mücke an den Wimpern, oder warum schaust du so?«

»Ich habe noch nie gesehen, dass jemand zwei verschiedenfarbige Augen hat, sorry, das hat mich gerade total geflasht. Noch dazu so klar blau und grau.«

»Ach so, daran denke ich nie. Es sind auch keine farbigen Linsen ... Das wurde ich nämlich auch schon gefragt.«

Nachdem beide eine Zeit lang schweigend nebeneinandergesessen hatten, stand Nike auf und machte ein paar Dehnübungen.

Hettie verfolgte jede ihrer Bewegungen. »Kletterst du? Oder hast du deine kräftigen Hände vom Arbeiten?«

»Ich habe vor ein paar Jahren beim Alpenverein mit Kletterkursen angefangen. Damals war ich häufig mit dem Verein unterwegs, aber der Gruppenzwang ist nicht so mein Ding. Auch dieses ständige Sich-Messen, wie viele Höhenmeter in wie vielen Stunden geschafft wurden, brauche ich nicht. Mir sind das Klettern und die damit verbundenen Erfahrungen in und mit der Natur wichtig, alles andere finde ich überflüssig.«

»Hättest du nicht Lust, mit anderen Frauen loszuziehen? Ich habe mich den Munich Mountain Girls angeschlossen, die ihre Touren online organisieren. Bisher hat es immer mega Spaß gemacht.«

»Klingt interessant. Munich Mountain Girls, sagst du?« Nike tippte es in ihr Handy. »Ah okay, ich hab sie schon. Ich schau mir die Seite später an, danke für den Tipp. Jetzt muss ich wieder los, ich habe noch einen Termin, den will ich nicht verpassen.« Während sie ihre Jacke anzog und die Dose im Rucksack verstaute, verabschiedete sie sich von Hettie. »Vielleicht treffen wir uns dann online oder bei einer Tour. Wäre schön.«

Als sie zwei Stunden später beim Amalienhäusl ankam, lief Dominik vor dem Haus auf und ab. Er ging von einem Fenster zum nächsten und fuhr mit den Händen an den Rahmen entlang, ungeachtet der unzähligen abstehenden Holzsplitter. Seinen Händen schien das nichts auszumachen.

»Die Fenster müssen ausgetauscht werden, da geht nichts mehr«, begrüßte er Nike und umarmte sie. »Aber es lohnt sich, zumindest auf den ersten Blick. Das ist ein richtig schönes altes Haus. Ohne Schnickschnack. Findet man selten.«

»Das Gleiche habe ich mir auch gedacht, als ich es das erste Mal gesehen habe. Und ich möchte es auch ohne Schnickschnack renovieren.«

»Dann kommen wir zusammen, aber das habe ich mir eh schon gedacht. Alles andere tät nicht zu dir passen. Wie läuft's bei dir, bei wem arbeitest du gerade?«

Nike musste grinsen, denn so, wie sie miteinander sprachen, wirkte es nicht, als hätten sie sich seit zwei Jahren nicht mehr gesehen. Kein »Hallo«, kein »Grüß dich«, einfach direkt zur Sache, so kannte sie ihn. Aber sie schätzte sein Urteil und, was in diesem Fall noch wichtiger war, seine Arbeit. Dominik war Schreiner, Zimmermann und Lehrer in der Berufsschule. Er hatte den Betrieb von seinem Großvater übernommen, nachdem sein Vater sehr früh verstorben war. In der Berufsschule war er bei allen der *Holzwurm,* und ihm schien das zu gefallen.

»Ich habe einen Job bei Manuel Hirschauer, will mich aber demnächst selbstständig machen. Das Haus und der Stall mit der Scheune wären perfekt dafür. Vorher braucht es einen energetischen Schub, es soll schließlich langfristig Sinn machen. Komm rein, dann kannst du vom Dach bis zum Keller alles anschauen. Ich bin gespannt, was du dazu sagst.«

Gleich an der Haustür blieb er stehen. »Schwere Eiche. Da genügt Schleifpapier. Allerdings ... Eine Sicherheitstür mit mehreren Verriegelungen wird nie daraus.«

»Das braucht es auch nicht, die Tür ist ein einmalig schönes Stück. Gehen wir nach oben, ich befürchte, dass der Dachstuhl ein Problem werden könnte.«

Nach mehr als zwei Stunden nahmen Nike und Dominik in der Küche am Tisch Platz. Dominik hatte während der Besichtigung mit seinem Tablet Fotos und Notizen gemacht. Ein Teil des Dachstuhls war wurmstichig und musste ausgetauscht werden, und sie diskutierten, ob es nicht am sinnvollsten wäre, den kompletten Dachstuhl zu erneuern und vielleicht sogar etwas anzuheben. Dadurch würden die Räume etwas höher werden und besser nutzbar. Einen Dachdecker hatte er an der Hand, und sie sollte sich gelegentlich überlegen, ob sie statt normaler Dachziegel Fotovoltaik-Ziegel verwenden wollte. War teurer, aber nachhaltiger. Auch die Fenster und einige der Innentüren mussten erneuert werden, die Holzböden in den oberen Räumen, die mit einem verwitterten Linoleumboden bedeckt waren, brauchten vermutlich nur abgeschliffen zu werden. Das abgetretene Laminat im Erdgeschoss würde er in jedem Fall rausreißen, ob der Holzboden darunter erneuert oder nur bearbeitet werden musste, würde sich erst dann herausstellen.

»Das kostet eine Stange Geld, selbst mit Eigenleistung.« Er schaute sie fragend an.

»Klar, aber es soll ordentlich gemacht werden, für die nächsten hundert Jahre. Machst du einen Kostenvoranschlag für meine Mutter. Sie wehrt sich zwar mit aller Macht gegen mein Vorhaben, hier einzuziehen, aber da beißt sie auf Granit. Zum Glück hat meine Urgroßmutter testamentarisch festgelegt, dass die Familie Vorrang hat vor dem Verkauf oder der Weitervermietung. Ich bin in einer sehr guten Ausgangslage.« Nike lächelte ihn an. »Ach ja, und die kleine Scheune am früheren Stall müsstest du auch noch anschauen, die Rückwand erscheint mir morsch, aber die Statik ist meiner Meinung nach in Ordnung. Dort plane ich meine Werkstatt und im ehemaligen Stall mein Büro.«

»So eine Mutter hätte ich auch gern«, meinte Dominik und erhob sich zwinkernd. Er hatte Nikes Mutter bei einer Veranstaltung kennengelernt und wusste, dass sie das Gegenteil ihrer Tochter war.

»Mach keine Witze. Sie ist ein harter Brocken ... Aber wir wissen beide, wie wir miteinander klarkommen.«

In den nächsten Tagen holte Nike Felix ins Boot, der ein Profi für Energietechnik war. Er hatte ein Start-up gegründet, das alle Komponenten wie Heizung, Wasser und Strom vereinte und die besten Kombinationen zusammenstellte. Er würde alles einbeziehen, Fotovoltaik und Wärmepumpe, Stromspeicher und Zisterne. Er versprach ihr, ein komplettes Angebot zu machen, das sie nahezu energieautark werden ließe. Einen Handwerker für den Bad- und Küchenumbau hatte er auch an der Hand, er würde sich bei ihr melden.

Nike musste sich allmählich Gedanken darüber machen, ob sie die Wand im Erdgeschoss zwischen der Wohnküche und der guten alten Stube herausreißen ließ oder die Trennung beibehielt. Sie war hin- und hergerissen, es war so schade, dass sie sich nicht mit ihrer Mutter besprechen konnte. Alissa war immer noch der Meinung, es sei sinnvoller, das alte Haus abzureißen ...

38

Ich verspäte mich ein paar Minuten. Bis gleich!

In dem Moment, als Nike vor der Eingangstür des Hauses ihrer Mutter stand, ploppte die Nachricht auf dem Handy auf. Aus den »paar Minuten« würden sicher einige mehr werden, so kannte Nike es von ihrer Mutter. Irgendeine Patientin mit einem dringenden Anliegen, ein Telefonat wegen eines Vortrags, eine Mail von ihrem Anlageberater, alle hatten Vorrang vor Nike. Alissa beteuerte ihr immer wieder, sie sei das Wichtigste in ihrem Leben, aber den Beweis dafür musste sie erst einmal antreten. Nike hatte sich mit ihrem Platz in der Rangordnung ihrer Mutter arrangiert, denn der Kampf dagegen war aussichtslos. Vermutlich hatte Alissa keine Vorstellung davon, wie ihr Leben aussehen würde, wenn Nike an erster Stelle stehen würde.

Dagegen war Alissa wirklich der wichtigste Mensch in Nikes Leben, auch wenn sie es ihr noch nie gesagt hatte. Sie verkörperte alle Menschen, die eine Familie ausmachten: Alissa war Mutter und Vater, Schwester und Bruder, Onkel, Tanten und Großeltern in einer Person, andere Verwandte hatten sie nicht. Zu der Familie ihres Großonkels Benedikt, die in der Bretagne lebte, war der Kontakt wegen der Entfernung leider viel zu oberflächlich. Nike liebte ihre Mutter von ganzem Herzen. Trotzdem oder gerade deswegen beharrte sie auf ihrem eingeschlagenen Lebensweg, traf ihre Entscheidungen vollkommen allein, auch wenn ihre Mutter diese nicht befürwortete. Es war ihr Lebensplan, genauso wie sie ihrer Mutter deren Art von Leben zugestand.

Seit ihrer Geburt war sie von Haus- und Kindermädchen versorgt worden, damit Alissa ihren eigenen Aktivitäten und

Zielen nachkommen konnte. Natürlich, sie sorgte finanziell in einem Ausmaß für Nike, das ihr weit mehr ermöglichte, als sie sich jemals gewünscht hätte. Dabei bemerkte sie nie, dass Nike kaum materielle Wünsche äußerte; sie war ein durch und durch zufriedenes Kind. Alissa glaubte, sie überschütte ihr Kind mit Liebe, nur Nike wusste, dass das im Vergleich mit anderen Menschen nur eine sehr geringe Dosis war. Aber mehr hatte sie nicht zur Verfügung; es war, als hätte ihre Mutter dafür kein Depot angelegt. Ihre Zuneigung war interessiert und aufrichtig, aber immer etwas distanziert, ganz anders, als Nike es bei den Müttern ihrer Freundinnen beobachtete. Diese wurden von allen Seiten umsorgt und verwöhnt, was sich auch in körperlicher Nähe und Liebkosungen ausdrückte. Die Hoffnung, dass ihre Mama jemals so werden würde, gab Nike schon sehr früh auf. Sie stellte als Teenie mit erstaunlicher Klarheit fest, dass sie entweder ihre Mutter so nehmen müsste, wie sie war, oder immer auf etwas hoffen würde, das schlicht nicht existierte. Sie hatte also beschlossen, diesen aussichtslosen Kampf gar nicht erst aufzunehmen. Sie konnte damit leben, sie liebte ihre Mutter über alles und erwartete nichts dafür.

Nike betrat das Haus ihrer Mutter und hatte das Gefühl, ihre Körpertemperatur hätte sich um einige Grad abgekühlt. Die riesige Eingangshalle, die sich über drei Stockwerke mit einer umlaufenden Galerie vom Souterrain bis zum oberen Stock erstreckte, wirkte wie ein Kunstmuseum. Doch ihre Mutter fühlte sich im *Eispalast* wohl, wie Nike das von einem Architektenteam konzipierte und bis zum letzten Gemälde durchgestylte Wohngebäude bezeichnete. Der Boden und die Wände aus poliertem Sichtbeton, zum Teil von Künstlern bemalt, wirkten kalt und abweisend auf Nike. Gezielt platzierte Kunstwerke und wertvolle Teppiche auf der Galerie ließen das Haus nicht wohnlicher erscheinen, aber das war auch nicht Alissas Intention. Das Styling und die Auswahl sollten erkennen lassen, dass sie Geschmack und das nötige Kleingeld hatte. Wenn die Gemälde, Skulpturen und selbst die riesige Pflanze in der Halle den Eintretenden bewundernde »Ahs« und »Ohs« entlockten, war ihre Mutter glücklich.

Nike betrat den Wohnbereich, der sich von der offenen Designerküche auf der Ostseite, dem Essbereich in der Mitte und dem Sitzbereich im Westen auf über hundert Quadratmetern hinzog. Die Südseite war vollständig verglast, mit deckenhohen Schiebetüren gelangte man auf die ebenso weitläufige Terrasse. Was jedoch Nike an dieser Stelle immer wieder überwältigte, war die beeindruckende Aussicht auf den Staffelsee und die Voralpenketten, die sich hinter dem Ufer des Staffelsees erhoben. Die Berge und das unglaubliche Blau des wolkenlosen Himmels spiegelten sich auf der Wasseroberfläche und verbreiteten eine Tiefe, die den Blick anzog und nicht mehr losließ. Dieser Blick war unvergleichlich, sie ließ sich immer wieder davon betören.

Als Alissa ziemlich verspätet mit »ihrem« Architekten eintraf, registrierte Nike auf den ersten Blick, dass er nicht zum ersten Mal hier war. Er stellte sich selbst vor: »Franz-Josef Eichinger, für dich natürlich Frajo, unser Kennenlernen müssen wir gebührlich mit einer edlen Brause würdigen.« Er wandte sich Richtung Küche und griff gezielt zu den Türen, hinter der sich der Getränkekühlschrank und die Champagnergläser befanden. »Mädels, ich teile gern eure Mitte.« Er zwinkerte ihnen beiden zu, die aneinanderstoßenden Gläser erklangen mit einem glockenhellen Ton.

Nike spielte mit, hielt sich aber mit großen Bekundungen erst einmal zurück. Sie ließ sich ungern einwickeln oder überrumpeln, Menschen, die sich in jeder Situation wortreich und gefällig zurechtfanden, erweckten eine gewisse Zurückhaltung bei ihr. Da sie mit einer Konfrontation in Bezug auf seine Expertenmeinung rechnete, um die ihn Alissa gebeten hatte, war sie auf der Hut.

Nike breitete die Pläne und Mappen mit den Kostenvoranschlägen für das Amalienhäusl auf dem langen Esstisch nebeneinander aus. »Das Büfett ist eröffnet«, feixte sie und zog sich auf ihre Beobachterposition in den Eggchair neben dem Kamin zwischen Essbereich und Sitzlandschaft zurück. Dort war der einzige Platz im Haus, wo sie sich geborgen fühlte – wie ein Küken im Ei. Das Möbelstück machte seinem Namen alle Ehre.

Frajo und Alissa nahmen abwechselnd die Pläne und die Kostenvoranschläge in die Hand, begutachteten sie und legten sie wieder ab. Keiner äußerte sich dazu, in ihrer Vorstellung hörte Nike ihre Mutter schon abfällige Worte von sich geben. Vermutlich wäre alles zu schlicht, zu klein gedacht, zu wenig zukunftsorientiert, die Materialien zu ökomäßig ... Frajo dagegen konnte sie noch nicht einschätzen. Er passte genau in die Schublade des Männertyps, auf den ihre Mutter stand. Groß, laut und beeindruckend in seinem Auftreten, er gefiel sich in seiner Rolle als Alphatier. Chino, Timberlands und Polohemd – die Freizeituniform der Männer seiner sozialen Schicht und seines Alters, die leicht verknautschte braune Lederjacke hatte er nachlässig über eine Stuhllehne geworfen. Er benötigte viel Raum um sich herum, er schwenkte die Arme in weitem Bogen, mit ausholenden Schritten umrundete er den Tisch.

Mindestens eine halbe Stunde war vergangen, als ihre Mutter ihre Hand auf Franz-Josefs Schulter legte, der sich gerade über den Plan des Obergeschosses beugte. »Was meinst du zu den Plänen, mein lieber Frajo. Wenn ich dein Schweigen richtig interpretiere, ist das Projekt wohl eher ein Flop. Ich bin sowieso der Meinung, das Haus müsste abgerissen werden, das Grundstück bietet viel Platz für etwas Neues, viel Größeres, das mehr beeindruckt als das bestehende Häuschen. Damit werden die Ressourcen regelrecht vergeudet, gerade wegen der einmaligen Lage und der Größe des Grundstücks.«

Nike verdrehte die Augen und verschränkte die Arme vor der Brust, den Blick immer noch auf Frajo gerichtet. Der ließ sich nicht von Alissa drängen, erst nachdem er die Brille von der Stirn wieder auf die Nase geschoben hatte, richtete er sich von seiner über den Tisch gebeugten Haltung auf und wandte sich Alissa zu.

»Natürlich kannst du auf dem Grundstück zwei Dreispänner oder ein Mehrfamilienhaus errichten, groß genug ist es. Und an dieser Stelle würde die Bauverdichtung auch genehmigt werden.«

Nikes Hoffnung schwand. Noch einer, der nur auf wirtschaftlichen Profit aus war! Jetzt musste sie noch mehr kämpfen, aber sie würde sich durchsetzen, das Testament ihrer Urgroßmutter Amalia war ihre rechtliche Grundlage. Selbst wenn sich Alissa weigern würde, die Renovierung zu bezahlen, hätte sie allerbeste Chancen, sich vor Gericht durchzusetzen, vorausgesetzt, sie könnte das Geld für die Renovierung aufbringen. Aber so weit würde es nicht kommen, letztendlich würde ihre Mutter den Frieden zwischen ihnen wahren wollen. Zumindest war das bisher immer so gewesen.

»Meine liebste Alissa, das Haus ist auf seine Art ein wahres Kleinod, da hat dein wertes Töchterchen einen guten Blick bewiesen.«

Nikes Aufmerksamkeit wurde auf einen Schlag geweckt. Nicht der Umstand, dass er ihre Mutter als seine Liebste bezeichnete, denn das hatte sie auf den ersten Blick kapiert. Aber dass er das Häuschen als Schmuckstück bezeichnete ... Würde er etwa ihrer Mutter widersprechen? Nun musste sie genau hinhören.

»Frajo, mein Bester, du meinst, du würdest es renovieren? Das erstaunt mich aber sehr. Aber sicher doch in großem Stil, oder wie meinst du das?« Alissa stöckelte am Tisch entlang auf ihn zu, ihre Absätze klackerten auf dem matt glänzenden Eichenholzparkett, denn es käme ihr nie in den Sinn, zu Hause barfuß zu gehen oder in bequeme Birkenstocks zu schlüpfen. Noch dazu, wenn ein Mann in der Nähe war.

»Was verstehst du unter ›großem Stil‹? Eine repräsentative Villa wird nie daraus werden, aber soweit ich Nike verstanden habe, ist das auch nicht ihre Absicht.« Er zwinkerte Nike zu.

»Das Haus hat ausgewogene Proportionen, und die Idee des Zimmermanns, das Dach etwas anzuheben, würde das sogar noch unterstützen und schafft zusätzlich Raum. Es ist natürlich purer Luxus, das für heutige Verhältnisse kleine Häuschen mitsamt der Nebengebäude auf einem fast viertausend Quadratmeter großen Grundstück zu belassen. Das ist Understatement in Reinkultur.«

Nike jubelte innerlich. Damit hatte er, vermutlich ohne es zu wissen, ihre Mutter gepackt. Die Wörter »Luxus« und »Understatement« würden sie überzeugen, denn die beiden Begriffe gehörten zu ihrer Lebensphilosophie. Hoffentlich blieb er dabei.

Während ihre Freude innerlich Purzelbäume schlug, sprach Frajo weiter: »Wer kann es sich heute noch leisten, so verschwenderisch mit Grund und Boden umzugehen, ohne an die Rendite zu denken. In dieser Lage in Murnau ist das absolut einmalig! Und selbst wenn man irgendwann mal mehr Platz bräuchte, ließe sich behutsam an- oder ausbauen. Ich kann deine Tochter nur beglückwünschen, so ein einmaliges Erbe übernehmen nur wenige Menschen, und was ein besonderes Glück ist, sie scheint es auch sehr zu schätzen. Das ist unter der heutigen Jugend etwas Seltenes, glaube mir.«

Nike schüttelte innerlich den Kopf, als könnte sie nicht glauben, was sie eben hörte. Frajo war bisher nur ein Lover ihrer Mutter wie jeder andere vorher auch, aber in diesem Moment war er ihr absoluter Hauptgewinn. So ein Glück hatte sie nie und nimmer erwartet.

»Du meinst, Nike hat ein Gespür für Architektur oder Design? Ich sage ja schon immer, sie müsste unbedingt studieren. Ach, Frajo, kannst du sie nicht davon überzeugen, ihren derben Handwerksberuf an den Nagel zu hängen und etwas Zeitgemäßes zu studieren.« Alissa strahlte erst ihn, dann Nike an. »Siehst du, Nikekind, ich sagte es dir doch schon immer.«

»Mama, vergiss es. Frajo hat doch nur gesagt, dass er die Idee befürwortet, das Haus zu renovieren. Und dass es purer

Luxus ist, nicht den letzten Cent herauszuholen, aber langfristig lohnenswert. Von Studium war keine Rede. Das Gefühl für Form und Proportion war Voraussetzung, dass ich die Ausbildung zur Holzbildhauerin machen konnte, und ich werde es auch weiter ausbauen ... aber auf meine Weise.«

Alissa wischte die Bemerkung mit einer Hand weg, dabei schaltete sie von ihrem Strahleblick, der nur für Liebhaber reserviert war, auf Geschäftsfrau um. Das hatte Nike schon mehrfach an ihr beobachtet, und es faszinierte sie immer wieder. Als würde eine Maske abgezogen und eine weitere darunterliegende käme zum Vorschein. »Also gut, kommen wir zu den Kostenvoranschlägen. Sind die seriös oder aus der Luft gegriffen?«

Erst als Frajo ihr bestätigte, dass auf den ersten Blick in seinen Augen alles Hand und Fuß habe, er es aber in Ruhe in seinem Büro überprüfen lassen würde, atmete Alissa laut hörbar durch. »Wenn du das sagst, dann muss ich mich wohl geschlagen geben. Aber schau es dir an, ob es nicht die ein oder andere Verbesserung nötig hätte. Wenn ich schon so viel Geld in ein winziges Luxushäuschen ohne Renditeaussicht investiere ...«

Nike hätte vor Freude tanzen und springen können, sie hatte sich auf einen harten Kampf mit ihrer Mutter eingestellt, und jetzt war es dank Frajos Hilfe so einfach gewesen. Nicht dass ihre Mutter während der Umbauphasen nicht noch viele Versuche unternehmen würde, hier und da etwas einzubringen, was in ihren Augen viel passender wäre. Das würde sich auf die Wahl der Fliesen, des Wandputzes, der Ausstattung des Badezimmers und vieles mehr beziehen, aber Nike wusste, sie hatte mehr als den Eröffnungszug in diesem Schachspiel gewonnen. Die übrigen wären kleinere Züge der Damen und Bauern, aber die kamen Schritt für Schritt voran. Nike hatte einen riesigen Vorteil, sie beherrschte die Taktik und das Spiel, seit sie sich erinnern konnte, besser als ihre Mutter. Und sie war immer darauf bedacht, dass der letzte Zug für beide ein Gewinn war, sie mattzusetzen, war nicht ihr Ziel.

»Mama, das ist mega, ehrlich.« Sie umarmte ihre Mutter, das Bussi, das sie ihr geben wollte, wurde abgewehrt.

»Wir werden sehen, doch wenn Frajo die Renovierung befürwortet, wird es wohl nicht falsch sein.« Alissa wand sich aus der Umarmung und drehte sich in Frajos Richtung, dabei schaltete sie wieder ihr Strahlelächeln ein.

»Du wirst sehen, dein Geld ist richtig investiert, garantiert.« Frajo zwinkerte ihr zu, während er Nikes Hand schüttelte.

»Ich danke dir für deine Unterstützung, und auf gute Zusammenarbeit!« Auch Nike strahlte ihn an, aber aus vollem Herzen, sie brauchte keine Maske dafür.

39

Mit offenen Augen drehte sie sich langsam in der Küche des Amalienhäusls und scannte jeden Winkel, jede Wand und jedes Detail. Es würde wahr werden, das Häuschen würde nach ihren Wünschen renoviert werden. Sie breitete die Arme aus und ging von der Küche in den Wohnraum, ihre Freude war grenzenlos. Sie war ein Glückspilz, und sie würde am liebsten die ganze Welt umarmen. Woher sie diese Sicherheit hatte, dass das genau der richtige Platz für ihr Zuhause war – sie wusste es nicht. Aber sie fühlte eine innere Verbundenheit mit dem Haus, als wäre es schon immer ihres gewesen. Die Arbeit, die damit auf sie zukommen würde, scheute sie nicht. Im Gegenteil, das machte es noch wertvoller für sie. Sie war bereit dafür, ihre Freizeit herzugeben, die ihr neben der Arbeit bei ihrem Chef blieb. Sie würde so gern mit jemandem feiern, jetzt, hier in Murnau. Aber leider kannte sie hier niemanden, denn da sie in München zur Schule gegangen war, hatte sie auch keine Schulfreunde am Ort.

Während ihrer Grundschulzeit, als ihre Mutter noch im Krankenhaus gearbeitet hatte, lebten sie in München. Mit der Eröffnung ihrer Privatklinik für plastische und konservative Chirurgie am Staffelsee war ihr Arbeitspensum so umfangreich geworden, dass sie Nike in einem Internat in Baden-Württemberg untergebracht hatte. Natürlich war es ein Eliteinternat gewesen, denn ihre Tochter sollte sich mit Gleichgesinnten umgeben und dort für ihre Zukunft ein Netzwerk bilden.

Plötzlich fiel Nike Hettie ein. Sie wohnte in Murnau, vielleicht hatte sie Zeit, sich mit ihr zu treffen. Zum Glück hatten sie ihre Nummern ausgetauscht, als sie sich beim Chat auf der Homepage der Munich Mountain Girls trafen, denn bei ihrem ersten Treffen auf dem Herzogstand hatten sie das versäumt.

Nike schrieb ihr eine Nachricht:

Hallo Bergsteigerin, ich hab was zu feiern, bist du dabei? Ich lade dich ein, sag mir, wo und wann.

Wenige Minuten später ploppte die Antwort auf:

Aber immer, bin in vierzig Minuten frei. Treffen wir uns im Blauen Reiter, dort gibt's leckere Drinks und coole Typen.

Nichts anderes hatte sie erwartet. Nike lächelte und gab ein Daumen-hoch ein. Sie drehte noch eine Runde durch alle Räume und den früheren Stall, um einschätzen zu können, ob ein einzelner Container beim Ausräumen genügen würde. Am Wochenende war es so weit, einige ihrer Freunde, die sie durch die Lehre und die Meisterschule kannte, rückten an. Sie wollten in Zelten im Garten übernachten, und Nike freute sich darauf. Das würde ein Wochenende ganz in ihrem Sinne werden, so wie früher, als sie in der Berufsschule an gemeinsamen Projekten gearbeitet hatten.

Endlich ging es los, sie konnte es kaum erwarten.

Nike ließ sich vom Handy zum Blauen Reiter navigieren, sie kannte den Weg dorthin nur ganz grob. Sie war froh, dass sie genügend Zeit hatte, zu Fuß zu gehen. In den letzten Tagen war sie erst spätabends aus der Werkstatt gekommen, denn ein Auftrag ihres Chefs hatte fertiggestellt werden müssen, und es hatte noch viel zu tun gegeben. Sie hatte für ihn die Präsentation seiner Entwürfe in 3-D vorbereitet, und nach anfänglichen Schwierigkeiten mit dem Programm war ihre Begeisterung über die Möglichkeiten, die es bot, gewachsen. Sie hatte nicht lockergelassen und immer wieder noch eine Variation der Darstellung ausprobiert. Als endlich ihr Konzept fertig und ausgefeilt gewesen war und Jakob, ihr Chef, Anerkennung geäußert hatte, war sie zufrieden gewesen. Das Programm faszinierte sie, es bot so viele Möglichkeiten über die Bildhauerei hinaus.

Ihre Ideen verselbstständigten sich, sie könnte anderen Bildhauern, die sich gegen die Digitalisierung wehrten oder auch nicht die Möglichkeiten hatten, Präsentationen anbieten, sie könnte ihre eigenen Objekte im Internet bestmöglich anbieten, sie könnte ... Während ihre Ideen Purzelbäume schlugen, fiel ihr Blick auf die Gebirgszüge, die den Staffelsee einrahmten. Sie blieb immer wieder kurz stehen und atmete tief ein, als könnte sie die Aussicht aufsaugen. Einfach herrlich, dieses Panorama ... ein Traum. Das würde sie in ein paar Monaten immer haben, es wäre die Umgebung, in der sie ständig lebte. Sie musste unbedingt eine Bergtour machen, um »ihr« Murnau von oben anzuschauen, es von einem anderen Standpunkt aus zu betrachten. Die Anstrengung und das Glück, auf einem Gipfel anzukommen und die Welt um sich herum zu betrachten, das konnte nur jemand verstehen, der es selbst schon erlebt hatte.

Sie betrat die Bar, deren Wände mit Graffiti und den Farben im Stil Kandinskys und Chagalls bemalt waren. Sie schaute sich um und fühlte sich auf der Stelle wohl. Stühle und Tische im Industriedesign, die mit den kräftigen Farben der Wände harmonierten. Das hatte sie in Murnau nicht erwartet, aber dann fiel ihr ein, dass Murnau seit Langem ein Anlaufpunkt für Künstler war. Maler, Grafiker und Schriftsteller ließen sich seit jeher von der einmaligen Atmosphäre des *Blauen Landes* inspirieren. Eine gute Idee, das in der Gestaltung einer Bar auszudrücken, damit fühlte sich eine bestimmte Klientel angesprochen.

Wieder fiel ihr ein, dass sie sich vorgenommen hatte, das Münterhaus anzuschauen, jetzt, wo sie erfahren hatte, dass ihre Uroma fast ihr ganzes Leben im Umfeld berühmter Künstler verbracht hatte.

»Was gibt's denn zum Feiern, ich bin schon ganz gespannt?«, fragte Hettie, als sie kurz danach die Bar betrat und sich zu ihr an den Tisch gesetzt hatte.

»Sorry, vielleicht habe ich übertrieben. Aber ich bin richtig geflasht, weil ich jetzt weiß, dass ich hier in Murnau mein Zuhause aufschlagen werde. Meine Mutter hat der Renovierung des Amalienhäusls zugestimmt.«

»Müsste ich das Haus kennen, oder wie kommt es zu dem Namen?«

»Es ist das Haus meiner Urgroßmutter Amalia.« Nike erklärte Hettie die Geschichte und beschrieb ihr ihre Pläne.

»Wow, das klingt nach einem Sechser im Lotto, herzlichen Glückwunsch!« Sie stießen mit ihren Hugos an, die sie sich an der Theke geholt hatten. »Herzlich willkommen in Murnau! Toll, dass wir uns dann öfter sehen können«, prostete ihr Hettie zu. »In Murnau etwas Eigenes zu haben, das ist megacool. Da beneide ich dich echt. Wenn ich daran denke, wie viel Miete ich Monat für Monat für die Räume meiner Kunstschule und meiner winzigen Wohnung auf den Tisch lege ... einfach heftig.«

»Na ja, noch ist es nicht bewohnbar. Aber ich habe wirklich unglaubliches Glück, das gebe ich gern zu. Wie hast du das während Corona gestemmt, da war die Schule doch sicher geschlossen?«

»Frag nicht ... zum Glück hat mir mein Vermieter die Hälfte der Miete erlassen, da es ihm wichtig war, dass ich nicht ausziehe. Ich habe mich mit Online-Malkursen über Wasser gehalten, von Kleinkindern bis zu Erwachsenen, die zum Glück ganz gut ankamen. Schließlich hatten die Leute Zeit ohne Ende, und viele Eltern waren froh, wenn die Kinder irgendwie beschäftigt wurden, während sie im Homeoffice vor sich hin kämpften. Aber es war echt hart, hoffentlich kommt so etwas nie wieder.«

Ihre Unterhaltung neigte sich von einem Thema zum nächsten, als würden sie sich schon ewig kennen. Es blieb nicht bei einem Hugo, und trotz der großen Platte *Veggie Mezze,* die sie vertilgten, waren sie ziemlich beschwipst, als sie um elf Uhr die Bar verließen. Nike hatte Lissa per WhatsApp informiert, dass sie in der Einliegerwohnung im Haus ihrer Mutter übernachten würde, nur damit sie vorgewarnt war und keinen Einbrecher vermutete. Autofahren konnte sie heute nicht mehr, das wäre unverantwortlich gewesen.

Sie umarmten sich bei der Verabschiedung.

»Wenn du Lust hast, komm doch am Samstag vorbei, dann kannst du dir mein Amalienhäusl anschauen.«

»Das mache ich bestimmt, bis dann.« Hettie strich Nike über die Wangen.

Nike fühlte sich wie auf Wolken, denn nicht nur der Alkohol machte sie beschwingt. Eine Freundin wie Hettie, das wäre ein weiteres Glück. Sie schwebte in Richtung des Hauses ihrer Mutter.

40

»Alle Achtung, ihr habt wirklich etwas bewegt.« Lissa stöckelte vom Eingang zum Wohnraum, durch den Flur in die Küche und wieder zurück. Das Haus war leer, die vielen Hände von Nikes Freunden hatten es geschafft, alles bis auf das letzte Möbelstück auszuräumen und am Ende die alten Laminat- und Linoleumbeläge herauszureißen. »Die Zimmer wirken, als wären sie von einer Last befreit. So allmählich glaube ich auch, dass sich eine Renovierung lohnt.«

»Du hast doch nicht ernsthaft geglaubt, dass ich die alten Möbel behalten werde? Oder wie meinst du das? Derart abgewohnte Möbel zu restaurieren, lohnt sich überhaupt nicht. Nur die bemalte Kommode, die habe ich vorerst in den Keller gestellt, irgendwie hat sie einen ganz besonderen Charme, auch wenn du die Bemalung als kindlich bezeichnest.«

»Tu, was du nicht lassen kannst. Ich bin sicher, irgendwann entsorgst du auch noch die Kommode.«

»Dass du keine alten Möbel magst, ist okay. Aber deine Abneigung gegen alles, was mit dem Amalienhäusl zu tun hat, erscheint mir ... sehr extrem. Du bist doch hier aufgewachsen, sogar hier geboren. Deine Mutter ist hier gestorben ... Oder ist es das, was dich negativ stimmt?«

Lissa legte ihre Hände auf Nikes Schultern. »Ich weiß nicht, wie ich das beschreiben soll. Es treffen viele verschiedene Dinge aufeinander, wodurch mir das Haus Unbehagen bereitet, genauso wie früher.«

»Es war sicher schlimm für dich, ohne Mutter aufzuwachsen. Aber Uroma Mali hat sich aufopfernd um dich gekümmert, wie du mir erzählt hast. Du warst ihr einziges Enkelkind, alles, was sie an Familie hatte. Es ist so schade, dass ich sie nicht mehr kennengelernt habe ... meine Uroma Mali.«

»Komm, lass uns essen gehen, ich sterbe fast vor Hunger. Dann können wir weiterreden.«

Während des Essens knüpfte Nike an die vorherige Unterhaltung an, schließlich war ihre Mutter selten bereit, über ihre Kindheit zu sprechen. »Woher rührt deine Ablehnung gegenüber dem Amalienhäusl? Mir kommt es vor, als wäre es nicht das Haus, sondern etwas ganz anderes.«

Lissa suchte nach Worten, es geschah selten, dass sie nicht sofort eine Erklärung parat hatte. »Die Tatsache, dass meine Mutter hier, am Tag meiner Geburt gestorben ist, bringt mich jedes Mal in Rage, solange ich mich erinnern kann. Wieso hat sie nicht wie alle anderen Frauen im Krankenhaus entbunden? Dort hätte man mit einer Uterusruptur umgehen können, selbst 1966. Ich glaube, dass Oma Mali sie von einer Hausgeburt überzeugt hatte, weil man das früher auch so gemacht hat.«

»Hast du sie nie danach gefragt? Vielleicht war es ganz anders, als du glaubst.«

»Darüber haben wir nie gesprochen, das war tabu. Wie so viele andere Themen auch ... Du hast keine Vorstellung davon! Oma Mali hat mich zwar sehr gut versorgt und erzogen, ich hatte immer ordentliche Kleidung und genug zu essen, das war ihr das Wichtigste. Hauptsache, nach außen hin hat alles gepasst. Nach meinen Wünschen oder Hoffnungen, aber auch nach meinem Schmerz und der Sehnsucht nach meiner Mama hat sie nie gefragt. Dagegen hat sie immer wieder versucht, mich zum Malen zu bewegen, damit ich in die Fußstapfen meiner Mutter trete. Sie kaufte mir Farben und Papier, stets mit dem unterschwelligen Druck, dass meine Mama oder auch mein Großvater sicher stolz auf mich wären, wenn ich malen würde. Aber mich hat das überhaupt nicht interessiert, ganz besonders ab dem Moment, als ich herausfand, was mich wirklich in den Bann zog. Unsere Klasse war mit unserer Deutschlehrerin in der Schulbücherei, damit wir lernten, uns selbstständig Literatur und Bücher zu organisieren, um schulische Themen zu vertiefen. Als ich das erste Mal ein Anatomiebuch in der Hand hielt, faszinierte mich der Inhalt wie nie zuvor ein Buch! Seitdem war mir klar, ich würde Medizin studieren. Oma Mali ging wortlos über meine Begeisterung hinweg. Das Einzige, was sie mir zeigte, waren unzählige kunsthistorische Bücher, die meiner Mama gehört hatten. Sie zeigte mir den David von Michelangelo und meinte, dessen Anatomie könne ich doch auch nachmalen. Als ich akribisch die Muskeln mit den Adern, Bändern und Knochen seines Armes zu zeichnen versuchte, meinte sie, das sei mein künstlerischer Einstieg, alles Weitere komme von selbst.«

»Das klingt anstrengend, als ob ihr immer wieder aneinander vorbeigeredet hättet.«

»In ihrer Vergangenheit war es selbstverständlich, dass Kinder von den Erwachsenen alles widerspruchslos hinnahmen, selbst so etwas enorm Wichtiges wie die Berufswahl. Die Jungen hatten in die Fußstapfen der Alten zu treten, das war's. Meine Mama hatte das große Glück, nicht nur von Oma Mali, sondern auch von Johannes Eichner und Gabriele Münter erzogen zu werden, und ich vermute, deren Bildung und auch die Herzenswärme von Gabriele, von der Oma oft erzählt hat, waren ein großes Glück für Mamas Entwicklung. Aber leider ist sie gestorben, und so habe ich von den Entwicklungssprüngen ihrer Generation nicht profitiert. Oma hat mich genau so erzogen, wie sie es selbst als Bauerntochter erlebt hatte. Das Schweigen zwischen uns wurde mit jedem Tag größer. Das Abitur war nicht nur die Zulassung zum Studium, für mich bedeutete es den Beginn eines anderen Lebens jenseits meiner bisherigen Welt. Darauf fieberte ich hin, seit ich das Gymnasium besuchte. Als ich ihr sagte, dass ich Medizin studieren würde, hat sie mehrere Tage nicht mit mir gesprochen. Sie wollte zwar immer, dass ich das Abitur mache, aber ich sollte mich der Kunst widmen. Nun ... Tante Resi hat sie zur Einsicht gebracht, dass ich selbst entscheiden müsse, was ich studieren wolle. Ohne

Resis Vermittlung wäre ich nach München gezogen und hätte damals den Kontakt mit Oma Mali abgebrochen.«

»Das scheint in der Familie zu liegen, dass es Probleme mit der Berufswahl des Nachwuchses gibt.« Nike grinste ihre Mutter an.

»Wie meinst du das?«

»Merkst du nicht, dass du mir mindestens einmal pro Woche nahelegst, ich hätte den falschen Beruf ergriffen? Ich solle besser Medizin oder Wirtschaft oder sonst was Sinnvolles studieren.«

»Das ist doch ein ganz anderes Thema, schließlich habe ich mein ganzes Leben auf meine eigene Klinik hingearbeitet, in der Hoffnung, dass du sie irgendwann mal übernimmst und fortführst.« Lissas Gesichtsausdruck zeigte Unverständnis.

»Das macht für mich keinen Unterschied. Du glaubst genauso wie Uroma Mali, dass du weißt, welcher Beruf für mich richtig ist.«

»Der Unterschied ist, dass sie nichts hatte, was ich hätte fortführen können. Sie schwelgte in der Vergangenheit, weil meine Mutter und mein Großvater Künstler waren und sie selbst ihr Leben lang in einem Künstlerhaushalt gearbeitet und diese Menschen verehrt hat. Für dich dagegen liegt alles schon bereit, die Klinik bietet dir eine große Zukunft. Nicht nur für meine Freiheit und Unabhängigkeit, sondern auch für deine habe ich mein ganzes Leben lang hart gearbeitet.«

»Die Klinik war immer *dein* Wunsch, und ich bin wirklich wahnsinnig stolz auf dich, dass du das geschafft hast. Aber es hat mit meinen Wünschen null Komma nichts zu tun.« Nike wurde immer leiser, dabei schaute sie ihrer Mutter direkt in die Augen. Die hielt dem Blick lange Zeit stillschweigend stand.

»Also gut, ich versuche, daran zu denken.«

»Mama, das ist wirklich wichtig für mich.« Nike drückte die Hand ihrer Mutter. »Aber dein Berufswunsch war doch sicher nicht der Grund, warum dir das Amalienhäusl zuwider ist?«

Nike ließ nicht locker, wenn sie schon dabei waren, würde sie eine Antwort auf ihre Frage haben wollen.

»Mich hat so vieles gestört ... Es war, als lebten wir in der Vergangenheit. Alle Möbel waren uralt, zum Teil noch aus der Zeit vor dem Krieg. Nichts durfte weggeschmissen werden, wenn etwas kaputtging, wurde es notdürftig repariert und wirkte meistens dadurch noch schäbiger ... Erinnerst du dich, der schief eingeschlagene Nagel für das Zwiebelsäckchen in dem Küchenbüfett, den ich dir gezeigt habe. Anstatt einen ordentlichen Haken an der Wand zu befestigen, schlug Oma Mali vor fast fünfzig Jahren provisorisch einen Nagel in den Schrank – und er blieb. In den anderen Familien, die ich kannte, wurden zu dieser Zeit Häuser renoviert und mit Zentralheizungen ausgestattet, neue Wohnungseinrichtungen angeschafft, Einbauküchen mit Spülmaschinen, gemütliche Sofas, Wohnzimmerschränke, selbst modernes Geschirr wurde gekauft – jeder wollte endlich den alten Mief loswerden. Die Menschen hatten sich einen gewissen Wohlstand erarbeitet und wollten ihn zeigen, man fuhr in den Urlaub an den Gardasee, nach Südtirol oder an die Riviera. Wir dagegen wohnten wie auf dem Flohmarkt. Urlaub war überflüssig, Oma Mali gefiel es am besten zu Hause, außerdem musste sie im Sommer täglich im Garten arbeiten, die Ernte einkochen oder einfrieren. Da fällt mir ein, eine Gefriertruhe hatte sie angeschafft, denn diese moderne Errungenschaft ermöglichte es ihr, Gemüse und Obst für den Winter einzufrieren. Wenn ich vorschlug, wir sollten etwas ausrangieren, schaute es Oma von allen Seiten an und kam jedes Mal zu dem Ergebnis: ›Das ist doch noch pfenniggut.‹ Damit war klar, es würde bleiben, etwas Neues wäre reine Geldverschwendung.«

Nike spürte, dass ihre Mutter sich in Rage redete.

»Selbst Kleidungsstücke wurden immer wieder umgearbeitet, künstliche Säume angesetzt, gestopft, ach, es war manchmal wirklich peinlich. Wenn wir uns beim Sportunterricht in der Schule umzogen, verdrückte ich mich immer in eine Ecke, damit die anderen nicht sehen konnten, dass meine Strumpfhosen gestopft waren. Du darfst nicht vergessen, damals war der Besuch des Gymnasiums Kindern von Akademikern und Unternehmern vorbehalten, sprich Familien, die vermögend waren. Denn der Besuch des Gymnasiums bedeutete, du würdest den Eltern lange Zeit auf der Tasche liegen und kein Geld nach Hause bringen. Ich kam aus der Unterschicht und bildete eine große Ausnahme. Dass sie mir das ermöglichte, dafür bin ich ihr über alles dankbar. Bildung war Oma Mali extrem wichtig, vermutlich hat sie die Bedeutung im Münterhaus schätzen gelernt. Jedenfalls habe ich bei keiner Mitschülerin jemals geflickte Unterwäsche gesehen. Dabei war es nicht so, dass wir kein Geld gehabt hätten. Das erkannte ich allerdings erst, als sie mir nach ihrem Tod eine stattliche Summe hinterließ. Oma bekam ihre Rente, schließlich hatte sie seit ihrem dreizehnten Lebensjahr gearbeitet, und für mich erhielt sie Waisengeld. Miete mussten wir nicht zahlen, denn das Häuschen gehörte ihr. Mit dem Obst, Gemüse und Früchten aus dem Garten waren wir Selbstversorger, es reichte sogar über den Winter. Kartoffeln baute sie auf einem Acker an, den ihr Onkel Bene geschenkt hatte, übrigens da, wo heute meine Klinik steht. Eier hatten wir von unseren eigenen Hühnern, ab und zu hielt sie auch Enten. Das Einzige, was sie kaufen musste, war Fleisch oder Wurst und Käse, aber davon aßen wir sehr wenig.«

»Das klingt wie eine moderne Ernährungsempfehlung, eigentlich sehr lobenswert.«

»Heute schon, aber nicht damals. Die meisten Menschen aßen viel zu viel, als könnten sie den Hunger, den sie im Krieg erlitten hatten, wieder ausgleichen. Das Wirtschaftswunder nahm seinen Lauf, es gab von allem mehr, als gebraucht wurde, und die Menschen nahmen alles, was sie kriegen konnten.«

»Damit habt ihr den Grundstein für unsere heutigen Schwierigkeiten mit der Klimaveränderung gelegt.«

»Das ist richtig, aber Oma und ich trugen nichts dazu bei, wir waren sozusagen Wirtschaftswunder-Verweigerer.« Alissa lächelte über diese Wortschöpfung.

»Besser, alle hätten so wie ihr gelebt.«

»Ich werde es nie vergessen, als ich das erste Mal von einer Schulfreundin nach Hause eingeladen wurde. Mir blieb der Mund offen stehen, als ich sah, womit sie ausgestattet war. Plattenspieler, Kassettenrekorder, eine schicke Jugendzimmereinrichtung, bei der Bett, Schrank und Schreibtisch wie aus einem Guss wirkten, überall lag Teppichboden, und die Wände waren mit großformatigen Tapetenmustern dekoriert. Ich war sprachlos. Wie gern hätte ich so ein Zimmer gehabt ... Ich dagegen schlief im Bett meiner Mutter, der Schrank und mein Schreibtisch hatten mindestens noch mal dreißig Jahre mehr auf dem Buckel. Als mich meine Schulfreundin Elisabeth das erste Mal besuchte, fiel es mir wie Schuppen von den Augen, denn in diesem Moment sah auch ich unser Zuhause mit den Augen einer Fremden. Die Scham überkam mich wie eine viel zu heiße Dusche. Die Wand im Flur war scheckig, als hätte sie Stockflecken, denn das Muster, das vor unzähligen Jahren mit einer Rolle aufgemalt worden war, war an vielen Stellen nicht mehr zu sehen. Als sich Elisabeth an den Küchentisch setzte, sackte sie tief auf dem Stuhl ein, denn die Sprungfedern des Polsters waren gebrochen. Oma reichte ihr ein Kissen, damit sie es sich unter ihren Po schieben konnte. Auf die Frage, was sie gern trinken wollte, antwortete sie ganz selbstverständlich: »Cola.« Aber ich konnte ihr nur Wasser, selbst gemachten Obstsaft, Kaffee oder Tee anbieten. Zu meinem Leidwesen entschied sie sich für Tee. Ich wusste, dass der Wasserhahn in der Küche laut röhrte wie ein waidwundes Tier und dabei in alle Richtungen spritzte. Man hatte immer das Gefühl, er würde Dreck statt Wasser speien, eine ekelerregende Vorstellung. Ich erklärte ihr, dass der Wasserhahn kaputt und der Installateur noch nicht gekommen sei, deswegen würde ich das Wasser aus dem Badezimmer holen. Als ich den Kessel auf die Kochplatte stellte und den Herd einschaltete, flog die Sicherung raus, und wir saßen im Dunkeln. Der Elektroherd, unsere einzige moderne Errungenschaft im ganzen Haus, überforderte die maroden Leitungen und Sicherungen. ›Ich glaube, bei euch ist nicht nur der Wasserhahn defekt, das ganze Haus braucht eine Generalsanierung‹, meinte Elisabeth damals kichernd. Als Tochter eines Bauunternehmers hatte sie es auf den Punkt gebracht, aber ich konnte nicht darüber lachen, mir war das unendlich peinlich.« Lissa seufzte tief. »Ich beschloss an diesem Tag, never ever jemanden mit nach Hause zu nehmen, damit keiner die Gelegenheit bekäme, seine Finger in die tiefe Wunde meiner grenzenlosen Pein legen zu können. Das hatte zur Folge, dass ich immer seltener von anderen eingeladen wurde, und irgendwann gehörte ich einfach nicht mehr dazu. Ich war nur noch eine geduldete Mitschülerin. Mein Entschluss stand jedoch fest, und ich blieb dabei, auch wenn es mich hart traf und zur Einsamkeit verdammte.«

Lissa sprach nicht weiter, sie hing diesem Gedanken nach. Nike konnte das Bedauern ihrer Mutter über die damalige Zeit sehen, als stünde es ihr ins Gesicht geschrieben.

Plötzlich änderte sich Lissas Miene, und sie richtete sich auf. »Einen Vorteil hatte mein Einsiedlerdasein. Ohne die Ablenkung durch Freundinnen und die damit verbundenen typischen pubertären Zickereien habe ich mich voll und ganz auf die Schule konzentriert. Damit rückte mein Ziel, Medizin zu studieren und auszuziehen, in greifbare Nähe.« Jetzt lächelte Lissa. »Und ich habe es geschafft: Der Eins-Nuller-Schnitt beim Abi öffnete mir alle Türen.«

»Bist du nie auf die Idee gekommen, dass deine Freundin Elisabeth das einfach nur lustig fand und dass es nur dir peinlich war? Vermutlich warst du einfach überempfindlich. Heute würdest du ganz anders reagieren …«

»Heute habe ich ein vorzeigbares Architektenhaus und eine Privatklinik, Errungenschaften, die, soweit ich weiß, keiner aus meiner damaligen Klasse vorweisen kann. Bei einem Klassentreffen vor ein paar Jahren habe ich erfahren, dass die wenigsten aus ihren optimalen Startbedingungen etwas gemacht haben. Ihnen wurde alles, was ich mir wünschte, von zu Hause in die Wiege gelegt. Einige von ihnen kämpften sogar gegen das Establishment an, verweigerten ein Studium und waren Jahre später häufig ohne abgeschlossenes Studium oder Beruf und dadurch von ihren Ehemännern abhängig. Ich habe mir meinen gesellschaftlichen Status Zentimeter um Zentimeter erkämpft, den sie mit Füßen traten. Das verdanke ich unseren damaligen Lebensumständen; im Nachhinein bin ich also ganz froh darüber. Wer weiß, was sonst aus mir geworden wäre!«

»Für Uroma Mali war es sicher eine irre Herausforderung, als fast Siebzigjährige mit dem Verlust ihrer Tochter klarzukommen und gleichzeitig einen Säugling großzuziehen.«

»Sicher war es das, ich glaube, selbst die Erziehung meiner Mutter war für sie schon schwierig genug. Als mir Oma und Tante Resi erzählten, dass meine Mutter es durchboxte, nach dem Abitur dem kleinbürgerlichen Leben in Murnau den Rücken zu kehren und nach Amerika zu gehen, um bei Künstlern wie Andy Warhol zu studieren, bekam ich einen Eindruck, wie meine Mutter getickt haben musste. Aber sie hatte den großen Vorteil, dass sie weitaus weltoffener und in dem auch für die damalige Zeit außergewöhnlichen künstlerischen und literarischen Bildungsumfeld im Münterhaus aufwuchs. Ich war unheimlich stolz auf ihren starken Willen, für sich zu kämpfen, aber oft verzweifelt, da ich keinerlei derartige Möglichkeiten hatte. Ich habe mir vorgestellt, dass eine offene und tolerante Mutter meine Neigungen und Wünsche akzeptiert und mich darin unterstützt hätte. Weißt du, ich hatte immer das Gefühl, dass mir die Murnauer mit ihren Erinnerungen an Oma Malis Elternhaus meinen Platz im Leben zuwiesen. Sie war die Tochter eines Bauern, hat ihr Leben lang als Hausangestellte gearbeitet – das war die soziale Schicht, in die sie mich einordneten. Dagegen habe ich mich gewehrt, ganz still und immer darauf bedacht, bloß nicht aufzufallen. Ich hatte sehr früh begriffen, Bildung und Fleiß waren die Zauberwörter für die Erfüllung meines Traums. Ich wurde dadurch zur Außenseiterin abgestempelt, aber das war mir egal. Erst viel später, nach Omas Tod, wurde mir bewusst, dass auch Oma nicht in diese Hierarchie passte, denn sie setzte sich von ihrer Familie und den Murnauern durch ihre Stellung im Münterhaus ab. Erst im Alter wurde sie von allen respektiert und geschätzt. Kurz bevor sie starb, erzählte sie mir, dass sie meine Mama jeden Tag seit ihrem Tod vermisst hat. Ich war immer davon ausgegangen, dass Mama ihr nicht so viel bedeutete, da sie so gut wie nie über sie gesprochen hatte. Übrigens, die ›Poppy‹ neben dem Warhol in meinem Esszimmer ist von meiner Mama, deiner Großmutter. Gar nicht so schlecht, oder?«

»Wow, ich dachte immer, das seien Kunstdrucke.«

»Hast du jemals einen Druck bei mir gesehen? Den Warhol hatte sie von ihm höchstpersönlich in New York als Abschiedsgeschenk bekommen.«

»Wahnsinn, das wusste ich nicht. Aber noch mal zurück zu deinem Ziel, Medizin zu studieren ... Könntest du dich bitte an deine eigenen Schwierigkeiten erinnern, die du mit deiner Berufswahl hattest, wenn du mich wieder einmal zu einem Medizinstudium drängen willst. Mein Herzenswunsch war es immer, Holzbildhauerin zu lernen, und ich bin rundum zufrieden damit. Das habe ich dir erst vor Kurzem gesagt. Und ich werde was daraus machen, ganz sicher, denn ich weiß, wie wichtig Ziele sind. Das hast du mir vorgelebt, das ist mir in Fleisch und Blut übergegangen.«

Lissa schaute überrascht auf, setzte mehrmals an, als wollte sie etwas erwidern, ließ es dann jedoch sein. »Also gut, ich verspreche, mich zu bessern. Und falls nicht, wirst du mich sicher daran erinnern.« Lissa lächelte mit einem tiefen Seufzer.

Nike wusste, dass ihre Mutter sich in diesem Punkt nicht so schnell ändern würde. Aber sie hatte zumindest den Vorsatz gefasst, und das war ein Anfang.

In der Vergangenheit hatte sich Lissa genauso wie Uroma Mali geweigert, über ihre Kindheit und Jugend zu sprechen. Allmählich gewann Nike den Eindruck, dass ihr Schweigen eine Art Schutzfunktion war, das Leben von damals nicht an sich rankommen zu lassen. Aber Lissa tat es anscheinend gut, davon zu erzählen, denn sie machte einen zufriedenen und gelösten Eindruck.

Als der Ober am Tisch stand und fragte, ob er den beiden noch etwas bringen sollte, stellten sie überrascht fest, dass sie die letzten Gäste im Lokal waren und die Uhr schon kurz vor zwölf Uhr zeigte.

Nike entschied sich, zu Fuß nach Hause zu gehen, sie hatte das dringende Bedürfnis nach frischer Luft. Auf dem Weg hing sie dem Gespräch mit ihrer Mutter nach, und plötzlich blieb sie bei dem Vorwurf Alissas hängen, dass Oma Mali vermutlich die Hausgeburt befürwortet hatte und ihre Mutter deswegen sterben musste. Was sie jedoch bisher über Sascha gehört hatte, sagte ihr, dass diese sich nicht von etwas hatte überzeugen lassen, was sie nicht selbst für richtig hielt. Wenn sie das bloß irgendwie herausfinden könnte. Sie hatte das Gefühl, Lissas Leben wäre leichter, wenn sie bezüglich des Todes ihrer Mutter keinen Groll gegen ihre Oma hegen würde.

41

Ich bin zu einer besonderen Führung im Münterhaus eingeladen. Nur Special Guests. Kommst du mit? Heute Nachmittag, 15 Uhr.

Hetties Nachricht erschien auf Nikes Handydisplay. Natürlich begegnete ihr in Murnau häufig der Name Gabriele Münter, aber bis vor Kurzem hatte sie keine Veranlassung gesehen, mehr über sie zu erfahren. Seitdem ihre Mutter ihr jedoch erzählt hatte, Uroma Mali hätte ihr ganzes Leben lang für die Künstlerin gearbeitet und Sascha sei in dem Haus aufgewachsen, war ihr Interesse geweckt worden. Sie hatte sich vorgenommen, das Haus demnächst anzuschauen.

Jetzt kam ihr die Einladung Hetties wie gerufen, auch um Hettie wiederzusehen. Irgendetwas an ihr löste in Nike ein angenehm beschwingtes Gefühl aus. Dem wollte sie auf den Grund gehen. Außerdem brauchte sie dringend eine Pause. Die Arbeit am Bildschirm mit dem für sie noch recht neuen Programm war zwar wahnsinnig interessant, erforderte aber höchste Konzentration. Es war eine echte Herausforderung, und sie wollte die 3-D-Präsentation für ihren Chef perfekt hinbekommen. Ein kurzer Break war ihr in vielfacher Hinsicht willkommen, die Antwort lag auf der Hand.

Yep. Wo treffen wir uns?

Während sie auf Hetties Antwort wartete, googelte sie *Münterhaus.* Sofort erschien eine Vielzahl an Fotos vom Haus, dem Garten und den Zimmern. Von dem idyllischen Häuschen in einer Art Bauerngarten mit einem großen Blumenrondell hätte sie nie Rückschlüsse auf eine expressionistische Künstlerin gezogen. Auch die Zimmereinrichtung war sehr bürgerlich.

Die Gemälde Münters in der Vorschau dagegen wirkten sehr modern, was sie angesichts der Entstehung vor etwa einhundert Jahren überraschte. Malerei war bei Nikes Ausbildung nur ein Nebenfach gewesen, sie hatte sich schon immer mehr für Skulpturen interessiert. Ihr Favorit war Georg Baselitz; angeregt durch ihn hatte sie selbst schon versucht, grobe Holzblöcke mit einer Kettensäge zu bearbeiten. Im Gegensatz dazu faszinierten sie aber auch glatte und matt glänzende Objekte, die aus dem Holz mit dem Verlauf der Maserung herausgearbeitet wurden. Sie würde sich nie entscheiden können, welche Richtung ihr mehr lag, beides hatte eigene Reize.

In den letzten Wochen hatte sie sich intensiv mit einem Computerprogramm beschäftigt, das sie bereits in der Holzbildhauerschule kennengelernt hatte. Ihr Chef Manuel Hirschauer, der als Holzbildhauer einen hervorragenden Ruf hatte, der weit über die europäischen Grenzen hinausging, hatte sie gebeten, Skulpturen aus Holz und einzelne Teile einzuscannen und damit ein neues, physisches Modell zu kreieren. Sie hatte damit spielen dürfen wie ein Kind im Sandkasten, ohne konkrete Vorgaben. Nike hatten die Möglichkeiten fasziniert, die sich ihr boten, sie hatte sich in die Thematik reingekniet und immer wieder neue Varianten, etwas darzustellen, entdeckt. Als sie nach unzähligen Stunden das Gefühl gehabt hatte, etwas Neues kreiert zu haben, hatte es Manuel auf dem 3-D-Drucker ausgedruckt. Sie war stolz gewesen über das Endprodukt *Eva im Sog der Gesellschaft,* wie sie es genannt hatte. Ihre selbstkritische Haltung gegenüber ihrem dreidimensionalen Computermodell hatte zu vielen weiteren arbeitsintensiven Stunden geführt, bis sie endlich zufrieden mit dem Endprodukt gewesen war. Vor einigen Tagen hatte ihr Manuel die Aufgabe übertragen, für einen Kundenauftrag bereits in kleinem Maßstab angefertigte Figuren einzuscannen und diese in das zukünftige Umfeld einzubauen. Mit Augmented Reality sollten die Auftraggeber das Kunstwerk von allen Seiten betrachten und bestaunen können.

Das »Pling« ihres Handys zog ihre Aufmerksamkeit erneut zum Screen.

Direkt am Eingang, Kottmüllerallee, zehn Minuten vorher?

Nike schaute auf die Uhr, ihr blieb noch eine Stunde Zeit, sich mit den digitalen Möglichkeiten des natürlichen Lichteinfalls zu beschäftigen, der auf die Skulptur am geplanten Standort treffen würde. Sie hoffte, dass sie es rechtzeitig schaffte, denn zum Münterhaus benötigte sie ungefähr fünfzehn Minuten. Sie tippte:

Perfekt, bis gleich. Freu mich!

Als Nike später zufrieden das Programm schloss, fiel ihr Blick auf die Uhrzeit am Bildschirm. Shit, wieder einmal war die Zeit beim Arbeiten viel schneller vergangen, als sie es eingeschätzt hatte. Es war schon zehn Minuten vor drei!

Sie griff sich ihren Helm und rannte los, wusste aber, dass sie trotz Fahrrad zu spät kommen würde.

Abgehetzt stieg sie vom Rad und suchte nach einem Platz, um das Fahrrad anzuketten, da kam Hettie ihr bereits entgegengelaufen.

»Ich dachte schon, du kommst nicht mehr.«

»Sorry, mir ist die Zeit davongelaufen. Ich hoffe, wir dürfen noch rein.«

Hettie umarmte sie und küsste sie auf die Wangen, und im nächsten Moment wusste Nike nicht, ob ihr heiß war vom Fahrradfahren oder durch Hetties Nähe. Irritiert schloss sie ihr Fahrrad ab, packte den Helm in ihren Rucksack und drehte sich zu Hettie um.

»Komm, sie warten schon auf uns. Die Führung ist etwas ganz Besonderes, wir kriegen alle Zimmer im Haus zu sehen, die sonst für die Öffentlichkeit nicht zugänglich sind. Nur weil ich schon einige Male mit Schülern der Kunstschule hier war, bin ich dazu eingeladen worden.«

Nike lief ihr nach, gespannt, was sie erwartete.

Nach etwas mehr als zwei Stunden trat Nike vor die Haustür im Kellergeschoss, bereichert durch die Erzählungen über Gabriele Münters Leben. Frau Dr. Schwertfeger, eine pensionierte Kunsthistorikerin, die die Führung leitete, hatte sich fast ihr ganzes Leben lang mit Gabriele Münter befasst und die Führung mit vielen Anekdoten garniert. Sie sprach auch das Zusammenleben Gabrieles mit den Murnauern und ihren durchaus manchmal boshaften Gerüchten an. Waren sie ihr wohlwollend gesinnt, sprachen die Murnauer über das Münterhaus, eher geringschätzig wurde es als das Russenhaus bezeichnet, was auf das »liederliche« Zusammenleben Gabriele Münters mit dem Russen Wassily Kandinsky zu Beginn des 20. Jahrhunderts anspielte. Mit unglaublichem Mut setzte sich Gabriele Münter kurz vor Ausbruch des Zweiten Weltkriegs der großen Gefahr aus, die Kunstwerke Kandinskys, Jawlenskys, Chagalls und anderer »entarteter« Künstler im Keller ihres Hauses zu verstecken. Nur durch ihre Schenkung dieser unschätzbaren Werke avancierte das Lenbachhaus in München zu einem Museum von Weltrang.

Nike ließ ihren Blick über den Garten schweifen und nahm die sanfte und heitere Stimmung in sich auf. Vor hundert Jahren waren Haus und Garten angelegt und vor über zwanzig Jahren von der Gabriele Münter- und Johannes Eichner-Stiftung wieder in den Ursprungszustand versetzt worden. Gabriele Münter hatte der Nachwelt ein unglaubliches künstlerisches und emanzipiertes Vermächtnis hinterlassen. Dabei wirkte alles ganz ruhig und unaufgeregt auf Nike, vollkommen selbstverständlich. Plötzlich fühlte sie sich, als wäre sie in den vergangenen zwei Stunden in das Leben ihrer eigenen Ahnen eingetaucht, hätte an ihm teilgenommen und wäre auf ihre Familie getroffen, denn schließlich hatte ihre Uroma Mali mehr als fünfzig Jahre ihres Lebens hier verbracht und gearbeitet. Als Nike Kandinskys Schlafzimmer betreten hatte, hatte sie eine Art Déjà-vu gehabt, als wäre sie schon einmal hier gewesen. Es lag sicher an der Kommode, denn sie war fast hundertprozentig davon überzeugt: Die im Keller des Amalienhäusls sah genauso aus. Die Vorstellung, dass ihre Großmutter Sascha in diesem Haus geboren worden war und bis zur Pubertät mit ihrer Mutter bei Gabriele Münter und Johannes Eichner gewohnt und mit ihnen als Familie zusammengelebt hatte, berührte sie in ihrem Inneren. Sie bedauerte es sehr, dass mit dem Tod Gabrieles 1962 kurz vor der Geburt Lissas dieses »Familienleben« beendet worden war.

»Du wirkst auf mich, als wärst du weit, weit weg«, hörte sie Hettie hinter sich sagen.

»Ich tauche gerade in die imaginäre Szenerie ein, als meine Urgroßmutter und Großmutter hier gelebt haben. Das ist ... Es fesselt mich irgendwie.«

»Nicht wirklich! Dann hättest du das Haus doch längst kennen müssen.«

»Bis vor Kurzem wusste ich nichts davon. Meine Mutter hat erst vor ein paar Tagen mit mir darüber gesprochen.«

»Das ist ja mega. Ich fasse es nicht.«

»Ich finde es so faszinierend, besonders weil das Haus, wie es jetzt dasteht, in den damaligen Zustand zurückversetzt wurde ... mit den Möbeln, Tapeten und Bildern. So habe ich heute erlebt, in welchem Umfeld sich meine Vorfahrinnen bewegt haben. Was für ein Glück!«

»Irre, deine Verbindung hierher. Und keiner weiß etwas davon. Komm, das sollten wir gleich Frau Dr. Schwertfeger erzählen, die ist bestimmt versessen darauf, so etwas zu erfahren. Bestimmt weiß sie noch mehr über deine Urgroßmutter und Großmutter.«

»Nein, lass mal. Jetzt nicht.« Nike ging es zu schnell, vielleicht würde sie später Frau Schwertfeger kontaktieren. Im Moment musste sie sich erst einmal selbst damit auseinandersetzen. »Ich möchte mir unbedingt die Kommode im Amalienhäusl genauer anschauen. Zum Glück haben wir sie nicht entsorgt, wie meine Mutter vorgeschlagen hatte. Ich finde, die Bemalung ähnelt derjenigen auf der Treppenbalustrade und der Kommode in Kandinskys Schlafzimmer, aber vielleicht bilde ich mir das auch nur ein. Stell dir vor, wenn das wirklich stimmt ... Dann stünde ein echtes Kunstwerk in meinem Keller, das vor sich hin modert, und keiner weiß davon.«

Hettie umarmte sie überschwänglich und drehte sich mit Nike im Kreis. »Komm, wir schauen uns das gleich an, das wäre echt der Hammer.« Hettie rief es laut heraus und lachte dabei, sodass sich die anderen, die mit ihnen das Haus nach der Führung verlassen hatten, nach den beiden umdrehten.

Nike war das zu viel, nicht die Aufmerksamkeit, die sie bekamen, sondern die Eile, mit der Hettie sofort nachschauen wollte.

»Mach langsam, die Kommode läuft nicht davon.« Nike lächelte Hettie an. Sie war hin- und hergerissen, denn die Freude Hetties steckte sie an, und am liebsten hätte sie sie dafür umarmt und geküsst. Aber sie wollte die gerade erworbenen Einsichten erst einmal allein verarbeiten, danach kämen die nächsten Schritte.

Plötzlich hielt Hettie sie fest im Arm und küsste Nike auf den Mund; erst ganz zärtlich, dann intensiver und fordernder.

Nike erstarrte kurz, doch sie spürte, danach hatte sie sich gesehnt ... nach dieser fordernden Zärtlichkeit Hetties. Ihr selbst war es schwergefallen, ihre Hemmschwelle zu überwinden und auf Hettie zuzugehen. Aber die Berührungen und Küsse der anderen Frau lösten das aus, was sie unterdrückt hatte. Das Kribbeln im Bauch verteilte sich im ganzen Körper, bis in die Fingerspitzen und Zehen. Die Vibes waren unglaublich intensiv und ergreifend, kaum zu beschreiben.

Ihre letzte Beziehung war schon fast zwei Jahre her, und seitdem hatte es immer mal wieder ein kurzes, sympathisches Aufflackern für eine Frau gegeben, was jedoch immer wieder schnell verpufft war. Noch nie hatte sie das Entstehen einer neuen Beziehung forciert, denn sie konnte sehr gut mit sich allein sein. Aber jetzt ... Sie erwiderte die Küsse und hielt Hettie zärtlich fest. Dann trat sie einen Schritt zurück und lächelte den Paradiesvogel Henriette an. »Wow, damit hatte ich nicht gerechnet.« Und sie küsste sie erneut.

»Du bist zurück an deinem Ursprungsort, und schon geht alles seinen Weg.« Hettie war überzeugt, es lag an der Location.

»Ursprungsort ist ein bisschen übertrieben, ich bin schließlich in München geboren. Aber ein Teil meiner Ahnen hat hier einen großen Fußabdruck hinterlassen, und das ist für mich spürbar. Heute bei der Führung war es irgendwie ... besonders.«

»Und jetzt kehrst du hierher zurück. Eines fügt sich zum anderen. Du wirst hier in Murnau glücklich werden, glaube mir. Und gern auch mit mir zusammen ...«, fügte sie zwinkernd hinzu.

Gemeinsam gingen sie in Richtung der Ortsmitte, dabei schob Nike ihr Rad, und Hettie lief neben ihr her. Immer wieder hüpfte und drehte sie sich um die eigene Achse und rief laut: »Ich bin megahappy, einfach mega! Kann ich mit zu dir kommen, bei mir ist es gerade schlecht.« Hettie schaute Nike fragend an, während sie an der Kreuzung standen, bei der Nike in Richtung des Hauses ihrer Mutter abbiegen musste.

»Sorry, Hettie, aber ich muss weiterarbeiten. Sonst echt gern, aber ich bin noch lange nicht mit der Präsentation fertig. Und die Deadline naht.«

»Echt jetzt, ich dachte, wir könnten das feiern? Aber wenn du meinst ... Du hast meine Nummer.« Hettie umarmte und küsste Nike, drehte sich um und verschwand.

42

April 2023

Nike schaute in die Runde, in deren Mittelpunkt sie seit dreißig Minuten stand. Sie glühte innerlich, es war jedoch keine Flamme, die aufloderte und brannte, sondern ein Zündfunke, der vom Glimmen zum Glühen überging und immer wieder Neues anfachte. Manuel Hirschauer, seine Frau, das Lehrmädchen und die drei Gesellen saßen im Halbkreis im Besprechungsraum der umgebauten Scheune, in der sich auch die Werkstatt des Holzbildhauers befand. Alle hatten Nikes Präsentation verfolgt, keiner hatte sie unterbrochen, nur gelegentlich war anerkennende Zustimmung zu hören gewesen.

Manuel klopfte mit der Hand auf den Tisch. »Genau das hab ich mir vorgestellt, Mädel. Super g'macht, alle Achtung. Wenn ich damit den Kunden nicht krieg, dann weiß ich's nimmer.«

»Danke, Manuel. Ich bin ehrlich auch selbst geflasht, jedes Mal wieder, wenn ich es anschaue.«

Lena, Manuels Frau, die das Büro führte, stand auf und nahm Nike in den Arm. »Gratuliere, das kann sich echt sehen lassen. Ich vermute, das war ein hartes Stück Arbeit, sicher kein Zuckerschlecken, oder?«

»Es hat mega Spaß gemacht, aber ganz echt, manchmal war ich der Verzweiflung nah. In diesem Umfang habe ich noch nie mit dem Programm gearbeitet, der Kurs, den ich dafür belegt hatte, hat die Möglichkeiten nur angerissen, und auch jetzt gibt es immer noch weitere Funktionen, die sich mir nicht erschließen …«

»Ich setz auf dich, auch in Zukunft. Selbst wenn du nicht mehr hier arbeiten solltest, für meine Präsentationen bist du gebucht.«

Nike hatte Manuel schon vor Wochen gesagt, dass sie sich selbstständig machen wollte, wenn ihr Häuschen in Murnau fertig renoviert wäre. Er war stolz auf sie, denn schließlich hatte er zu ihren Fertigkeiten auch seinen Beitrag geleistet. Sie würden sich bei den Kunden nicht ins Gehege kommen.

»Warten wir doch erst mal die Reaktion auf die Präsentation beim Kunden ab. Dann sehen wir weiter ...«

»Wem das nicht zusagt, dem passt gar nichts.« Manuel brachte es auf den Punkt, und Nike war glücklich.

»Du kommst natürlich mit zur Präsentation, nächste Woche, Mittwoch. Wir fahren ganz in der Früh los, am Nachmittag treffen wir auf die Stadträte und die übrigen Gremien. Wir übernachten in der Nähe von Düsseldorf. Stell dich schon mal darauf ein, am Abend sind wir vom Auftraggeber eingeladen.«

Nike hatte insgeheim darauf gehofft, dass Manuel sie mitnehmen würde, aber sie war sich nicht sicher gewesen. Schließlich könnte er die Präsentation auch selbst vorführen, er verfügte über eine besondere Begabung, die Kunden abzuholen und zu begeistern. »Ich bin dabei, sehr gern sogar. Dann bekomme ich die Reaktionen direkt mit, das wird bestimmt interessant. Nächste Woche will zwar Dominik mit meinem Umbau beginnen, aber das krieg ich geregelt.«

Am Abend fuhr sie nach Murnau zurück, denn ihr Zimmer in der WG in Rosenheim hatte sie gekündigt. Die Einliegerwohnung im Haus ihrer Mutter bot genug Platz, und was ihr im Moment besonders wichtig war, war vor allem Ruhe. Ihre ehemalige Mitbewohnerin Charlotte war Opernsängerin, ihre täglichen Stimmproben und das Einstudieren ihrer Stücke hatte Nike in den vergangenen Jahren nie gestört. Während sie sich jedoch mit dem Computerprogramm beschäftigt hatte, hatten die Tonleitern und der Gesang sie doch enorm abgelenkt. Dagegen war ihre kleine Einliegerwohnung im *Eispalast* ihrer Mutter absolut still. Lissa verließ spätestens um sieben Uhr morgens das Haus und verbrachte mindestens zwölf Stunden in ihrer Klinik, danach traf sie sich mit Freunden in Ausstellungen, im Theater oder bei einem Konzert oder in letzter Zeit vermehrt mit Frajo. Die einzige Person, die sich tagsüber im Haus aufhielt, war die Zugehfrau, die dreimal in der Woche kam, um zu putzen und die Wäsche zu machen. Nike fragte sich immer, was sie wohl putzte, denn es war niemand da, der Schmutz hinterließ. Sie kümmerte sich selbst um ihre zwei Zimmer und das Bad im Souterrain, es erschien ihr absurd, hier von jemandem sauber machen zu lassen.

Während der Heimfahrt schickte sie eine Sprachnachricht an Hettie:

Ich habe Grund zu feiern. Und ich würde dich gern sehen … Meine Präsentation ist fertig. Ich fahre nach Hause, dusche und bin ungefähr um neun im Blauen Reiter. Kommst du?

Nur wenige Minuten später hörte Nike, dass die Antwort einging, aber sie verbot es sich hinzuschauen. Einen Unfall wollte sie nicht riskieren, egal wie groß ihre Neugier war. Als sie in Murnau unter dem Carport parkte, griff sie sofort zum Handy, um die Antwort zu lesen. Fast enttäuscht sah sie, dass die Nachricht von Lissa war.

Wie lief deine Präsentation? Ich bin schon sehr gespannt. Melde dich. Mama.

Lissa schrieb ihr ganz selten, und noch außergewöhnlicher war es, dass sie sich an den Termin ihrer Präsentation erinnerte. Häufig hatte sie nicht einmal ihre eigenen Termine auf dem Schirm, dafür war ihre Sekretärin zuständig.

Hi, Mama, alles bestens, bin superhappy. Nächste Woche fahre ich mit Manuel nach Düsseldorf zur Kundenpräsentation. Frühstücken wir morgen zusammen?

Samstags nahm sich sogar Lissa frei, das wäre eine gute Gelegenheit, über ihre Präsentation und den Beginn des Umbaus im Amalienhäusl zu reden, einige Punkte gab es noch zu klären.

Ich bleibe in München. Treffen wir uns morgen zum Einkaufsbummel und Mittagessen?

Wow, so schnell hatte Lissa noch nie geantwortet. Dagegen noch keine Antwort von Hettie, die sonst innerhalb weniger Minuten schrieb. Es sah so aus, als müsste sie ihren Erfolg allein feiern. Sie hätte gern ihre Freude mit ihr geteilt, aber wenn nicht, dann eben nicht. Aber die Enttäuschung über die ausbleibende Antwort Hetties nagte mehr an ihr, als sie sich eingestand. Sie antwortete Lissa, dass sie sie um elf Uhr am Marienplatz treffen würde, und ging anschließend unter die Dusche. Ihr ständiger, aber ergebnisloser Blick aufs Display wirkte wie ein kleiner Dämpfer auf die Freude über ihren Erfolg, bis sie beschloss, dass sie allein in den Blauen Reiter gehen würde. Die Leute dort waren immer gut drauf, mit irgendjemandem würde sie sich auch heute gut unterhalten.

Vor dem Blauen Reiter standen die Raucher in Grüppchen auf der Straße, und in der Bar war es brechend voll. Drei Jazzmusiker auf einer improvisierten Bühne hatten unglaublich viele Zuhörer angelockt, die immer wieder in zustimmenden Zwischenapplaus ausbrachen. Freejazz war jedoch nicht nach Nikes Geschmack. Gerade als sie überlegte, ob sie wieder gehen und sich auf dem Heimweg eine Pizza mitnehmen sollte, entdeckte sie Hettie in einer Nische vor dem Gang zu den Toiletten. Sie wirkte sehr aufgebracht, ihr Gesicht war glühend rot, und ihre stark verzerrte Mimik ließ darauf schließen, dass sie wütend war. Offensichtlich stritt sie sich mit der Person ihr gegenüber, denn sie beugte sich ständig zu ihr hin. Nike konnte wegen des dichten Gedränges Hetties Gegenüber nicht erkennen. Sie versuchte, mit Winken auf sich aufmerksam zu machen, während sie sich durch die vielen Menschen zu ihr durchschlängelte. Es waren nur noch wenige Personen zwischen ihnen, als sie während einer kurzen Pause der Musiker einzelne Satzfetzen hörte.

»... dann geh doch ... mich nicht erpressen ... kein Kind ... niemals ...«

Plötzlich stand Hettie auf und lief in Richtung der Toiletten, ohne dass sie Nike bemerkt hatte. Nun war der Blick frei auf Hetties Gegenüber. Die junge Frau legte ihr verheultes Gesicht in die Hände und strich sich immer wieder die Haare aus dem Gesicht, dabei schniefte und schluchzte sie auf. Dieser Streit musste heftig gewesen sein. Aber was bedeutete Hetties Aussage, sie lasse sich nicht erpressen, sie wolle kein Kind. Hatten die beiden eine Beziehung? Dann war Hettie nicht die Singlefrau, für die sie sich ausgab!

Nikes gute Stimmung war auf einen Schlag am Boden. Sie würde sich niemals in eine bestehende Beziehung drängen, denn sie wollte keinesfalls der Grund für eine Trennung sein. Sie würde Hettie nicht nachlaufen, ganz sicher nicht, sondern nach Hause gehen und unterwegs eine Pizza mitnehmen. Obwohl ihr Hunger gerade nicht mehr so drängend war. Aber egal, sie hatte seit einem Müsli zum Frühstück nichts gegessen, und jetzt war es fast zehn Uhr abends. Hoffentlich hatte der Italiener noch offen.

Sie hatte Glück und bestellte die Pizza telefonisch. Bis sie dort ankäme, wäre sie fertig zum Mitnehmen, dann könnte sie zu Hause essen und sich mit einem Wein aus Lissas Keller selbst zuprosten. Ob sich Hettie noch melden würde?

Während sie auf ihrer kleinen Terrasse mit großem Appetit die Pizza vertilgte, denn ihr Hunger hatte sich mit dem verlockenden Duft der Pizza zurückgemeldet, sah sie auf den Staffelsee hinaus. Ein lauer Abend, einfach herrlich. Es war kurz vor Vollmond, das Licht schien auf die ruhige Wasseroberfläche, einzelne kleinere Wellen blitzten im Mondlicht auf. Wie schön! Wenn Hettie jetzt hier wäre, wäre der Abend perfekt.

Aber sie hatte beschlossen, das Thema Hettie abzuhaken. Keine Beziehung zu dritt, kein Hin und Her, das war nicht ihr Ding. Die Enttäuschung war groß und tat richtig weh, aber besser jetzt, als später ein böses Aufwachen zu erleben. Trotzdem wunderte sie sich, dass sie nichts von Hettie hörte. Sie trug das Handy immer am Körper, damit sie keine Nachricht verpasste, das war fast schon zwanghaft. Aber anscheinend war sie keine Antwort wert oder wie sollte sie das sonst verstehen?

Plötzlich meldete ihr Handy den Eingang einer Nachricht. Sollte sie gleich nachsehen oder bis morgen warten? Aber Nike verabscheute solche Spielchen, deswegen entsperrte sie den Bildschirm. Ein bisschen enttäuscht war sie, als sie las, dass die Nachricht von Dominik kam.

Servus, Nike. Wir fangen schon am Montag an, ich hoffe, das passt. Wie hast du dich wegen der Wand im EG entschieden? Architektenplan, oder bleibt es, wie es ist?

Sie wählte Dominiks Nummer, wozu sollte sie schreiben, telefonieren war viel direkter und zielführender. Dominik ging gleich ans Telefon. »Dachte ich mir, dass du noch wach bist.«

»Hast du dich entschieden? Wände raus oder drinlassen? Passt das, wenn wir am Montag anfangen?«

»Ich schaue es mir morgen noch mal an, wegen der Wände bin ich immer noch unentschlossen. Ich bin mir noch nicht sicher, ob ich im Erdgeschoss einen großen, durchgehenden Raum will. Ich gebe dir morgen Bescheid.«

Während sie mit ihm redete, fiel ihr ein, dass sie sich mit ihrer Mutter in München verabredet hatte. Entweder sie ging ganz früh am Morgen ins Amalienhäusl oder erst am Abend nach der Rückkehr.

»Und Montag passt?«, wollte Dominik wissen.

»Klar, je früher, desto besser. Fangt ihr bei Scheune und Stall an?«

»Wir decken erst mal das Dach vom Haus ab und legen die Sparren frei, die Scheune und der alte Stall folgen anschließend.«

Nike informierte ihn, dass sie Mittwoch und Donnerstag in Düsseldorf sei, und berichtete ihm von ihrer ersten Präsentation und der Möglichkeit, mit Augmented Reality die Betrachter zu involvieren.

»Super, übe schon mal, denn dann kannst du für mich etwas Ähnliches vorbereiten. Ich habe einen umfangreichen Auftrag für einen Um- und Anbau, brauche aber dringend eine möglichst realitätsnahe 3-D-Präsentation, da der Kunde zwar viel Geld, aber wenig Vorstellungskraft hat.«

»Klingt interessant, da sitze ich allerdings einige Stunden drüber.« Nike wollte gleich klarstellen, dass das nicht billig war, obwohl sie für Dominik sicher auch einen Spezialpreis gemacht hätte, wenn es für ihn wichtig gewesen wäre.

»Wie gesagt, Geld ist nicht das Thema. Reden wir nächste Woche, ich schicke dir die digitalen Pläne vorab, und du kannst dir Gedanken darüber machen.«

Das ging ja wie das Brezn-Backen, so kam sie schneller als gedacht an den nächsten Auftrag, dabei war sie noch gar keine Freelancerin. Aber besser so, als mühselig Aufträge zu sammeln.

Als sie sah, dass Dominik die Pläne per Mail geschickt hatte, packte sie die Neugier. Schnell fuhr sie ihren Laptop hoch und öffnete die PDFs. Wow, das wäre eine Sache. Geld spielte anscheinend wirklich keine Rolle. Dominiks Ideen, dem vorhandenen Baukörper, der mindestens hundert Jahre alt war, eine Hülle aus Lärchenlatten mit fast einem Meter Abstand überzustülpen und ihn damit dem Holzhausneubau, der ebenfalls mit Lärche verkleidet wurde, anzugleichen, war genial. Die Latten ließen durch die Zwischenräume Licht auf den Bestandskörper, dienten aber gleichzeitig der Beschattung und ließen das Ganze leicht und luftig wirken. Diese Herausforderung würde sie sich nicht entgehen lassen, selbst wenn sie dafür ihre Nächte opfern würde. Die Einbindung des alten Baumbestandes, ein geplanter

Schwimmteich mit Gästehaus, ein Sitzplatz mit einer Eisenskulptur im Zentrum ... Nikes Herz klopfte vor Aufregung, am liebsten hätte sie gleich angefangen. Aber sie hielt sich zurück, sie wollte endlich einmal ausschlafen, denn ihr Schlafdefizit war durch die Präsentationsvorbereitung immens.

Ein letzter Blick auf ihr Handy, bevor sie sich unter die Decke legte. Und ... keine Nachricht von Hettie.

43

Als Nike ihre Mutter aus der Menge heraus auf sich zukommen sah, war sie enttäuscht, wollte es sich jedoch nicht anmerken lassen. Ihre Mutter hatte Frajo im Schlepptau, sie dagegen hatte sich darauf gefreut, mit Lissa allein shoppen zu gehen. Auf die Kommentare eines Mannes beim Anprobieren konnte sie gut verzichten, noch dazu, wenn sie vom Lover ihrer Mutter kamen.

»Nike-Kind, wie immer pünktlich«, rief Lissa und küsste sie auf die Wangen, wahrte aber wie jedes Mal einen kleinen Abstand zu ihr.

Auch Frajo begrüßte sie mit Küsschen rechts und links, er umarmte sie allerdings herzlich und zog sie zu sich heran. »Ich habe gehört, dass deine Präsentation ein Riesenerfolg war. Herzlichen Glückwunsch!«

Nike lächelte, es tat ihr zwar gut, aber eigentlich war es ihr nicht recht, dass Lissa darüber gesprochen hatte.

»Ich würde es mir bei Gelegenheit gern mal anschauen, denn vielleicht kannst du auch für mich etwas Ähnliches übernehmen. Gerade bei schwierigen Projekten ist das eine große Unterstützung für die Entscheidungsfindung.«

»Von Dominik kam auch schon eine Anfrage. Ich glaube, ich muss mich sofort selbstständig machen, die Aufträge trudeln regelrecht ins Haus.«

»Perfekt, die besten Aufträge kommen ohne Akquise. Übrigens ist deine Entscheidung wegen der Wände schon gefallen?« Frajo ließ nicht locker.

»Ich werde es mir heute Nachmittag noch mal vor Ort anschauen, denn Dominik fängt definitiv am Montag an.«

»Du kannst ja eine 3-D-Präsentation davon machen, oder geht es auch ohne?« Er zwinkerte ihr zu.

»Guter Tipp!« Sie grinste ihn an.

»So, meine Damen, dann lasse ich euch mal allein. Shoppen ist nicht mein Ding, das könnt ihr viel besser ohne mich.«

Nike war erleichtert, Frajo wurde ihr mit jedem Mal sympathischer. Er war tatsächlich seit Langem der erträglichste Liebhaber ihrer Mutter.

Sie zogen los, und Lissa schlug ihr Geschäfte vor, in denen sie selbst häufig einkaufte. Als Nike ihr sagte, dass sie für die Präsentation in Düsseldorf dringend ein Outfit brauchen würde, da das eine vollkommen neue Situation für sie war, kamen die Vorschläge von Lissa im Sekundentakt.

»Halt, Mama, es ist nur ein einziger Termin, vielleicht noch was Schickes fürs Abendessen, mehr nicht.«

»Das weiß ich, aber trotzdem muss dein Auftreten einen nachhaltigen Eindruck hinterlassen, und dafür brauchst du ein perfektes Outfit. Du weißt, dass ich prädestiniert dafür bin, dergleichen zu finden. Du musst ein Eyecatcher sein, den keiner vergisst. Und ohne Blick auf den Preis, ich übernehme das.«

Sie zogen von einem Edelkaufhaus zum nächsten, und nach vier Stunden war Nike voll bepackt mit Taschen, als sie sich bei Dallmayr auf einen Stuhl fallen ließ. Die Hohenzollernstraße mit den kleineren Läden, in denen sie selbst gelegentlich stöberte, konnten sie sich sparen, sie hatte alles, was sie brauchte. Aber sie war zufrieden, denn Lissa hatte ein Händchen, genau nach dem richtigen Teil auf der Stange zu greifen, auch wenn ihr eigener Stil ein vollkommen anderer war. Für die Präsentation hatte sie einen Anzug mit einem Oversize-Blazer ausgesucht in Royalblau, dazu ein Shirt in Violett. Auf dem Bügel hatte sie es nicht sooo toll gefunden, aber der Blick in den Spiegel hatte sie überzeugt. Sie hatte sich eine Handytasche zum Umhängen und schwarze Stiefeletten mit dicken Sohlen ausgesucht. »Bei einer Präsentation brauchst du festen Boden unter den Füßen, wer nicht an High Heels gewöhnt ist, sollte niemals vor Publikum versuchen, damit Eindruck zu schinden.«

»In die Versuchung, High Heels zu tragen, werde ich wohl nie kommen, die Angelegenheit ist mir zu wackelig.« Nike lachte.

»Zu dem schwarzen Jumpsuit aus Pannesamt fürs Abendessen würden sie schon gut passen«, meinte Lissa. »Aber schauen wir mal, es gibt sicher Alternativen.«

Zum Schluss war auch Lissa mit der Schuhauswahl zufrieden. Sie hatte die Wahl gehabt zwischen einem Schnürstiefel, der einen tollen Kontrast zur fließend weiten Marlenehose bildete, und doch einer Art High Heels mit einem keilförmigen Blockabsatz – dem neuesten Trend, wie ihr die Verkäuferin signalisierte. Dafür hatte sie sich entschieden.

»Damit überragst du mit deinen eins achtundsiebzig und dann noch mal den acht Zentimetern Absatz alle. Dürfte problematisch werden, denn manche Männer können das nicht ertragen, vor allem die, die annähernd gleich groß sind wie du. Erstaunlicherweise habe ich die Erfahrung gemacht, dass dagegen die kleineren Männer auf Frauen mit hohen Absätzen stehen.«

»Deine Erkenntnisse in Bezug auf Männer lassen tief blicken.« Nike lächelte, und sie prosteten sich zu.

»Jeder Mann hat einen bestimmten Eindruck in meinem Leben hinterlassen, das ist ein lebenslanges Lehrstück mit ständig neuen Erkenntnissen.«

»Der Eindruck, den mein Erzeuger bei dir hinterlassen hat, muss damals deine Punkteskala übertroffen haben, wenn du ihn auserkoren hast. Oder war ich eher ein Zufallstreffer?« Nike brannte diese Frage schon lange auf den Nägeln. Sie wollte endlich wissen, wer ihr Vater war.

»Das war ein gezieltes Abwägen der verschiedensten Kriterien. Dem Zufall hätte ich so etwas Wichtiges sicher nicht überlassen.«

»Das heißt, du weißt, wer es ist?«

»Was denkst du denn! Aber damit das klar ist, das ist und bleibt mein Geheimnis.«

»Das ist unfair. Jeder hat das Recht zu wissen, wer seine Eltern sind. Auch wenn Eltern oder Vater nicht zutrifft, aber wenigstens *Erzeuger.*«

»Was versprichst du dir davon? Würdest du dich ihm vorstellen?«

»Ich würde ihn mir aus der Ferne anschauen, sein Lebensumfeld betrachten, seinen Beruf, was auch immer ... Stell dir vor, dir würde heute etwas passieren, dann wäre ich mutterseelenallein auf der Welt, ohne einen einzigen Verwandten.«

»Als Oma Mali starb, war ich auch allein.«

»Aber du hattest doch einen Vater.«

»Den habe ich nie getroffen, und ehrlicherweise haben mir er oder andere Verwandte nie gefehlt. Im Gegenteil, für mich war es befreiend, als wäre die Last der Vergangenheit von mir genommen worden.«

»Unsere Herkunft ist doch keine Last, ich finde sie spannend. Als ich mir bei einer Führung im Münterhaus vorstellte, dass meine Urgroßmutter und Großmutter dort lebten, bin ich wahnsinnig neugierig geworden. Es war, als würde ich in deren Leben hineingezogen werden. Allein deswegen würde ich gern wissen, wer mein Vater ist, denn mit ihm kommt ein weiterer Aspekt meiner Wurzeln dazu.«

»Er weiß nichts von deiner Existenz.«

»Das ist auch ihm gegenüber total unfair. Vielleicht wünschte er sich ein Kind oder gar eine Familie, wer weiß ...!«

»Damit ich mich mit ihm über deine Erziehung hätte absprechen oder gar streiten müssen? Nein, mein Wunsch war immer, ein eigenes Kind zu haben, ohne Mann und seinen Familienanhang. Vollkommen frei von irgendwelchen genetischen oder sonstigen Vorbelastungen und Verstrickungen.«

»Mit einem Vater hättest du mich nicht gleich nach der Geburt in fremde Hände geben müssen. Zuerst war ein Kindermädchen für mich da, und später hast du mich im Internat

›Experten‹ übergeben? Hast du nie daran gedacht, dass ich *dich* wollte, dich als meine Mama? Nichts gegen Annie … Mein Kindermädchen war mir der liebste und herzlichste Mensch überhaupt, aber sie war nicht du. Ich war Tag und Nacht mit ihr zusammen, was hättest du denn gemacht, wenn ich dich abgelehnt hätte, du warst schließlich selten da? Warst du nie eifersüchtig?« Nike war fassungslos.

»Du bist vollständig unbeeinflusst von unseren Familientraditionen und -genen aufgewachsen. Ich habe Annie beim Einstellungsgespräch auf Herz und Nieren geprüft, wie das Verhältnis zu ihren Eltern war und wie sie selbst erzogen wurde. Durch ihr Pädagogikstudium war sie mit Montessori-Pädagogik und den Lehren der Anthroposophie vertraut. Ich hielt eine Mischung aus beidem für sehr förderlich, um einen selbstbewussten und selbstbestimmten Menschen aus dir zu machen. Und sie hatte einen tief verwurzelten Glauben an das Gute im Menschen und ein gesundes Urvertrauen. Das war mir wichtig, so konntest du dich frei entwickeln.«

»Das klingt, als wäre ich ein Projekt gewesen, das du optimieren wolltest.«

»Sei doch froh, du hast eine top Erziehung bekommen, zuerst mit einer tollen Nanny, später dann auf dem Eliteinternat. Dafür habe ich hart gearbeitet.«

»Du hast Tag und Nacht gearbeitet, um deinen Traum von deiner eigenen Klinik und deinem Haus zu verwirklichen, es hatte nichts mit mir zu tun.«

»Du warst immer ein Teil dieses Traums, mein Kind. Das solltest du nie vergessen.« Lissa klopfte mit den Handknöcheln auf den Tisch. »Ich habe eine fremde Nanny als einen unschätzbaren Vorteil betrachtet. Du warst unbelastet von einem familiären Erbe.«

»Und jetzt musst du mit meiner Freiheit leben«, konstatierte Nike und schaute ihre Mutter triumphierend an. Sie konnte der Argumentation ihrer Mutter nicht folgen, irgendwie klang das absurd. Als wäre sie ein wissenschaftliches Experiment gewesen.

»Wie meinst du das?«

»Hättest du mich selbst erzogen, wäre ich vielleicht Medizinerin geworden.«

»Mag sein. Aber ich muss anerkennen, einem gewissen genetischen Einfluss kann sich keiner entziehen, denn die künstlerische Veranlagung meiner Mutter und deines Urgroßvaters hat sich bei dir durchgesetzt. Aber gut, damit kann ich mich arrangieren, wenn es dein Weg ist.«

»Hattest du nie den Wunsch, deinen Vater kennenzulernen?«

»Oma Mali hatte mir erzählt, dass sie kurz vor meiner Geburt meiner Mama versprechen musste, meinen Erzeuger nie in meine Nähe zu lassen. Sie kannte ihn, da sie ihn ein paarmal getroffen hatte, und er war ihr auf Anhieb äußerst unsympathisch gewesen. Meiner Meinung nach hauptsächlich deshalb, da er Mama die Ehe versprochen hatte, obwohl er noch verheiratet war. Er ließ Sascha ›am ausgestreckten Arm verhungern‹, wie meine Oma es immer ausdrückte. Als er von der Schwangerschaft erfuhr und meiner Mutter sagte, einen Jungen würde er in seinen Haushalt aufnehmen, an einem Mädchen hätte er jedoch wenig Interesse, beschloss Mama, den Kontakt abzubrechen.«

»Das ist heftig. Kennst du wenigstens seinen Namen?«

»Ich habe ihn aufgeschrieben, aber er fällt mir gerade nicht ein. Ich weiß nur, dass er zur Zeit der Übergabe der Gemäldesammlung Gabriele Münters als Kurator im Lenbachhaus tätig war.«

»Irgendwie witzig, die Parallelen. Deine Mama war mit ihrem Kurator in einer ähnlichen Abhängigkeit wie Gabriele Münter mit Kandinsky, selbst Oma Mali war mit einem verheirateten Künstler liiert.«

»Und genau deswegen wollte ich mich nicht auf Gedeih und Verderb dem Goodwill eines Mannes ausliefern. Alle drei

Frauen wollten heiraten und wurden zu ihrem Singledasein durch die Männer gezwungen. Ich habe mich genau deswegen bewusst gegen einen Mann entschieden. Ich wollte es besser machen, warum hätte ich es nicht schaffen sollen?«

»Sicher war es im letzten Jahrhundert weitaus schwieriger, ein uneheliches Kind großzuziehen als damals bei dir oder heutzutage.« Nike nickte anerkennend.

»Wir Bernreuther-Frauen sind stark, das liegt auf der Hand.« Lissa lächelte sie an und drehte dabei beide Hände nach oben, als würde sie Nike etwas präsentieren.

Aber Nike ließ nicht locker. »Trotzdem möchte ich wissen, wer mein Vater ist. Stell dir mal rein hypothetisch vor, ich würde mich verlieben und es stellte sich heraus, er wäre mein Halbbruder. Was für ein Schock.«

Lissa lachte auf. »Ich wäre ehrlich gesagt froh, wenn es sich bei deiner Beziehung um einen Mann handeln würde. Bisher habe ich das eher anders wahrgenommen.«

»Ach, Mama, die Diskussion hatten wir doch schon. Ich bin homosexuell, auch wenn ich schon einmal einen männlichen Partner hatte. Akzeptiere es einfach. Ich wollte damals nur wissen, ob ich mich mit einem Mann oder einer Frau in einer Beziehung besser fühle, und das Ergebnis lag klar auf der Hand.«

»Trotzdem fände ich es schöner, wenn ich die Hoffnung auf ein Enkelkind hegen könnte, aber so ...«

»Schon gehört, auch gleichgeschlechtliche Paare bekommen Kinder?« Nike grinste ihre Mutter breit an.

»Lassen wir das. In diesem Punkt bin ich konservativ. Ich will doch nur, dass du glücklich bist. Alles andere ...«

»... ist okay für dich, weiß ich doch. Unsere Diskussionen sind nur ein Update für dich.«

»So ist es. Aber erzähl doch mal von deinem Termin nächste Woche.«

Nike war frustriert, da sie keine Antwort erhalten hatte. Sie wusste, hier und heute darauf zu beharren würde nichts bringen. Aber das Thema war nicht vom Tisch, sie würde Lissa so lange damit konfrontieren, bis sie Bescheid wusste. Ausführlich berichtete sie nun von ihrer geplanten Präsentation, während sich beide eine große Platte leckerer Antipasti schmecken ließen. Nikes und Lissas Faible für gutes Essen war eine ihrer Gemeinsamkeiten, und beide konnten wahrhaft riesige Mengen vertilgen, ohne jemals über ihre Figur nachdenken zu müssen.

»Ich bin richtig stolz auf dich, mein Schatz. Du lässt nicht locker und beißt dich durch deine Herausforderungen durch. Das können nur wenige Menschen.«

Lissa verwendete das Wort »Schatz« selten, vielleicht fühlte sich Nike deswegen jedes Mal wie ein begossener Pudel und erschrak, wenn sie es hörte. Es befremdete sie und unterstrich eher eine gewisse Distanz als ihre Nähe. Trotzdem rührte es sie im Innersten an.

»Woher ich das wohl habe?« Nike lächelte. Und sie würde sich auch noch bis zum Namen ihres Vaters »durchbeißen«, Schritt für Schritt. Auch wenn Lissa glaubte, das Thema sei abgehakt.

Vom Bahnhof in Murnau lief Nike direkt zum Amalienhäusl. Viel häufiger als sonst checkte sie ihre Nachrichten, denn insgeheim hoffte sie, Hettie würde sich im Laufe des Tages melden. Aber es kam nichts. Wie gern hätte sie mit ihr gemeinsam über den Umbau gesprochen, ihre Ideen oder Vorschläge dazu diskutiert.

Als sie den Schlüssel im Schloss drehte, bemerkte sie überrascht, dass die Haustür nicht verschlossen war. Sie war sich sicher, dass sie am Tag vorher abgeschlossen hatte, denn ihr war der riesige Schlüssel auf den Boden gefallen und sie hatte, vollbepackt, wie sie war, alles erst zum Auto tragen und danach noch einmal zurücklaufen müssen.

Bevor sie das Haus betrat, ging sie in die Scheune, doch der Ersatzschlüssel lag nicht an seinem Platz. Nur Dominik und

Lissa wussten von dem Versteck, aber keiner von beiden konnte hier sein. Langsam, um das Quietschen der Angeln zu vermeiden, öffnete sie die Haustür und betrat den Flur. Während sie sich vorsichtig umschaute, ging sie zur Küchentür. Irgendwie war ihr unbehaglich zumute, allmählich kroch ihr eine stechende Gänsehaut von den Armen bis zum Hals. Zum Stehlen gab es nichts, denn das Haus war leer geräumt. Aber irgendjemand musste im Haus sein oder gewesen sein. Mit einem Ruck öffnete sie die Küchentür und starrte wie gebannt auf den Boden.

Hettie lag zusammengerollt auf einem Abdeckvlies und schien tief und fest zu schlafen. Selbst als Nike sie sachte an den Schultern rüttelte, wachte sie nicht sofort auf. Erst als sie ihr mehrmals ins Gesicht blies und ihren Namen rief, wurde sie allmählich wach.

»Nike, du bist da«, flüsterte sie schlaftrunken.

»Was machst du hier, ein ungemütlicheres Bett kann ich mir kaum vorstellen?«

»Du warst nicht in deiner Wohnung, deshalb wollte ich hier auf dich warten.« Langsam setzte sie sich auf.

»Warum hast du mich nicht angerufen oder mir geschrieben?«

»Mein Handy ist kaputt, seit gestern Abend.«

Nike überlegte. Sollte sie Hettie auf den Blauen Reiter ansprechen oder warten, bis sie selbst etwas erzählte. »Wie ist das denn passiert?«

»Lange Geschichte.« Hettie holte tief Luft und blickte zum Boden, dann zu Nike. »Ich bin für klare Verhältnisse, deswegen ... Ich hatte Stress mit Lara, meiner Mitbewohnerin. Aus Wut habe ich das Handy gegen die Wand geworfen, das war's.«

»Ich wusste nicht, dass du in einer WG lebst.« Nike wollte Hettie eine Chance geben.

»Sie war mehr als eine Mitbewohnerin, wir hatten fast drei Jahre lang eine feste Beziehung.« Hetties Stimme wurde immer leiser. »Während Corona war das echt super, aber danach hat sich alles geändert. Sie wurde wahnsinnig eifersüchtig, wollte eine Familie gründen, heiraten, Kinder ... Das ist nicht mein Ding, ich will erst beruflich Fuß fassen. Das Schlimmste war und ist jedoch ihre grenzenlose Eifersucht. Im Lockdown war das kein Thema. Seitdem sie auch noch täglich von einem Kind redete, war bei mir das Ende der Fahnenstange erreicht.«

»Das heißt, du hast mich geküsst, obwohl du noch mit ihr zusammen warst?«

»Von meiner Seite aus haben wir nur noch zusammengewohnt, weil sie noch keine Wohnung gefunden hatte. Sie sah das wohl anders.«

»Und wieso hast du von Erpressung mit einem Kind gesprochen?« Nike war es egal, ob sie nun wusste, dass sie den Streit mitbekommen hatte.

»Wie kommst du darauf?«

»Ich war gestern Abend im Blauen Reiter, in der Hoffnung, dich dort anzutreffen, denn ich wollte mit dir feiern. Dort habe ich euren Streit aus der Entfernung mitbekommen, bis zu dem Moment, als du weggegangen bist.«

»Is ja krass.« Hettie öffnete den Mund und schloss ihn wieder.

»Nur dass das klar ist, ich dränge mich nicht in eine Beziehung, und ich will kein Hin und Her zwischen mir und einer anderen. Das ist nicht mein Ding.«

»Du hast nichts zerstört, es ist schon einige Zeit vorbei.«

»Aber ihr wohnt noch zusammen?«

»Ja, Lara findet keine Wohnung, die sie sich leisten kann.«

»Sorry, aber du kannst dich wieder bei mir melden, wenn sie ausgezogen ist.«

»Wie kannst du so ... kalt sein? Ich dachte, zwischen uns wäre etwas ganz Besonderes ...«

»Das dachte ich auch, aber ich bin für klare Verhältnisse.«

Nike schaute Hettie an, ohne ein Lächeln, ohne Verständnis vorzuheucheln. Sie versuchte, ihre abgrundtiefe Enttäuschung hinter einem neutralen Gesichtsausdruck zu verbergen. Das schmerzhafte Gefühl, als hätte sie einen Faustschlag in den Magen bekommen, breitete sich dagegen immer weiter aus.

Hettie taxierte ihren Blick, hielt ihm stand und schüttelte dann ungläubig den Kopf. »Ja dann ... bis demnächst ... Ach ja, du solltest dir ein anderes Schlüsselversteck einfallen lassen.« Hettie rollte das Malervlies zusammen, drehte sich um und ging langsam zur Tür, als hoffte sie, dass Nike sie zurückrufen würde. Sie konnte nicht sehen, dass Nike Tränen in den Augen standen, und erst als Hettie die Haustür hinter sich geschlossen hatte, ließ sie sie laufen.

Wenn ihre Gefühle echt waren, würde sie wiederkommen, versuchte Nike, sich zu trösten. Und wenn nicht, dann war alles zwischen ihnen gesagt. Sie nahm den Bauplan tief seufzend in die Hand. Das renovierte Häuschen hätte zukünftig sicher mehr Bestand als eine Beziehung, zumindest hoffte sie das und mahnte sich zur Konzentration. Es kostete sie viel Kraft, aber schließlich schaffte sie es, sich von dem vorherigen Gespräch und den Konsequenzen zu befreien.

Sie stellte sich im Flur mit dem Rücken zur Eingangstür und versuchte, sich den Raum vorzustellen, der entstand, wenn die längs laufenden Flurwände, die die Wohnküche rechts und den Wohnraum links vom Flur abgrenzten, fast vollständig entfernt wären, dafür aber mit zwei Metern Abstand eine parallel zum Eingang verlaufende Mauer in Breite des bisherigen Flurs eingezogen werden würde. So ergab sich eine Art offener Windfang, daran anschließend wäre das gesamte Erdgeschoss ein weiter, offener Raum mit der Treppe an der Stirnseite als Trennelement dazwischen. Nike wechselte immer wieder ihren Standpunkt, schloss die Augen, um sich vorzustellen, wie die Raumveränderungen aus verschiedenen Perspektiven wirken könnten. Es war schon verlockend, da die geplante neue Wand beiderseits eine großzügige Öffnung zum Wohnraum hätte und trotzdem einen Schutz zur Eingangstür bilden würde. Sie setzte sich auf die Treppe am Ende des Flurs und stellte sich vor, in Zukunft von dort in den Wohnraum und in die offene Küche blicken zu können.

Plötzlich erinnerte sie sich an ihren Lieblingsplatz, als sie noch ein Kind gewesen war. Sie saß mit Vorliebe auf der obersten Stufe der Treppe, die in Lissas Münchner Maisonettewohnung vom offenen Wohnraum zur Galerie ins Obergeschoss führte. Mit ihrer Giraffe im Arm konnte sie von diesem Platz aus alles überblicken. Besonders genoss sie es, wenn ihr Kindermädchen Annie in der Küche das Essen vorbereitete und gleichzeitig Lissa auf der Galerie an ihrem Schreibtisch arbeitete. Sie saß zwischen den beiden, und Fragen jeder Art wurden entweder von oben von Mama oder von unten von Annie beantwortet. In diesen Momenten war ihre kleine Welt komplett gewesen, denn sie hatte ihre liebsten Menschen um sich gehabt.

Und plötzlich wusste sie, genau so sollte es hier in ihrem Haus auch werden. Ein großer Raum für alle Aktivitäten einer Familie, die Treppe als Aussichtspunkt und Bindeglied. Auch wenn sie meilenweit entfernt von einer eigenen Familie und einem Kind war, sie hatte dieses langfristige Ziel vor Augen. Bisher immer unterschwellig, aber jetzt, in diesem Moment, wurde ihr das klar. Das Amalienhäusl sollte ein Zuhause werden, in dem sich alle, die hier leben würden, geborgen fühlten. Sie verbot es sich, in dieser imaginären Zukunft Hettie zu sehen, obwohl sich dieses Bild ständig in den Vordergrund schob. Sie war überzeugt, hier war der Platz für ihre Familie, nur die Besetzung der einzelnen Positionen war im Moment noch offen.

44

Pünktlich am Montagmorgen, kurz vor sieben Uhr, traf Nike beim Amalienhäusl ein. Dominik war schon vor Ort und beendete gerade die Besprechung des Arbeitsplans. »Männer, hier ist die Chefin, einige von euch kennen sie ja schon. Sind Entscheidungen zu treffen, wendet euch an sie.«

Nike bekam vor Aufregung eine Gänsehaut. Sie ließ es sich allerdings nicht anmerken, denn zum Schluss wurde es noch als Unsicherheit gedeutet. Sie hatte entsprechende Erfahrungen in der überwiegend von Männern besetzten Welt der Holzbildhauer gemacht. Egal wie jung die Kollegen waren, die meisten waren konservativ, als hätten sie von Gleichberechtigung noch nie etwas gehört. Eine Frau als Auftraggeber oder Chef zu akzeptieren, bedeutete, sie müsste klare und eindeutige Weisungen erteilen – ohne Wenn und Aber.

»Es freut mich, dass ihr alle mit anpackt und mein Amalienhäusl wieder bewohnbar macht. Wenn irgendetwas geklärt werden muss, gebe ich euch meine Handynummer, ihr könnt jederzeit anrufen. Lieber einmal zu viel als zu wenig gefragt.«

Nachdem alle ihre Nummer ins Handy eingegeben hatten, machten sie sich an ihre Arbeit.

Nike umkreiste das Haus. Sie hatte sich vorgenommen, möglichst jeden Tag von bestimmten Fixpunkten aus zu fotografieren, um für sich selbst die Veränderungen und den Fortschritt zu dokumentieren. Als sie in Richtung der nördlichen Grundstücksgrenze kam, die von einer undurchdringlichen Wildsträucherhecke begrenzt wurde, hatte sie das Gefühl, als würde etwas hinter dieser Hecke weghuschen. Vermutlich war es eine Katze aus der Nachbarschaft, die hier ihr Revier hatte. Als sie auf das Haus und den Garten schaute, wurde sie total euphorisch. Bald würde sie hier wohnen und arbeiten!

Was hatte sie für ein Glück, dass Urgroßoma Mali in ihrem Testament verfügt hatte, dass das Haus nicht verkauft werden durfte. Danke, danke, danke … liebe Uroma!

Knapp zwölf Stunden später konnte sie es kaum fassen, wie sich das Haus verändert hatte. Die Dachziegel des Wohngebäudes, der Scheune und des Stalls waren vollständig abgetragen, auch ein Teil der Dachsparren war offengelegt und gaben den Blick auf das Dachgeschoss frei. Die alten Ziegel lagen säuberlich gestapelt und gebündelt auf der Ladefläche eines Transporters, sie würden als gebraucht verkauft werden. Das neue Dach sollte mit Solarziegeln gedeckt werden.

Nike fotografierte den Blick auf das Haus immer wieder, denn in den folgenden Tagen würde sie keine Zeit dafür haben. Sie musste mit ihrem Chef die Strategie für die Präsentation besprechen, ihren Koffer packen und zu ihrer eigenen Sicherheit die Präsentation noch einmal durchgehen. Am Mittwoch wollten sie sich um vier Uhr früh am Pendlerparkplatz in Starnberg treffen und gemeinsam nach Bad Lippendorf in der Nähe von Düsseldorf weiterfahren. Sie planten sechs Stunden reine Fahrzeit, selbst bei einem Stau oder Tankstopp könnten sie problemlos ihren Termin um vierzehn Uhr wahrnehmen.

Der Dienstag verlief wie im Flug, und Nike war zufrieden. Wenn bei der Präsentation etwas schiefgehen würde, müsste sie sich keine Vorwürfe machen, denn besser hätte sie sich nicht vorbereiten können. Lissa rief aus der Klinik an und sagte ihr gemeinsames Abendessen wegen des Notfalls einer Patientin ab, wünschte ihr jedoch viel Glück und meinte, sie werde das rocken, wie alles andere in ihrer bisherigen beruflichen Laufbahn. Nike grinste, das Anliegen einer Patientin hatte natürlich Vorrang vor Nike, sie spielte wie so häufig die zweite Geige. Es hätte sie eher gewundert, wenn nichts dazwischengekommen wäre. Sie nahm es als Omen, dass alles Übrige gut laufen würde.

Mit größter Mühe zwang sie sich aus dem Bett, als der Wecker um drei Uhr morgens klingelte. Aber sie schaffte es, fünfundvierzig Minuten später mit ihrem Trolley im Schlepptau aus dem Haus und zum Auto zu gehen, das sie am Straßenrand geparkt hatte. Auf einen Schlag war sie hellwach, als sie sah, dass der linke hintere Reifen platt war. Sie ging zur anderen Seite, dort war der rechte Vorderreifen kaputt. Reifenwechseln war ihr erster Gedanke. Aber im gleichen Moment fiel ihr ein, dass sie nur einen Ersatzreifen hatte. Wie sollte sie jetzt nach Starnberg kommen? Sie öffnete die App der Deutschen Bahn, aber der erste Zug nach Starnberg fuhr erst eine Stunde später ab. Das war definitiv zu spät, denn die Fahrt dauerte allein schon fünfundvierzig Minuten.

Hoffentlich erreichte sie ihren Chef, der mit dem Auto aus Rosenheim kam. Es blieb ihm nichts anderes übrig, als einen Umweg zu machen und sie hier abzuholen, eine andere Lösung fiel ihr nicht ein.

»Alles klar, trink in Ruhe einen Kaffee, in einer Viertelstunde bin ich bei dir.« Manuel reagierte ganz gelassen, als Nike ihn endlich nach mehreren Versuchen am Telefon erreichte. Sie wusste, dass er im Auto ungern ein Gespräch annahm, selbst über die Freisprecheinrichtung, denn er sagte immer, eine einzige kleine Ablenkung genügte für einen Unfall.

Nike wollte nicht mehr ins Haus gehen, bis er kam, ihr fehlte die Ruhe, einen Kaffee zu kochen. Stattdessen setzte sie sich auf die Treppenstufen zum Eingang und schrieb Lissa eine Nachricht:

Mein Auto hat zwei Platten, vorn rechts und hinten links. Manuel holt mich ab. Ziemlich ärgerlich, aber hilft nichts. Ich rufe die Werkstatt von unterwegs an. Bussi, Nike.

Als Manuel nach fünfundzwanzig Minuten bei Nike ankam, war sie tatsächlich auf der Treppe eingenickt. Um die Nachbarn nicht mit seinem Hupen zu wecken, ging er zu ihr hin. Er klopfte ihr auf die Schulter, und sofort war Nike wach.

»So schlimm kann die Aufregung gar nicht sein, wenn du auf der Treppe einschläfst«, begrüßte er sie grinsend.

»Hilft nichts, ob ich aufgeregt rumrenne oder die Zeit nütze und schlafe. Deswegen geht es auch nicht schneller. So kann ich dich nachher beim Fahren länger ablösen.« Sie lachte ihn an.

»Genau das ist die richtige Einstellung, das mag ich an dir. Wir holen die fehlende Zeit wieder rein, und außerdem: Wir haben ein großzügiges Zeitpolster eingeplant.«

Die Zeit und die Kilometer vergingen wie im Flug, und sie brachten ihren Weg ohne weitere Unterbrechungen hinter sich. Kurz nach einem Tankstopp erhielt Nike, die am Beifahrersitz saß, eine Nachricht:

So ein Mist mit den Reifen. Damit hast du heute das Thema Pech schon abgehakt, jetzt wird alles laufen wie am Schnürchen. Bussi, Mama.

Nike las Lissas Nachricht laut vor, und Manuel lachte. »Der Apfel fällt nicht weit vom Stamm. Jetzt weiß ich, woher du deine Seelenruhe hast. Damit kann nichts mehr schiefgehen.«

Die Werkstatt rief an, und Nike war entsetzt, als sie ihr sagten, die Reifen seien mit einem Messer zerstochen worden. Sie diskutierte mit Manuel, der meinte, dass das nur gezielt ausgeführt werden könne, man fahre nicht zufällig mit dem Vorder- und Hinterreifen über eine scharfe Kante, außerdem würde das ganz anders ausschauen als ein zerstochener Reifen. Dafür war jedoch ziemlich viel Kraft notwendig. Doch wer würde ihr schaden wollen? Vielleicht Jugendliche, die aus Frust und Übermut das nächstgelegene Objekt zerstören wollten? Aber gab es die in Murnau? Der Ort erschien ihr stets idyllisch und heimelig. Allerdings kannte sie nur die schönen Seiten, sicher gab es auch ganz andere Wohngegenden. Vielleicht löste die exponierte Lage von Lissas Haus am See bei manchen Menschen besonders starken Frust aus?

Während sie darüber nachdachte, schlief sie ein. Als sie wie aus weiter Ferne hörte: »... träumen einstellen und aufwachen, wir sind da«, wusste sie im ersten Moment nicht, wo sie war. Aber als sie Manuel vor der geöffneten Autotür sah, war sie mit einem Schlag wach.

»Pack mer's, Nike.«

Auf der Rückfahrt am nächsten Tag war ihr durchschlagender Erfolg das beherrschende Thema zwischen Manuel und Nike, und selbst der sonst eher wortkarge Manu redete ununterbrochen. Es war nicht nur für Nike, sondern auch für die Stadträte, den Bürgermeister, den Kulturbeauftragten und alle übrigen Anwesenden ein Debüt gewesen. Keiner von ihnen hatte eine derartige Präsentation je schon einmal gesehen oder erlebt. Ihr Aufbau der Vorführung sorgte gezielt für Spannung, denn sie stellten das 3-D-Modell in stark verkleinerten Maßstab auf ein Podest, damit es sich jeder noch einmal vor Augen führen konnte. Dann begann die 2-D-Präsentation auf der Leinwand und wurde von der Präsentation mit Augmented Reality fortgesetzt. Den zustimmenden »Ahs« und »Ohs« folgte ein heftiger Applaus, der vom Oberbürgermeister mit einer begeisterten Dankesrede unterstrichen wurde. Die souveräne Art und Weise, mit der Nike im Anschluss alle Fragen beantwortet hatte, hatte auch die allerletzten Zweifler auf ihre Seite gebracht.

Sie hatten den Auftrag in der Tasche, sogar mit dem Zusatz, die Augmented Reality vorab schon der Stadtverwaltung zur Verfügung zu stellen, die damit ihren Einwohnern einen Vorgeschmack geben wollte, was sie bei dem neu gestalteten Stadtzentrum erwarten würde. Die Verwaltung nutzte diese

Möglichkeit, um auch die letzten Kritiker zu überzeugen, die zu hohe Kosten, eine zu moderne Ausführung und viele andere Argumente ins Feld führten.

Diese neuartige Form der Präsentation bedeutete eine zusätzliche Einnahme für Manuel.

»Hast du was dagegen, wenn ich dir einen Anteil an den Einnahmen für die AR anbiete?« Er grinste sie von der Seite her an.

»Du meinst einen Bonus?« Nike rappelte sich im Sitz auf und drehte die Lehne von der Liege- in die Sitzposition.

»Ja, sozusagen für besondere Verdienste. Ist natürlich kein Vergleich mit Managerboni, falls du daran denkst.«

»Natürlich habe ich nichts dagegen, das kannst du dir doch denken. Aber ich tät's auch ohne. Schließlich war das für mich auch ein Lernobjekt.«

»Dann stell dich schon mal aufs nächste ein, denn ich habe einen Auftrag für die Gestaltung mehrerer Skulpturen im Neubau einer Münchner Versicherungsgesellschaft. Was ganz Großes an mehreren Plätzen, im Innenraum und auch draußen. Alles unter dem Aspekt der Ökologie, also ganz auf unserer Wellenlänge.«

»Egal wie, ich bin dabei.« Nike war glücklich, und nicht nur das: Sie war zufrieden. Da würde sie sich in Zukunft gern etablieren – Präsentationen mit AR ihrer eigenen oder auch fremder Skulpturen und Objekte. Das klang wirklich toll.

Nike stieg in Starnberg in den Zug, damit Manuel einen weiteren Kundentermin auf seinem Nachhauseweg erledigen konnte. Während der Fahrt wurde sie mit jeder Minute unruhiger, je näher Murnau kam. Was würde wohl gestern und heute am Bau passiert sein? Allerdings waren es nur knapp zwei Arbeitstage, auch wenn ihr das viel länger erschien. Sie musste ihre Erwartungshaltung zurückschrauben, denn auch Dominik konnte keine Wunder vollbringen.

Nachdem sie die letzten beiden Tage die Gedanken an Hettie verdrängt hatte, waren diese nun auch wieder präsent. Selbst wenn sie kein neues Smartphone hatte, könnte sie vom Festnetz aus bei ihr anrufen und eine Nachricht hinterlassen. Aber anscheinend war es aus und vorbei, bevor es richtig begonnen hatte. Das wäre auch zu schön gewesen – ein neues Haus, ein neuer Job, eine neue Liebe. Ihr Herz dominierte ihren Kopf, denn immer, wenn sie an Hettie dachte, begann es in ihrem Bauch zu kribbeln, ähnlich wie die Luftbläschen in einem Champagnerglas, und dieses prickelnde Gefühl verbreitete sich im ganzen Körper. Es hatte sie richtig erwischt, und sie konnte die Sehnsucht nach dieser Frau nicht abstellen. Trotz allem, sie würde nicht von ihrer Haltung abweichen, sie war nicht für eine Ménage-à-trois geeignet. Das war entwürdigend, Nike hatte das als Unbeteiligte bei ihrer WG-Mitbewohnerin über ein Jahr lang miterlebt. Zum Schluss waren bei allen die Nerven blank gelegen, und die Beziehung war kaputt gewesen – zwischen allen dreien. Wieder einmal warf sie einen Blick auf ihr Handy, und plötzlich klopfte ihr Herz einen Deut schneller. Eine Nachricht von Hettie! Sie atmete tief ein, bevor sie das Telefon entsperrte, und tippte die Nachricht an.

Hi, Süße, alles geklärt. Treffen wir uns heute? Wo und wann? ❤

Nikes Herzklopfen war sogar am Hals fühlbar. Wenn die bisherige Beziehung so schnell geklärt war, dann war sie vielleicht doch nicht der Auslöser für die Trennung von Hettie und Lara gewesen. Dann musste es schon länger gekriselt haben, und sie hatte sie fälschlicherweise beschuldigt, zwei Beziehungen parallel zu führen.

18 Uhr am Amalienhäusl?

Nike tippte verschiedene Emojis. Ein Bussi, drei Bussis, ein großes Herz – nein, sie wollte erst einmal keine Hoffnung wecken. Sie löschte sie wieder, es musste erst mal ohne Emoji gehen. Und kaum hatte sie den Senderbutton gedrückt, kam auch schon die Antwort:

Ich komme. Freu mich.

Welche Überraschungen würde ihr der Tag noch bringen? Sie hatte zwar auf diese Veränderung gehofft, aber nicht so recht daran geglaubt, vor allem in so kurzer Zeit. Vielleicht war sie Hettie doch wichtiger, als sie gedacht hatte.

Abwarten, ermahnte sie sich selbst, was brachten Spekulationen, in Kürze würde sie es wissen. Tief in das Geflecht ihrer Gedanken versunken drang daher nur allmählich das schrille Quietschen der Bremsen des Zugs zu Nike vor, bis sie mit Erstaunen registrierte, dass sie standen. Sie lehnte sich aus dem Fenster, um zu sehen, ob sie schon am Bahnhof angekommen war, aber rund um den Zug waren nur Wiesen und Felder. Einige Minuten später krächzte eine schwer verständliche Stimme durch den Lautsprecher, dass sie für die Weiterfahrt die Freigabe am Signal abwarten müssten, es gäbe technische Probleme.

Nike wurde unruhig. Sie würde sich verspäten, aber wenn Hettie nicht auf sie warten würde, dann na ja …

Außer Atem kam sie mit zwanzig Minuten Verspätung am Amalienhäusl an, ihren scheppernden Trolley im Schlepptau. Als sie um die letzte Ecke bog, blieb sie überrascht stehen. Das Haus und die Nebengebäude waren vollständig abgedeckt, auch die Dachsparren waren weg. Nur Reste des Kniestocks und der Giebelwände standen auf der Erdgeschossdecke. Langsam ging sie weiter auf den Eingang zu, dabei suchten ihre Augen nicht nur nach weiteren Veränderungen, sondern auch nach Hettie. Die Haustür stand weit offen, und im gleichen Moment, als sie hineinging, überlegte sie, ob Gefahr bestünde, dass die Decke einstürzen könnte. Erleichtert sah sie, dass die beiden Längswände des Flurs schon abgetragen waren und die Decke mit Stahlträgern gestützt wurde. Plötzlich fiel ihr Blick auf Hettie, die auf einer Treppenstufe saß.

»Hier hat sich was getan, echt krass«, rief diese ihr zu.

»Allerdings. Der Abriss der Flurwände war echt eine super Idee von Frajo.«

»Noch könntest du es rückgängig machen und die Wände wieder hochziehen lassen.«

»Findest du es etwa nicht gut?« Nike hatte das Gefühl, sie redeten beide um den heißen Brei herum. Sie hatte das Bedürfnis, auf Hettie zuzugehen, sie in den Arm zu nehmen und zu küssen. Aber sie blieb stehen, sie wollte erst wissen, was Sache war.

»Na, du ... willst du nicht wissen, was ich geklärt habe?« Hettie richtete sich auf und stieg zwei Stufen abwärts.

»Klar, was sonst?« Nike rührte sich nicht von der Stelle, sie wollte ihre heftige innere Anspannung nicht zeigen.

»Also, in Kurzversion. Lara ist ausgezogen, sie hat ihr ganzes Zeugs schon abgeholt.« Hettie stieg weiter abwärts und kam langsam auf Nike zu, dabei strahlte sie, als wäre ihr ein Wunder begegnet. Als sie kurz vor Nike stand, breitete sie die Arme aus. »Ich bin frei. Für dich.«

»Für mich. Echt jetzt?« Und plötzlich löste sich ihre Starre, Nike ging einen Schritt auf Hettie zu und umschloss sie mit den Armen. »Bist du ganz sicher?«, flüsterte sie und schaute ihr in die Augen.

»Ganz sicher«, antwortete Hettie und küsste sie zärtlich, immer und immer wieder.

Nike erwiderte die Küsse. Sie waren beide so überwältigt von ihren Gefühlen und von ihrem Glück, sie konnten es nicht fassen. »Ich habe mich in dich verliebt, genau in dem Moment, als du auf dem Gipfel des Herzogstands angekommen warst.«

»Dort oben? Bei mir hat es erst später gefunkt.« Nike holte tief Luft. »Bist du sicher, dass sich Lara mit der Trennung abgefunden hat? Nicht dass sie morgen wieder vor der Tür steht.«

»Nach unserem letzten Treffen bin ich nach Hause gegangen, habe ihren Koffer gepackt, vor die Tür gestellt und ihr per WhatsApp geschrieben, dass sie ihre Sachen abholen könne. Ich hatte gehofft, dass sie so die Trennung endlich akzeptieren würde. Diskutieren geht nicht mit ihr. Und ich lag richtig damit. Am Tag danach haben wir uns nur noch mal kurz gezofft wegen eines Sessels, den sie mitnehmen wollte, den ich aber bezahlt hatte. Nachdem ich ihr den Kontoauszug mit der Abbuchung gezeigt hatte, wurde sie plötzlich ganz ruhig – schon fast unheimlich! – und ging. Bis sie eine Wohnung findet, kommt sie bei ihrer Schwester unter, die sich auch gerade von ihrem Mann getrennt hat.«

»Ich hoffe für sie, dass sie eingesehen hat, dass es nichts bringt, an einer Beziehung festzuhalten, wenn der Partner sie nicht mehr fortsetzen möchte. Das tut zwar weh, aber es hilft ja nichts.« Nike sprach aus eigener Erfahrung aus ihrer letzten Beziehung.

»Dann steht unserer Liebe nichts mehr im Wege, zumindest von meiner Seite.« Hettie strahlte sie an.

Und sie küssten sich wieder, immer intensiver. Bis Nikes Magen laut und deutlich knurrte.

»Sorry, wir sind gleich nach dem Frühstück losgefahren, da mein Chef noch einen Termin hatte.«

»Komm mit zu mir, und wir kochen gemeinsam. Dann kannst du mir genau erzählen, wie es lief.«

»Vorher muss ich mich schnell noch umschauen, aber eigentlich habe ich das Wichtigste gesehen. Die Wände rauszureißen war eine super Idee, und die unbehandelten T-Träger aus Eisen sind genial. Oder was sagst du dazu?«

»Keine Frage, das war genau die richtige Entscheidung. Also los, gehen wir.«

Während sie in Hetties winziger Küche schnippelten, redeten und lachten und sich dazwischen immer wieder lange verliebt ansahen, wurde Nike immer wärmer ums Herz. Sie fühlte eine prickelnde Lebendigkeit, die sie schon längere Zeit nicht mehr an sich wahrgenommen hatte. Sie genoss dieses Gefühl und konnte ihr Glück kaum fassen. Wie schnell sich das Leben ändern konnte! Während des Essens, bei dem sie herumalberten und sich gegenseitig mit Spaghetti und Tomatensoße fütterten, kam eine Nachricht von Lissa, die wissen wollte, ob alles gut gelaufen sei.

Nike musste kurz überlegen, worüber Lissa sprach – es kam ihr vor, als hätte die Präsentation schon vor einigen Tagen stattgefunden, und es überraschte sie, dass es erst gestern war.

Alles super, ich erzähl's dir morgen. Warte nicht auf mich. Bussi.

Die Antwort folgte sofort:

Aha!

»Alles okay?«, fragte Hettie, während sie das Geschirr spülte. Für zwei Personen war nebeneinander kein Platz.

»Klar, war nur meine Mama.« Nike wollte nicht über die Antwort nachdenken, was auch immer sie bedeutete. Sie schaute sich in der Wohnung um, die nur über die Treppe von der Kunstschule im Erdgeschoss erreichbar war und keinen separaten Eingang hatte. Die zwei Zimmer waren winzig, bestimmt nicht mehr als insgesamt dreißig Quadratmeter. Jeder Zentimeter war ausgenützt mit Regalen und Schränken, überall hingen Bilder, vermutlich von Hettie oder ihren Schülern. Es war ein kuscheliges und liebevolles Nest zum Wohlfühlen.

»Viel Platz habe ich nicht, aber die Miete ist erschwinglich. Sobald meine Einnahmen in der Kunstschule sich dauerhaft steigern, werde ich die beiden Räume zur Schule dazunehmen und für mich eine größere Wohnung suchen. Im Moment schaut es gut aus, es geht bergauf.«

»Ich finde es total gemütlich. Größer ist nicht unbedingt besser.«

»Na ja, ein bisschen mehr Freifläche fände ich schon gut. Das Beste hier oben sind die großen Fenster, dadurch wirkt es vor allem tagsüber viel größer.«

»War hier vorher auch ein Geschäft mit Wohnung?«

»Früher befand sich hier fast dreißig Jahre lang ein sehr exquisiter Modeladen. Als ich erfahren habe, dass die Fläche vermietet werden soll, habe ich alle Hebel in Bewegung gesetzt, um es zu bekommen. Es war wie ein Lottogewinn für meinen Start mit der Kunstschule, unten die drei großen Unterrichtsräume und hier oben meine Wohnung.«

»Der Grundriss ist ungewöhnlich, unten so groß und hier oben so klein.«

»Das ist mein heimliches Sahnehäubchen, denn ich habe eine Dachterrasse, die fast doppelt so groß ist wie die Wohnung selbst. Vielleicht können wir morgen draußen frühstücken, ich habe allerdings um neun Uhr eine Malklasse, wir müssten sehr früh aufstehen.« Hettie drehte sich aus der winzigen Kochnische heraus und umarmte Nike. »Vorausgesetzt, du bleibst hier ...«, flüsterte sie und knabberte an ihrem Ohr.

Nike kicherte, denn sie war fürchterlich kitzelig.

Plötzlich ertönte ein lauter Schlag, und fast gleichzeitig klirrte es.

Beide schauten sich erschrocken an. »Das klang nach einer zersprungenen Scheibe«, flüsterte Hettie und lief zur Treppe.

»Sei vorsichtig«, rief Nike ihr im Laufen hinterher.

Hettie stand wie erstarrt in der Tür des größeren Schulungsraumes, der zur Straße führte. Der Boden, die Tische und die Stühle waren mit unzähligen spitzen Glasscherben übersät, die sich von einem großen Loch in der Mitte des ehemaligen Schaufensters aus im Raum verteilten.

Nike schaltete die Deckenbeleuchtung ein und schaute sich um. Sie deutete in die Mitte des Raumes. »Da liegt das Wurfgeschoss. Wer kommt auf so eine beschissene Idee, das ist doch kein Kinderstreich!«

Hettie hatte sich immer noch nicht von der Stelle bewegt, sie zitterte am ganzen Körper und umschlang sich fest mit den Armen, als müsste sie sich festhalten. Nike fasste sie sanft an der Schulter und führte sie zu einem Stuhl im Nebenraum. »Bleib hier, ich hole mein Handy und rufe die Polizei.«

Hettie zeigte keinerlei Reaktion, der Schock hatte sie sprachlos gemacht. Nike überlegte, wie sie ihr helfen konnte, aber mehr als eine wärmende Decke fiel ihr nicht ein. Vielleicht wäre ein heißer Tee hilfreich, vielleicht auch ein hochprozentiger Schnaps, sie wusste es nicht. »Ich bin gleich wieder hier. Ist es okay, wenn du einen Moment allein bist?«

Hettie antwortete mit dem Schließen ihrer Lider. Nike lief nach oben, griff nach der Decke vom Sofa, nahm eine Schnapsflasche vom Küchenregal und schenkte ein Wasserglas halb voll und rannte gleich wieder nach unten. Sie tat einfach das Nächstbeste, was ihr einfiel, und hoffte, es würde Hetties Schock und Starre wieder lösen.

»Hier, vielleicht belebt dich der Alkohol.« Sie hob das Glas an Hetties Lippen, die zuerst bereitwillig schluckte, sich aber auf der Stelle schüttelte und alles wieder herausprustete. Plötzlich begann sie, laut schluchzend zu weinen. Nike nahm sie in den Arm und wiegte sie hin und her wie ein Kind. »Lass es raus, Weinen tut gut, lass es einfach raus«, flüsterte sie ihr zu.

Nike hatte kein Gefühl dafür, wie lange sie so dasaßen, bis endlich das flackernde blaue Einsatzlicht des Polizeiautos vor dem Haus aufleuchtete.

Eine Polizistin stand vor dem Loch in der Scheibe und rief nach innen. »Hier ist die Polizei. Dürfen wir reinkommen?«

Hettie nickte Nike zu, die die Haustür aufsperrte.

»Haben Sie angerufen? Ich bin Marlene Hofer, und das ist mein Kollege Florian Hundegger.« Sie zeigte auf einen schrankartig wirkenden, mindestens zwei Meter großen Mann, der hinter ihr hertapste wie ein Bär. Sie selbst erschien neben ihm wie eine zierliche Elfe – rein optisch ein sehr ungleiches Gespann. »Haben Sie draußen jemanden gesehen oder vielleicht sogar jemanden erkannt?«, wollte die zarte Polizistin wissen.

»Das ging alles wahnsinnig schnell, wir saßen oben beim Essen, als plötzlich die Scheibe klirrte. Wir liefen zwar gleich nach unten, haben aber nicht daran gedacht, auf der Straße nachzusehen.« Nike fasste den Vorgang kurz zusammen, während die Polizistin hin und her ging und den Schaden begutachtete.

»Das war vielleicht auch ganz gut, vor allem zu Ihrer Sicherheit. Man weiß ja nie, was der- oder diejenige noch geplant hat. Ein Zufall war das jedenfalls nicht, denn so ein Ziegelstein liegt nicht überall herum. An dem klebt auch noch Mörtel, er könnte von einem Abbruchhaus stammen. Mir scheint, als hätte ihn jemand vorsätzlich eingepackt, um etwas zu beschädigen. Ob die Kunstschule gezielt ausgesucht wurde oder ob sich das große Fenster als besonders wirkungsvoll angeboten hat – wer weiß das schon!« Die Polizistin packte den Stein in eine Plastiktüte, nachdem sie sich Handschuhe übergezogen hatte. »Vielleicht finden sich Spuren, wir werden sehen.«

»Darf ich mir den Ziegel mal ansehen, mir kommt da gerade ein Gedanke ...« Nike fasste den Beutel an und drehte ihn hin und her. »Das Haus meiner Urgroßmutter wird gerade renoviert, und ich bin mir ziemlich sicher, dass der Stein von dort stammt.«

»Wie weit ist das von hier aus?«

»Etwa fünfzehn Minuten zu Fuß, also nicht gerade um die Ecke.«

»Okay, das wirkt tatsächlich wie ein vorsätzlicher Plan, wir werden das überprüfen. Können Sie morgen früh auf die Dienststelle kommen, damit wir die Anzeige aufnehmen?« Sie wandte sich zum Gehen und blieb erneut stehen. »Haben Sie irgendetwas, mit dem man das Fenster provisorisch verschließen kann? Wir helfen Ihnen natürlich.« Sie schaute ihren Kollegen auffordernd an.

Bisher hatte der bärige Riese noch kein Wort gesagt, und auch jetzt nickte er seiner Kollegin nur zu.

»Ich hole eine Folie.« Das war das Erste, was Hettie sagte.

Nike war froh, sie schien die Schockstarre überwunden zu haben.

Gemeinsam mit den beiden Polizisten befestigten sie die Folie am Fensterrahmen, dabei erwies sich die Körpergröße Florian Hundeggers als äußerst vorteilhaft. Eine Leiter war überflüssig. Plötzlich bekam Hettie Panik. »Können Sie nicht bleiben, hier kann doch jeder ins Haus einsteigen. Ich habe keine Tür zu meiner Wohnung, die ich abschließen kann. Bitte, bleiben Sie.« Fast flehend hielt Hettie die Beamtin am Arm fest.

»Das geht leider nicht, aber wir schicken stündlich eine Streife vorbei. Glauben Sie mir, das ist eine wirkungsvolle Abschreckung.« Sie löste sachte Hetties Umklammerung.

»Wir können in meine Wohnung gehen und dort schlafen«, schlug Nike vor.

»Auf keinen Fall, zum Schluss räumt jemand das Haus aus.«

»Ich muss Ihrer Freundin recht geben. Wie schon gesagt, zur Sicherheit fährt hier stündlich ein Streifenwagen vorbei, das schreckt jeden ab.«

Ursprünglich hatte Nike am nächsten Tag Urlaub genommen, um sich nach der Präsentation und der langen Fahrt zu erholen. Daraus wurde nun nichts, denn es gab einiges zu erledigen. Nach der Aussage bei der Polizei bestellten sie den Glaser, der versprach, so schnell wie möglich eine neue Scheibe zu beschaffen. Was allerdings bei der derzeitigen Materialknappheit schwierig werden konnte. Hetties Studenten, denen sie nicht mehr rechtzeitig hatte absagen können, halfen ihr beim Aufräumen, und Dominik stellte einen Mitarbeiter ab, der das ehemalige Schaufenster mit Brettern vernagelte. Hettie war verzweifelt, als der Glaser ihr eine Stunde später telefonisch mitteilte, er würde die Scheibe frühestens in drei Wochen einbauen können. »Gerade jetzt, wo die Kurse wieder richtig gut laufen, sitzen wir auch tagsüber im Dunkeln. Mit künstlichem Licht zu malen, ist einfach nicht das Gleiche. Ich habe den Verdacht, dass mir jemand absichtlich schaden will.«

»Das war sicher nur ein schlechter Scherz von Jugendlichen, so wie bei meinen Reifen. Nimm's bloß nicht persönlich.« Während Nike Hettie umarmte und küsste, blitzte ein kurzer Gedanke an den Ziegelstein vom Amalienhäusl auf, der aber gleich wieder verschwand. Sie versuchte, wieder darauf zurückzukommen, aber es ließ sich nicht mehr fassen. Wahrscheinlich nichts Wichtiges, wenn doch, würde es ihr wieder einfallen. Aber jetzt musste sie fahren, denn Dominik hatte ihr geschrieben, dass er sie am Amalienhäusl sprechen müsse.

»Bis Montagabend dann, Süße, ich habe jetzt schon Sehnsucht nach dir.«

Beide hatten am Wochenende volles Programm, das keine Zeit ließ, sich zu treffen.

»Schlechte Nachrichten, Nike. Die Lieferung der Balken für das neue Dach verzögert sich, voraussichtlich kommen sie erst eine Woche später. Die Giebel- und Seitenwände stehen zwar schon fertig in der Halle, aber die können wir erst aufstellen, wenn anschließend das Dach draufkommt.« Dominik stand vor ihr, die Hände tief in den Hosentaschen vergraben.

»Könnt ihr nicht an anderer Stelle weiterarbeiten, im Stall oder in der Scheune?« Nike war enttäuscht, eigentlich hatte alles so gut angefangen. Aber keiner hatte es in der Hand, fehlende Materialien waren zurzeit üblich auf allen Baustellen und im Handwerk.

»Wir verputzen die neu eingezogene Trennwand, und auch im Stall und der Scheune ist etwas zu tun. Aber das sind nur Kleinigkeiten, damit sind wir in einem halben Tag durch. Was aber das größere Problem ist …« Er holte tief Luft. »Es soll ab

Dienstag regnen, es sind bis Freitag regelrechte Wolkenbrüche angesagt. Wir müssen das Haus abdecken, sonst saugen das Gemäuer und die Decke den Regen auf wie einen Schwamm.«

»Willst du einen Regenmantel über das Haus ziehen?« Nike verdrehte die Augen. Dass aber auch immer alles zusammenkommen musste.

»Ja, so in der Art. Wir decken alles mit einer festen Folie ab und befestigen die Ränder mit Holzlatten am Mauerwerk. So kann der Wind die Folie nicht abheben. Das sind leider Extrakosten ...« Dominik schaute Nike entschuldigend an.

»Schon klar, das ist ein zusätzlicher Tag Arbeit ... und das Material. Aber was hilft's? Es gibt schließlich keine Alternative, oder?« Nike wusste, dass er ihr keinen unnötigen Vorschlag machen würde, schließlich hatte er auch seinen Zeitplan im Auge, der sich nun um eine Woche verschob.

»Nein, das ist in meinen Augen die günstigste Möglichkeit, das Gebäude zu schützen. Ich schick dir den Kostenvoranschlag zu – für deine Mutter.« Er drehte sich zu seinen Leuten, die immer noch ihren Arbeiten nachgingen. »Jungs, wir decken das Haus ab, wie wir das besprochen haben«, rief er ihnen zu.

Nike stand mit hängenden Schultern vor ihrer zukünftigen Bleibe. Alles hatte so gut angefangen, mussten denn gleich jetzt Verzögerungen und Schwierigkeiten auftreten. Aber wenigstens gab es eine Lösung wegen des Regens. Nicht auszudenken, wenn es keine Wettervorhersage gäbe und das Erdgeschoss unter den Regenmassen überschwemmt worden wäre. Nike versuchte, wie immer, etwas Positives zu finden, auch wenn die Umstände eher negativ waren.

Sie verabschiedete sich von Dominik mit der Bitte, dass er ihr sofort Bescheid geben sollte, wenn die Arbeiten fortgesetzt werden würden.

Auf der Heimfahrt entschloss sie sich, spontan nach Rosenheim zu fahren. Ihre frühere Mitbewohnerin feierte Abschied, sie hatte ein Engagement bei der Oper in Seattle bekommen.

Was sollte sie zu Hause, sie würde den ganzen Abend nur über die Verzögerung beim Amalienhäusl nachdenken.

»Nike, das ist eine tolle Überraschung, dass du trotzdem kommst!« Serena, mit der sie einige Jahre die Wohnung geteilt hatte, umarmte sie. »Komm rein, die Party ist schon voll im Gange. Die meisten kennst du, und wenn nicht, lernst du sie eben kennen.« Und schon begrüßte sie den Nächsten an der Tür und überließ Nike sich selbst.

Nike genoss es, die früheren Freunde wiederzutreffen, mit jedem stieß sie auf ihr neues Leben oder auf Serenas Engagement an, irgendein Grund fand sich immer. Jeder beglückwünschte sie zu ihrem Häuschen in Murnau, von dem sie begeistert erzählte.

Malte, einer von Serenas Musikerfreunden, den sie bisher nicht kennengelernt hatte, kümmerte sich besonders intensiv um sie. Irgendwann kam der Punkt, dass sie sogar mit ihm flirtete, obwohl sie klarmachte, dass sie nicht auf Männer stand.

»Wir sind hier, um Spaß zu haben, nichts anderes zählt«, meinte er und zwinkerte ihr zu.

Nike öffnete vorsichtig die Augen und kniff sie gleich wieder fest zu. Die Sonne, die durch das Fenster schien, stach mit Laserkraft in ihre Augen und bohrte sich bis zum Hinterkopf durch. Sie behielt die Augen geschlossen und überlegte, in welchem Bett sie lag. Auf jeden Fall war es nicht ihr eigenes.

Ihre Hand tastete zur Seite, fühlte aber nur eine Bettdecke, ebenso auf der anderen Seite. Okay, sie war allein. Und sie war nackt, aber bei der Hitze am gestrigen Abend war das ja auch kein Wunder. Der widerliche Geschmack in ihrem Mund, der Knoten in ihrem Magen, der dröhnende Kopf ... Klar, nach den Unmengen an Alkohol, an die sie sich erinnerte, war ein Kater keine Überraschung. Aber egal wie sehr sie sich anstrengte, die Erinnerung, wie sie hierher ins Bett gekommen war, wo dieses Bett stand und ob sie jemand begleitet hatte, fehlte.

Ein Blackout der übelsten Art, nur einmal hatte sie ihn als Sechzehnjährige im Internat erlebt und sich geschworen, das niemals zu wiederholen. Also, langsam die Augen öffnen, mit dem Blick zur Matratze, dann ist es nicht so hell. Langsam, ganz langsam den Kopf zur Seite drehen ... Sie folgte ihren eigenen Kommandos, als würde sie ihr jemand einflüstern.

Augen ganz öffnen, Nike.

Ihr Blick fiel auf eine riesige Ikea-Regalwand, kreuz und quer vollgestopft mit Büchern, Ordnern und Zeitschriften.

Hier war sie noch nie gewesen, das stand schon mal fest. Sie hob den Kopf und erkannte auf dem Boden neben der Tür ihre Jeans, das Shirt lag vor dem Regal und daneben, auf einem Sessel, ihr Slip und der BH. Sie schloss die Augen in der Hoffnung, dass so die Erinnerung zurückkam, ob sie das selbst ausgezogen hatte oder ob sonst jemand beteiligt gewesen war. Aber es kam nichts, nicht der kleinste Erinnerungsfetzen wollte an die Oberfläche. Sie setzte sich auf, und ihr Blick schweifte durchs Zimmer, irgendetwas würde sie doch wohl wiedererkennen. Sie blieb an einem Foto hängen, und plötzlich war die Erinnerung da.

Malte! Oder hatte er Morten geheißen? Micha? Mit ihm hatte sie gestern Tequila getrunken, und mit jedem Glas war es lustiger geworden.

Nike presste ihre Hände an die Stirn. Hatte er es geschafft, mit ihr zu schlafen? Sie wusste es nicht. Wie krass war das denn?! Ein Vollrausch war schon schlimm genug, aber dann nicht mehr wissen, ob sie Sex gehabt hatte ... Und das, obwohl sie in Hettie verliebt war. Verdammt! Sie stand langsam auf, bewegte sich wie in Trance, denn bei jeder Bewegung rollte eine Kugel in ihrem Kopf hin und her und stieß an der Hirnschale an. Außerdem grummelte es in ihrem Magen. Sie zog sich in Zeitlupentempo an, dabei fiel ihr Blick auf einen Notizzettel auf dem Schreibtisch.

Ich hatte recht. War eine interessante Nacht. ☺ Malte.

Okay, dann wusste sie das jetzt auch. Na ja, vermutlich würde sie ihn nie wiedersehen, denn sie hatte ihre Zelte in Rosenheim abgebrochen. Und wenn, dann war es ein One-Night-Stand gewesen; das konnte schon mal passieren. Wenn es für ihn schön war, alles gut. Plötzlich wurde ihr übel, sie würgte und lief los, zum Glück befand sich hinter der ersten Tür, die sie öffnete, die Toilette.

Die nächste Stunde verbrachte sie zwischen Bett und Toilette, bis sie plötzlich die Gewissheit hatte, dass es jetzt okay und der ganze Alkohol draußen war. Lange genug hatte es gedauert, denn immerhin war es schon fast fünf Uhr am Nachmittag. Sie kochte sich in der Küche einen Kaffee, trank einen Liter Wasser und hinterließ, bevor sie ging, eine Nachricht.

Danke für den Kaffee. Nike.

45

Mai 2023

Nike kannte Lissas Partys, sie waren bestens organisiert, voller kleiner Überraschungen, und das Essen war immer sehr exquisit. Es sollte eine Überraschung für Frajo zum Geburtstag werden, der die asiatische Küche über alles liebte. Sie hatte einen thailändischen Koch engagiert, der am Samstag Unmengen von Gemüse und Obst, Fischen und Meeresfrüchten in die Küche schleppte. Er schnippelte und hackte, dünstete und grillte den ganzen Nachmittag, dabei sang er fröhlich vor sich hin. Gleichzeitig dekorierte seine Frau die Küchentheke mit Melonen und Papayas, in deren Schale sie wahre Kunstwerke geschnitzt hatte, dazwischen verteilte sie exotische Blumen und Bananenblätter. Der große Esstisch wurde ebenfalls mit Bananenblättern und Blüten gestylt, ergänzt mit farbenfrohen kleinen Laternen, die mit LEDs beleuchtet wurden.

Als die Gäste eintrudelten, wurden sie mit leckeren Drinks empfangen, die ein Barmixer zubereitete, und schließlich kam Frajo, der ganz offiziell Lissa zum Essen abholen sollte. Plötzlich war er umringt, und alle sangen »Happy Birthday«. Frajo war sichtlich gerührt, und als er endlich die Sprache wiederfand, bedankte er sich überschwänglich bei Lissa, seiner großen Liebe.

Nike stand wie eine stille Beobachterin dabei, und als er beinahe in Tränen ausbrach, lächelte sie. Sie wünschte sich einen Mann für Lissa, der nicht nur auf ihre mondäne Clique, ihr Haus und ihr Geld aus war. Davon hatte es in der Vergangenheit einige gegeben, aber Frajo schien von allem selbst genug zu haben. Er wirkte auf Nike, als würde er das luxuriöse Leben zwar genießen, es aber nicht mit oder durch Lissa verwirklichen zu wollen. Während sie darüber nachdachte, tauchte plötzlich der sehnsüchtige Wunsch nach Hettie auf. Aber die ging heute Abend mit ihren Studenten essen, und selbst am Sonntag wurde ihr Seminar fortgesetzt und sie hätten keine Zeit, sich zu treffen.

Das thailändische Menü war eine Wucht, der Koch servierte über zwei Stunden die außergewöhnlichsten Kreationen. Immer wieder sorgte er für Nachschub an kleinen, dekorativ angerichteten Leckerbissen, und alle waren begeistert. Bevor das Dessert gereicht wurde, standen alle auf, um sich mit weiteren Drinks einzudecken.

Nach kurzer Zeit stellte Nike fest, dass sie bereits beschwipst war. Normalerweise hielt sie sich bei solchen Runden zurück, aber mit etwas Alkohol wurde Nike regelrecht gesprächig und entpuppte sich als unterhaltsame Gesprächspartnerin. Lissas Freunde, die ausnahmslos Ärztinnen und Ärzte aus ihrer Klinik waren, hatten Nike schon als Kind gekannt, da sie früher mit Lissa in einer Münchner Klinik angestellt waren.

Plötzlich, als die Stimmung ihrem Höhepunkt zulief, stand Hettie mitten im Zimmer. Der thailändische Koch hatte ihr geöffnet, da keiner die Türglocke gehört hatte. Nike war überrascht, und plötzlich erschrak sie. Ob wohl wieder etwas geschehen war? Sie umarmte Hettie und küsste sie auf die Wangen.

»Ist alles okay? Oder ist etwas passiert?«, flüsterte sie ihr ins Ohr.

»Sehnsucht ... die ist passiert«, lächelte Hettie zurück.

Lissa trat im Arm von Frajo auf die beiden zu.

Lissa musterte Hettie von oben bis unten. »Herzlich willkommen! Lassen Sie sich von Nike bedienen, Essen und Getränke sind mehr als genug da.« Lissa war angeheitert und ließ sich gelöst in Frajos Arm fallen. »Ach ja, ich vergaß, und das ist mein liebster Frajo.«

Nike zwinkerte Frajo zu und zog Hettie am Arm in Richtung Büfett. »Sorry, Mama und Alkohol vertragen sich nicht so gut.«

»Das ist doch okay auf einer Party. Warum hast du mir nicht erzählt, wie du wohnst? Das Haus ist mega, es ist ein richtiger ...« Hettie suchte nach der passenden Bezeichnung.

»... Eispalast, so nenne ich es. Gefällt dir das wirklich?« Nike führte Hettie durchs Erdgeschoss, bis sie in der Küche angekommen waren.

»Das ist doch ein Traum, allein die Lage. Die weitläufigen Räume und die Gemälde, ein Warhol in der Küche – das ich jemals so etwas live sehen würde, hätte ich im Traum nicht geglaubt.«

»Mir gefällt deine Wohnung besser.« Nike hielt ihr einen Teller mit fleischlosen Salaten hin. »Vegan ist heute nicht, sorry. Hier wurden durchweg Fleischesser eingeladen.«

»Bist du sauer, dass ich gekommen bin, oder warum bist du so biestig? So kenne ich dich gar nicht.«

»Ich freue mich riesig, dass du hier bist. Es stört mich allerdings, dass du dich so von dem äußeren Schein beeindrucken lässt.«

»So kann nur jemand reden, der immer genug davon hatte.«

»Ach komm, als ob dir jemals etwas gefehlt hat.« Nike wurde richtig sauer, und sie hatte keine Lust, das zu verbergen. Den Reichtum ihrer Mutter musste sie sich nicht vorhalten lassen, denn für sie selbst war das nie wichtig gewesen, außerdem hatte sie deswegen viele Bedürfnisse hintanstellen müssen. War Hettie wirklich so oberflächlich, dass sie Geld mit Glück und Zufriedenheit gleichsetzte?

»Ich zeige dir bei Gelegenheit die Wohnung meiner Mutter, damit du siehst, was ich nicht hatte.« Jetzt war Hettie verstimmt. »Meine Sehnsucht nach dir war so groß, und ich habe gehofft, mein Überraschungsbesuch würde dich freuen. Aber so, wie du drauf bist, gehe ich wieder.« Hettie knallte ihren Teller auf die Theke und lief zur Tür.

Nike schaute ihr nach. Mein Gott, wie dünnhäutig war die denn heute?! Aber sie würde sich hoffentlich wieder einkriegen. Warum lief bloß immer alles auf Geld hinaus, sie konnte sich das nicht erklären. Etwas frustriert trank sie noch einen Gin Tonic, bis sie Schluckauf bekam. Das war ein untrügliches Signal, dass ihr persönliches Alkohollimit erreicht war. Jedes weitere Glas würde ihr am nächsten Tag größte Probleme bereiten, und das wollte sie vermeiden.

Zum Glück fingen einige Paare an zu tanzen, und so nützte sie die Gelegenheit, sich ohne große Verabschiedung unbemerkt in ihre Wohnung zurückzuziehen. Am nächsten Tag würde sich eh keiner mehr daran erinnern, dass sie früh gegangen war.

Als sie sich aufs Bett fallen ließ, streifte Hettie durch ihre Gedanken, Nike schlief dabei aber sofort ein.

46

Nach mehr als drei Stunden im Schlossmuseum konnte sich Nike immer noch nicht an den Werken Gabriele Münters sattsehen. Nicht nur die Klarheit und Ausdrucksstärke faszinierten sie, auch die wie zufällig wirkenden Kompositionen der Gemälde, ähnlich wie Momentaufnahmen beim Fotografieren. Ein Gemälde fesselte sie ganz besonders, immer wieder betrachtete sie es im Wechsel aus der Nähe und mit Abstand. Eine Frau mit dunklen Haaren, streng im Nacken zum Knoten gebunden, saß im Badeanzug auf einer Wiese und schälte Kartoffeln. Es hatte zwar den Titel *Fräulein Ellen im Garten beim Kartoffelschälen*, aber Nike war überzeugt, dass ihre Urgroßmutter Mali dafür Modell gesessen hatte. Selbst Lissa hatte große Ähnlichkeit mit »Fräulein Ellen« – das konnte kein Zufall sein. Gut, dass es das Bild als Postkarte gab, sie wollte es zu Hause mit den Fotos von Uroma Mali im Album vergleichen. Es existierten zwar nur wenige Schwarz-Weiß-Fotos von ihr, aber die würden für einen Vergleich genügen.

Nike konnte es sich nicht erklären, aber die Bilder und Fotografien, selbst die Hinterglasmalereien, die von Gabriele Münter ausgestellt waren, zogen sie in ihren Bann. Es war, als wären sie ein Teil ihrer Familiengeschichte. Ähnliches hatte sie schon beim Besuch im Münterhaus empfunden. Als hätten die Menschen dort viel Einfluss auf Uroma Mali und Oma Sascha gehabt.

Aus den dürftigen Erzählungen Lissas wusste sie, dass Uroma Mali ihr gestanden hatte, Gabriele Münter sei liebevoller und mütterlicher mit Sascha umgegangen als sie selbst. Hatte Lissa deswegen die Befürchtung gehabt, als Mutter zu versagen? War sie deshalb auf Distanz zu ihr gegangen, um nicht scheitern zu können? Oder war es den Frauen in ihrer Familie einfach nicht vergönnt, allzu mütterliche Gefühle und Zärtlichkeit für ihre Kinder zu empfinden?

Uroma Mali hatte die schwierige Aufgabe gehabt, nach dem Tod ihrer eigenen Tochter ihr Enkelkind großzuziehen – mit fast siebzig. Hatte sie, bewusst oder unbewusst, Lissa die Schuld an Saschas Tod gegeben? Oder hatte Uroma Mali keine Gefühle zeigen können, da sie selbst kaum Liebe und Geborgenheit in ihrem Elternhaus erfahren hatte. Kinder in einem Bauernhaushalt mussten so früh wie möglich mitarbeiten und liefen einfach mit. Für eine liebevolle Betreuung fehlte die Zeit, denn der Alltag einer Bäuerin war ausgefüllt mit schwerer körperlicher Arbeit im Haushalt und auf dem Feld, erschwerend waren früher die unzähligen Schwangerschaften dazugekommen. Kuscheln und Knuddeln ... Das hatte Oma Mali wohl nie erlebt.

Hatte Lissa deshalb für Nike ein Kindermädchen engagiert, das herzlich und gefühlsbetont war? Sie würde so gern mit ihrer Mutter darüber reden, aber ob sie eine ehrliche Antwort erhalten würde? Bisher war Lissa den Fragen, die ihr Innerstes berührten, stets ausgewichen. Was jedoch Lissa und Nike wussten: Jede war für die andere der wichtigste Mensch im Leben.

Auf dem Nachhauseweg bog Nike zum Amalienhäusl ab, um nach dem Rechten zu sehen. Dabei fiel ihr wieder die Kommode ihrer Urgroßmutter Mali ein, die jetzt im Keller stand. Nach dem, was sie im Schlossmuseum gesehen hatte, war sie überzeugt, dass das alte Stück von Gabriele Münter stammte. Der Stil war der gleiche, auch die Auswahl der Farben. Und selbst wenn die Kommode kein echter Münter wäre, würde sie sie sorgfältig restaurieren, allein zu Ehren ihrer Urgroßmutter Mali. Dass Lissa die Bemalung geringschätzig als Bauernmalerei bezeichnet hatte, würde sie ignorieren.

Um die Festigkeit zu überprüfen, zog Nike kräftig an den Planen, die den oberen Stock bedeckten, schließlich mussten sie dem angekündigten Sturm standhalten. Sie stützte sich mit einer Hand an der Mauer ab, rutschte dabei jedoch mit dem Fuß weg und verlor das Gleichgewicht. Während sie stürzte, flog ihr Handy in hohem Bogen aus ihrer Hosentasche. Sie rieb sich ihren schmerzenden Po und bückte sich, um das Smartphone aufzuheben. Ihre Hoffnung, dass es nicht beschädigt worden wäre, war dahin. Anscheinend war es auf einem Stein gelandet, denn es zogen sich spinnennetzartige Sprünge über das Display.

Sie versuchte trotzdem, es zu bedienen, aber keine Chance, sie konnte weder drücken noch wischen, außerdem lösten sich einzelne Glassplitter. Das war's, sie müsste ein neues Display einsetzen lassen. Hoffentlich gab es jemanden in Murnau, der das kurzfristig reparieren konnte, schlimmstenfalls würde sie auf ihr Handy eine Zeit lang verzichten müssen.

Kurz bevor sie in die Seelandstraße einbog, kam ihr der Gedanke, noch einmal zum Münterhaus zu fahren. Sie fühlte den Wunsch, das Haus zu sehen; immer wieder kehrte sie in Gedanken dorthin zurück. Sie gab die Adresse in ihre Navigations-App ein und kehrte um.

Als sie davorstand, schloss die Frau, die die Kasse machte, gerade die Tür. »Leider ist schon geschlossen, am Dienstagnachmittag dann wieder«, rief sie Nike zu.

»Ist okay, ich möchte mir nur den Garten ansehen.«

Das hatte die Dame schon nicht mehr gehört.

Nike betrachtete den Garten unterhalb des Hauses. Wo hatte ihre Oma Modell für das Bild beim Kartoffelschälen gesessen? Vielleicht unterhalb des Blumenrondells oder neben dem Kellereingang? Der Garten strahlte eine Ruhe aus, fast schon meditativ. Sie wusste, dass bei der Renovierung darauf geachtet worden war, das Haus und auch den Garten wieder möglichst in den Originalzustand zu versetzen. Hatte ihre Uroma eine solche Ruhe wie sie gerade empfunden?

Sie hatte gehofft, dass sie zu Hause Lissa antreffen würde, denn sie hätte ihr gern von ihrer »gefühlten« Verbindung zu Gabriele Münter erzählt. Aber das Haus war leer, vermutlich war sie mit Frajo beim Golfen oder auf dem Tennisplatz oder auf dem Segelschiff – wo auch immer. Stattdessen plünderte sie den Kühlschrank, die Reste der Party waren zu verlockend, und sie griff hungrig zu. Der Glasnudelsalat, das Mangocarpaccio mit Zwiebeln und einem scharfen Dressing, das Curry mit den Kichererbsen ... Es schmeckte heute fast noch besser als am Abend vorher, denn alles war gut durchgezogen.

Als sie sich gesättigt auf einen Liegestuhl auf der Terrasse legte, überkam sie plötzlich große Sehnsucht nach Hettie. Falls sie ihr eine WhatsApp geschickt hatte, würde sie es nicht sehen können. Sie schrieb ihr eine Mail von ihrem Laptop, dass ihr Handy defekt sei und sie sich sehr auf den morgigen Abend freue. Aber sie bekam keine Antwort, egal wie oft sie nachschaute, und enttäuscht entschloss sie sich, zum x-ten Mal *Frühstück bei Tiffany* zu streamen. Sie liebte Audrey Hepburn und die Figur der Holly Golightly ... die Melancholie, die Sentimentalität. Der Film passte an diesem Abend perfekt.

Ihre Aufmerksamkeit driftete ständig ab, die bohrende Frage, ob Hettie wirklich so verliebt war, wie sie ihr gegenüber immer wieder beteuerte, ließ sie wieder einmal nicht los.

47

Mein Handy funktioniert wieder. Wann und wo treffen wir uns? 😘

Nike hatte nach der Arbeit ihr Handy abgeholt und schrieb sofort eine Nachricht an Hettie. Ihre Finger rutschten kaum über das neue Display, ihre Hände waren schweißnass, denn selbst jetzt um sieben Uhr abends waren es noch über fünfundzwanzig Grad. Die Luft stand, selbst an schattigen Plätzen. Und das im Mai. Dass demnächst wolkenbruchartiger Regen fallen sollte, konnte sie sich überhaupt nicht vorstellen, aber die Vorhersagen kündigten Unmengen an Niederschlag und auch Überschwemmungen an.

Zuerst einmal duschen, irgendwann würde auch Hettie antworten.

Während sie sich in ein großes Handtuch hüllte, sah sie den Eingang einer Nachricht von Hettie:

Komm zu mir, ich muss das Haus hüten.

Die Enttäuschung, dass Hettie ihre Mail am Vortag ignoriert hatte, nagte noch an ihr, aber nun setzte sich die Vorfreude auf das Zusammentreffen durch. Ein Kribbeln, das allmählich ihren ganzen Körper überschwemmte. Sie schrieb zurück:

Alles klar, in spätestens zwanzig Minuten bin ich da.

In Windeseile zog sie Shorts und ein Top an und schwang sich aufs Fahrrad.

Trotz des Fahrtwinds kam sie völlig verschwitzt bei Hettie an. Die Tür zur Malschule stand weit offen, und sie klopfte mit der Faust dagegen.

»Komm hoch, ich versuche, mit den geöffneten Türen und Fenstern einen Luftzug ins Haus zu locken. Die Luft steht überall, es ist einfach unerträglich«, rief Hettie von oben.

Nike lief die Treppe hoch und warf sich in Hetties Arme.

»Jetzt wird uns gleich noch heißer«, flüsterte sie und küsste Hettie, die sie rückwärtsgehend in das winzige Schlafzimmer zog. Dabei zerrten sie sich gegenseitig die wenigen Kleidungsstücke vom Körper und landeten atemlos auf dem Bett. Es war das erste Mal, denn vorher war immer etwas dazwischengekommen, und beide fielen wie ausgehungert übereinander her. Hettie streichelte und küsste Nike hinter den Ohren und am Hals, und Nike fing an zu kichern, denn sie war unheimlich kitzelig.

»Na gut, du willst es nicht anders«, antwortete Hettie leise und umspielte mit ihrer Zunge Nikes linke Brust.

Nike bog sich ihr entgegen, genoss seufzend die Liebkosungen, dann erhob sie sich, drückte Hettie nach unten und kniete sich hinter ihre Freundin, die sich auf den Bauch gerollt hatte. Sie fuhr mit den Zeigefingern beider Hände ganz zart an Hetties Schulterblättern entlang, ihre Finger trafen sich an der Wirbelsäule, um dann weiter an den Beinen entlangzustreifen.

Hettie stöhnte wohlig und bat sie heiser, nicht aufzuhören.

Ihre Berührungen wurden immer intensiver, fordernder, es war wie ein Rausch, der niemals enden sollte.

Als sie nach langer Zeit vollkommen erschöpft, aber überglücklich nebeneinanderlagen, sich festhielten und einander in die Augen schauten, lächelten sie sich an.

»Danach habe ich mich gesehnt, vom ersten Moment an, als ich dich sah. Wow!«, flüsterte Hettie und streichelte Nike zärtlich.

»Du bist so süß. Bei mir dauert das immer ein bisschen.« Hettie spürte die Wärme, die sich in ihrem Körper ausbreitete.

»Hast du es nicht ... gewollt?« Hettie rutschte erstaunt zurück.

»Doch, natürlich, mehr als alles andere. Aber ich wusste es nicht vom ersten Moment an.«

»Okay, damit kann ich leben.« Hettie lächelte und zog sie wieder an sich.

Jetzt rückte Nike etwas weg. »Hast du eigentlich meine Mail nicht bekommen?«

Hettie drehte sich auf den Rücken und schaute zur Decke. »Schon. Aber ich war einfach ziemlich angefressen nach der Party.«

»Aber warum? Was habe ich gesagt oder getan ...? Oder lag es an meiner Mutter?«

»Ich kann nicht damit umgehen, wenn jemand wie die Made im Speck aufgewachsen ist und das überhaupt nicht zu schätzen weiß. Und mir erklärt, mir hätte es an nichts gefehlt ...«

»Sorry, aber hat dir denn etwas gefehlt? Musstest du hungern, hattest du kein Dach über dem Kopf oder etwas in der Art?«

»Siehst du, du hast keine Ahnung. Ich habe mit meiner Mutter in einer Bruchbude gehaust, ohne eine richtige Heizung. Warmes Wasser gab es nur in der Küche mit einem Fünf-Liter-Boiler. Die dürftige Wärme im Winter kam von einem Holzofen, auf dem wir auch kochten. Das Essen hat meistens gerade so gereicht, schlimmstenfalls haben wir gegen Ende des Monats von Brot mit Frischkäse und Marmelade gelebt.«

»Das klingt hart. Und dein Vater?«

»Der hat sich aus dem Staub gemacht und mich und meine Mutter mit seinen Schulden nach seiner gescheiterten Selbstständigkeit sitzen gelassen. Mama kam aus einer wohlhabenden Münchner Familie, die den Kontakt zu ihr abgebrochen hatte, weil sie meinen Vater gegen ihren Willen geheiratet hatte. Sie war überzeugt davon, er würde seine Pläne mit einer Kunstgalerie durchsetzen können und damit genug Geld verdienen. Die Galerie lief von Anfang an ziemlich schlecht, anscheinend hatte er für die Auswahl der Künstler kein gutes Händchen, und als 2008 die Bankenpleite dazukam, ging alles den Bach runter. Meine Mutter war freiberufliche Kostümbildnerin beim Theater und sehr gefragt, aber die immensen Schulden, die er hinterließ, konnte sie damit nicht auffangen. Sie meldete Privatinsolvenz an, und wir mussten sieben Jahre auf dem alleruntersten finanziellen Niveau zurechtkommen. Daran ist meine Mutter zerbrochen, sie hatte schwerste Depressionen, unternahm mehrere Selbstmordversuche und wurde in die geschlossene Psychiatrie eingewiesen.«

Nike umarmte Hettie und küsste sie zärtlich. »Es tut mir leid, dass ich das einfach so dahingesagt habe.«

»Ist schon okay, du konntest es schließlich nicht wissen. Aber wenn ich höre, dass jemand in so einem Haus aufgewachsen ist und das nicht schätzt, kriege ich die Krise. Da raste ich innerlich fast aus.«

Nike streichelte sie und beobachtete, wie sich Hettie allmählich entspannte. »Warum hat deine Mutter sich nicht an ihre Familie gewendet, das wäre doch nach der Trennung naheliegend gewesen?«

»Sie war zu stolz, denn so, wie ihre Ehe verlief, hatten es ihre Eltern prophezeit. Sie wollte nicht zu Kreuze kriechen.«

»Aber für dich hätte sie es doch tun können oder ... müssen?«

»Mein Großvater hatte mir mit einem Treuhandkonto das Studium ermöglicht. Leider habe ich ihn nie persönlich kennengelernt. Er ist bereits gestorben.«

»Dann hat deine Mutter doch geerbt ...«, fiel es Nike ein.

»Das Erbe fiel in die Zeit der Insolvenz. Was nach der Schuldentilgung noch übrig blieb, hat der Staat für ihre Heimunterbringung genommen. So war alles auf einen Schlag weg – wie gewonnen, so zerronnen.«

»Mehr Pech geht ja kaum! Was für ein Glück, dass du trotz allem die Schule und dein Studium geschafft hast. Das ist sicher nicht ganz ohne unter diesen erschwerten Bedingungen.

Hut ab, Süße!« Nike sah ihrer Freundin anerkennend in die Augen.

Plötzlich hörten sie lautes Magenknurren; welcher Magen von beiden das Geräusch von sich gegeben hatte, konnten sie nicht feststellen. »Lass uns was kochen, das klang ziemlich eindeutig.« Hettie sprang lachend aus dem Bett und zog sich ein Kleid über.

Die Spaghetti aglio olio waren schnell gemacht. Nike deckte den kleinen Tisch auf der riesigen Terrasse. Nach dem Essen legten sie sich in die Hängematte, die Hettie zwischen zwei Pfosten aufgespannt hatte, und genossen ihr Zusammensein.

Dass sie beide eingeschlafen waren, bemerkten sie erst, als sie von einem gewaltigen Donner aufgeschreckt wurden. Mittlerweile war es stockdunkel. »Jetzt scheint es loszugehen, wie angekündigt.« Nike zeigte auf die Blitze am Himmel, und schon fielen die ersten riesigen Regentropfen. »Der Regen wirkt richtig klärend, gleich lässt es sich leichter atmen.«

Sie lösten die Hängematte und zogen die Stühle unters Dach, während sich Blitze und Donner im Sekundentakt ablösten, begleitet von einem wolkenbruchartigen Regen. Der Sturm peitschte die Regentropfen gegen die Fenster, und immer wieder überprüften sie im Erdgeschoss, ob die mit Brettern vernagelte Scheibe dicht hielt. Das hätte noch gefehlt, dass der Regen den Holzboden zerstörte.

Die ganze Nacht waren beide auf den Beinen. Nike überlegte ständig, ob sie zum Amalienhäusl gehen sollte, um die Abdeckplanen zu überprüfen. Dort würde der Regen großen Schaden anrichten, wenn die Planen sich lösten.

48

Nike hatte trotz ihres großen Regenschirms größte Schwierigkeiten, die Pizzakartons im peitschenden Regen vom Auto zum Eingang trocken zu halten. Hettie stand schon an der Tür, erwartete sie mit einer überschwänglichen Umarmung und küsste sie.

»Hey, lass mich doch erst mal reinkommen.« Nike musste lachen.

»Ich konnte es kaum erwarten.« Hettie nahm ihr den Regenschirm ab und wollte sie schon wieder küssen.

»Sorry, ich hasse kalte Pizza. Und ich habe einen Bärenhunger.« Nike hatte seit dem Frühstück nichts gegessen, und selbst das hatte nur aus einer Butterbrezel bestanden, die sie auf dem Weg zur Arbeit beim Bäcker mitgenommen hatte.

Enttäuscht trat Hettie zurück und gab den Weg frei. »Sag noch schnell, ist bei dir am Amalienhäusl alles in Ordnung?«

Nike nickte. »Gott sei Dank steht alles noch. Der Sturm hat mein Zuhause verschont. Also heute Morgen war es noch so. Sorry, Süße, wenn ich Hunger habe, bin ich unausstehlich. Daran lässt sich nichts ändern. ›Hangry‹ nenne ich das, wenn du weißt, was ich meine.« Nike öffnete die beiden Schachteln und runzelte die Stirn. »Ich hatte eine Vegetaria bestellt und für dich vegan. Weder mit Schinken und Salami noch die mit Meeresfrüchten. So ein Mist, die haben mir sicher die falsche Bestellung mitgegeben. Ich rufe gleich mal an, denn irgendein anderer hat unsere Pizzen mitgenommen.«

Noch erstaunter war Nike, als ihr der Italiener sagte, dass sie genau diese Pizzabeläge per Mail bestellt hätte. Er schickte ihr als Beweis den Screenshot. Nike war ratlos. Wie hatte das passieren können? Nun musste sie noch mal los, denn weder sie noch Hettie würden diese Pizzen essen.

In der Pizzeria entschuldigte sich Paolo überschwänglich wegen der falschen Beläge, zeigte ihr aber zur Bestätigung am Computer noch einmal ihre Bestellung. Es gab keinen Zweifel, es war ihre Mailadresse als Absender. Er schenkte ihr als Entschädigung eine Flasche Rotwein, die Nike gern annahm, aber verstehen konnte sie es nicht. Auf dem Heimweg kreisten ihre Gedanken um das Geschehen, aber sie kam zu keinem Ergebnis.

In der Zwischenzeit hatte Hettie den Tisch gedeckt und eine Kerze angezündet. Sie nahm die Pizzen, schob sie aus dem Karton auf die Teller und setzte sich, ohne etwas zu sagen.

Nike fiel hungrig über das erste Stück her und hielt dann plötzlich überrascht inne. »Du sagst gar nichts, ist was passiert?«

»Ich wollte mir nicht wieder eine Zurückweisung einhandeln. Ich hatte mir vorgenommen, erst wieder etwas zu sagen, wenn du deinen ersten Hunger gestillt hast.« Hettie grinste Nike an.

»Sorry, aber das ist so bei mir. Bei Hunger werde ich knatschig. Aber jetzt ist alles gut, wir können reden.« Sie lächelte Hettie mit vollem Mund über ihre Pizza hinweg an.

»Was für ein Glück«, seufzte Hettie theatralisch. »Wie so ein kleines Stück Pizza die Laune zurechtrücken kann.«

Nach dem Essen fläzten sie sich aufs Sofa, und nachdem sie gemeinsam erneut über das Rätsel der falschen Bestellung gesprochen hatten, gaben sie es auf. Hettie küsste Nike auf die Nasenspitze. »Betrachte es als eine Art Wunder, das sich nicht erklären lässt. Zwar nicht von der positiven Art, aber der Schaden hielt sich ja in Grenzen. Dass wir beide hier zusammen sind, ist eher ein Wunder der ganz besonderen Art, da ist mir ein falscher Pizzabelag ziemlich egal.« Hettie überschüttete Nike mit Küssen.

Die Stimmung war sehr heimelig – sie beide auf dem Sofa, Kerzen auf dem Tisch, draußen verschleierte der sintflutartige Regen alle Gebäude und Bäume, die Regentropfen, die mal lauter, mal leiser auf das Dach klopften, bildeten einen beruhigenden Sound im Hintergrund.

Als Nike sich am Morgen auf den Heimweg machte, war sie schon fast zu Hause, plötzlich fiel ihr siedend heiß ein, dass sie vergessen hatte, die Abdeckplanen am Amalienhäusl zu überprüfen. Sie beruhigte sich zwar sofort, denn am Montag hatte alles fest gesessen, warum sollte sich bis heute Morgen etwas gelöst haben. Aber sie wollte auf Nummer sicher gehen, denn sie könnte es sich nicht verzeihen, wenn am Haus ein Schaden entstehen würde.

Sie setzte den Blinker und bremste, um umzukehren, und schon im nächsten Moment erhielt ihr Auto von hinten einen satten Stoß, gleichzeitig mit einem knirschenden Geräusch. Verdammt, das hatte ihr gerade noch gefehlt ...

Nike schaltete das Warnblinklicht ein und stieg aus, fast gleichzeitig öffnete sich die Tür des aufgefahrenen Autos. Eine Frau stieg aus und lief schreiend auf Nike zu. »Kannst du mir verraten, warum du plötzlich bremst, du blöde Kuh? Hier ist weder eine Ampel noch ein Auto vor dir, einfach nichts und niemand. Und du legst eine Vollbremsung hin.« Sie stellte sich dicht vor Nike und plusterte sich mit verschränkten Armen bedrohlich vor ihr auf.

»Sorry, aber ... vielleicht hättest du einfach mehr Abstand halten müssen. Du bist mir schon vorher viel zu dicht aufgefahren.«

»Ich glaub's nicht, willst du etwa mir die Schuld in die Schuhe schieben. Du hast vollkommen grundlos gebremst.«

»Wie wäre es, wenn wir erst mal den Schaden begutachten. Vielleicht ist es ja gar nicht so schlimm, wir sind beide nicht mal dreißig gefahren.« Nike versuchte, die Frau etwas zu besänftigen.

»Da gibt es nichts zu begutachten, ich rufe die Polizei.« Sie ging zurück zu ihrem Auto und telefonierte.

Oh Mann, das würde dauern. Nike rief ihren Chef an und sagte ihm Bescheid, dass sie später kommen würde. Manuel riet ihr, Ruhe zu bewahren; wenn kein Personenschaden entstanden war, war alles nur eine Bagatelle. So fasste es Nike auch auf, aber ihre Unfallgegnerin sah das ganz anders.

Als nach zwanzig Minuten die Polizei kam, lief sie auf das Auto zu und schrie aufgebracht los. »Diese dumme Zicke legte plötzlich eine Vollbremsung hin ... ohne irgendeinen Grund. Keine Ahnung, wo sie den Führerschein gemacht hat.«

Nike redete erst, als sie einer der beiden Polizisten zum Unfallhergang befragte. Ganz ruhig und sachlich erklärte sie im Dauerregen, dass sie geblinkt und gebremst habe, weil sie umkehren wollte. Ihre Nachfolgerin habe zu spät reagiert. Als diese das hörte, startete sie wieder ihre Schimpftiraden und hörte erst nach mehrmaliger Aufforderung durch den Polizisten auf. Er nahm die Daten und den Ablauf auf, darüber hinaus würden sie nichts unternehmen, denn vermutlich wäre es ein Bagatellschaden. Ihre Versicherungen würden durch einen Gutachter den Schaden beurteilen lassen und die Sache regeln. Alles andere läge nicht in der Hand der Polizei.

Natürlich ärgerte sich Nike, aber ihr Auto hatte schon einige Jahre auf dem Buckel, und diese Delle in der Stoßstange würde sie verschmerzen können. Das Auto von Jana Kohler, das noch älter als ihres war und stellenweise deutliche Rostflecken hatte, würde optisch nicht an Wert verlieren, die Stoßstange war seitlich sowieso schon verbeult, und das hatte nichts mit dem heutigen Unfall zu tun. Laut Aussage der Polizei hatte Nike keine Schuld, das nachfolgende Auto müsse immer genügend Abstand halten, um bremsen zu können. Frau Kohler kündigte an, vor Gericht zu gehen, falls sie für den Schaden aufkommen müsse, denn sie selbst betrachtete sich als schuldlos.

Nike war froh, dass die Polizisten warteten, bis sie selbst weggefahren war, sie wollte dieser Cholerikerin nicht ausgeliefert sein.

Nike entschied, nun doch nicht mehr zur Baustelle zu fahren, denn sie war vom Regen bis auf die Haut durchnässt und musste sich schleunigst umziehen und danach ganz schnell zur Arbeit fahren. Es war ihr zuwider, zu spät zu kommen, egal aus welchen Gründen.

Als sie nach einem langen Arbeitstag am Amalienhäusl ankam, glaubte sie, nicht richtig zu sehen. Die Windböen, die während des ganzen Tages den Dauerregen begleitet hatten, hatten an der Ostseite die gesamte Plane hochgehoben. Sie lag auf der Erdgeschossdecke und gab einen Teil der Decke und der Wände frei. Bei jeder neuen Böe flatterte die Plane in der Luft und fiel dann wieder nach unten. Nike überlegte fieberhaft, ob sie mit einer Leiter auf die Decke klettern sollte oder besser die Plane vor der Haustür zur Seite schieben und innen den Schaden begutachten sollte. Sie entschied sich dafür, es durch die Haustür zu versuchen, denn sie wollte sehen, ob die Nässe in den Innenraum eingedrungen war. Vielleicht hatte sich die Plane erst kurz vor ihrer Ankunft gelöst, dann wäre alles nicht so schlimm. Aber ihre schlimmsten Befürchtungen wurden sogar noch übertroffen. Auf dem Holzboden im Wohnraum stand eine Pfütze, das umliegende Holz war wie ein nasser Schwamm vollgesogen, und auch die Wand fühlte sich schon feucht an.

Nike kämpfte mit den Tränen. Lief denn heute alles schief, erst der Unfall, jetzt die lose Plane? Wäre sie doch bloß heute Morgen zum Haus gefahren, dann hätte sie die kaputte Plane reparieren können. Sie rief Dominik an, der zum Glück auf einer anderen Baustelle in Murnau war. Er versprach ihr, gleich zu kommen, Nike sollte warten.

Dominik begutachtete den Schaden und schüttelte den Kopf. »Sorry, Nike, ich würde dir gern was anderes sagen, aber der Schaden ist beträchtlich. Ich befürchte, dass wir den Boden im Erdgeschoss rausreißen müssen, zumindest im Wohnraum.

Die Wand kriegen wir wieder trocken, aber der Holzboden hat sich vollgesogen wie ein Schwamm. Beim Trocknen verziehen sich die Dielenbretter, man bekommt die nie wieder vollkommen eben.« Angesichts dieser schlechten Nachricht konnte Nike ihre Tränen nicht mehr zurückhalten. Dominik nahm sie in den Arm. »Mach dir keine Vorwürfe, dass du heute nicht hier warst. Die Plane muss sich schon länger gelöst haben – und was wirklich seltsam ist: Sie wirkt, als wäre sie mit einem Messer abgeschnitten worden.«

Nike schaute ihn erstaunt an. »Wie meinst du das?«

»Komm mit, ich zeige es dir.« Er wies auf die Holzlatten an der Hauswand. Seine Leute hatten die Latten über den Folienkanten an die Wand geschraubt, so konnte der Wind nicht unter die Plane fahren und sie hochheben. »Schau, oberhalb der Latten ist ein glatter Schnitt. Das kommt ganz sicher nicht vom Wind, so viel steht fest.«

Nike starrte gebannt darauf und fuhr mit der Hand darüber. »Du meinst, das hat jemand absichtlich gemacht?«

»Ich würde das als Sabotage bezeichnen. Kein dummer Jungenstreich.«

»Und jetzt?« Nike war ratlos.

»Du solltest die Polizei holen und es anzeigen. Der Schaden ist beträchtlich, denn die Kosten, die dadurch entstehen, sind immens. Ob die allerdings etwas herausfinden werden ... Keine Ahnung.« Er zuckte mit den Schultern.

»Dann habe ich heute zum zweiten Mal mit der Polizei zu tun. Das ist eigentlich nicht mein Ding.«

Als die Polizei ankam, stiegen die Elfe und der Bär aus, und Nike lächelte seufzend. »So ein Zufall, dass wir uns wiedertreffen. Ich hatte gehofft, dass wir uns unter solchen Umständen nicht mehr sehen würden.« Sie begrüßte Lena und ihren Kollegen.

Dominik sah zwischen den dreien hin und her. »Ihr kennt euch?«

»Ja, bei Hettie wurde letzte Woche eine große Schaufensterscheibe eingeschlagen, mit großer Wahrscheinlichkeit mit einem Backstein vom Amalienhäusl.«

»Echt jetzt?«

»Wir haben es überprüft, der Backstein stammt tatsächlich von dieser Baustelle. Aber darüber hinaus sind wir nicht weitergekommen, keiner der umliegenden Bewohner hat etwas bemerkt oder jemanden erkannt. Ich schätze, dass die Untersuchung eingestellt wird.« Lena nahm die Anzeige auf, und bat sie wie beim ersten Mal, demnächst auf die Dienststelle zu kommen. »Das Prozedere kennen Sie ja leider. Ich hoffe, das war dann das letzte Mal, dass wir uns wegen einer Anzeige treffen müssen.«

»Mir wäre lieber, wir sehen uns mal zum Kaffee oder auf ein Bier, ohne Protokoll und Anzeige.« Nike fand Lena sehr sympathisch, warum sollten sie sich nicht privat treffen.

»Gern«, sagte die Beamtin lächelnd, »das besprechen wir auf der Dienststelle.«

Vollkommen niedergeschlagen fuhr Nike nach Hause, sie war fix und fertig, entmutigt und ratlos. Sie hatte nicht mal den Nerv, Hettie zu treffen, das war ihr heute alles zu viel.

»Ach komm schon, zu zweit können wir das besser verarbeiten«, versuchte Hettie, sie am Telefon zu überreden.

Aber Nike ließ sich nicht beirren, sie wollte allein und in Ruhe darüber nachdenken. Hettie meinte ganz salopp, der Einzige, der einen Vorteil von dem Schaden hätte, sei Dominik, da der Renovierungsumfang ständig größer wurde.

»Niemals, für Dominik lege ich meine Hand ins Feuer.«

Hettie ruderte gleich zurück. »Nein, so habe ich das nicht gemeint, sorry! Aber der wäre wirklich der Einzige, der davon einen Nutzen hätte.«

»Allmählich verliere ich die Lust weiterzumachen. Ob Murnau wirklich der richtige Platz für mich ist? Vielleicht hat Mama recht: abreißen und ein Mehrfamilienhaus bauen, das ist wenigstens finanziell lohnend.«

»Ach komm, das wird schon. Du wirst doch jetzt nicht aufgeben«, versuchte, Hettie sie zu besänftigen. »Schlaf erst mal drüber, morgen schaut alles anders aus. Denk an unsere wunderschöne gemeinsame Nacht.«

Aber Nike konnte nicht schlafen, sie lag auf ihrem Bett und starrte mit offenen Augen blicklos an die Decke. Sie wälzte die Frage hin und her, wer ihr schaden wollte oder wer einen Nutzen davon hätte. Aber egal wer ihr auch einfiel, es ergab keinen Sinn. Plötzlich kam ihr ein Gedanke, bei dem sie zusammenschrak.

Frajo? War er etwa ein besonders verschlagener Typ und plante insgeheim ein Mehrfamilienhaus, obwohl er Lissa gegenüber die Renovierung des Amalienhäusls vertrat? Würde er demnächst ein großes Mehrfamilienhaus »als Rettung in der Not« vorschlagen?

Es war schon ein Uhr nachts, als sie den leisen Summton von Lissas Elektroautos erkannte, gefolgt von dem ächzenden Geräusch des automatischen Garagentors. Sie stand auf, sie musste mit Lissa darüber reden ... Jetzt!

Lissa schenkte für sie beide ein Glas Rotwein ein, als sie erkannte, dass Nike sich nicht abwimmeln ließ, obwohl sie ihr mehrmals gesagt hatte, dass sie sehr müde sei. Nike fasste kurz ihre Überlegungen zusammen und fragte Lissa, ob ihr irgendeine Person einfalle, die ihr oder ihnen beiden schaden wolle. Lissa schüttelte müde den Kopf, fuhr jedoch wie eine Furie auf, als Nike Frajo nannte.

»Du bist unverschämt. Hast du vergessen, dass Frajo mich überzeugt hat, dass die Renovierung ein Schmuckstück aus dem Häuschen machen würde? Ich hätte es abgerissen, zum Schluss verdächtigst du mich auch noch?« Lissa erhob sich abrupt und knallte ihr Weinglas auf den Tisch.

Sofort sprang Nike auf und lief zu ihr hin. Sie legte ihr die Hände auf die Schultern. »Mama, sorry, ich traue es ihm nicht wirklich zu. Aber man kann sich in einem Menschen auch täuschen. Gerade wenn es um viel Geld geht …«

Lissa stieß Nikes Hände weg. »Das ist doch absoluter Blödsinn, überleg doch mal. Er müsste erst mal das Grundstück kaufen, und ich verkaufe es nicht.«

»Du hast ja recht, aber mir fällt nichts und niemand ein, der einen Grund hätte.« Sie versuchte, Lissa zu umarmen, aber die ließ es nicht zu.

»Dein Verdacht ist ungeheuerlich. Die einzige Entschuldigung, die ich akzeptiere, ist, dass du einen heftigen Tag hinter dir hast. Sonst würde ich es dir wirklich übel nehmen.«

»Sorry, aber ich bin echt am Ende.« Nike warf ihrer Mutter unter Tränen eine Kusshand zu und lief in ihr Zimmer.

Der Holzboden im Amalienhäusl war nicht mehr zu retten, wie Dominik sagte. Er hatte einen weiteren Fachmann zurate gezogen, aber der hatte gleich abgewinkt. Das würde nur viel Zeit und Geld kosten, und das Ergebnis wäre immer unbefriedigend. Es bliebe nichts anderes übrig, als den Boden herauszureißen.

Nike sah sich um. Wie gern hätte sie den alten Boden behalten, abgeschliffen und geölt. Er wäre ein Zeugnis von über hundert Jahren bodenständiger Bautradition gewesen. Sich vorzustellen, wie viele Füße darübergelaufen waren – kleine, tapsige Kinderfüßchen, große schwere Tritte junger, kraftvoller Menschen genauso wie schlurfende Schritte der Alten. Aber sie musste sich damit abfinden, das alte Holz hatte ausgedient und würde etwas Neuem Platz machen. Nike seufzte tief und drehte sich zu Frajo um, den sie auf Lissas Vorschlag hin dazugebeten hatte.

Auch er betrachtete es als aussichtslos, den Boden zu erhalten. »Jetzt kannst du auch gleich eine Fußbodenheizung einbauen lassen, bevor der neue Boden gelegt wird. Dann arbeitet die Wärmepumpe sogar wirtschaftlicher als mit Heizkörpern, und du bekommst ein bedeutend angenehmeres Raumklima.«

»Das macht es aber noch teurer. Wohin soll das noch führen?« Nike stöhnte auf. »Wer weiß, was noch alles passieren wird! Sollen wir eine Securityfirma beauftragen, die den Bau bewacht?« Frajo nahm Nike in den Arm und strich ihr über den Kopf. »Mal den Teufel nicht an die Wand, so schlimm wird es nicht werden. Ich rechne mit Dominik noch mal alles durch, damit wir den Überblick behalten.«

Nike schämte sich, er half ihr und tröstete sie, dabei hatte sie ihn verdächtigt. Nie hätte sie von sich selbst geglaubt, dass sie in einer Stresssituation so überreagieren würde.

49

Nachdem sich die Aufregung und der Ärger wieder gelegt hatten, liefen auch die Arbeiten am Amalienhäusl wieder an. In der kommenden Woche sollten die Balken für den Dachstuhl geliefert werden, bis dahin wäre der Holzboden herausgerissen und die Wand wieder trocken. Schweren Herzens entschloss sich Nike, zwei der großen Bäume im Garten entfernen zu lassen, denn es stellte sich heraus, dass sie eine Krankheit hatten und ein Teil des Stammes schon tot war.

Eine Mitarbeiterin des Gartenbaubetriebs rief Nike in der Arbeit an.

»Gartenbau Amsler. Wir könnten jetzt gleich kommen, um die Bäume zu entfernen. Haben gerade eine zeitliche Lücke, und es würde gut passen. Sie wollten die Bäume doch so schnell wie möglich raushaben?«

»Das ist zwar richtig, aber ich stecke mitten in einer Besprechung und kann nicht weg.« Nike wollte und konnte nicht schon wieder der Arbeit fernbleiben.

»Dann müssen Sie halt länger warten, denn danach ist erst wieder in acht bis zehn Tagen ein Termin frei. Sie sollten vor Ort sein, um dem Arbeiter zu sagen, welche Bäume wegmüssen. Ohne eine Bestätigung macht der gar nichts. Wenn die Bäume abgesägt sind, lässt sich nichts mehr ändern.«

»Ist schon klar ...« Nike überlegte fieberhaft, ob sie Hettie anrufen könnte, aber die hatte Unterricht. Sie könnte es bei Lissa probieren, aber ihre Hoffnung war gering. Janna, die Telefonistin vom Gartenbau Amsler, sagte ihr, dass sie sie in fünf Minuten wieder anrufen würde. Ein Rückruf vonseiten Amalias sei ungünstig, da sie bei einer Kollegin landen würde, und die wüsste womöglich nicht Bescheid. So wäre es der direkte Weg.

Nike konnte es kaum glauben, aber Lissa war sofort am Telefon und erklärte sich bereit hinzufahren. Zum Glück wusste sie, um welche Bäume es sich handelte, denn sie hatten gemeinsam beratschlagt, was sie damit tun sollten.

»Mama, du bist die Beste, vielen Dank.« Nike war erleichtert; wenn die Bäume gefällt wären, bevor der Dachstuhl käme, würde das die Aufstellung des Krans erleichtern.

Die Rückfrage der Firma kam pünktlich nach fünf Minuten, und Nike gab Bescheid, dass es nun doch klappte. Sie schüttelte erstaunt den Kopf, als die Dame ihr antwortete: »Na, geht doch.«

Eine seltsame Antwort, so würde sie sich nie einem Kunden gegenüber äußern. Aber sie verdrängte kopfschüttelnd ihre Verwunderung. Ihr fehlte die Zeit, sich darüber Gedanken zu machen.

Eine Stunde später, sie hatte sich erneut in die Ausschreibung vertieft, an der sich ihr Chef mit seinem Betrieb beteiligen wollte, klingelte erneut ihr Handy. Sie ließ es lange läuten, in der Hoffnung, der Anrufer würde aufgeben. Aber es bimmelte weiter, und sie ging gestresst dran: »Ja?«

»Polizeiobermeister Gärber, Dienststelle Murnau. Spreche ich mit Annike Bernreuther?«

Nike war leicht irritiert, denn keiner redete sie mit ihrem Taufnamen an. Sie zögerte kurz, doch dann fiel ihr ein, dass es sich wohl um den Auffahrunfall handelte, und auf dem Protokoll war ihr vollständiger Name hinterlegt. Das auch noch ... Sie hatte gehofft, damit nichts mehr zu tun zu haben.

»Am Apparat«, antwortete sie kurz angebunden.

»Sind Sie die Tochter von Alissa Bernreuther?«

Nike erschrak, das hatte nichts mit ihrem Unfall zu tun. »Ja klar, warum fragen Sie?«

»Ihre Mutter hatte einen Unfall und ist ins Krankenhaus gebracht worden.«

Nike begann zu zittern. »Wie ... oder was ist passiert?«

»Ich kann Ihnen leider nichts dazu sagen, am besten ist's, Sie fahren selbst ins Krankenhaus. Der Sanka müsste bereits dort angekommen sein. Die Adresse der Unfallklinik kennen Sie?«

»Ja, klar«, rief sie hektisch. Nike verabschiedete sich, sprang auf, nahm ihren Rucksack, rannte zum Auto und fuhr los. Während der Fahrt sprach sie ihrem Chef auf die Mailbox. Eine ständig wachsende Angst um Lissa und die Hoffnung, dass ihr nichts Schlimmes passiert war, wechselten sich ab.

Atemlos stürmte sie Minuten später in die Notaufnahme und lief auf die erste Schwester zu, die sie sah. »Wo finde ich meine Mutter, Alissa Bernreuther?«

Die Schwester taxierte sie ruhig von oben bis unten. »Sind Sie verwandt?«

»Ja, bin ich, Nike Bernreuther, die Tochter.« Nike wurde ungeduldig. »Was ist passiert, können Sie mich zu ihr bringen?«

Die Schwester nahm sie am Arm und deutete auf eine Tür. »Ihre Mutter wird gerade untersucht, das wird noch dauern. In der Zwischenzeit nehmen Sie dort bitte Platz. Kommen Sie erst mal zur Ruhe, so aufgelöst, wie Sie sind. Holen Sie sich ein Glas Wasser oder Tee, die Maschine steht im Warteraum.« Sie schob Nike in das Wartezimmer, in dem eine Mutter mit Kind und ein älterer Mann im Rollstuhl saßen.

Nike hatte Mühe, sich hinzusetzen. Sie stand unter maximaler Anspannung. Wenn ihr wenigstens einer sagen würde, was passiert war. Sie rief bei dem Gartenbauunternehmen an, aber dort war der AB eingeschaltet, denn es war schon nach Dienstschluss. Sollte sie Frajo eine Nachricht schicken, oder wäre das übertrieben? Zum Schluss hatte sie sich nur den Kopf angestoßen oder den Knöchel verstaucht. Aber dann wäre keine Polizei involviert gewesen …

Jedes Mal, wenn sich die Tür zum Warteraum öffnete, sprang sie auf, um sich danach wieder enttäuscht hinzusetzen.

Neue Besucher kamen herein, die vorherigen verließen den Warteraum, nur sie wusste immer noch nicht, was los war. Nach einer knappen Stunde lief sie nach draußen, um jemanden zu suchen, der ihr Auskunft geben konnte. Aber sie traf wieder auf die gleiche Schwester, die ihr jetzt sagte, dass Lissa wohl beim Röntgen sei, aber ganz genau wüsste sie das nicht.

»Was meinen Sie, kann Sie heute noch nach Hause?« Nike hoffte, mit dieser Frage etwas über die Art der Verletzung zu erfahren.

»Das glaube ich nicht, aber ich will den Ärzten nicht vorgreifen. Es tut mir leid, Sie müssen abwarten.«

Nike schrieb Frajo nun doch, denn ihr fiel ein, dass Lissa mit ihm fürs Theater verabredet gewesen war. Sie wollte ihn nicht schockieren und suchte nach der Formulierung, schrieb, löschte, schrieb wieder und löschte, aber dann schrieb sie einfach:

Lissa hatte einen Unfall und wird gerade untersucht. Details kenne ich noch nicht. Ich bin in der Notaufnahme des Unfallkrankenhauses.

Das Gleiche schrieb sie Hettie, um ihre eigene Verabredung abzusagen.

Als eine halbe Stunde später die Tür erneut aufging, kam Hettie herein.

»Nike, Süße, was ist passiert?« Hettie umarmte sie, und in diesem Moment flossen Nikes Tränen, sie wurde von einem Weinkrampf geschüttelt, der durch ihren ganzen Körper ging. »Schsch, beruhige dich. Das ist sicher nicht so schlimm, wirst sehen. Ich hole dir etwas zu trinken.«

Als sie wieder zurückkam, saß Nike in sich zusammengesunken dort, ihre ganze innere Spannung war weg. Während sie das Wasser entgegennahm, wurde die Tür aufgerissen, und Frajo stürmte herein. »Nike, was ist passiert? Ich bin gleich losgefahren, als ich deine Nachricht bekommen habe. Hoffentlich nichts Ernstes?« Besorgt beugte er sich zu ihr hinab.

»Ich weiß es nicht, keiner sagt mir, was los ist. Ich weiß nur, dass sie immer noch untersucht wird, aber ich bin schon fast drei Stunden hier.«

»Das kann doch wohl nicht wahr sein!«, empörte sich Frajo. »Ich werde eine Erklärung bekommen, warte kurz.« Er lief aus dem Wartebereich hinaus.

Nach einigen Minuten kam er jedoch mit hängenden Schultern zurück. »Die Schwestern dürfen nichts sagen, und ein Arzt ist im Moment nicht verfügbar. Uns bleibt tatsächlich nichts anderes übrig, als zu warten.« Er ließ sich in den Sessel neben Nike fallen, und legte ihr tröstend den Arm um die Schultern. »Ist vielleicht alles halb so schlimm. Ich bleibe hier bei dir, bis wir etwas wissen.«

Aber nichts passierte, und Nike drängte Hettie nach einer weiteren Stunde, zu gehen, da sie wusste, dass sie am Abend einen Aquarellmalkurs hatte. Die Stille im Warteraum war bedrückend, nur Frajos Füße, die abwechselnd auf den Boden klopften, waren zu hören – und ihr eigenes lautes Seufzen.

Gegen neun Uhr kam ein Arzt in Begleitung einer Schwester herein. »Sie sind die Tochter von Frau Bernreuther?«

»Sagen Sie mir doch endlich, was passiert ist?« Nike schrie es fast heraus.

»Ihre Mutter wurde von einem herabstürzenden dicken Ast getroffen. Sie hat ein schweres Schädel-Hirn-Trauma und mehrere, zum Teil äußerst komplizierte Brüche. Zum Glück wurden keine inneren Organe verletzt, aber das ist auch das einzig Positive, was ich zu den Verletzungen sagen kann.«

Nike drückte sich beide Hände an den Kopf und schloss die Augen. Sie verstand nichts mehr – Brüche, Gehirnerschütterung, Trauma, innere Organe –, die Worte schwirrten wie ein Kreisel in ihrem Kopf herum.

Frajo stellte sich als Lebensgefährte vor. »Herr Doktor …« Er richtete seinen Blick auf das Namensschild am Arztkittel. »… Ellmann, was unternehmen Sie, beziehungsweise wie schaut die Behandlung aus?«

»Wir haben Frau Bernreuther vorerst ins künstliche Koma versetzt, so lassen sich die Schmerzen besser ertragen. Die Brüche werden in den kommenden Tagen operiert. Unser Augenmerk liegt darauf, dass die Gehirnerschütterung sich positiv entwickelt, denn der Ast hatte ihren Kopf sauber erwischt.«

Nike schrie auf, presste die Hände aufs Gesicht, und Frajo umarmte sie. »Wird sie wieder gesund werden?«, stellte Frajo die alles entscheidende Frage.

»Die Brüche sind nicht das Problem. Die Gehirnverletzung ist der entscheidende Faktor.« Dr. Ellmanns Antwort war knapp.

»Kann ich zu ihr?« Nikes Stimme zitterte.

»Sie ist noch im OP, danach kommt sie auf die Intensivstation. Sie können Ihre Mutter morgen besuchen, aber wie gesagt, das künstliche Koma wird wohl einige Tage notwendig sein.«

Nike und Frajo verließen das Krankenhaus, beide mit hängenden Schultern und Köpfen. Frajo schob sie in sein Auto. »Wir fahren zusammen nach Hause, ich lasse dich jetzt nicht allein. Du hast sicher den ganzen Tag nichts gegessen.«

Wie konnte Frajo jetzt an Essen denken, das war so nebensächlich, aber trotzdem rührte es sie, dass sich Frajo wie ein Vater um sie sorgte.

Schweigsam betraten sie das Haus.

»Ich werde irgendetwas Essbares für uns zaubern.«

»Ich glaube, ich kriege nichts runter.«

»Nike, du wirst in der nächsten Zeit viel Kraft brauchen, und dazu gehört es, vernünftig zu essen.« Frajo duldete keine Widerrede, ging in die Küche und schlug Eier für ein Omelett auf. »Magst du Käse oder Champignons, noch ist alles möglich.«

»Egal, ich esse alles.« Ihr fehlten der Wille und die Kraft, auch nur die kleinste Entscheidung zu treffen.

Nach den ersten Bissen spürte sie, dass sie tatsächlich Hunger gehabt hatte, und bedankte sich bei Frajo. Dafür, dass er gekommen war, dass er sich um sie und Alissa kümmerte, einfach dafür, dass er da war.

»Das ist doch wohl selbstverständlich. Ich liebe deine Mutter. Hat sie dir das nie gesagt?«

»Mama redet nicht über so etwas, aber dass du ihr nicht egal bist, habe ich sehr wohl gemerkt.« Sie lächelte Frajo an.

»Ich meine es ernst.«

Obwohl Nike sich nicht vorstellen konnte, dass sie auch nur eine Sekunde schlafen würde, fiel sie nach Frajos Abschied und einer kurzen Nachricht an Hettie wie ein Stein ins Bett.

50

Die Polizei sperrte die Baustelle, und erneut musste die Renovierung unterbrochen werden. Ein Kommissar übernahm die Ermittlungen, und Nike wurde wieder und wieder befragt, warum nicht sie, sondern ihre Mutter auf der Baustelle gewesen sei. Auch Hettie, Dominik und seine Mitarbeiter, selbst Frajo wurden ins Gebet genommen, aber auch deren Aussagen führten zu keiner neuen Erkenntnis.

Die Nachricht, dass der Anruf wegen der Baumfällarbeiten gar nicht von dem Gartenbaubetrieb gekommen war, war für alle ein Schock. Der Holzfäller war kein Mitarbeiter der Firma Amsler gewesen, sondern ein Unbekannter. Aus dem vermeintlichen Unfall war ein bewusst geplanter Anschlag geworden – und zwar auf Nike, wie der Kommissar mutmaßte. Sicher nicht auf ihre Mutter.

Ein dumpfer Tag folgte dem nächsten, und Nike fühlte sich wie in Trance. Verzweifelt versuchte sie, die grauen Schleierwolken, die ihren Kopf umkreisten und einen klaren Blick auf das Geschehen verhinderten, wegzuschieben, aber der Albtraum hielt an. Immer wenn sie glaubte, dass ein Lichtstrahl sich zu ihr durchkämpfte, war die nächste Wolke da. Ihre Gedanken kreisten um die Frage, wer ihr schaden wollte und so skrupellos war, auch einen Mord in Kauf zu nehmen. Aber ganz gleich, welchen Standpunkt sie einnahm, um auf sich selbst und das Amalienhäusl zu schauen, sie fand keine Antwort auf die Fragen nach dem Wer und dem Warum. Einmal tauchte die Idee auf, ob aus Uromas Ursprungsfamilie jemand ältere Ansprüche auf das Haus hatte oder sie zu haben glaubte. Aber dann wäre doch der erste Weg, mit Lissa und ihr zu reden, noch dazu, da sie in Murnau nie Familienangehörige kennengelernt hatten. Sicher waren weiter entfernte Verwandte da, denn Uroma Mali hatte zwei Schwestern und zwei Brüder gehabt. Lissa hatte hin und wieder Kontakt mit den Kindern und Enkelkindern ihres Großonkels Benedikt, Uroma Malis Bruder, gepflegt, der nach dem Krieg in der Bretagne geblieben war. Aber die hatten mit Deutschland nichts am Hut, das waren Franzosen mit Haut und Seele. Was sollten die mit dem Amalienhäusl anfangen?

Die Polizei tappte im Dunkeln. Nike kam ebenfalls zu keinem Ergebnis, denn die ständige Sorge um Lissa, die immer noch im Koma lag, beherrschte ihr ganzes Denken und Fühlen. Die Schwellungen des Hirns gingen zwar schneller zurück als ursprünglich befürchtet, aber keiner wusste, ob Lissa bleibende Schäden zurückbehalten würde. Es stand wie eine Drohung im Raum. Angst um sich selbst hatte sie komischerweise nicht, obwohl ihr der Kommissar zu verstehen gab, dass es jemand auf sie abgesehen hatte und es vielleicht noch einmal versuchen würde. Es war zu viel passiert, um es abzutun: die Reifen, die Scheibe bei Hettie, jetzt der Anschlag auf ihre Mutter … Und vielleicht war auch die Plane am Haus bewusst zerstört worden. Nike verstand die Welt nicht mehr.

Zum Glück nahm Frajo ihr vieles ab, was zu regeln war, damit sie so oft wie möglich bei ihrer Mutter sein konnte. Er gab die Eckdaten von Lissas privater Krankenversicherung an die Verwaltung weiter, damit ihre entsprechende Behandlung sichergestellt werden konnte. Nike bekam davon nichts oder nur sehr wenig mit, sie saß neben dem Bett und streichelte die Hand ihrer Mutter. Sie redete mit ihr, einmal ertappte sie sich dabei, dass sie mit ihr schimpfte. »Das eine sage ich dir, meine liebe Mama, wenn du wieder reden kannst, dann möchte ich wissen, wer mein Vater ist. Wenn der Unfall schlimmer ausgegangen wäre, stünde ich allein da, ohne die Chance, es jemals zu erfahren.«

Sie bemerkte nicht, dass in der Zwischenzeit Dr. Ellmann, der Chefarzt, das Zimmer betreten hatte und ihr zuhörte. Er räusperte sich mehrmals, und sie drehte sich überrascht zu ihm um.

»Entschuldigen Sie bitte, ich wollte Sie nicht stören. Aber es wird Sie sicher freuen, dass Ihre Mutter so weit ist, dass wir das Koma allmählich beenden können. Wir haben mit dem Ausschleichen der Medikamente bereits begonnen, morgen Mittag müsste sie aufwachen.«

Nike hob die Arme und konnte sich gerade noch davor zurückhalten, ihm um den Hals zu fallen.

Er bemerkte es lächelnd. »Tun Sie sich keinen Zwang an, Freudenausbrüche sind mir lieber als Tränen, dafür stehe ich gern zur Verfügung.«

»Sie machen mich echt zum glücklichsten Menschen der Welt! Ich bin so froh.« Nike schüttelte ihm immer wieder die Hand, vor lauter Erleichterung ließ sie ihn nicht mehr los.

Als sich sein intensiver Blick durch die getönte Brille, hinter der seine Augen kaum zu sehen waren, nicht von ihr abwandte, meinte sie, er hätte an ihr etwas entdeckt – ein Muttermal oder sonst was –, aber dann kapierte sie, dass sie immer noch seine Hand hielt, und entschuldigte sich verlegen.

Nikes Leben glitt allmählich wieder in ein ruhigeres Fahrwasser. Sie hatte ihren Resturlaub genommen, danach würde sie in die Selbstständigkeit starten. Bis dahin hatte sie Zeit, sich um Lissa zu kümmern, die bereits am angedachten Tag erwacht war und Gott sei Dank seit jenem Mittag sichtbar an Kraft gewonnen hatte. Nikes größte Sorge, dass Lissa eine dauerhafte Beeinträchtigung durch die schwere Kopfverletzung erlitten hätte, war wenige Tage nachdem ihr Koma beendet worden war, vom Tisch gewesen. Der Chefarzt hatte ihr versichert, Lissa würde wieder ganz die »Alte« werden, wenn es auch noch eine geraume Zeit beanspruchen würde.

Der Umbau am Amalienhäusl lief unter Dominiks Regie weiter, allmählich war zu sehen, dass das neue Haus ein echtes Schmuckstück werden würde.

Die Untersuchungen der Kripo liefen alle ins Leere, nicht einmal die Andeutung eines begründeten Verdachts zeichnete sich ab. Es war wie verhext. Der fingierte Anruf in Sachen Baumfällarbeiten ließ sich nicht zurückverfolgen, da er von einem Prepaidhandy gekommen war. Damit erklärte sich im Nachhinein die Ausrede der Anruferin, dass Nike ihren Rückruf abwarten sollte, um nicht bei einer ahnungslosen Kollegin zu landen. Lissa konnte nichts zur Klärung beitragen, eine Amnesie nach dem Unfall hatte sie alles vergessen lassen. Sie konnte sich noch erinnern, dass sie am Amalienhäusl angekommen war und mit einem Mann gesprochen hatte, der in voller Schutzmontur inklusive eines Helms vor Ort gewesen war. Was danach passiert war, war vollkommen ausgelöscht. Sie hatte unfassbares Glück gehabt, dass in dem Moment, als der Baum auf sie stürzte, ein Nachbar seinen Hund am Grundstück entlangführte und sofort einen Notruf auslöste, noch bevor er Lissa selbst zu Hilfe kam. Er hatte berichtet, dass er versucht habe, sie auf den fallenden Baum aufmerksam zu machen, aber sie habe nicht auf seinen Zuruf reagiert. Auch er hatte den Holzfäller nicht beschreiben können, der in dem Moment verschwunden war, als er zu Lissa rannte, um zu helfen.

Lissa erholte sich sichtlich, wurde aber mit jedem Tag ungeduldiger. Ihr standen noch zwei Operationen bevor, und auch danach würde sie noch einige Wochen ans Bett gefesselt sein. Als Nike wie jeden Tag das Krankenzimmer betrat, standen Udo Lienhard, Lissas Stellvertreter in ihrer Klinik, und der Chefarzt des Unfallkrankenhauses, Dr. Bastian Ellmann, an ihrem Bett. Die drei schienen sich gut zu kennen, sie alberten herum wie alte Freunde aus früheren Zeiten.

Lissa erklärte Nike später lachend, dass sie vor einigen Jahren alle drei im Krankenhaus rechts der Isar in München gearbeitet hatten.

»O ja, das ist echt lang her, da warst du noch gar nicht geboren«, fügte sie hinzu.

Plötzlich kicherte Nike. »Vielleicht sollte ich die mal fragen, wer mein Vater ist.«

Lissa verschlug es die Sprache, und Nike fiel es wie Schuppen von den Augen. »Mama, könnte es sein, dass einer von den beiden ...? Wie lange warst du dort angestellt?«

»Ach, Schatz ... du hast Ideen ... eine Beziehung mit Udo oder Basti ...« Lissa rang um Worte, was Nike überhaupt nicht bei ihr kannte.

»Wenn wir schon dabei sind: Ich wollte sowieso mit dir über dieses Thema reden. Denn als du schwer verletzt hier eingeliefert wurdest und ich nicht wusste, ob oder wie du überlebst, wurde mir wieder mal klar, dass ich immer noch nicht weiß, wer mein Vater ist. Ich habe das Recht darauf, und ich möchte es nun, also genau jetzt und hier, wirklich wissen.«

»Willst du mir die Pistole auf die Brust setzen, oder was soll das werden? Was versprichst du dir davon?« Lissa wandte den Kopf ab.

»Mama, ich will es einfach nur wissen. Was ich damit anfange, kann ich dir nicht sagen. Nur so viel, dass ich nicht damit hausieren gehen werde. Du weißt doch auch, wer dein Vater ist, oder nicht?«

»Ja, aber was hat mir das gebracht? Er wollte mich nicht, da ich nicht der erhoffte Sohn war. Er war auch Mamas Agent. Was hätte ich damit anfangen sollen?«

Während ihres aufgeregten Wortwechsels hatten sie nicht bemerkt, dass der Chefarzt, der kurze Zeit vorher das Zimmer verlassen hatte, wieder im Zimmer stand. Er räusperte sich und entschuldigte sich für die Störung, er müsse dringend noch eine weitere Untersuchung mit Lissa besprechen. Aber wenn Lissa einverstanden sei, könne Nike dabeibleiben, schließlich sei sie schon erwachsen ... Dabei zwinkerte er ihr zu.

»Mit siebenundzwanzig ist man zwar vor dem Gesetz, aber nicht in den Augen mancher Mütter erwachsen«, antwortete Nike aufgebracht und verließ grußlos das Krankenzimmer. Sie konnte ihre Enttäuschung über die starre Haltung ihrer Mutter nicht verbergen, und nur weil Lissa verletzt und bettlägerig war, würde Nike ihre eigenen Gefühle und Wünsche nicht zurückdrängen.

51

»Was ist los mit dir, so kenne ich dich gar nicht?« Die wortkargen Kommentare Nikes waren äußerst untypisch. Normalerweise saßen sie am Abend zusammen, redeten, lachten und alberten herum und konnten kindisch sein wie Teenies.

Heute lagen sie nebeneinander in der Hängematte, aber es kam kein Gespräch zustande. Hettie ließ nicht locker und bohrte nach, bis Nike ihr von dem wieder einmal frustrierenden Gespräch mit ihrer Mutter am Nachmittag erzählte.

»Dein Großvater war Kurator im Lenbachhaus?« Hettie machte große Augen.

»Ja, er war zur Zeit der Übergabe der Gemäldesammlung Kandinskys und anderer Künstler des *Blauen Reiters* von Gabriele Münter an das Lenbachhaus dort beschäftigt. Später war er der Agent meiner Großmutter, außerdem hatten sie eine langjährige Beziehung, obwohl er viel älter als sie und verheiratet war.«

»Weißt du, wann das war? Ich meine, die Übergabe der Gemälde?«

»1958 war der Vorgang abgeschlossen. Warum fragst du?«

»Weil mein Großvater auch als Kurator im Lenbachhaus tätig war.« Hettie schaute sie mit großen Augen an. »Der, den ich nie kennenlernte, der mir das Studium ermöglichte.«

»Du meinst ...« Nike holte laut hörbar Luft. »Du meinst, dein Großvater und meiner sind eine Person? Das wäre ja der Hammer! Bestimmt gab es viele Kuratoren, das wäre schon ein unglaublicher Zufall.«

»Kennt deine Mutter seinen Namen? Frag sie doch bitte mal, das würde mich brennend interessieren.« Hettie richtete sich plötzlich in der Hängematte auf und rutschte zur Seite, als müsste sie auf Abstand gehen.

»Kann ich machen. Aber würde das zwischen uns irgendetwas ändern?«

Hettie sprang abrupt aus der Hängematte und richtete sich vor Nike auf. »Das setzt unsere Beziehung in einen vollkommen anderen Kontext. Mir kommt das vor wie … ja … wie Inzest.«

»So ein Quatsch!« Nike reagierte ungehalten und immer noch leicht angefressen wegen der Unterhaltung mit ihrer Mutter. Jetzt setzte Hettie noch eins drauf.

»Wir wären dann Cousinen, unsere Mütter Halbschwestern. Findest du das nicht seltsam? Ich glaube, ich hätte damit ein Problem.« Hettie trat einen Schritt zurück und verschränkte die Arme vor der Brust.

»Echt jetzt? Soweit ich es verstehe, ist Inzest doch nur ein Thema, wenn Kinder gezeugt werden.« Nike brachte es auf den Punkt, Hetties Bedenken erschienen ihr an den Haaren herbeigezogen.

»Für mich wäre diese Konstellation ein ethisch-moralisches Problem, verstehst du das nicht? Ich will das geklärt haben, das muss ich echt verdauen …«

Nun sprang auch Nike aus der Hängematte und landete unsanft auf den Knien. Der Tag hatte es in sich, was würde denn noch kommen? Hetties Einstellung erschien ihr überzogen und völlig absurd. Als ob sie als Cousinen andere Menschen wären. Würden sich deswegen ihre Gefühle füreinander ändern? Vielleicht liebten sie sich gerade deswegen, weil sie sich, ohne es zu wissen, genetisch nahestanden.

»Alles klar, ich bin dann mal weg, damit du dein ethisch-moralisches Problem erörtern kannst«, rief sie und lief eilig die Treppe hinab.

Zu Hause schenkte sie sich großzügig ein Glas Rotwein ein und setzte sich auf Lissas Terrasse. Der Blick auf die Gipfel in der Ferne würde sie versöhnen – mit Lissa, mit Hettie, mit sich selbst. Es war ihre Art der Meditation, sie konnte darin versinken und alles um sich herum vergessen.

Aber selbst die Berge taten ihr heute keinen Gefallen, sie waren in den Wolken verschwunden.

Früh am Morgen ploppte eine Nachricht von Hettie auf.

Süße, bitte sei mir nicht böse. Aber lass uns erst mal klären, wer unsere Großväter waren. Das ist mir sehr, sehr wichtig. Ich liebe dich trotzdem.

Nike schüttelte ungläubig den Kopf, sie konnte Hetties Einstellung nicht nachvollziehen. Es erschien ihr so was von kleinkariert, damit musste Hettie selbst klarkommen. Nike wollte es nicht zu einem weiteren ihrer Probleme machen, sie hatte selbst schon genug davon. Was ihr helfen würde, wäre Abstand, sowohl zu Lissa als auch zu Hettie. Der Besuch im Krankenhaus bei Lissa würde heute zum ersten Mal seit Wochen ausfallen.

»Der alte Kasten ist schwerer, als er ausschaut«, ächzte Daniel, ein Mitarbeiter Dominiks, während sie zu zweit die Kommode aus dem Keller des Amalienhäusls Stufe um Stufe die Treppe hochhievten.

»Vielleicht ist Blei in den Schüben«, antwortete Nike. »Die Schubläden klemmen, sonst hätte ich sie schon rausgezogen.«

»Oder es sind Goldbarren drin, dann würde sich die Mühe wenigstens lohnen«, sagte Daniel lachend. »Was willst denn mit dem alten Ding anfangen, als Brennholz hätten wir es auch unten im Keller zerkleinern können.«

»Das ist ein Erbstück, ich versuche, es zu restaurieren.«

»Na dann ... viel Spaß!« Daniels Unverständnis stand ihm ins Gesicht geschrieben.

Nun stand die Kommode in ihrer Werkstatt, der früheren Scheune. In den vergangenen Tagen hatte sie ihr Werkzeug ordentlich an Haken an der Wand aufgehängt. Nike war stolz auf diesen Raum, hier würde sie in Zukunft ihre Kreativität ausleben können.

Sie umrundete die Kommode und besah sich die Seitenwände sehr genau. Nike ruckelte und zog an den Griffen, aber die Schübe bewegten sich kaum. Vermutlich waren sie durch die Feuchtigkeit im Keller total verzogen. Nike probierte es, Millimeter für Millimeter, abwechselnd auf jeder Seite, und nach fast dreißig Minuten hatte sie den ersten Schub herausgezogen. Bei den übrigen vier ging es ihr leichter von der Hand, denn ihre Technik des beidseitigen Schiebens hatte sie verfeinert. Jedes Mal, wenn sie wieder eine Schublade herausgezogen hatte, schaute sie erwartungsvoll hinein, aber sie waren leer, alle fünf. Die Rückwand war mit einer fast zwei Zentimeter dicken Holzplatte verstärkt, vermutlich, um den Stand der hohen Kommode zu stabilisieren. Nike erinnerte sich an Lissas Vorwurf, dass Oma Mali immer alles repariert hatte, um nichts wegzuschmeißen. Sie konnte sich gut vorstellen, dass die Holzplatte eine dieser Reparaturaktionen gewesen war, und grinste. Nicht schön, aber sie hatte durchaus ihren Zweck erfüllt.

Nachdem sie siebzehn Schrauben, die immer wieder durchgedreht waren, unter größter Kraftanstrengung gelöst hatte, sah sie, dass auf der darunterliegenden Originalrückwand der Kommode ein Karton mit Klebestreifen befestigt war. Das war doch mal eine Überraschung. Sofort war Nikes Neugier angefacht. Wer wusste schon, was sich darunter verbergen würde? Ungeduldig riss sie am Klebestreifen, dabei löste er sich fast von selbst, so porös, wie er war. Als sie den Karton anhob, rutschte ein dickes Heft heraus. Sie nahm es in die Hand, strich über die vergilbte Vorderseite des Packpapiereinbands, der mit *Werkverzeichnis* beschriftet war, und schlug es auf. Die erste Seite war ein lose eingelegtes Blatt mit linierten Zeilen in enger, aber gleichmäßiger Schreibschrift beschrieben.

Murnau, im Mai 1975

Meine liebste Alissa,

jetzt, da Du diesen Brief in der Hand hältst, ist es so weit. Als meine Enkelin übernimmst Du mein Vermächtnis, denn sonst hättest Du diesen Brief nicht gefunden. Die Kommode ist ein Geschenk Gabriele Münters und Wassily Kandinskys, die ich über alle Maßen geschätzt und verehrt habe. Gabriele war mir Arbeitgeberin, Freundin und Familie zugleich. Vielleicht findet sich bei Dir ein Ehrenplatz, es wäre mir eine große Freude.
Die Gemälde, die ich über viele Jahre hinweg von Gabriele, Kandinsky und Jawlensky geschenkt bekam, habe ich an einem sicheren Ort aufbewahrt. Wo das ist, wirst Du schnell herausfinden. Gabriele und ich hatten schon einmal Gemälde an einem ähnlichen Ort verborgen.
Meine liebste Enkelin, Du bist das Wertvollste, was mir in meinem Leben blieb, nachdem mir Deine Mama genommen wurde. Bei Deiner Geburt erlebte ich das schlimmste Leid und die größte Freude gleichzeitig. Ich mache mir bis an mein Lebensende Vorwürfe, dass ich Sascha nicht von der Entbindung in der Klinik überzeugen konnte.
Meine liebe Alissa, es ist mir nicht gelungen, Dir meine unendlich große Zuneigung zu zeigen, aber eins sollst Du wissen, ich habe Dich und Deine Mama über alles geliebt.
Du hast den starken Willen Deiner Mutter geerbt, und ich bin überzeugt, dass Du alles erreichen wirst, was Du Dir vornimmst. Ich wünsche Dir von ganzem Herzen ein glückliches und erfülltes Leben.

Deine Dich über alles liebende Oma Mali

PS: In dem Heft sind die Entstehungsdaten aller Gemälde, Fotografien und Drucke von Gabriele ab 1910 aufgelistet, außerdem die Empfänger, an die sie verkauft, denen sie geschenkt oder mit deren Werken sie getauscht wurden ... und das entsprechende Datum.

Nike öffnete das Heft und staunte nicht schlecht über die unzähligen Gemälde. Sie schätzte, dass es zweitausend oder noch mehr sein könnten, als sie die Seiten des Hefts auffächerte. Später würde sie sich die Listen näher anschauen, aber jetzt interessierte sie der Brief. Sie las ihn wieder und wieder, als könnte sie dadurch noch mehr erfahren, vielleicht noch etwas zwischen den Zeilen lesen, was sie in der ersten Aufregung nicht wahrgenommen hatte. Ihr Blick war starr auf die Zeilen gerichtet. Ein kurzer Brief, aber er bedeutete ihr viel, sehr viel. Aus jedem Wort sprach ihre ganze Liebe für Lissa und deren Mutter Sascha. Dabei hatte Lissa immer daran gezweifelt und ihrer Oma die Schuld an der Hausgeburt gegeben. Die wenigen Worte rückten so vieles in ein anderes Licht. Nun konnte sich Lissa wenigstens gedanklich mit Oma Mali aussöhnen.

Was Amalia allerdings mit dem »ähnlichen Ort« meinte, an dem sie ihre Bilder versteckt hatte, war Nike ein Rätsel. Aber bestimmt konnte Lissa etwas damit anfangen. Oder meinte sie damit den Warhol und das Gemälde von Jawlensky? Aber die waren bereits in Lissas Besitz. Aber von Münter und Kandinsky hatte sie bei Lissa nie etwas gesehen, doch das war im Moment nicht so wichtig. Dieses Rätsel würden sie lösen, jetzt kam erst einmal die Kommode an die Reihe. Sie war stolz auf ihre Intuition. Sie hatte immer das Gefühl gehabt, die Kommode sei etwas Besonderes.

Sie fotografierte das alte Stück und die bemalten Fronten der Schubläden. Obwohl sie sich vorgenommen hatte, ihren heutigen Besuch ausfallen zu lassen, musste sie Lissa den Brief und das Heft sofort zeigen, sie hatte ein Recht darauf. Es fiel Nike sowieso schwer, nachtragend zu sein, aber dieser überraschende Fund machte alles hinfällig.

Zwei Stunden später verließ Nike freudestrahlend Lissas Krankenzimmer und stieß beinahe mit dem Chefarzt zusammen.

»Und, ist die Laune wieder besser?«, fragte er sie erneut mit bohrendem Blick durch seine getönten Gläser.

Nike überlegte, dann fiel ihr ein, worauf er sie ansprach. »Ach ja ... eine kleine Meinungsverschiedenheit. Aber ... es ist alles wieder gut.«

»Entschuldigen Sie bitte meinen aufdringlichen Blick, Frau Bernreuther, aber kann es tatsächlich sein, dass sie zwei verschiedenfarbige Augen haben?«

Sie schaute ihn an, als hätte er ihr das nächste Weltwunder angekündigt. »Ja, schon, aber den meisten fällt das nicht auf. Oder sie sprechen es mir gegenüber nicht an, das könnte auch sein ...«

»Das ist meine Berufskrankheit, ich habe gelernt, immer genau hinzuschauen. Ich frage, weil dieses Phänomen sehr, sehr selten ist.«

»Wenn das alles ist, kein Problem«, sagte sie grinsend und verabschiedete sich. Ein komischer Kauz mit seiner getönten Brille.

Nachdem sie Lissa selig lächelnd mit dem Brief von Oma Mali zurückgelassen hatte, kämpfte Nike mit sich, ob sie Hettie schreiben sollte. Lissa hatte ihr versprochen, den Namen ihres Großvaters herauszufinden, wenn sie wieder zu Hause war. In irgendeinem Brief ihrer Mutter hatte sie ihn mal gelesen, aber gleich wieder vergessen.

Nike setzte sich auf eine Bank vor dem Krankenhaus.

Vielleicht kriegte sich Hettie wieder ein. Heute Abend hatte sie ein Seminar, und sie würden sich sowieso nicht treffen können. Sie schickte ihr die Fotos von der Kommode, von dem Brief und eine Textnachricht über den Fund. Sie schloss mit den Worten, dass sie jetzt nur noch das Rätsel lösen müssten, wo das angedeutete Versteck weiterer Gemälde sein könnte.

Einige Tage lang bearbeitete Nike mit Hingabe die Kommode, vorsichtig schliff und polierte sie die rauen Stellen. Die Vorderfronten beließ sie im Originalzustand, zwei morsche Ecken füllte sie mit Holzkitt auf und glättete sie im Anschluss. Die Bemalung mit Blau, Ockergelb und einem Braun-Rot tastete sie nicht an, das war ihr heilig. Fast schon liebevoll strich sie wieder und wieder mit einem feinen Schleifschwamm über das alte Holz. Obwohl kaum eine Veränderung zu sehen war, bildeten sich am Boden allmählich kleine Häufchen aus feinstem Schleifstaub. Die Rückseite stabilisierte sie mit einem flachen Bandstahl, den sie über Kreuz aufschraubte, denn die bisherige Holzplatte war ihr zu plump.

Schließlich stand die Kommode vor ihr wie neu, aber mit altem Glanz. Nike strahlte, denn sie war seit Langem wieder einmal zufrieden mit sich. Sie schickte ein Foto von dem fertiggestellten Schmuckstück an Lissa, die zwar immer noch von Bauernmalerei sprach, aber jetzt mit einem liebevollen Augenzwinkern. Die Kommode würde nie dem Kunstgeschmack ihrer Mutter entsprechen, daran würde auch Gabriele Münter nichts ändern, aber sie respektierte Nikes Hingabe und die unermüdliche Arbeit, die sie leistete.

Gleich darauf konnte sie die Antwort lesen:

Gut gemacht, mein Kind. Mama.

52

Nike hatte den Kiosk am Eingang des Krankenhauses schon passiert, als ihr einfiel, dass Lissa sie um einige Zeitschriften gebeten hatte. Sie ging wieder zurück und trat durch die mit vielen, teilweise schon vergilbten Zeitschriftentiteln beklebte Glastür. Der Geruchsmix aus bedrucktem Papier, warm gehaltenem Leberkäse und gekochten Wiener Würstchen, die den ganzen Tag lauwarm gehalten wurden, stieg ihr unangenehm in die Nase. Die Zeitschriften *ART*, *Elle* und *AD* sollte sie mitbringen, und sie ließ ihren Blick über die Auslagen streifen.

Plötzlich hielt sie überrascht inne, ihre Augen wanderten zurück zu den Tageszeitungen.

Nein, sie hatte sich nicht getäuscht. Auf der Titelseite des *Murnauer Tagesboten* prangte ein Foto ihrer Kommode, es nahm fast die halbe Zeitungsseite ein! Gab es etwa eine zweite, identische Kommode? Oder war es die aus dem Münterhaus? Sie nahm die Zeitung, um das Foto genau anzuschauen.

»Erst zahlen, dann schauen«, rief eine Stimme hinter dem Würstchentopf hervor.

»Sorry, natürlich kaufe ich die Zeitungen«, antwortete Nike, »ist doch klar.«

Schnell nahm sie die Zeitschriften für Lissa und bezahlte alles. Während sie weiterging, las sie den Bericht. Sie konnte es nicht glauben …

Kommode von Gabriele Münter – Original oder Fälschung? Bei Renovierungsarbeiten eines Murnauer Hauses ist diese Schubladenkommode mit Bemalung im Stil Gabriele Münters aufgetaucht. Eine ähnliche Kommode befindet sich im Münterhaus, das die Künstlerin 1909 kaufte und viele Jahre bewohnte. Sollte es ein Original sein, ist der Wert beträchtlich, es könnte sich natürlich auch um eine Fälschung handeln …

Nike stürmte in Lissas Zimmer, die aus dem Bett aufschreckte. »Mama, schau dir das an. Ich fasse es nicht, das ist unsere Kommode, ich erkenne sie an den Ecken der Schubladen.« Aufgeregt hielt sie Lissa, die flach im Bett lag, die Zeitung hin.

Sie zog sich langsam am Haltegriff hoch, ließ das Kopfteil zum Sitzen hochfahren und schob ihre Lesebrille auf die Nase. Lissa schüttelte irritiert den Kopf. »Bist du sicher, dass das unsere Kommode ist? Womöglich gibt es mehrere davon? Es ist bekannt, dass Gabriele Münter unglaublich viel gemalt hat.«

»Ganz sicher, ich kenne jeden Pinselstrich und jede Maserung des Holzes. Schließlich habe ich tagelang daran gewerkelt.«

»Hast du die Kommode im Freien bearbeitet? Vielleicht hat sie jemand im Vorübergehen fotografiert?«

»Nein, schau doch, sie steht in der ehemaligen Scheune, meiner Werkstatt, dahinter hängen meine Werkzeuge an der Wand. Es ist mir ein Rätsel, wie die Redaktion an das Bild kommt. Ich habe die Fotos nur dir und Hettie gezeigt … und Frajo. Wer von euch dreien sollte sie dem *Tagesboten* geschickt haben, das macht doch keinen Sinn?«

Lissa las noch einmal den Bericht. »Hier ist auch der Hinweis auf versteckte Gemälde, die Oma Mali in ihrem Brief angesprochen hatte.«

»Na super, jetzt rennt jeder los und macht sich auf Schatzsuche, am besten gleich im Amalienhäusl. Wer ein bisschen Ortskenntnisse hat, findet schnell heraus, um welches Haus es sich handelt, denn so viele Häuser werden in Murnau im Moment nicht renoviert.«

»Mal doch nicht gleich den Teufel an die Wand. Überlege noch mal in Ruhe, wer hätte die Fotos machen können. Ein Mitarbeiter von Dominik? Die Handwerker gehen doch ein und aus. Und wer weiß, wie viel man für eine derartige Sensationsmeldung bekommt.«

»Du, Hettie, Frajo und ich wissen davon. Von der Kommode, dem Brief und dem Heft.« Plötzlich wurde Nike blass. »Dann kann es nur Hettie gewesen sein. Sie hat sich seit Tagen nicht gemeldet. Ich habe zwar keinen blassen Schimmer, was sie mit einer derartigen Veröffentlichung in der Presse bewirken wollte, aber wer weiß!«

»Was hältst du davon, erst mal mit dem Kommissar zu sprechen? Bevor du Hettie beschuldigst und womöglich noch mehr Ärger lostrittst.«

Nike saß in ihrem Auto, das sie gegenüber der Kunstschule geparkt hatte. Ihr Blick war wie gebannt auf die Tür gerichtet. Meistens endeten die Kurse nicht genau auf die Minute, und es war ihr wichtig, dass sie Hettie allein antraf. Währenddessen ließ sie sich das Gespräch mit Marlene Hofer, der Polizistin, noch mal durch den Kopf gehen, denn der Kommissar war nicht im Dienst gewesen. Marlene Hofer fand auch keine Erklärung dafür, was die Veröffentlichung des »Fundes« irgendjemandem bringen könnte. Sie versprach ihr jedoch, nachts eine Streife am Amalienhäusl vorbeizuschicken, um die Leute von der »Schatzsuche« abzuhalten. Bei der Gelegenheit fragte Nike Marlene, ob sie Lust habe, mit ihr mal etwas trinken zu gehen. Natürlich privat, einfach so. Marlene errötete plötzlich wie ein Teenie, lächelte und meinte, das würde wohl keinen beruflichen Konflikt verursachen. So hatten sie sich am Samstagabend im Blauen Reiter verabredet.

Seit ein paar Minuten trat keiner mehr durch die Tür, und in dem vorderen Raum zur Straße wurde das Licht ausgeschaltet. Jetzt war der Moment gekommen. Nike war fest entschlossen, die Beziehung mit Hettie heute, hier und jetzt zu beenden. Der Gedanke daran presste ihr den Brustkorb zusammen, und der Druck nahm ihr den Atem, je länger sie darüber nachdachte. Sie hatte sich ernsthaft in Hettie verliebt und hätte sich ein gemeinsames Leben mit ihr vorstellen können. Aber je intensiver sie darüber nachgedacht hatte, umso sicherer war sie geworden, dass Hettie das Foto und die Briefe geleakt hatte. Für diesen Vertrauensbruch fand sie keine Worte, ihre Enttäuschung war riesig.

Sie klopfte an die Tür, öffnete sie und rief in den Raum. »Hettie, bist du da?«

»Das ist aber eine Überraschung, dass du dich hier sehen lässt. Ich dachte schon, du lebst nicht mehr.« Hettie kam auf Nike zu und lächelte. Sie wirkte, als würde sie sich ehrlich über Nikes Besuch freuen.

»Das ist aber jetzt nicht dein Ernst? Du hättest Schauspielerin werden sollen«, warf ihr Nike vor.

»Geht's noch? Was ist denn in dich gefahren? Erst meldest du dich tagelang nicht, und dann wirfst du mir Gemeinheiten an den Kopf.« Hetties Stimme war schriller geworden.

»Ich habe dir jeden Tag geschrieben und dir sogar Fotos geschickt. Wer nicht darauf reagiert hat, bist du. Außer dass du meine Fotos und meinen Fund an den *Murnauer Tagesboten* geschickt hast. Ich hoffe, du hast genug Geld dafür bekommen, oder was versprichst du dir davon?«

»Wovon redest du überhaupt? Ich habe keine Ahnung, was du meinst. Hier!« Sie zog ihr Handy aus der Tasche ihres Malkittels. »Schau doch selbst, keine einzige Nachricht von dir ... seit Tagen.« Hetties Hand zitterte, während sie Nike das Handy vors Gesicht hielt.

»Die Ausrede ist total lächerlich. Du hast sicher auch den Button ›Löschen‹?« Nike schob das Handy zur Seite und hielt ihr ihr eigenes Handy hin. »Schau, das habe ich dir geschickt. Jeden Tag eine Nachricht, und auch die Fotos waren dabei. Und jetzt?«

»Nicht eine einzige Nachricht kam bei mir an, mehr kann ich nicht sagen.«

Sie standen sich beide mit verschränkten Armen gegenüber, die Spannung zwischen ihnen war fast sichtbar.

»Hettie, ist alles in Ordnung bei dir«, hörten sie beide von oben eine Stimme.

Hettie errötete, als würde sie von einem Feuer angestrahlt.

»Und Lara ist auch schon hier.« Nike erkannte auf Anhieb die melodiöse Stimme.

»Hettie, Süße, brauchst du Hilfe?«, flötete Lara erneut, mittlerweile stand sie hinter Hettie.

»Nike, es ist nicht, was du denkst ... Lara war hier, um etwas zu holen«, stotterte Hettie. »Ehrlich, glaub mir ...« Sie blickte Hilfe suchend zwischen Lara und Nike hin und her.

»Ich bin so unendlich enttäuscht von dir, mir fällt dazu ehrlich gesagt nichts mehr ein. Ein kleiner Tipp, falls ihr euch auf die Suche nach den Gemälden macht, im Amalienhäusl braucht ihr nicht zu schauen, das wird von der Polizei observiert.« Nike drehte sich um und ging mit schnellen Schritten davon.

Plötzlich lief ihr Hettie nach und erwischte sie an der Schulter.

»Spinnst du total, ich habe keine Ahnung, wovon du redest. Hast du es immer noch nicht kapiert, ich liebe dich.«

»Dein seltsames Verständnis von Liebe wird mir immer unheimlicher.« Nike schüttelte Hetties Hand ab und ging.

Wenn sie es wenigstens zugegeben hätte, aber alles abzustreiten und mit Lara gemeinsame Sache zu machen, dadurch wurde alles noch schlimmer für Nike. Sie hatte Hettie vollkommen falsch eingeschätzt, sie war ihr immer ehrlich und aufrichtig erschienen, auch in kniffligen Situationen. Und jetzt das! Nike presste ihre Hände auf die Brust, der Verlust und die Enttäuschung taten so weh.

53

Juli 2023

Den Klingelton ihres Handys nahm sie ganz leise wahr, er wurde jedoch immer lauter und präsenter – wie ein Zug, der aus der Ferne kam. Nike war nach ihrer Rückkehr von Hettie im Liegestuhl auf Lissas Terrasse tief und fest eingeschlafen. Vorher hatte sie Lissa eine Nachricht geschickt, dass sie sie erst am nächsten Tag wieder besuchen könne, es sei ihr etwas dazwischengekommen. Lissas Antwort hatte sie schon nicht mehr gesehen, erst jetzt, als sie das Telefon in die Hand nahm, da es Sturm klingelte, bemerkte sie, dass sie ihr geantwortet hatte. Es war stockdunkel, es musste wohl schon zwischen zehn und elf Uhr sein.

»Mama, ist was passiert?«, krächzte sie mit verschlafener Stimme.

»Entschuldige bitte, dass ich noch so spät anrufe, aber ich konnte vor lauter Aufregung nicht einschlafen. Mir ist eine Idee gekommen, die mich nicht mehr loslässt.«

»Ja?«

»Erinnerst du dich, du warst bei einer Führung im Münterhaus. Danach hast du mir erzählt, dass Gabriele Münter und Oma Mali die Gemälde von Kandinsky und anderen ›entarteten Künstlern‹ versteckt hatten. Weißt du noch, wo das war?«

»Äh, ja, natürlich.« Nun war Nike hellwach. »Sie hatten die Bilder in einem Verschlag unter der Kellertreppe gesammelt und ein Regal davorgeschoben.«

»Überleg mal, das könnte es sein.«

»Du meinst, das ist der ›ähnliche Ort‹, von dem Uroma Mali geschrieben hat?«

»Ich bin mir ziemlich sicher, das ist die Lösung. Schade, dass du heute nicht mehr nachschauen kannst, aber das läuft dir nicht davon. Ich bin überzeugt, dass wir richtigliegen, wirst sehen …«

»Ich schaue morgen nach; bis du nach der OP wieder ansprechbar bist, weiß ich Bescheid.«

»Ich bin total aufgedreht, seitdem mir das eingefallen ist. Ich glaube, ich lasse mir eine Schlaftablette geben.«

»Gute Nacht, und morgen viel Glück bei der OP. Ich hab dich lieb, Mama.«

Nike betrachtete ihr Handy, als könnte es ihr etwas sagen. Lissa könnte richtigliegen mit ihrer Vermutung, denn wenn sie sich recht erinnerte, war unter der Treppe ein Regal, das nicht so tief war wie die Treppe selbst. Ob dahinter Oma Malis Bilder versteckt waren, wie damals im Münterhaus? Aber warum sollte Uroma Mali die Bilder überhaupt versteckt haben? Es hatte doch keinen Anlass gegeben wie damals in der Nazizeit. Vielleicht ist sie im Alter etwas seltsam geworden, wer wusste das schon? Heute jedenfalls war es zum Nachschauen zu spät, sie hatte auch keine Lust, mit einer Taschenlampe in den Keller des Amalienhäusls zu schleichen. Zum Schluss würde die Polizeistreife sie als Einbrecher aufgreifen.

»Frau Bernreuther, Annike Bernreuther?« Sie erkannte die Stimme am Telefon, konnte sie aber nicht sofort zuordnen. »Dr. Ellmann vom Unfallkrankenhaus Murnau, wir kennen uns.«

»Ja klar.« Nike erstarrte. »Ist Mamas OP schon vorüber?«

»Sie wurde heute Morgen als erste Patientin operiert und kam um neun Uhr aus dem OP. Leider …« Er räusperte sich mehrmals. »… hatte sie vor einer halben Stunde eine Lungenembolie.« Nike stieß einen Schrei aus, als müsste sich die beklemmende Angst in ihr einen Weg suchen.

»Wir haben es glücklicherweise sehr schnell bemerkt, aber …«

»Ich komme sofort«, unterbrach Nike ihn und legte auf.

Sie hatte keine Ahnung, was eine Embolie nach einer Operation bedeutete, sie wusste nur, dass man an einer Embolie sterben konnte. »Mama, bitte, bitte, halte durch«, flüsterte sie wie ein Mantra vor sich hin. »Ich brauche dich mehr, als du denkst.« Sicher auch mehr, als sie selbst es immer glaubte. Sie liebte ihre Mutter, ohne Zweifel, aber dass sie sie auch brauchte, wurde ihr auf einen Schlag genau in diesem Moment bewusst.

Frajo, den sie auf dem Weg ins Krankenhaus informiert hatte, traf eine halbe Stunde nach ihr ein. »Wie geht es ihr, was sagen die Ärzte?«

»Ich konnte nicht zu ihr, und wie du weißt, darf eine Schwester nichts zu ihrem Zustand sagen, daran hat sich nichts geändert.« Nike zitterte am ganzen Körper.

»Komm her, mein Mädel, wir stehen das gemeinsam durch. Lissa ist eine Kämpfernatur, sie schafft das. Außerdem ist sie in guten Händen.« Frajo nahm sie in den Arm, und sie war froh, dass er da war.

Sie wusste nicht, wie lange sie schon mit Frajo im Warteraum saß. Er hatte den Arm um sie gelegt, und Nike lehnte sich mit geschlossenen Augen an ihn. Was würde noch alles passieren? Es war wie verhext. Sie wollte nicht aufstehen, als Herr Dr. Ellmann den Wartebereich betrat – als könnte sie damit verhindern, schlechte Nachrichten zu hören. Er hob beschwichtigend die Hände, während er auf Nike und Frajo zuging.

»Keine Angst, wir haben alles im Griff.«

Nike sah ihn zuerst ungläubig an, stoppte den Atem und fiel dann weinend in sich zusammen. Wieder einmal hatte Lissa Glück gehabt, aber die Häufung der Unfälle und Vorfälle zogen Nike den Boden unter den Füßen weg.

Frajo hielt sie fest und streichelte ihr über den Rücken. »Alles gut, Nike, weine nur. Das hilft ...«

Als hätte er einen Schalldämpfer aufgesetzt, drang Dr. Ellmanns Stimme ganz leise und verhalten zu ihr durch. Er erklärte, dass nach der OP keinerlei Komplikationen vorgelegen hätten, sich jedoch ein Blutgerinnsel in einer Vene gebildet habe, das die Embolie verursachte. Es sei ein riesiges Glück gewesen, dass sie noch im Aufwachraum gelegen hatte, so hatten sie gleich eingreifen können. Sie spürte seine Hand auf ihrer Schulter, als er sagte: »Es wird alles gut, glauben Sie mir.« Nike wollte sich nur noch verkriechen, an einen Ort, an dem dieses »Alles gut!« kein bloßes Versprechen, sondern ein ernst zu nehmender Zustand war. Sie hatte genug von unvorhergesehenen Komplikationen, falschen Versprechungen, ungerechtfertigten Anschuldigungen und üblen Vorwürfen. Warum war das Leben so kompliziert, warum nahm nicht alles einen geraden Weg? Wer wollte ihr oder ihrer Mutter schaden, denn auf etwas anderes lief es doch nicht hinaus. Klar, die Embolie hatte niemand verursacht, aber läge Lissa nicht im Krankenhaus, hätte sie sie nie bekommen. Vielleicht ein früherer Patient Lissas, der mit ihrer Arbeit unzufrieden war? Sie selbst konnte sich überhaupt nicht vorstellen, wer ihr absichtlich Leid zufügen wollte, sie kannte in Murnau kaum jemanden. Außer Hettie ... die beiden Polizisten ... Sonst fiel ihr niemand ein. Ach ja, und der Kommissar und einige Ärzte und ihre Assistentin an Lissas Klinik, aber mit denen hatte sie nichts zu tun. Frajo war außen vor, denn er hatte sich als ihr Fels in der Brandung erwiesen.

Dr. Ellmann wandte sich an sie. »Wenn Sie wollen, können Sie jetzt zu ihr.«

»Ja, sicher will ich das«, entgegnete Nike, und sah ihn fragend an, da er seine Brille in der Hand hielt. Nike riss überrascht den Mund auf, denn sie blickte in zwei verschiedenfarbige Augen – ein dunkelgraues und ein tiefblaues! Sie schüttelte verdattert den Kopf, fing sich aber gleich wieder. Er selbst hatte sie auf ihre unterschiedlichen Augenfarben angesprochen, vermutlich, weil er ebenfalls davon betroffen war.

Nike trat zu Lissa, die mit hochgelagertem Oberkörper und einer Atemmaske im Bett fast verschwand, so blass war sie. Als Nike ihre Hand nahm, öffnete sie langsam die Augen und lächelte erschöpft. »Nike, schön, dass du hier bist«, flüsterte sie leise. Die Anstrengung war ihr anzusehen.

»Mama, sag nichts. Ruh dich aus, Frajo und ich sind hier. Werd einfach wieder gesund.«

»Mach ich«, flüsterte sie und schloss die Augen.

Nike und Frajo blieben noch eine Weile bei ihr stehen, bis ihre Atemzüge immer tiefer wurden, dann verließen sie das Zimmer.

»Lissa hält uns ganz schön auf Trab. Dabei liebe ich sie auch ohne die ganze Aufregung«, versuchte Frajo, die Situation etwas aufzuheitern.

»Ach, Frajo, ich bin so froh, dass du hier bist. Wenn ich alles allein durchstehen müsste, ich weiß nicht, wie ich das schaffen sollte.«

»Nike, ich bin für euch beide da, egal wann.«

»Mit dir hat Lissa echt einen Glückstreffer gelandet«, sagte sie leise und zwinkerte ihm zu. »Lass dich nicht von ihr abschrecken, sie hat manchmal seltsame Vorstellungen von einer Beziehung.«

»Da sagst du was ... Aber das haben wir schon geklärt.« Er grinste zurück.

»Na, dann ist ja alles gut.«

Auf dem Weg zum Auto fiel ihr plötzlich ein, dass sie sich mit der Elfe, wie sie die Polizistin Marlene Hofer insgeheim nannte, im Blauen Reiter verabredet hatte. Schnell verabschiedete sie sich von Frajo, der sie in den Arm nahm.

»Oh, eine neue Liebe, ein neues Glück?«, fragte er und zwinkerte ihr zu.

»Nein, nicht das, was du denkst. Davon habe ich erst einmal genug. Einfach ein interessanter Mensch mit Freundinnen-Potenzial. Vermutlich ehrlicher und wichtiger als eine Liebe – die nur enttäuscht.«

54

Nike und die Polizistin saßen schon über zwei Stunden im Blauen Reiter, und Nike erzählte ihr die Geschichte der versteckten Gemälde, des Verzeichnisses, des Briefes – einfach alles, was in den letzten Wochen passiert war. Schon beim ersten Zusammentreffen mit Lene hatte sie das Gefühl, dass sie beide sich gut verstehen würden. Es war das Aufblitzen eines Gedankens, der sich nicht in Worte fassen ließ, das Gefühl gleicher Schwingungen, eines Gleichklangs, wie auch immer. Anders als bei Hettie, wo sie allein beim Gedanken an sie innerlich erbebte. Bei Lene war es wie ein harmonischer Akkord. Klar und direkt.

»Ich mag dich wahnsinnig gern, aber ... wie soll ich es sagen?« Lene richtete ihren Blick auf den Tisch, als könnte sie dort die richtige Formulierung finden.

»... du bist nicht lesbisch, wolltest du sagen«, ergänzte Nike den Satz. »Kein Problem, ich hätte dich einfach gern als Freundin, so wie das bei heterosexuellen Menschen auch ist. Nicht jeder Mann liebt jede Frau oder umgekehrt, wenn du verstehst, wie ich das meine«, sagte Nike und grinste die andere an.

»Das war's, was ich sagen wollte.« Lene nickte mehrmals mit dem Kopf. »Sorry, wenn ich noch mal damit anfange, aber meinst du nicht, dass alles, was in den vergangenen Wochen und Monaten passiert ist, zusammenhängt? Vielleicht gehört auch das Leaken des Kommodenfundes und des Briefs deiner Urgroßmutter Mali mit dazu«, meinte Lene nach längerem Überlegen.

»Ich wüsste nicht, was oder wo der gemeinsame Nenner als Ursache für diese Vorfälle ist.« Nike schüttelte ungläubig den Kopf.

»In der Regel im direkten Umfeld, sprich in deiner Familie.«

»Funktioniert nicht, denn ich habe keine Familie außer meiner Mutter.«

»Dann im Freundeskreis. Außerdem hast du irgendwo Familie, vielleicht weißt du es nur nicht.« Die Elfe ließ nicht locker.

Während sie sich unterhielten, betrat eine größere Gruppe von jungen Leuten den Blauen Reiter und versammelte sich an der Bar. Nike saß mit dem Rücken zur Theke, Lene dagegen hatte bemerkt, dass Hettie unter den Neuankömmlingen war. Sie versuchte, Nike mit Blicken auf sie aufmerksam zu machen, aber schon trat Hettie hinter Nike und klopfte ihr auf die Schulter.

»Hast du schon eine Nachfolgerin für mich gefunden? Ging ja schnell, du lässt nichts anbrennen.« Hettie spie die Worte aus, als könnte sie sie nicht mehr zurückhalten. »Wie war das mit großer Liebe und so? Echt ätzend, wie du dich verhältst. Mir machst du Vorwürfe und bist selbst die größte Bitch.« Hettie drehte sich wutentbrannt um und stapfte in Richtung Bar. Dort hatte keiner den Zwischenfall mitbekommen.

Nike dreht sich um und schaute ihr nach, dabei sah sie Lara in der Gruppe.

»Sie geht mit ihrer Ex in die Bar ... Für mich liegt die Schlussfolgerung nahe, dass sie wieder zusammen sind oder noch nie wirklich getrennt waren.« Nike wandte sich Lene zu, die grinste.

»Zwischen euch geht es heiß her, so heiß wie in vielen anderen Beziehungen auch. Die Anspannung ist natürlich auch extrem, solange du nicht weißt, wer der Urheber für die Attacken ist. Bei der eingeschlagenen Scheibe kannst du meiner Meinung nach Hettie ausschließen. Sie musste wochenlang mit der Angst leben, dass jemand durch das Provisorium ins Haus eindringen könnte. Dem setzt man sich nicht selbst aus, ganz sicher nicht.«

»Ich kann mir überhaupt nicht vorstellen, dass Hettie in irgendeiner Weise beteiligt war, oder sagen wir mal, ich hoffe es. Ich habe mich in sie verliebt. Wenn sie natürlich wieder mit Lara zusammen ist, muss ich das akzeptieren, auch wenn es sehr wehtut.«

»Manches klärt sich von selbst, gib euch Zeit.« Lene strich ihr tröstend über den Arm.

Nike schloss die Haustür des Amalienhäusls auf. Es war noch ziemlich kühl, aber trotzdem war die frische Luft um halb sechs Uhr morgens angenehm. In diesem Moment bog Lene auch schon mit ihrem Fahrrad durch die offene Gartentür auf den Kiesweg zum Haus. Nike winkte ihr zu, um gleich danach ein Gähnen zu unterdrücken.

»Sorry, es ging zeitlich nicht anders, meine Schicht beginnt um sechs Uhr«, rief ihr Lene entgegen.

»Alles okay, dann habe ich den Tag wenigstens noch vor mir.«

»Das Haus schaut ja schon super aus, echt beeindruckend.« Lene sah sich im Erdgeschoss um.

»Ich bin total happy, auch wenn mir in letzter Zeit einiges daran vergällt wurde. Manchmal war ich kurz davor aufzugeben. Gehen wir gleich in den Keller, damit du rechtzeitig zur Arbeit kommst.«

Nike öffnete mit einem leichten Druck auf den Rand die Bodenklappe der Kellertreppe, die mittlerweile schon mit dem neuen Parkett beklebt war und sich fast nahtlos in den Dielenboden einfügte. »Wer nicht weiß, dass es hier in den Keller geht, findet diese Stelle gar nicht so leicht«, bemerkte Lene. »Meine Oma hatte früher genau den gleichen Zugang. Natürlich nicht so edel mit Parkett, sondern aus grobem Holz zusammengezimmert.«

»Ich habe lange überlegt, ob ich die Luke behalte oder einen richtigen Kellerabgang mit Tür einbauen lasse. Aber ich fand es so schöner, ohne zusätzliche Abmauerung und Tür.«

Mit ihren Handylampen stiegen sie die Treppe nach unten. Dort tastete sich Nike mit der Hand zum Lichtschalter vor. Beide blinzelten, als der Raum plötzlich hell erleuchtet war.

»Okay, dann mal los.« Lene ging systematisch vor, als würde sie einen Tatort begutachten. »Hier sind ziemlich viele Fußabtritte am Boden. Ich fotografiere sie, bevor wir selbst reintreten, womöglich brauchen wir das irgendwann einmal als Beweismittel.«

»Die sind sicher von mir und Daniel, als wir die Kommode nach oben getragen haben.« Nike wandte sich der Wand unter der Treppe zu, vor der ein Regal stand. »Wenn die Gemälde wie im Münterhaus versteckt wurden, dann müssten sie hinter dieser Holzwand liegen.« Zusammen hoben sie das wackelige Regal, das vor der Wand stand, auf die Seite und wirbelten dabei ein paar Staubwolken auf. Nike klopfte mehrmals nebeneinander auf die Holzwand. Es klang tatsächlich so, als wäre ein Hohlraum dahinter. »Es könnte auch hohl klingen, weil die Bretterverschalung auf Latten geschraubt ist.«

Lene leuchtete mit ihrer Handylampe am oberen Rand der Bretterwand entlang, gleichzeitig tastete sie sie mit den Fingern ab. An der niedrigsten Stelle, unter den letzten Treppenstufen, rief sie plötzlich erstaunt: »Hier unten ist ein Brett locker!« Sie zog es von der Wand weg, dabei sah sie, dass es in einer Art Führung steckte. Dahinter war ungefähr eine Handbreit Abstand bis zur unverputzten Hausmauer. Sie lösten ein Brett nach dem anderen aus der Führung, bis sie am obersten Brett angelangt waren, das bis unter die erste Treppenstufe über ihnen reichte. Aber mit jedem Brett, das sie herauszogen, wurde Nikes Enttäuschung größer. Hinter der Wand war nichts, nur eine rohe, unverputzte Mauer. Am Boden lagen dicht nebeneinander Häufchen aus Staub, Erde und Mörtelbrocken – vermutlich waren sie durch herabrieselnden Schmutz und Dreck über die Jahrzehnte wie Stalagmiten entstanden. Nike tastete die unregelmäßig geformten Ziegelsteine der Wand ab, als könnte sich dort irgendetwas verbergen. Sogar die Dreckhaufen am Boden durchsuchte sie mit ihren Fingern, um sicherzugehen, dass sie nicht eine Bodenluke verdeckten. Sie stieß mit den Fingerkuppen auf einen kleinen, festen Gegenstand und zog ihn heraus. Es handelte sich um einen relativ großen Knopf, der auf der Oberseite in verschiedenen Farben bestickt war, auf der Rückseite befand sich eine Drahtöse.

Lene nahm ihn in die Hand, blies die Staubschicht weg und reichte ihn Nike. »Das ist ein bestickter Trachtenknopf«, stellte sie sachkundig fest. »Meine Tante macht solche Knöpfe in Handarbeit, meistens für Trachtenkleidung. Manchmal aber auch als Anstecknadeln für Blusen und Kleider. Ich schätze, den hier hat jemand vor zig Jahren hier unten verloren.« Lene fotografierte ihn – zur Dokumentation, wie sie sagte.

»Ich habe das Gefühl, ich hätte den Knopf schon mal gesehen, aber keine Ahnung, wo das gewesen sein könnte.«

»Die sieht man häufig, denn hier in Murnau gibt es eine Frauengruppe, die solche handgenähten Knöpfe am Weihnachtsmarkt verkauft. Das ist eine alte Tradition.«

»Okay, das war's dann wohl. Nichts mit unserem erhofften Fund.« Nike war enttäuscht. Wie gern hätte sie Lissa bei ihrem heutigen Besuch irgendetwas von den versteckten Gemälden berichtet.

»Lass dich nicht entmutigen, wir werden das Rätsel irgendwann lösen.« Sie schaute auf die Uhr. »Ich muss jetzt los, meine Schicht beginnt. Lass uns heute Abend telefonieren.« Lene umarmte Nike und verabschiedete sich.

»Dank dir für deine Hilfe, bis später! Ich bleibe hier unten und stecke die Bretter wieder zurück in die Führungsschienen.« Nike sah Lene nach, die die Treppe nach oben lief. Wo hatte Uroma Mali ihre Gemälde versteckt? Ob sie sie jemals finden würde?

Tägliche Besuche bei Lissa im Krankenhaus wechselten sich mit Besprechungen im Amalienhäusl und den Arbeiten in der Werkstatt ab, hin und wieder traf sich Nike mit Lene – das war der Alltag, der in den darauffolgenden Wochen Nikes Zeit voll und ganz in Anspruch nahm.

Dazwischen ging sie immer wieder zum Münterhaus, es zog sie an wie ein Magnet. Es war nicht nur die Geschichte der versteckten Gemälde, die Gabriele Münter und Uroma Mali vor fünfundachtzig Jahren beherzt und mit Mut durchgezogen hatten. Das Haus und dessen Ausstrahlung – es faszinierte sie jedes Mal mehr. Hatte das Haus Auswirkungen auf die Bewohner gehabt, oder hatten die Menschen, die darin lebten, die Atmosphäre des Hauses beeinflusst? Oder war es eine gegenseitige Beeinflussung gewesen, die sich ergänzt und im besten Fall gesteigert hatte? Diese Fragen beschäftigten sie immer wieder, aber sie fand keine befriedigende Antwort, genauso wenig auf die Frage, wo die Gemäldesammlung Uroma Malis versteckt sein könnte. Irgendetwas hatte sie übersehen, aber sie kam nicht drauf, was es war.

Lene hatte ihr geraten, eine Mindmap anzulegen, wie sie sie im Kommissariat zur Lösung schwieriger Fälle verwendeten. Auf einem riesigen Karton hatte sie Zettel mit den Vorfällen der letzten Monate gepinnt, auch der inzwischen gereinigte Knopf aus dem Keller hing dort. Auf blauen Post-its waren die »zufälligen Vorfälle« notiert, auf den roten die augenscheinlich »geplanten Angriffe«. Ihren eigenen Namen und die ihres unmittelbaren Umfelds – also Lissa, Hettie und Frajo – hatte sie mit gelben Zetteln am Rand platziert. Im Mittelpunkt der Map stand *Amalienhäusl*. Von dort hatte sie Fäden gespannt, die sie um Pinnnadeln gewickelt hatte, die in den Post-its steckten, um eine mögliche Verbindung sichtbar zu machen. Aber egal, wie sie die Fäden zwischen den Punkten zog, sie hatte keinerlei Idee, wie alles zusammenhängen könnte, falls es überhaupt zusammenhing. Was hätten zum Beispiel Hettie oder Frajo mit ihren zerstochenen Autoreifen zu tun haben können, welchen Nutzen hätte eine dieser Personen von ihrem Schaden gehabt? Welchen Sinn machte der lebensbedrohliche Anschlag auf Lissa, und vor allem, wer wäre zu dieser skrupellosen Tat fähig? Hetties eingeschlagene Schaufensterscheibe hatte zwar Angst und Unsicherheit verbreitet, aber welche Veränderung sollte damit erreicht werden? Oder waren es doch nur viele einzelne Attacken gewesen? Aber so viele Zufälle auf einmal seien schon sehr unwahrscheinlich, hatte Lene gemeint.

Es gehörte beinahe zu Nikes abendlichem Ritual, sich in ihren Sessel fallen zu lassen und die Mindmap anzustarren. Wie jeden Abend war sie todmüde, als hätte sie Berge versetzt, dabei hatte sie nie das Gefühl, wirklich viel gearbeitet zu haben.

Eine WhatsApp-Nachricht kam, und sie angelte nach dem Handy. Vermutlich war es Lene, die wieder einmal versuchte, sie aufzumuntern. Oder die Polizistin hatte eine neue Idee, wo Zusammenhänge bestehen könnten.

Plötzlich wurde Nike auf einen Schlag wach, als sie sah, dass die Mitteilung von Hettie kam. Sollte sie sie jetzt lesen? Nicht, dass sie sich wieder ärgerte und dann nicht schlafen konnte. Obwohl sie vor allem vor sich selbst immer wieder beteuerte, dass sie mit Hettie abgeschlossen hatte, verspürte sie eine verzehrende Sehnsucht nach ihr. Es war ein hauchdünnes Band zwischen ihnen, das mal sanft im Sommerwind flatterte und mal straff, bis zum Zerreißen gespannt war. Sie hatte sich echt in sie verliebt, und die Hoffnungen und Gefühle, die damit verbunden waren, loszulassen, fiel ihr trotz aller Enttäuschung schwer. Sie könnte die Nachricht lesen, müsste aber nicht antworten. Ach, egal …

Sie entsperrte das Handy.

Ich stehe vor deiner Haustür und würde gern mit dir sprechen.
Ich habe gute Neuigkeiten.

Blöd, natürlich konnte Hettie jetzt sehen, dass sie die Nachricht geöffnet hatte. Sie antwortete kurz und knapp:

Okay!

Ihr Herz klopfte plötzlich etwas schneller, reflexartig presste sie ihre Hand auf den Brustkorb. Würde es denn nie enden? Ob das die richtige Entscheidung war? Sie überlegte wieder und wieder, während sie im Zeitlupentempo zur Tür ging. Hettie stand mit fast zwei Metern Abstand von der Tür entfernt.

»Hallo, Nike! Gerade wollte ich schon abhauen.« Hettie lächelte, ging auf Nike zu und hob die Arme, als wollte sie sie an sich drücken, ließ sie dann aber gleich wieder sinken.

Nike öffnete die Tür bis zum Anschlag und blieb daneben stehen, dabei wies sie mit der Hand nach innen. »Ich habe dir doch geantwortet. Komm rein, den Weg kennst du.«

Hettie stand unschlüssig in Nikes Zimmer, als wüsste sie nicht, ob sie sich setzen sollte oder gleich wieder weggeschickt werden würde.

»Hast du gerade gesagt, du hättest mir geantwortet?« Hettie hielt Nike ihr Handy hin. »Hier ist nichts angekommen, oder siehst du was?«

»Bei mir ist die Nachricht raus, schau!« Sie standen sich gegenüber, jede zeigte der anderen das Display ihres Smartphones. »Irgendwas stimmt nicht, das habe ich dir doch schon mal gesagt. Ich bekomme keine einzige Nachricht von dir.« Hettie beharrte auf ihrer früheren Behauptung.

»Vielleicht wird es verzögert zugestellt. Wir haben ja unterschiedliche Anbieter.«

»Aber bei dir zeigt es die Zustellung an – mit den zwei grauen Haken.« Hettie deutete auf Nikes Display.

»Vielleicht liegt es an deinen Einstellungen. Oder hast du meine Nummer blockiert?«

»So ein Quatsch! Ich gehe der Ursache auf den Grund, das verspreche ich dir.«

»Du kannst dich auch setzen.« Nike war kurz angebunden, sie wollte keineswegs den Eindruck erwecken, dass sich in ihrer Haltung gegenüber Hettie etwas geändert hätte.

Hettie ließ sich in den riesigen Fatboy sinken, dabei fiel ihr Blick auf die Mindmap. »Was ist das denn? Klärst du einen Kriminalfall auf?« Ihr Gesicht drückte absolutes Unverständnis aus.

»Du wolltest mir etwas mitteilen, oder habe ich das falsch verstanden?« Nike ignorierte Hetties Fragen.

Hettie atmete laut hörbar ein, blickte zu Boden, als müsste sie sich konzentrieren, und schaute Nike dann an. »Es geht um die Frage, ob wir beide Cousinen sind. Das hat mich echt nicht mehr losgelassen. Nach langem Suchen habe ich herausgefunden, dass mein Großvater die Stelle als Kurator im Lenbachhaus im Jahr 1972 angetreten hat. Du hast mir erzählt, dass die Übergabe der Gemälde schon einige Jahre vorher abgeschlossen worden war, und soweit ich mich erinnere, war dein Großvater vor der Übergabe am Lenbachhaus tätig. Bei meiner Recherche im Internet habe ich herausgefunden, dass es damals zwei Kuratoren gab, die Herren Menhardt und Junkers. Einer der beiden müsste dein Großvater gewesen sein.« Hettie lächelte Nike an, ganz vorsichtig, als wollte sie ihre Reaktion abwarten.

»Das ist zwar interessant, aber für mich hat das keine Bedeutung; mir hätte eine Verwandtschaft mit dir nichts ausgemacht. Schon vergessen?«

»Aber mir war es wichtig, und damit ist dieses Thema geklärt. Verstehst du das nicht?«

»Ich kann meine Gefühle nicht einfach ein- und ausschalten, wie es gerade passt. Du hast mich wegen einer Lappalie zurückgestoßen. Der Mensch, den ich liebe, muss mit mir auch heikle Situationen durchstehen.« Nike saß mit verschränkten Armen in ihrem Sessel. »Was allerdings noch viel schwerwiegender ist, ist, dass du schon wieder mit Lara zusammen bist. Das war doch ganz eindeutig im Blauen Reiter. Oder gibt es dafür auch eine Erklärung, die ich ›verstehen muss‹?«

Hettie wand sich aus dem Sitzkissen mühevoll hoch zum Stehen. »Ich war mit Studenten meines Aquarellkurses dort, und Lara kam zufällig dazu. Wir haben beschlossen, nach mehreren Jahren Beziehung Freundinnen zu bleiben, auch weil wir uns in Murnau immer wieder begegnen werden. Was spricht dagegen?«

»Nichts.«

»Und was ist mit dieser Mindmap?« Hettie stand davor und betrachtete interessiert die Posts und Verbindungen.

»Ich versuche, die Vorfälle in den letzten Monaten in Beziehung zueinander zu bringen und aufzuklären. Lene hat mich auf die Idee gebracht. Aber ich stecke fest, ich komme einfach nicht weiter.«

»Du setzt das Amalienhäusl in den Mittelpunkt. Hast du schon mal überlegt, dass du selbst im Mittelpunkt stehst? Vielleicht gibt es dann eher einen Sinn.« Hettie brachte einen neuen Aspekt in Nikes Überlegungen.

»So habe ich es noch nie betrachtet, gute Idee.«

»Bei dem Auffahrunfall steht Kohler. Ich bilde mir ein, Laras Schwester hieß mit Nachnamen Kohler oder auch Köhler. Aber den Namen gibt es hier in der Gegend recht oft.«

»Der Unfall hat sicher nichts damit zu tun.«

»Vermutlich nicht. Ich muss jetzt gehen.« Hettie trat einen Schritt auf Nike zu. »Darf ich dich wenigstens umarmen?«, fragte sie zögernd.

Nike verspürte ihr wohlbekanntes Schmetterlingsflattern im Bauch, und ihr wurde heiß. *Jetzt bloß keine falschen Hoffnungen wecken.* Doch sie sehnte sich so sehr nach Hettie. Plötzlich hatte sie sich nicht mehr in der Gewalt, sie fühlte sich wie ferngesteuert und umarmte und küsste Hettie mit einer Intensität, die sie selbst nicht von sich kannte.

»Nike, das ist mehr, als ich mir gewünscht habe.« Hettie schaute sie ungläubig, aber strahlend an.

»Sorry, das war nicht geplant. Lass mir trotzdem ein bisschen Zeit.« Nike drückte Hettie noch einmal kurz und ließ sie dann los. »Ich melde mich, ehrlich.«

Sie brachte Hettie zur Tür und gab ihr ein Wangenbussi, in diesem Moment traf die Elfe am Gartentor ein. Sie grinste die beiden an und zwinkerte Hettie zu, während sie an ihr vorbeiging. »Na, wieder alles in Ordnung?«

Lene war total aus dem Häuschen, denn sie hatte sich die Fotos mit den Schuhabdrücken aus dem Keller des Amalienhäusls in starker Vergrößerung angeschaut. »Auf dem staubigen Boden habe ich vier verschiedene Profile ausgemacht. Weißt du noch, welche Schuhe du anhattest, als du mit Daniel die Kommode hochgetragen hast? Ich würde zu gern ein Foto von dem Profil machen. Kannst du mir Daniels Abdrücke besorgen? Wenn ich eure Fußabdrücke ausschließen kann, kann ich mich auf die übrigen zwei Profile konzentrieren, vielleicht bringt uns das weiter.«

Lene redete wie ein Wasserfall, und Nike hatte Mühe, ihrer Argumentation zu folgen, denn sie hing immer noch ihrem spontanen und intensiven Gefühlsausbruch Hettie gegenüber nach.

»Ich hatte meine Arbeitsschuhe an.« Sie öffnete den Schuhschrank im Windfang und reichte ihr die derben Schuhe mit kräftigem Profil. »Daniels Abdrücke sind leicht auszumachen, denn er hat Größe sechsundvierzig. Das weiß ich deshalb, weil er gern von sich sagt, er lebe auf großem Fuß, mit seinen riesigen Füßen könne er nie umfallen.«

»Perfekt, dann bleiben noch zwei Abdrücke übrig, einer mit Größe siebenunddreißig, der kaum Profil hat und ausschaut, als hätte er unter dem rechten Fußballen ein Loch oder irgendeine Markierung. Die andere Sohle ist vermutlich Schuhgröße einundvierzig, vielleicht auch zweiundvierzig, könnte also sowohl ein Männer- als auch ein Damenschuh sein. Der linke Schuh ist auf der inneren Kante stark abgelaufen.« Lene zeigte Nike die ausgedruckten Profile, die sie auf einzelnen Ausdrucken vermessen hatte.

»Das würde bedeuten, dort unten war eine Frau mit Schuhgröße siebenunddreißig und eine mit relativ großen Füßen – oder ein Mann mit eher kleineren Füßen, je nachdem, wie man Größe einundvierzig bis zweiundvierzig zuordnet?«

»Genau. Jetzt müssen wir nur noch herausfinden, wem diese Schuhe gehören. Wirst sehen, das kriegen wir auch noch hin.« Lene war zuversichtlich. Sie zwinkerte, hob ihre Hand und schlug Nike ab.

Und schon lief sie wieder zur Tür, da sie noch was vorhatte. Lene war eine echte Freundin, mit ihr konnte Nike Pferde stehlen.

55

»Nike, mein Kind. Schön, dass du schon so früh kommst. Ich fühle mich zum Bäume-Ausreißen, gerade habe ich es Ellmännchen gesagt.« Lissa saß gut gelaunt im Bett, daneben stand Dr. Ellmann.

»Ich weiß, dass du nur versuchst, mich von deiner Überweisung zur Reha abzuhalten. Aber keine Chance, die Reha wird gemacht«, antwortete der Arzt mit spielerisch erhobenem, drohendem Zeigefinger.

»Ach komm, ich verbringe nun schon Wochen hier im Bett, die Physio und was ich sonst noch benötige, kann ich auch von zu Hause aus machen.« Lissa bettelte ihn an und wandte sich an Nike, die ihr ein Fotoalbum reichte. »Danke, meine Süße, dass du daran gedacht hast. Das war von unserer Zeit, als wir Ärzte in München im Krankenhaus waren. Ich hoffe, dass mir Ellmännchen weiterhelfen kann mit dem Namen eines damaligen Kollegen. Den hätte ich gern bei mir in der Klinik. Schau mal, Bastian, hier, der, der neben dir steht auf diesem Foto. Weißt du noch, wie der hieß?«

Während beide sich in die Fotos vertieften, wurde Nike auf einmal übel. Sie erschrak über die Heftigkeit, mit der sich urplötzlich ihr Magen verknäuelte, und es blieb ihr nichts anderes übrig, als auf der Stelle in Lissas Badezimmer zu laufen. Sie erwischte gerade noch die Toilette.

Vollkommen zittrig kam sie zurück, nachdem sie sich mit kaltem Wasser im Gesicht abgekühlt hatte. »Sorry, keine Ahnung, was mit mir los ist«, entschuldigte sie sich.

»Ein bisschen über die Stränge geschlagen, Nike, oder eine beginnende Magenverstimmung?«, fragte Dr. Ellmann, ganz der besorgte Arzt.

»Weder noch, das kam ganz ohne Vorankündigung. Aber es geht schon wieder, vielleicht habe ich nur etwas Falsches gegessen.«

»Ja dann ...« Dr. Ellmann wandte sich plötzlich an Lissa und fing an zu lachen. »Lissa, weißt du noch, als du dich am Anfang deiner Schwangerschaft bei der Visite mit Professor Dr. Siebenstern beinahe in seine Hände übergeben hättest? Er konnte sie gerade noch wegziehen ... und dein Mageninhalt plätscherte auf seinen Kittel und über die Hosenbeine. Seine Empörung über diesen ungeheuerlichen Angriff auf seine Person war so groß, dass er dir das nie verziehen hat.« Er schüttelte sich vor Lachen, und Lissa stimmte ein. »Das dürfte jetzt auch fast dreißig Jahre her sein, mein Gott, ich habe das Gefühl, es wäre erst gestern gewesen«, sinnierte Dr. Ellmann. »Schau, hier steht das Datum, es war 1997.«

»Der alte Siebenstern hatte generell etwas gegen Frauen als Ärzte, und dann dieser Ausrutscher ... Er war ein fürchterlich rückständiger Typ.« Lissa drehte sich lächelnd zu Nike hin. »Mit einer Schwangerschaft brauchen wir zum Glück bei dir nicht zu rechnen, wenigstens darüber muss ich mir keinen Kopf machen.«

Während Lissa und ihr Arzt und früherer Kollege die Fotos betrachteten und sich in Geschichten über die verschiedenen Kollegen ergingen, fühlte sich Nike plötzlich, als hätte sie ein Blitz getroffen. Schwanger! Was, wenn sie schwanger war. Ihr One-Night-Stand mit Morten ... Oder hieß er Marten? Bloß das nicht, das würde ihr jetzt noch fehlen. Sie überlegte krampfhaft, wann sie ihre letzte Periode gehabt hatte. Es schien ihr ziemlich lange her zu sein, auf jeden Fall viel mehr als vier Wochen, sie konnte es zeitlich überhaupt nicht mehr einordnen. Vielleicht ließe sich damit auch ihre ständige Müdigkeit erklären. Aber nein, sie verbot es sich, diesen Gedanken weiterzuspinnen. Sie wünschte sich zwar ein eigenes Kind oder vielleicht sogar zwei, aber nicht jetzt! Und schon dreimal nicht mit Morten-Marten.

»Mama, ich lasse dich allein, ich muss mich zu Hause hinlegen. Ich melde mich. Ciao, Herr Dr. Ellmann, bis zum nächsten Mal!« Und schon war sie weg.

Mit zittrigen Fingern riss Nike die Verpackung des Schwangerschaftstests auf. Zur Sicherheit hatte sie gleich zwei in der Apotheke gekauft, falls er beim ersten Mal kein eindeutiges Ergebnis anzeigte. Sie las die Anweisungen der Packungsbeilage und überlegte, ob sie nicht bis zum nächsten Tag warten sollte, da mehrfach darauf hingewiesen wurde, dass ein Test mit Morgenurin am sichersten sei.

Nein, sie würde nicht bis morgen warten. Es sei denn, das Ergebnis heute wäre unklar, dann könnte sie morgen früh einen zweiten Versuch starten. Sie pinkelte auf den Test und legte ihn auf eine doppelte Lage Toilettenpapier, danach drehte sie sich weg. Sie wollte nicht zuschauen, wie sich das Ergebnis langsam abbildete, sondern auf einen Schlag sehen, was Sache war.

Die drei Minuten Wartezeit waren eine Qual. Sie sah einen Film ablaufen, wie sie wie eine Aufziehmaus hin und her rannte – vom Stillen ihres Babys zu ihrer Arbeit an einer Skulptur in der Werkstatt, weiter zum Computer und anschließend zu den Garten- und Hausarbeiten ... Und dann das Ganze von vorn. Wie sollte sie jemals allem gerecht werden? Vorrang vor allem anderen sollte doch immer ihr Kind haben, wenigstens in den ersten ein oder zwei Jahren. Niemals würde sie ein Kindermädchen einstellen wollen, trotzdem müsste sie natürlich arbeiten, wovon sollten sie sonst leben? Dabei war sie privilegiert. Lissa hatte schon angekündigt, dass sie ihr das renovierte Haus schenken würde. Was im Klartext hieß, sie müsste weder Miete noch Zinsen für den Renovierungskredit zahlen. Vielleicht könnte sie ein paar Monate mit ihrem Ersparten überbrücken, bis das Kind in eine Kita gehen könnte, zumindest für ein paar Stunden am Tag.

Als ihr Handywecker klingelte, holte sie tief Luft, schloss die Augen und drehte sich zum Test hin. Jetzt, feuerte sie sich innerlich an. Sie öffnete die Augen, richtete ihren Blick auf den Teststreifen – und sah – zwei klare rote Striche.

Positiv.

Sie schaute noch einmal auf der Gebrauchsinformation nach, ob sie es nicht falsch verstanden hatte. Positiv könnte schließlich auch *nicht schwanger* bedeuten, das kam immer auf den Standpunkt an.

Zwei Striche, positiv! Gratulation zur Schwangerschaft!

Sie hatte es schwarz auf weiß vor sich stehen, daran gab es nichts zu deuten. Das auch noch! Ihr blieb im Moment nichts erspart. Sie setzte sich an ihren Schreibtisch und stützte den Kopf in die Hände, dabei schloss sie die Augen. In ihrer Lebensplanung kamen immer ein oder sogar mehrere Kinder vor, aber nicht jetzt. Es lief immer unter der Rubrik »später«. Nike mit Baby, das war bisher ein vager Gedanke gewesen, der wie das Schirmchen einer Löwenzahnblüte herumgeschwebt war, aber keine Notwendigkeit gesehen hatte, sich niederzulassen. Aber jetzt war das Samenkorn aufgegangen, ohne zu fragen, ob sie damit einverstanden sei.

Gut, wenn es jetzt schon mal so war, warum nicht. Dann musste sie sich an den Gedanken gewöhnen. Irgendwie würde es klappen, besser jetzt als nie. Die Verrenkungen um künstliche Befruchtung und was es sonst noch an Möglichkeiten gab, hatte sie sich gespart. Herzlichen Glückwunsch, das ist wie ein Sechser im Lotto, als homosexuelle Frau auf natürlichem Weg schwanger zu werden. Was so ein Gläschen zu viel doch bewirken konnte. Okay, es war eher ein handfester Rausch gewesen, sonst wäre ihr das nie und nimmer passiert. Ob das Kind gesund war?

Reiß dich zusammen, Nike. Du hast dich immer schnell mit Überraschungen arrangiert. Mach einfach, gib dir einen Schubs. Deine Ausgangssituation ist nicht optimal, könnte aber auch viel schlechter sein. Und dieses kleine Wesen hat sich den Zeitpunkt jetzt ausgesucht, um in dein Leben zu treten. Nicht, wenn du es irgendwann einmal in Betracht ziehst. Nun kannst du gleich lernen, wie es ist, einen starken Willen neben dir zu akzeptieren.

Nike stand auf, stellte sich vor den Spiegel an der Schlafzimmertür und strich sich langsam über den Bauch. Natürlich war noch nichts zu erkennen, aber sie wollte den Ort sehen, wo sich das neue Wesen befand.

Plötzlich stöhnte sie auf. Lissa als Großmutter konnte sie sich überhaupt nicht vorstellen. Bestimmt würde sie es ablehnen, »Oma« genannt zu werden. Ob sie es bei ihrem Enkelkind schaffen würde, es zu knuddeln und mit ihm zu schmusen? Bei ihr hatte das nicht geklappt, aber wer wusste es schon, Wunder geschahen immer wieder.

Aber noch war sie nicht zu hundert Prozent sicher, die Frauenärztin hätte das letzte Wort.

56

Nike lief mit zwei geräumigen Rollkoffern den Gang zu Lissas Krankenzimmer entlang. An diesem Nachmittag sollte sie zur Reha in den Bayerischen Wald gebracht werden. Nach langen Diskussionen hatten ihre Ärzte, allen voran Dr. Ellmann, sie überzeugt, dass eine Reha absolut wichtig für ihre Behandlung sei und ihre Genesung auf eine solide Basis stellen würde.

Gerade als sie die angelehnte Tür zu Lissas Zimmer weiter aufschieben wollte, um mit den beiden Koffern durchzukommen, hörte sie Lissas und Dr. Ellmanns Stimmen, sie fielen sich ständig gegenseitig ins Wort und wurden dabei immer lauter. Hoffentlich nicht schon wieder wegen der Reha!

Sie blieb stehen und lauschte, denn sie hörte Dr. Ellmann sagen: »Ich habe drei Kinder, und alle drei haben meine verschiedenfarbigen Augen geerbt. Und deine Tochter hat sie ebenfalls. Willst du mir wirklich erzählen, das sei purer Zufall? Etwa weil du mir vor vielen Jahren zu tief in die Augen geschaut hast oder so? Du weißt doch selbst, dass es nur sehr wenige Menschen auf der Welt gibt mit diesem Phänomen. Und dann noch genau die gleichen Farben!« Anscheinend schlug er mit der Hand auf Lissas Nachttisch, denn es schepperte, als würden umgefallene Gläser und Medikamente durcheinanderkullern.

Lissa zischte ihn an. »Was hättest du davon, wenn Nike deine Tochter wäre?«

»Was ich davon hätte? Lissa, du weißt, dass ich dich damals auf der Stelle heiraten wollte, auch ohne Schwangerschaft. Wenn ich gewusst hätte, dass du schwanger bist, hätte ich mich gefreut wie ein Schneekönig.«

»Betrachte es doch mal unter dem Aspekt, dass du dann heute keine drei Kinder hättest ...«

»… und ich hätte keine üble Scheidung und keinen noch übleren Rosenkrieg hinter mir«, ergänzte er.

»Wir beide hätten es auch nicht lange miteinander ausgehalten, da bin ich mir ziemlich sicher.« Lissas Antwort klang kühl. »Ich hatte große Pläne mit einer eigenen Klinik, mit dir wäre das vielleicht nicht gegangen.«

»So ein Quatsch, wir hätten gemeinsam die Klinik aufbauen können, du redest wirklich Unsinn.«

Nike hörte an den quietschenden Schritten, dass Ellmann im Zimmer hin- und herlief, aber sie konnte nicht weggehen. Sie war geflasht. Dr. Ellmann war ihr Vater. Und alles andere, was sie noch erfuhr, ließ sie an ihrer Mutter zweifeln. Was war damals bloß in ihr vorgegangen?

»Erinnerst du dich an unsere endlosen Diskussionen zum Thema Kind und Familie? Gegensätzlicher hätten unsere Meinungen dazu nicht sein können. Deshalb beschloss ich, mein Kind allein großzuziehen. Ich habe mir ein perfektes Kindermädchen gesucht, das unbelastet von meiner eigenen Vergangenheit meine Tochter erziehen würde.«

»Kannst du mir sagen, warum du einer Fremden den Vorrang bei der Erziehung gegeben hast? Du hast doch wunderbare Anlagen, und mich selbst schätze ich auch nicht als antiquierten Macho ein, warum also eine fremde Person?«

»Genau wegen unserer total unterschiedlichen Auffassungen habe ich meine Entscheidung ohne dich getroffen.«

»Weiß Nike, dass ich ihr Vater bin, oder tappt sie auch im Dunkeln?«

Plötzlich, ohne auch nur eine Sekunde drüber nachgedacht zu haben, betrat Nike das Zimmer. Es zog sie förmlich hinein. »Nein, ich wusste es nicht, allerdings wollte ich es schon immer wissen.« Unter Tränen sah sie Dr. Ellmann an. »Als du mich wegen meiner Augenfarbe angesprochen hast, war ich kurz irritiert, aber ich hatte keine Ahnung. Mama, sag mir bitte, warum durfte ich es nicht erfahren?«

»Das habe ich dir schon mehrmals erklärt, mehr gibt es dazu nicht zu sagen.« Lissa schaute zwischen den beiden hin und her, für sie waren die Fragen geklärt.

»Ach ja, wenn wir schon beim Thema sind und meine ganze Familie anwesend ist …« Nike zog tief die Luft ein. »Ich bin schwanger.«

Es war still im Raum, bis sich Ellmann auf seinen quietschenden Sohlen zu ihr drehte und sie umarmte und fest an sich drückte. »Herzlichen Glückwunsch, mein Töchterlein!« Er beugte sich leicht zurück, um Nike in die Augen schauen zu können. »Das muss mir erst mal jemand nachmachen, ich werde an einem Tag nicht nur zum vierten Mal Vater, sondern auch noch Großvater. Das ist eine Überraschung, die sich sehen lassen kann.« Er strahlte Nike an und drückte sie wieder.

Lissa richtete sich im Bett auf. »Darf ich fragen, wer der Vater ist? Hast du dich doch für einen Mann als Partner entschieden, oder war er nur der Samenspender?«

Nike war enttäuscht, warum konnte ihre Mutter sich nicht einfach freuen, warum hatte sie ihr nicht einfach gratuliert, ohne Wenn und Aber? Musste es dieser Sarkasmus sein, den sie gern einsetzte, wenn sie überrumpelt wurde?

»Da muss ich dich enttäuschen, Mama. Ich weiß natürlich, wer der Erzeuger ist, aber das war ein einmaliger Ausrutscher. Ich werde ihn darüber informieren, denn ich finde, er hat ein Recht darauf. Aber mehr nicht.«

»Anscheinend ist es das Schicksal von uns Bernreuther-Frauen, unsere Kinder allein großzuziehen.« Nun lächelte Lissa sie an, als wäre sie erleichtert über eine weitere Alleinerziehende in der Familiengalerie. »Meinen herzlichen Glückwunsch übrigens, im ersten Überraschungsmoment habe ich das glatt vergessen. Komm doch bitte her zu mir, noch schaffe ich es nicht allein aus dem Bett.« Nike beugte sich zu ihrer Mutter hinab und ließ sich von ihr umarmen.

»Bei Nike hast du ganz gezielt Schicksal gespielt, für dich war ich nämlich nichts anderes als der eben von dir angebrachte Samenspender. Ich hätte sie sehr gern aufwachsen sehen und erzogen ... gemeinsam mit dir.« Ellmann wirkte ehrlich enttäuscht.

»Muss ich dich jetzt Papa nennen?« Nike grinste ihn an.

»Du kannst mich Bastian nennen ... Wäre vielleicht ein bisschen verspätet, den Vater rauszukehren.«

»Ich war allerdings noch nicht beim Frauenarzt, also zu hundert Prozent sicher ist es noch nicht. Aber ich dachte, die Gelegenheit ist günstig, da ihr euch wegen mir gestritten habt.«

»Du hast gelauscht. Na gut, dann brauche ich dir nichts mehr zu erklären.« Lissa war kurz angebunden.

»Ihr habt so laut gestritten, es war nicht zu überhören. Aber da es mich betraf, habe ich mir das Recht herausgenommen zuzuhören. Da fällt mir ein, wenn wir schon bei den Vätern sind. Hettie hat herausgefunden, dass wir keine Cousinen sind.«

»Mir ist der Name wieder eingefallen, mein Vater hieß Junkers. Nachdem nun alles geklärt ist, kann ich ja beruhigt zur Reha fahren«, antwortete Lissa und verdrehte die Augen.

»Tu das, Nike und ich haben nun viel Zeit, uns richtig kennenzulernen.« Bastian lächelte Lissa vielsagend an. »Ohne deinen Einfluss«, setzte er triumphierend nach. »Ich komme später noch mal, bevor dich dein Taxi abholt.« Er wandte sich zu Nike und gab ihr einen Kuss auf die Wange. »Töchterlein, ich rufe dich an, damit wir ein Date ausmachen können, wenn du das auch möchtest. Ich bin schon sehr gespannt, etwas über dich und dein bisheriges Leben zu erfahren. Dann kannst du mir die Macken deiner Mutter freiheraus erzählen, vier Wochen ist sie mit Sicherheit aus dem Weg.« Mit einem Zwinkern verließ er das Zimmer.

Die Stille stand wie eine dicke Wand zwischen Lissa und Nike, beide schauten sich wortlos an. Lissa durchbrach ganz leise, fast flüsternd die Barriere. »Bist du jetzt zufrieden, nachdem du weißt, wer dein Vater ist?«

»Das ist die falsche Frage, Mama. Nur damit du mich verstehst. Für mich ist es okay, dass du dich entschieden hast, alleinerziehende Mutter zu sein und dein Ding zu machen. Aber warum du aus meinem Vater ein Geheimnis gemacht hast, habe ich nie verstanden.«

Plötzlich sah Nike Tränen in den Augen ihrer Mutter, die jeden Moment überlaufen würden. »Nike, ich hatte Angst, dass er dich mir wegnehmen würde. Ich wusste doch, wie verrückt er nach Kindern war und dass er mich unbedingt heiraten wollte.«

»Glaubst du wirklich, dass er dazu fähig gewesen wäre? War es nicht eher die Angst, dass du mich mit ihm hättest teilen müssen? Oder hat er dich verunsichert, da er ein sehr emotionaler Typ ist und du dagegen keine Gefühle zeigen konntest? War es vorweggenommene Eifersucht, dass ich ihn vielleicht lieber haben könnte als dich?«

»Ich war immer sachlich und nüchtern. Bastian dagegen war schon immer überschwänglich und gefühlsbetont. Ich fand das meistens schön, manchmal aber auch lästig. Ich hätte ihm niemals genug zurückgeben können ...«

»Ach, Mama, zwei Menschen können sich ergänzen und voneinander lernen. Aber wie schon gesagt, ich habe deine Entscheidung akzeptiert, dass wir allein waren. Aber nicht, dass ich nicht wissen durfte, wer mein Vater ist. Keine Sorge, ich werde nicht mit fliegenden Fahnen zu ihm überwechseln. Du müsstest es eigentlich wissen: Ich liebe dich. Punkt.« Nike nahm ihre Mutter in den Arm, und Lissas Tränen flossen bei diesen Worten ungehemmt. Sie küsste ihre Tochter auf beide Wangen.

Sie saßen noch eine Weile eng umschlungen da. Erst als die Schwester hereinkam und sagte, dass das Krankentaxi bereitstehe, verabschiedeten sie sich. »Meine liebste Nike, du bist das Beste in meinem Leben!«, flüsterte ihr Lissa ins Ohr.

Die Überraschung wäre wohl größer gewesen, wenn die Frauenärztin Nike gesagt hätte, sie sei nicht schwanger. Doch jetzt hatte sie es mit Brief und Siegel in Form ihres Mutterpasses. Sie nahm ihn vom Beifahrersitz und hielt ihn fast schon ehrfürchtig über das Lenkrad. Alles war fein säuberlich ausgefüllt, ihre Blutgruppe mit Rhesusfaktor, von dem sie bisher nicht gewusst hatte, dass er existierte, ihr Gewicht und der errechnete Geburtstermin am 17. Januar 2024. Ab diesem Termin würde die Welt für sie eine andere sein, wie ihr die Ärztin lächelnd gesagt hatte. Bis dahin sollte sie ihr Leben genießen – unter Berücksichtigung gewisser Einschränkungen.

Als Nike den Herzschlag auf dem Bildschirm gesehen hatte, hatte sie vor Rührung eine Gänsehaut bekommen. Ihr Baby, das in ihr heranwuchs. Würde sie das auf die Reihe kriegen? Jede ihrer Entscheidungen hatte nun Auswirkungen auf das winzige Wesen in ihr.

Kurzes, hektisches Hupen ließ sie aufschrecken, und sie erwachte aus ihrem Gedankenkarussell. Die Ampel hatte auf Grün geschaltet und sie hob entschuldigend die Hand. Während sie nach links in den Seewaldweg zum Haus von Lissa einbog, drangen nun auch Wortfetzen des Nachrichtensprechers zu ihr durch. Sie drehte das Radio lauter, um ihn besser verstehen zu können.

»... einem Münchner Kunsthändler wurden von einem Agenten Gemälde von Wassily Kandinsky, Alexej Jawlensky, Marianne von Werefkin und Gabriele Münter angeboten. Es handelt sich um bisher unbekannte Werke, deren Echtheit noch geprüft werden muss. Noch weiß man nicht, wo die Gemälde seit ihrem Entstehen gelagert worden waren oder in wessen Besitz sie sich befunden hatten. Sollte es sich bei den vierzehn Gemälden aus der Zeit zwischen 1911 und 1958 um Originale handeln, rechnen Experten mit einem Wert von mehreren Millionen Euro.«

Nike war wie vom Donner gerührt, da war kein Gedanke mehr an die Schwangerschaft. Zitternd vor Aufregung fuhr sie an den Fahrbandrand. Handelte es sich um die Gemälde, die Oma Mali im Keller versteckt gehalten hatte? Waren sie von zwei Menschen mit Schuhgröße siebenunddreißig und einundvierzig bis zweiundvierzig gestohlen worden? Bisher war die Polizei nur zum Ergebnis gekommen, dass die Fußspuren im Keller des Amalienhäusls nicht von den Handwerkern waren, denn bei keinem passte eine der Schuhgrößen auch nur annähernd. Irgendjemand musste im Keller des Amalienhäusls gewesen sein! Aber so, wie Lene und sie die Bretterwand und den Schmutz dahinter vorgefunden hatten, hatte es nicht so ausgesehen, als wäre vor Kurzem etwas bewegt worden.

Etwas blitzte in Nikes Hinterkopf auf, und sie versuchte, es zu fassen. Ein Gedanke, der sie damals kurz irritiert hatte, aber was war das bloß? Ihr Blick schweifte auf die Wiese, die sich an die Fahrbahn anschloss, und fiel auf mehrere frische Maulwurfshaufen. Das war es! Die Häufchen am Boden, *die* hatten sie irritiert. Sie hatten wie aufgeschüttet ausgesehen, viel zu gleichmäßig war einer neben dem anderen gelegen. Hatten die Diebe die Gemälde eingepackt und anschließend die Holzwand und den Dreck perfekt in Szene gesetzt?

Aber wer konnte von dem Versteck gewusst haben? Sie war allein gewesen, als Lissa sie nachts anrief und ihr von ihrer Idee des Verstecks unter der Treppe erzählte. Lene hatte sie zwar beim Suchen unterstützt, aber bei ihr war das Geheimnis sicher wie in Fort Knox. Wer und vor allem wie konnte jemand davon erfahren haben? Die Liste der Fragen wurde immer länger. Am einfachsten ließe sich klären, ob es Gemälde aus dem Amalienhäusl waren, wenn sie die Entstehungsdaten sehen würde. Wenn es sich um Originale handelte, könnte sie die Titel und Daten in Uroma Malis Werksverzeichnis finden – zumindest die von Gabriele Münter.

Nike fuhr langsam weiter und wendete bei der nächsten Hauseinfahrt, sie musste sofort mit Lene oder, noch besser, mit Kommissar Vollmer sprechen.

Die beiden hatten bereits von dem Fund gehört, denn eine derartige Nachricht, besonders weil sie Murnau betraf, verbreitete sich wie ein Lauffeuer. Kommissar Vollmer hörte sich Nikes Vorschlag an, eine Übereinstimmung mit dem Werksverzeichnis von Amalia zu überprüfen, und versprach ihr, diese Infos über die Gemälde möglichst schnell zu besorgen. Er hoffte, dass der Galerist kooperativ wäre, aber nachdem er das Angebot der Gemälde an die Presse weitergegeben hatte, bestand große Hoffnung, dass er auch die Polizei unterstützen würde. Es war sicher eine gezielte Taktik, die Kunstwelt mit dem Auftauchen bisher nicht gekannter Gemälde anzufachen, um eine Wertsteigerung zu erzielen.

Auf dem Weg vom Kommissariat nach Hause rief Nike Lissa an und sprach ihr die Neuigkeit des Galeristen auf den AB.

Gerade als sie das Haus betrat, hörte sie den Eingang einer Mail auf ihrem Handy. Lene hatte ihr schon die Liste der vierzehn Gemälde mit den Entstehungsjahren und den Namen der Künstler geschickt. Sie schrieb, dass der Galerist sehr hilfsbereit gewesen sei, er habe jedoch nur Fotos per Mail bekommen, die Originale würden ihm nicht vorliegen. Nike holte das Verzeichnis von Uroma Mali aus Lissas Tresor. Sie verglich beide Listen und stellte ohne den geringsten Zweifel fest, dass die Gemälde aus dem Versteck stammten. Alle waren aufgeführt, und die Datierungen stimmten überein.

Plötzlich ging Nike ein Licht auf. Uroma Mali hatte in einer Spalte die Käufer bzw. Empfänger der Bilder von Gabriele Münter notiert, und bei den elf aufgetauchten Gemälden stand immer ein A als Empfänger. Sie hatte früher darüber gerätselt, aber jetzt war ihr klar: A bedeutete Amalia. Das waren Geschenke an Amalia gewesen, und deswegen hatte sie sie versteckt. Und die drei Gemälde von Werefkin, Kandinsky und Jawlensky fand sie ebenfalls in dem Jahr notiert, in dem Amalia mit Lissa vom Münterhaus ins Amalienhäusl umgesiedelt war. In der Klammer hatte sie das Entstehungsjahr notiert, das wiederum mit dem des Kunstwerks übereinstimmte. Für Nike gab es weder Zweifel an der Echtheit der Gemälde noch daran, wem die Gemälde gehörten. Jetzt stellte sich die große Frage, wo waren sie im Moment versteckt und wer hatte sie gestohlen …

57

Nike steckte Uroma Malis Gemäldeverzeichnis in einen Jutebeutel mit Werbeaufdruck, denn sie wollte auf keinen Fall Aufmerksamkeit damit erregen. War sie schon paranoid, weil sie vermutete, sie könnte von den Dieben der Gemälde beobachtet werden? Schließlich musste irgendwo eine undichte Stelle sein, von der aus sie überwacht wurde. Jemand, der vielleicht alles mithörte oder mitlas, was sie schrieb oder wann und mit wem sie telefonierte. Plötzlich stutzte sie. Mithören, mitlesen, telefonieren – was, wenn jemand ihr Handy gehackt hatte? Sie tippte sich an die Stirn. Das wäre die Erklärung, dass derjenige genau über jeden Schritt, den sie unternahm, Bescheid wusste! Sie hatte keine Ahnung, wie so etwas funktionierte, ob sie unvorsichtigerweise irgendwann einmal einen Anhang geöffnet hatte und sich eine Spyware damit automatisch installiert hatte. Oder hätte jemand dazu ihr Handy benötigt, um die Software aufzuspielen?

Und wieder türmten sich mehr Fragen als Antworten vor ihr auf. Ihr Bauchgefühl sagte ihr seit Langem zum ersten Mal, dass sie mit ihrer Vermutung richtiglag. Unruhig wie ein Tiger im Käfig lief sie im Zimmer hin und her. Wie konnte sie herausfinden, ob sie gehackt worden war? Vielleicht hatte sie Hettie zu Unrecht beschuldigt, ihre Nachrichten gelöscht zu haben. Vielleicht waren diese abgefangen und gelöscht worden …

Sie griff zum Telefon, um Hettie anzurufen, schob es aber von sich, als hätte sie sich an einem heißen Topf verbrannt. Mit ihrem Anruf bei Hettie wüsste auch ein möglicher Hacker sofort Bescheid. Sie schaltete ihr Handy aus, nahm den Jutebeutel und machte sich auf den Weg zur Polizei – mit einem Zwischenstopp bei Hettie.

Beflügelt von den Gedanken, dass sie seit Wochen zum ersten Mal eine brauchbare Idee hatte, die eine oder sogar mehrere der vielen Fragen lösen könnte, gab sie Gas, bis sie plötzlich bemerkte, dass sie in der Dreißigerzone fast sechzig fuhr.

»Mach langsam, wenn du es eilig hast«, ermahnte sie sich mit einem Spruch, den Lissa immer äußerte, wenn Nike sich vor Begeisterung über eine Sache verhedderte. Ihr innerer Drang, Klarheit zu bekommen, beflügelte sie. Vielleicht kam sie endlich ans Ziel. Bisher war sie von einem dunklen Raum in den nächsten getappt, die Dunkelheit war ständig undurchdringlicher geworden und die Aussicht auf das klärende Licht in immer weitere Ferne gerückt. Jetzt dagegen spürte sie, dass sie mit ihrer Vermutung der Lösung nähergekommen war. Schlimmstenfalls war es ein Schritt, der wieder einmal ins Leere lief, aber ohne dem nachzugehen, würde sie es nie herausbekommen.

In Hetties großem Seminarraum saßen drei Frauen und zwei Männer um ein Aktmodell herum und arbeiteten mit unterschiedlichen Techniken konzentriert an ihren Staffeleien. Normalerweise hätte sie die Werke betrachtet, aber heute hatte sie es eilig. Nike blickte sich suchend um. Eine Kunststudentin, die Nike aus dem Blauen Reiter kannte, zeigte mit ihrer Spachtel mehrere Male nach oben in Richtung der Wohnung.

Nike lief die Treppe hoch. »Hettie, ich bin's, kann ich reinkommen?«

»Hast du dich nicht vertan, dass du mich besuchst?« Hettie tauchte mit der dampfenden Teekanne aus der Küchennische auf. »Willst du auch einen Tee?«

»Gern«, meinte Nike, dann deutete sie Hettie pantomimisch an, das Handy zu nehmen. Als Hettie sie mit großen fragenden Augen anschaute, flüsterte Nike ihr ins Ohr. »Wo ist dein Handy? Am besten, du sagst jetzt nichts. Gib es mir, ich erklär's dir gleich.«

Hettie tippte sich jedoch nur unwissend an die Stirn.

»Hettie, bitte!« Nike flüsterte, ihre Bitte klang wie ein Flehen. Erneut bildete sie mit ihrer linken Hand die Form eines Telefons und hielt sie sich ans Ohr. Hettie schien allmählich zu verstehen, schüttelte ungläubig den Kopf und zog ihr Handy aus der Hosentasche. Nike nahm es schweigend, dabei legte sie ihren rechten Zeigefinger auf die geschlossenen Lippen. Hetties Augen folgten ihr, als sie die Terrassentür öffnete und beide Handys an der am weitesten entfernten Ecke der Terrasse ablegte. Danach kam sie zurück.

»Was soll das?«, wollte Hettie wissen.

»Sorry, jetzt kann ich reden.« Nike holte tief Luft, als müsste sie sich sammeln. »Kannst du dich erinnern, dass ich dich verdächtigt hatte, meine Nachrichten gelöscht zu haben?«

»Wie könnte ich den Megastreit vergessen?« Hettie nahm ihre Teetasse und setzte sich an den Tisch. Sie wirkte sehr reserviert, kein Lächeln kam über ihre Lippen.

»Ich hatte heute plötzlich die Eingebung, dass mein Handy gehackt worden sein könnte. Meine Gedanken kreisen seit Tagen um die Frage, wie jemand wissen kann, was ich schreibe oder mit wem ich telefoniere, ja sogar, was ich plane, mir notiere. Ich weiß nicht, welche Möglichkeiten es beim Hacken gibt, aber es könnte doch sein, dass meine Nachrichten an dich gelöscht werden, bevor sie bei dir ankommen. Womöglich ist dein Handy auch infiziert, keine Ahnung ...« Nike kam vor Aufregung außer Atem.

»Wenn es so wäre ... wie willst du das rauskriegen? Wer sollte dich stalken? Das erscheint mir ehrlich gesagt ziemlich überspannt ...«

Nike war überrascht, da sie geglaubt hatte, Hettie sei über ihre Erklärung happy. Sie blieb trippelnd neben dem Tisch stehen, denn um sich zu setzen, fehlte ihr die innere Ruhe. Ihr Blick fiel auf eine flache Sammelbox im DIN-A4-Format, die mit marmoriertem Papier bezogen war. Die Ecken waren rissig und abgestoßen. Wie früher bei Schulheften befand sich ein beschriftetes Etikett darauf, dessen Rand aufwendig verziert war. Nike entzifferte *Korrespondenz* zuerst unbewusst, aber während sie das Wort vor sich hin flüsterte, stutzte sie. Die enge, regelmäßige Schrift kam ihr bekannt vor.

»Hast du die Schachtel vom Flohmarkt, sie wirkt total vintagemäßig?«

»Nein, die Schachtel hatte Lara hier vergessen, als sie vor Kurzem ihre Bücher abholte. Ich soll sie ihr bringen, auch das Foto hier, denn ich lege keinen Wert darauf, es zu behalten.« Hettie zeigte auf den Bilderrahmen daneben, in dem ein Foto von ihr und Lara, Arm in Arm im Dirndl, zu sehen war.

Nike nahm es und betrachtete die Aufnahme. »Du schaust richtig schnuckelig aus in der Tracht.« Sie lächelte Hettie an. Plötzlich schaute sie genauer hin. »Hast du das gesehen? Die Knöpfe an Laras Strickjacke sind identisch mit dem, den ich im Keller des Amalienhäusls gefunden habe. Meiner ist nur etwas gedämpfter in den Farben, wahrscheinlich durch den Staub, in dem er lag. Erinnerst du dich an meine Mindmap, ich hatte ihn draufgepinnt.«

»So genau habe ich mir den Knopf nicht angeschaut. Aber wo du es sagst ... kann schon sein. Solche Knöpfe sind oft an Trachtenjacken, das ist ja nichts Außergewöhnliches.«

Nike deutete auf den flachen Karton. »Weißt du, was in der Schachtel ist? Hat Lara sie bei ihrem Auszug hier vergessen oder erst jetzt, als sie die Bücher holte?« Nikes Fragen sprudelten im Sekundentakt, als ergäbe eine Frage die nächste.

Hettie wirkte leicht genervt. »Ich weiß nicht, was drin ist. Schau einfach rein, wird ja kein Staatsgeheimnis drinstecken. Und zu deiner nächsten Frage: Lara hatte sie dabei, als sie kam, um die Bücher abzuholen, und vermutlich übersehen, sie mit den Büchern wieder einzupacken. Ich bin kein Freund von Flohmarktkram, wie du weißt.«

Nike fasste in ihren Jutebeutel, den sie immer noch über der Schulter hängen hatte. Sie zog die Kladde mit Amalias Gemäldeverzeichnis heraus und legte es wie ein kostbares Dokument neben den Karton. »Das ist doch beide Male die gleiche Schrift, oder täusche ich mich?«

Hettie wies auf die Etiketten. »Ja, schon, das wurde von jemandem geschrieben, der die Sütterlinschrift gelernt hatte, das sieht man am r und am n.«

Nike schaute Hettie fragend an, deren Augen zwischen den beiden Beschriftungen hin- und herwanderten.

»Kann gut sein. Ja, ich denke, das ist die gleiche Handschrift.« Hettie blieb kurz angebunden, sie konnte die Begeisterung Nikes wegen dieser beiden Funde nicht nachvollziehen.

»Das Gemäldeverzeichnis ist von meiner Uroma Mali, und der Schrift nach zu schließen ist logischerweise auch der Karton von ihr oder zumindest von ihr beschriftet worden. Dann kann ich doch hineinschauen, oder?«

»Ja klar, ich schätze, dass Briefe drin sind, wie der Titel schon sagt.« Hettie grinste, dabei zog sie einen Mundwinkel zur Seite. »Keine Ahnung, woher Lara die Schachtel hat.«

Nike hob den Deckel ab. Der Inhalt der Schachtel war mit einem dünnen, bestickten Leinentuch eingeschlagen. Darunter lagen einzelne linierte Seiten, alle mit einer unnachahmlich engen Schrift geschrieben. Es war eindeutig Amalias Handschrift. Nikes Herz klopfte, endlich hatte sie ein eindeutiges Dokument von ihrer Uroma Mali in der Hand, vielleicht wäre das ein weiterer Schritt zur Lösung. Sie fächerte die Seiten am oberen Rand vorsichtig auf, fast alle begannen mit *Mein liebster A.* Am Ende waren Briefe auf dünnem Luftpostpapier zu sehen, einige an Amalia gerichtet, einige an *Meine liebe Sascha.*

»Wie kommt Lara an diese Briefe?«, fragte Hettie erstaunt.

»Gute Frage. Vielleicht hat sie sie bei den Gemälden im Amalienhäusl gefunden?«

»Du meinst, Lara hat die Gemälde mit den Briefen gestohlen? Nie und nimmer, Lara ist ein grundehrlicher Mensch. Sie ist zwar krankhaft eifersüchtig, aber gewiss nicht kriminell. Die kriegt schon Herzflattern, wenn ein Polizist in Uniform ihr zufällig über den Weg läuft. Außerdem, wenn die Kiste gestohlen wäre, warum sollte sie sie hier bei mir liegen lassen, das wäre doch eher blöd?« Hettie schüttelte zur Bestätigung heftig den Kopf und wiederholte: »Nein, nie und nimmer.«

»Womöglich wollte sie dir den Diebstahl in die Schuhe schieben?«

»Ich glaube nicht, dass sie jemals auf so eine krude Idee kommen würde.«

Nike hätte Hettie gern geglaubt, aber die Erklärungen zu Lara waren für sie nicht nachvollziehbar. Sie hoffte, dass Hettie sich nicht vollkommen in ihrer früheren Partnerin täuschte. Menschen änderten sich, besonders nach einer Trennung. Als Hettie auf die Uhr schaute und sagte, sie müsse zum Kurs zurück und was es denn mit den Handys auf der Terrasse auf sich habe, fiel Nike wieder der Grund ihres Besuchs ein.

»Wenn unsere Handys gehackt wurden, hat jemand unsere Nachrichten und Telefonate mitgehört und war über alles in Echtzeit informiert. Vielleicht lassen sich damit sogar Gespräche im Zimmer mithören. Deswegen habe ich sie auf die Terrasse gelegt. Ich habe deines absichtlich nicht ausgeschaltet, da es der Hacker vermutlich bemerken würde und damit Lunte riechen könnte. Ich hole sie wieder rein, schicke dir eine WhatsApp und dann beobachten wir, was passiert. Wenn sich meine Vermutung als richtig herausstellt, nehme ich beide Handys mit zur Polizei, damit sie durchgecheckt werden.«

»Okay, aber ich bin mir sicher, dass du falschliegst. Dazu braucht man echt kriminelles Potenzial, und das hat Lara nicht. Hundertpro nicht!«

»Die Schachtel mit den Briefen würde ich auch gern mitnehmen, damit lässt sich Uroma Mali als Urheberin des Gemäldeverzeichnisses bestätigen. Sollte Lara nach der Box fragen …«

»… fällt mir schon eine Ausrede ein.« Hettie kam ihr zum ersten Mal einen kleinen Schritt entgegen. Sie schaute erneut auf ihre Uhr. »Können wir gleich den Handytest machen, ich muss ins Atelier?«

»Klar, ich hol die Handys rein und schreibe dir etwas Unverfängliches. Aber bitte nicht sprechen. Und bitte denk dran, falls du mich später anrufen willst … nur von Festnetz zu Festnetz. Oder … du besuchst mich.«

»Alles klar, Frau Kommissar!« Hettie salutierte mit der Handkante an ihrer Schläfe. Sie wirkte sehr distanziert, und es war nicht erkennbar, ob aus Gleichgültigkeit oder aus verletztem Stolz.

Nike holte die beiden Handys zurück und schrieb in Hetties Beisein eine Nachricht – die Häkchen für zugestellt erschienen auf Nikes Display, aber wie erwartet kam nichts bei Hettie an. Auch auf dem umgekehrten Weg landete Hetties Nachricht im Nirwana. Nike deutete mit erhobenem Daumen an, dass sie mit ihrer Vermutung richtiglag, und steckte die Mobiltelefone in ihre Tasche.

Sie stand bereits am Ausgang der Malschule, als sie sich umdrehte, um Hettie einen Handkuss zuzuwerfen, aber die war schon im Studio verschwunden. Nike spürte wieder ihre zehrende Sehnsucht nach Hettie. All das, was sie nicht gesagt hatte, aber hatte sagen wollen, äußerte sich als stechender Schmerz in ihrem Innersten. Da sie selbst Hettie um Zeit gebeten hatte, lag es nun an ihr, etwas zu ändern. Aber das musste noch warten.

»Nike, Kind, wieso bist du nur auf dem Festnetz zu erreichen? Hast du dein Handy verloren, oder was ist passiert?« Lissa fiel mit der Tür ins Haus, denn seit Jahren hatte keiner von ihnen das Festnetztelefon verwendet. Die Nachricht, die ihr die Schwester überbracht hatte, Nike sei nur auf dem Festnetz zu erreichen, hatte sie zuerst nicht glauben wollen.

»Das ist eine lange Geschichte. Aber erst mal, geht's dir gut, Mama?«

»Alles bestens, ziemlich busy, ständig bin ich bei Massagen, Physio oder sonst einem Training. Aber ich will mich nicht beschweren, schließlich bin ich dafür hergekommen. Ich kann tatsächlich schon ein paar Schritte ohne Krücken gehen.«

»Super, wenn du zurückkommst, kannst du dich gleich für einen Halbmarathon anmelden«, feixte Nike. »Abgesehen davon ... Du kannst dir nicht vorstellen, was hier abgegangen ist.« Nike erzählte ihr bis ins kleinste Detail, wie sie auf die Idee der gehackten Handys gekommen war, von dem Fund der Briefkassette Uroma Malis und der Bestätigung der Polizei, die eine verbotene Spyware auf Nikes und Hetties Handys identifiziert hatte. Morgen war eine Besprechung auf dem Kommissariat anberaumt worden, auch Hettie und sie selbst waren dazu eingeladen. Sie hatten die Hoffnung, gemeinsam einen Hinweis auf die Diebe zu finden.

»Das klingt nach Action. Denk dran, Rücksicht auf dich und das Kind zu nehmen.«

»Ganz ehrlich, ich hatte kaum Zeit, mir darüber Gedanken zu machen. Die Ereignisse haben sich fast überschlagen, seitdem ich im Radio von dem Gemäldefund hörte. Stell dir vor, Mama, die Gemälde sollen mehrere Millionen Euro wert sein. Wenn sie wirklich uns gehören, müssen wir ständig damit rechnen, dass sie gestohlen werden.«

»Da lassen wir uns etwas einfallen, oder wir fragen Frajo, er findet sicher eine Lösung. Er besucht mich am Wochenende, dann kann ich ihn schon mal vorbereiten.«

»Noch haben wir die Bilder nicht, aber mein Gefühl sagt mir, wir sind nahe dran. Die Kassette mit den Briefen musste ich als Beweismittel bei der Polizei zurücklassen. Aber natürlich bekommen wir sie nach dem Abschluss ausgehändigt. Ich bin echt gespannt, was drinsteht.«

»Ich habe nie einen Brief von Oma Mali bekommen. Am liebsten würde ich alle auf der Stelle lesen, seitdem du mir davon erzählt hast.«

»Du musst dich noch ein bisschen gedulden.« Nike hatte in diesem Moment eine Idee, sie durfte sie nicht vergessen.

»Pass auf dich auf.«

Nike kam als Letzte in die Runde im Kommissariat. In dem geräumigen Besprechungszimmer hatten sich der Kommissar und Lene, ihr Kollege Florian Hundegger und Sebi, ein IT-Fachmann, an dem großen Konferenztisch ausgebreitet. Hettie saß etwas abgerückt an der hinteren Schmalseite. Nike überreichte dem Bären ihre Mindmap und bat ihn, das Plakat aufzuhängen, denn er war der Einzige, der keine Leiter benötigen würde.

»Nicht schlecht, Frau Bernreuther. Das schaut ja richtig professionell aus.« Der Kommissar nickte anerkennend mit einem Blick auf die Mindmap.

»Die Idee kam von Lene, aber leider bin ich damit keinen Schritt weitergekommen.«

»Die entscheidende Frage zur Spyware ist ...« Sebi klopfte mit einem Stift auf seinen Laptoprand und wandte sich Hettie und Nike zu. »... wann hatten Fremde Zugang zu eurem Handy. Die Spyware wurde aktiv darauf installiert und nicht mit einem Link gesendet, das steht fest. Und es dauert ein bisschen länger als ein paar Minuten.«

Hettie zuckte mit den Schultern. »Mir wird nachgesagt, mein Handy sei an meiner Hand angewachsen. Ich kann mich nicht an eine einzige Situation erinnern, in der ich es weggegeben hätte.«

»Mein Handy war einen Tag beim Reparieren. Aber warum sollte mir dort jemand eine verbotene Spyware aufspielen?« Nike schüttelt ungläubig den Kopf.

»Warst du in dem Laden in der Malergasse?« Hetties Frage kam zögernd.

»Klar, das war der einzige, der mir die Reparatur innerhalb eines Tages garantierte.«

»Soweit ich weiß, arbeitet dort Jana, Laras Schwester.«

»Ich habe mit einem jüngeren Mann gesprochen, er ist der Ladeninhaber.«

»Moment mal«, rief Lene in die Runde, »heißt Laras Schwester womöglich Jana Kohler? Das war doch die Beteiligte bei deinem Auffahrunfall, oder täusche ich mich?« Sie blätterte in ihren Unterlagen und zog ein Blatt heraus. »Klar, hier ist das Protokoll!« Wie eine Trophäe hielt sie es in die Luft.

»Wie sollte dann die Software auf Ihr Handy kommen, oder waren Sie auch in dem Laden?«, wandte sich der Kommissar an Hettie.

»Nein.« Hettie schlug sich plötzlich mit der Hand auf die Stirn. »Allerdings habe ich mein Handy Lara abgekauft – kurz nach unserer Trennung. Sie war in Geldnot, und ich brauchte ein neues Handy. Lara war damals irre wütend und verletzt, vielleicht wollte sie mich mit der Spyware einfach nur stalken. Ich bin immer noch überzeugt, dass Lara am Geschehen nicht beteiligt ist.«

»In meinen Augen laufen die Fäden ganz offensichtlich bei Frau Kohler und Lara zusammen.« Der ITler stand neben der Mindmap und deutete auf die Notiz mit dem Auffahrunfall. Er schrieb den Namen daneben.

»Welche Schuhgröße hat Lara, weißt du das zufällig?« Nike wandte sich an Hettie.

»Verstehe ich nicht. Was haben die Füße mit dem Handy zu tun?« Hettie schaute verwundert drein.

»Du wirst gleich merken, wie wichtig deine Antwort ist«, bestätigte Lene.

Hettie verstand zwar gar nichts, aber sie überlegte. »Ihre Füße sind ziemlich klein, ich glaube, sie trägt Schuhgröße siebenunddreißig. Hilft dir das weiter?«

»Allerdings«, antwortete Lene. »Das passt zu einer der Fußspuren im Keller. Aber …« Sie überlegte kurz. »… wenn sie Schwestern sind, hat Jana Kohler vermutlich eine ähnliche Statur oder Schuhgröße wie Lara?«

Hettie lachte. »Nein, Jana ist das komplette Gegenteil, in jeder Beziehung. Sie sind Halbschwestern mit verschiedenen Vätern. Jana ist bestimmt zwanzig Zentimeter größer als Lara und könnte rein von der Figur her für einen Mann gehalten werden.«

Kommissar Vollmer, der sich bisher im Hintergrund gehalten hatte, stand unvermittelt auf und tippte mit seinem Zeigefinger in die Luft, als wollte er auf etwas zeigen. »Jetzt sind wir auf dem richtigen Weg. Eindeutig. Das passt doch genau zu den Schuhabdrücken, die im Keller des Amalienhäusls gefunden wurden. Die zweite Größe war einundvierzig oder sogar größer, wenn ich mich richtig erinnere.«

Lene bestätigte seine Annahme.

»Dann reiht sich auch der Auffahrunfall in die Reihe ein.«

»Um mich davon abzuhalten, die Planen der Baustelle zu überprüfen! Oder auch nur, um mir einen Schaden zuzufügen, um mich mürbe zu machen. Ich schätze, sie hat mich beobachtet, als ich Hetties Wohnung verließ.« Nike rief es in den Raum, dabei schlug nun sie sich mit der Hand auf die Stirn. »Dann würde die eingeschlagene Scheibe von Hettie auch dazupassen, die sicherlich ebenfalls auf das Konto von Jana Kohler geht. Das steht nicht auf der Mindmap, denn die kaputte Scheibe betraf nicht mich, sondern Hettie.«

Der Kommissar ging jeden einzelnen der Angriffe durch, selbst die zerstochenen Reifen. Nikes Reifen pinnte er jetzt dazu. Er dachte, das Ziel war, Nike zu schaden, um sie von Hettie weg- und vielleicht sogar aus Murnau zu vertreiben. »Allmählich steigerte sich die Art der Angriffe, und sie verursachten immer größere Sachschäden. Der Gipfel war der Anschlag auf Ihre Mutter mit dem gezielt gefällten Baum, der aber mit großer Sicherheit Ihnen galt.«

Hettie saß kopfschüttelnd am Tisch, sie konnte und wollte nicht glauben, dass Lara an allem beteiligt gewesen sein sollte. Nike hatte Mitleid mit ihr, denn wenn das alles stimmte, müsste sie ihre Menschenkenntnis schwer anzweifeln. Außerdem schmerzte die Erkenntnis, jahrelang mit jemandem zusammen gewesen zu sein, der über ein derartiges Potenzial an krimineller Energie verfügte – und nichts davon bemerkt zu haben.

»Gut«, hörte sie den Kommissar sagen, »wir werden alle weiteren Schritte in die Wege leiten. Wir melden uns bei Ihnen beiden, falls wir noch etwas benötigen. Ihre Handys müssten sie uns vorerst überlassen, ich werde sie im passenden Moment als Lockmittel einsetzen, Ihr Einverständnis vorausgesetzt. Wenn wir den Fall geklärt haben, erfahren Sie es als Erste.«

Plötzlich fiel Nike ein, dass sie Kopien der Briefe mitnehmen wollte, um Lissa zu überraschen. Der Kommissar überlegte kurz und bat Lene, die Briefe einzuscannen und per Mail an Nike zu schicken. »Genügt Ihnen das vorerst? Später bekommen Sie die Originale zurück.«

Nike war froh, sie wusste zwar nicht, was Uroma Mali in den Briefen geschrieben hatte, aber sie hatte das untrügliche Gefühl, dass es Lissa helfen würde, sich mit Oma Mali und vielleicht sogar sich selbst auszusöhnen.

Nike und Hettie standen sich auf dem Parkplatz gegenüber. Keine wusste, wie sie sich voneinander verabschieden sollten. Seit der Kommissar die Taten in einer logischen Reihenfolge aneinandergefügt hatte, wirkte Hettie, als wäre sie kleiner geworden. Sie hielt den Kopf gesenkt, ihre Schultern waren dagegen hochgezogen. Eine große Last lag auf ihr, denn auch sie hatte erkannt, dass alle Indizien auf Lara und Jana hindeuteten.

Nike ging einen kleinen Schritt auf sie zu. »Hettie, du hast keinerlei Verantwortung für das, was geschehen ist.«

»Wäre ich bei Lara geblieben, wäre das alles nicht passiert. Das ist meine Verantwortung.«

»Kein Mensch konnte das voraussehen. Aber selbst wenn du gewusst hättest, wozu Lara in ihrer Eifersucht fähig ist, wärst du dann bei ihr geblieben? Eine Trennung ist doch nur eine logische Folge, wenn man feststellt, dass eine Beziehung nicht mehr funktioniert. Ihr habt euch die Entscheidung bestimmt nicht leicht gemacht, vermute ich mal. Bitte, Hettie!« Nike trat noch einen Schritt auf sie zu. »Nimm es dir nicht so zu Herzen. Lara hat sich für einen mehr oder minder kriminellen Weg entschieden, und sie muss die Konsequenzen dafür tragen.« Sie hob die Arme und wollte Hettie umarmen, die sie jedoch abrupt wegstieß.

»Würde deine Mutter mir auch sagen, ich sei schuldlos? Seit Wochen liegt sie schwer verletzt im Krankenhaus und wäre an den Folgen beinahe gestorben, jetzt ist sie in der Reha, und wer weiß, ob sie je wieder richtig laufen kann oder schmerzfrei ist.«

»Mama ist auf bestem Weg, wieder normal laufen zu können. Aber noch mal, keiner gibt dir die Schuld daran.« Nike konnte immer nur wieder das Gleiche sagen, ihr fiel nichts ein, womit sie Hettie wirklich trösten könnte. »Jetzt warte es doch mal ab, womöglich stellt sich am Ende heraus, dass Jana die Drahtzieherin war und Lara nur eine Mitläuferin.« Plötzlich fiel ihr dieses Argument ein, und tatsächlich schaute Hettie überrascht auf.

»Das könnte wirklich so gewesen sein. Lara hat mir vor einem knappen Jahr erzählt, dass Jana bei ihrer Scheidung ihr neu gebautes Haus und all ihre Zukunftspläne von heute auf morgen verloren hatte. Ihr Mann hatte sie Knall auf Fall wegen einer anderen Frau verlassen. Seitdem war sie voller Hass gegenüber allen, die eine Beziehung zerstörten. Vielleicht wollte sie Lara rächen, da ich die Trennung wollte. Da sie dich als Ursache für unsere Trennung ausmachte, warst du das perfekte Opfer – du hast auch viel mehr Angriffsflächen geboten als ich. Unsere ständigen Streitigkeiten und deine Angst um deine Mutter waren sicher eine große Genugtuung für sie.«

»Warten wir's ab, bald wissen wir mehr. Ich schätze, es könnte schon morgen so weit sein. Die Polizei wird nicht lange mit ihrem Besuch warten, um nicht Gefahr zu laufen, dass sie die Gemälde vorher aus dem Weg schaffen.« Schnell trat sie auf Hettie zu und umarmte sie, bevor sie ihr wieder ausweichen konnte.

Sie spürte, wie Hettie in der Umarmung erstarrte. Als sie ihre Umarmung nicht löste, gab Hettie nach und schmiegte sich schließlich fest an Nike. »Jetzt musst du mir ein bisschen

Zeit geben«, flüsterte Hettie unter Tränen. »Ich muss das erst mal verdauen. Aber gib mir Bescheid, wenn du eine Nachricht vom Kommissar bekommst.«

Nike strich ihr über die Wangen und lächelte. »Mach ich ganz bestimmt.« Sie sah Hettie nach, als sie mit ihrem Fahrrad davonfuhr. Wie gern hätte sie sie geküsst und Zeit mit ihr verbracht. Aber das wäre zu viel gewesen, Hettie musste erst mal mit sich selbst klarkommen. Trotzdem war Nike zuversichtlich. Sie würden wieder zusammenkommen, denn wenn Hetties Gefühle nur halb so stark wie ihre eigenen wären, würde es genügen, um ihre Beziehung auf eine neue Basis zu stellen. Dort weiterzumachen, wo sie aufgehört hatten, oder besser noch, alles noch mal auf Anfang zu setzen.

In diesem Augenblick blubberte es in ihrem Bauch. *Ja, du bist auch noch da, Kleines. Ich habe dich nicht vergessen.* Plötzlich fiel ihr ein, dass Hettie noch nichts von ihrer Schwangerschaft wusste. Hatte sie es absichtlich »vergessen«, es ihr zu erzählen? Immerhin war Laras Kinderwunsch einer von vielen anderen Gründen gewesen, weswegen sich Hettie von Lara getrennt hatte …

58

Drei Tage nach der Lagebesprechung im Kommissariat stand Lene vor Nikes Gartentor. »Hast du kurz Zeit?« Sie blieb auf dem halben Weg zwischen Gartentor und Eingangstür stehen.

»Für dich immer, komm rein!« Nike umarmte Lene herzlich. »Ich bin so froh, dass du mir die eingescannten Briefe geschickt hast. Von den Gedanken und Gefühlen Uroma Malis zu lesen, kam mir wie eine Nachricht aus dem Jenseits vor. Ich habe sie nie kennengelernt, und durch die Briefe wurde sie zu einem Menschen aus Fleisch und Blut – mit ihren Ängsten und ihren Nöten, aber auch den glücklichen Momenten, von denen sie schrieb. Es war eine riesige Veränderung für sie, sich von einer einfachen Bauerntochter durch das Zusammenleben und die Unterstützung Gabriele Münters zu einer selbstbestimmten Frau zu entwickeln. Ihr Häuschen ist durch die Briefe noch mehr zu meinem Zuhause geworden. So, als würde sie mich persönlich willkommen heißen. Sie war eine unglaublich treue und zuverlässige Frau, gegenüber Gabriele Münter und Johannes Eichner, ihrer Freundin Resi, ihrer Tochter Sascha und natürlich gegenüber Mama. Diese Briefe erzählen unsere Familiengeschichte. Selbst Mama wird ihre kritische Haltung Oma Mali gegenüber ändern, da bin ich sicher.«

»Die Briefe zu scannen war kein Akt, schließlich gehören sie dir. Ich habe auch dein Handy dabei, und …«

»Du willst sagen, ihr habt die beiden festgenommen?«, fiel ihr Nike aufgeregt ins Wort.

»Haben wir. Wir lagen mit unseren Schlussfolgerungen eins zu eins auf der richtigen Linie, ohne die geringste Abweichung. Das Einzige, was noch nicht so klar ist, welche Rolle Lara spielte. Die treibende Kraft war ihre Schwester Jana, sie war auch geständig, aber vermutlich, um Lara zu schützen.

Diese Frau hat einen irrsinnigen Hass auf alles und jeden, der ihr und ihrer Schwester etwas in den Weg stellt, es kommt fast einer Psychose nahe.«

»Hettie wäre erleichtert, wenn sie sich nicht vollkommen in Lara getäuscht hätte. Aber es ändert nichts an der Tatsache, dass sie mitgemacht hat.«

»Ich darf dir übrigens sagen, wie die Festnahme abgelaufen ist, schließlich hast du maßgeblich zur Klärung beigetragen.«

»Schieß los, ich bin so was von gespannt. Komm, wir gehen auf die Terrasse und genießen den schönen Herbsttag.«

Sie saßen am langen Tisch, nachdem Lene die Aussicht auf den See bewundert hatte, und Lene begann zu erzählen: »Begonnen hat es damit, dass Sebi von deinem Handy gefakte Nachrichten an Hettie schickte.

> ***Nike:*** *Die Polizei hat herausgefunden, wer die Gemälde gestohlen hat. Heute ist eine Hausdurchsuchung geplant, ich habe aber keine Ahnung, wo genau.*
> ***Nike:*** *Interessiert dich anscheinend nicht, oder was ist los?*
> ***Nike:*** *Kannst dich ja melden, wenn dir danach ist …*

In der Zwischenzeit hatten der Bär, zwei weitere Kollegen und ich vor Janas Wohnhaus und in der Tiefgarage unsere Beobachtungsposten eingenommen. Wir wussten, dass Jana und Lara zu Hause waren, und rechneten damit, dass sie sich nach diesen WhatsApp-Nachrichten sofort mit den Gemälden auf den Weg machen würden, um sie beiseitezuschaffen. Ein simpler Plan, aber er hat funktioniert: Nicht mal fünfzehn Minuten später liefen Jana und Lara mit einer großen, dicken Präsentationsmappe zu Janas Auto in der Tiefgarage. Beide hatten kleine Trolleys dabei, vermutlich, um einige Tage von der Bildfläche zu verschwinden. Alle vierzehn Gemälde waren in der Mappe, somit hatten wir einen handfesten Grund für die Festnahme. Die Wohnungsdurchsuchung hat alle unsere Vermutungen bestätigt, denn wir haben auch das Prepaidhandy gefunden, mit dem sie dich angerufen hatte wegen der Baumfällarbeiten.«

»Wer von den beiden hat den Baum zu Fall gebracht?«

»Jana Kohler. Der Helm, die Handschuhe und die Schutzkleidung, die wir in ihrem Schrank gefunden haben, passen exakt zur Beschreibung deiner Mutter. Durch die Kleidergröße war eindeutig, dass sie ihr gehören.«

»Kann ich es Hettie erzählen, oder ist das noch unter Verschluss?«

»Die Pressekonferenz ist morgen, also kein Geheimnis mehr. Du machst dir große Sorgen um Hettie?«

»Hettie nimmt sich alles sehr zu Herzen, wenn es ihr wieder besser gehen würde, dann hätte auch unsere Beziehung eine neue Chance.«

»Den Ziegelstein hat allerdings Lara ins Fenster geschmissen, das geht auf ihr Konto. Aus Wut über die Trennung.«

»Und wer hat meine Reifen zerstochen, oder war das ein frustrierter Zeitgenosse, dem zufällig mein Auto im Weg stand?«

»Nein, daran waren beide beteiligt. Lara wollte es machen, jedoch fehlte ihr die Kraft, um das Messer in die Reifen zu rammen, deswegen hat es Jana übernommen.«

»War es ein Zufall, dass Lara die Kassette mit Uroma Malis Briefen bei Hettie liegen ließ?«

»Keinesfalls, damit sollte der Verdacht des Gemäldediebstahls aus dem Kellerversteck auf sie gelenkt werden.«

»Hettie hätte kaum eine Chance gehabt, das Gegenteil zu beweisen. Dabei wusste sie nicht einmal, was drin ist. Gut, dass ich sie auf die Kassette angesprochen hatte. Die Polizei wäre ganz anders damit umgegangen. Der Zufall hat mir natürlich in die Hände gespielt, als ich den Trachtenknopf aus dem Keller auf dem Foto von Hettie und Lara erkannt habe.« Nike seufzte tief. »Und das alles aus krankhafter Eifersucht und verletztem Ego. Echt krass, es fällt mir schwer, das nachzuvollziehen. Statt die Vergangenheit loszulassen und ihre

Psyche auf Vordermann zu bringen, haben sie einige Jahre ihrer Zukunft in den Sand gesetzt.«

»Die Vergeltungsaktionen waren ein gefährliches Fahrwasser, das wie ein reißender Strom immer mächtiger wurde, und keine von beiden hat den Absprung geschafft. Im Gegenteil, es hat sie immer mehr mitgerissen. Lara hat hin und wieder einen Versuch unternommen, sich abzusetzen, kam aber nicht gegen Jana an. Sie ist ein nervliches Wrack. Jana dagegen tobt, gegen alles und jeden. Sie musste sogar medikamentös ruhiggestellt werden, da sie bei der Vernehmung den Kommissar tätlich angegriffen und einen Stuhl nach ihm geworfen hatte.«

»Wahnsinn. Ich bin so froh, dass alles vorbei ist. Mich haben die letzten Monate echt geschafft. Ich war manchmal kurz davor, aufzugeben und zurück nach Rosenheim zu gehen. Mein Zimmer in der WG hatte ich zwar schon aufgegeben, aber ich war drauf und dran, mir was Neues zu suchen. Beinahe hätten sie es geschafft.« Nike strahlte Lene an. »Dank deiner Unterstützung haben wir es aufgeklärt, ich bin dir so dankbar.«

»Das ist mein Job. Ich wurde deswegen sogar befördert.« Lene errötete. »Stell dir vor, Kommissar Vollmer hat mir vorgeschlagen, auf die Polizeihochschule zu gehen, um die Laufbahn als Kommissarin einzuschlagen. Er wird mich dafür empfehlen.«

»Herzlichen Glückwunsch, das hast du echt verdient.« Nike umarmte sie.

»Ich geh dann mal wieder, denn ich habe heute Nachtschicht. Wird bestimmt ruhiger als in den letzten Wochen.« Lene zwinkerte ihr zu und machte sich auf den Weg.

59

Oktober 2023

»Du kannst mich ab sofort wieder auf dem Handy anrufen, aber Festnetz ist auch okay«, sagte Nike zur Begrüßung, als sie Lissas Stimme am Telefon erkannte. Sie lag noch im Bett, nachdem sie am Abend stundenlang mit Hettie telefoniert hatte. Danach hatte sie wie ein Murmeltier geschlafen, glücklich und zufrieden mit sich und der Welt. Vor allem mit der Zuversicht, dass es eine Zukunft mit Hettie gab. Nur ihre Schwangerschaft hatte sie ausgeklammert, das wollte sie Hettie persönlich sagen.

»Nike, mein Schatz, du hast mich mit den Briefen zum glücklichsten Menschen in diesem Universum gemacht. Und ich schäme mich wie nie zuvor«, flüsterte Lissa, und Nike hörte, dass sie schniefte. »Ich habe alle Briefe gelesen, ich konnte kaum glauben, von welcher Seite ich Oma Mali plötzlich kennenlernte. Obwohl ich achtzehn Jahre mit ihr gelebt habe! Meine Vorwürfe ihr gegenüber waren alle falsch, allerdings konnte ich es auch nicht besser wissen. Sie war eine Gefangene ihrer eigenen Erziehung, denn in ihrer Familie galt es als Schwäche, Gefühle zu zeigen. Ich bin zwar keine Psychiaterin, aber ich bin sicher, dass sie unter einer schweren postpartalen Depression litt. Die Psyche war in diesen Zeiten kein Thema, Defizite dieser Art wurden unter den Tisch gekehrt. Sie litt unendlich darunter, und als sie mit mir als Säugling nach Mamas Tod dastand, ging alles wieder von vorn los. Dabei war sie voller Liebe und Zärtlichkeit auch mir gegenüber. Aber sie hatte es nie geschafft, es zu zeigen. Nur bei ganz wenigen Gelegenheiten hat sie sich selbst überwunden. Sie war, wie sie schreibt, dankbar und überglücklich, dass meine Mama durch Gabriele Münter den liebevollen und zärtlichen Umgang in einer Familie erfahren hatte. Da meine Mama starb, bin ich leider nicht in den Genuss ihrer körperlichen Liebkosungen und Liebesbeweise gekommen, sie hätte es bestimmt vollbracht. Ich wusste, dass ich in dieser Beziehung ein Defizit habe, und um das nicht auf dich zu übertragen, habe ich für dich vom ersten Tag an ein Kindermädchen engagiert, von dem ich wusste, es konnte Gefühle zeigen und darüber sprechen. Anni übernahm bei dir, ohne dass ich es ahnte, die gleiche Aufgabe wie Gabriele Münter bei Mama, und es ist ihr hundertprozentig gelungen. Darüber war ich immer sehr froh.«

Nike ließ ihre Mutter reden, denn noch nie zuvor hatte sie in dieser Ausführlichkeit über ihre Gefühle und Beweggründe gesprochen. Sie hörte, dass Lissa sich die Nase putzte, sicher weinte sie. Aber bestimmt nicht aus Schmerz, sondern aus Rührung und Ergriffenheit.

»Jetzt weiß ich, dass Oma Mali mir alles gegeben hat, was ihr nur irgendwie möglich war. Ach, da fällt mir noch etwas ein. Ich habe ihr immer die Schuld an der Hausgeburt gegeben, bei der Mama starb, aber das war nicht ihre Idee gewesen. Im Gegenteil, sie wollte unbedingt, dass Mama ins Krankenhaus geht. Sie hatte sich danach ihr Leben lang Vorwürfe gemacht, dass sie sich nicht durchgesetzt hatte. Sie schrieb in einem der Briefe, dass sie akzeptieren müsse, dass die Bernreuther-Frauen einen extrem starken Willen haben, den sie durchsetzen würden, auch wenn sie den eigenen Tod vor Augen hatten.«

Eine Weile war es still in der Leitung, bis Lissa flüsterte: »Bitte versprich mir, in einer Klinik zu entbinden. Von mir aus auch in einem Geburtshaus, aber auf keinen Fall zu Hause. Bitte. Ich würde verrückt werden, wenn dir etwas zustoßen würde.«

Nike überlegte kurz, denn über die Entbindung hatte sie sich noch keine Gedanken gemacht. »Versprochen. Reden wir darüber, wenn du wieder da bist.«

»Nike, du weißt, dass es mir schwerfällt, aber ich will es dir endlich einmal klar und deutlich sagen: Ich liebe dich, mein Kind.«

»Mama, das weiß ich ... schon immer. Aber es ist noch schöner, es zu hören.«

60

Nike war rundum zufrieden mit sich und der Welt, denn es hatte sich alles zum Besten entwickelt. Am Vormittag hatte sie mit Dominik zusammen alle Arbeiten am Haus abgenommen, Frajo hatte jeden einzelnen Posten überwacht und einen Haken darunter gemacht. Dominik und seine Leute hatten ihr Bestes gegeben, nur ein paar kleinere Mängel hatte Frajo zum Schluss beanstandet. Nike war total überrascht gewesen, als Dominik ihr in einem kleinen Kästchen ihren Hausschlüssel überreichte, zur offiziellen Übergabe. Er hatte ihr Glück und Zufriedenheit gewünscht in ihrem neuen Zuhause. Frajo hatte ihr ein Apfelbäumchen geschenkt mit dem Hinweis, es solle ihr Kraft, Schutz und stets wachsende Liebe bringen.

Dann war sie allein gewesen – mit sich, dem Haus und dem Kind in ihrem Bauch.

Sie ging durch alle Räume, sog den Duft der geölten Holzdielen ein, strich mit der Hand über die Fliesen im Bad, drehte die Dusche auf und beobachtete das Wasser, das wie ein feiner Sommerregen herabströmte. Sie setzte sich auf die oberste Treppenstufe, und die Erinnerung an ihren Lieblingsplatz in Lissas Münchner Wohnung war sofort wieder da, die Erinnerung an einen Ort, der ihr ein Gefühl der Geborgenheit und des Glücks vermittelt hatte.

Nike ließ ihren Blick schweifen, vom offenen Wohnraum in der rechten Haushälfte, in dem bisher als einziges Möbelstück die bemalte Kommode von Gabriele Münter und Wassily Kandinsky stand. Darüber hing das Gemälde vom Gipfel des Herzogstands, gemalt von ihrem Urgroßvater Alexej von Jawlensky. Wie ein Altar, genauso, wie es Uroma Mali in einem Brief an ihren geliebten Alexej beschrieben hatte.

Ihr Blick schwenkte zur Wohnküche in der linken Haushälfte, dort stand ein großer Holztisch, umgeben von kunterbunten Stühlen. Die Kücheneinrichtung sollte nächste Woche geliefert und eingebaut werden. An der Wand hinter dem Tisch hingen zwei Gemälde von Gabriele Münter, eines zeigte ihre Oma Mali bei der Gartenarbeit am Münterhaus, das andere war ein Selbstbildnis mit Freunden auf einem Boot auf dem Staffelsee. In den beiden Zimmern im oberen Stockwerk hingen ebenfalls zwei echte Münter, die anderen hatten einen Platz bei Lissa gefunden, da ihr Haus mit einer Alarmanlage gesichert war.

Nike fühlte sich wohl, es war ihr Haus, wie sie es sich von Anfang an erträumt hatte. Dass nun auch schon bald ihr Kind einziehen würde, war zwar damals nicht geplant gewesen, aber sie hatte keinen Zweifel: Es würde hierhergehören.

Malte, der zufällige Erzeuger, wusste mittlerweile von ihrer Schwangerschaft. Anfangs war er zutiefst schockiert gewesen, war jedoch mit jedem Satz entspannter geworden, als er erkannt hatte, dass Nike keinerlei Ansprüche an ihn stellen würde. Sie wollte nur, dass ihr Kind erfuhr, dass er der Vater war. Er hatte gewirkt, als wäre eine Zentnerlast von ihm genommen worden, als sie ihm versichert hatte, dass er sich nicht um das Baby kümmern musste, aber natürlich durfte, falls er den Wunsch verspürte.

Während sie über ihr Gespräch mit Malte nachdachte, klopfte jemand erst zaghaft, dann etwas fester an der Haustür. Der Eingang war von ihrem Platz auf der Treppe aus nicht einsehbar. Das war so geplant gewesen, aber jetzt hätte sie gern freie Sicht auf das kleine Fenster in der Haustür gehabt, um zu gucken, wer dort stand.

»Ja«, rief Nike. »Ich bin hier, komm rein.« Sie rechnete mit Dominiks Mitarbeiter, der die letzten Reparaturen durchführen sollte.

Nike blieb sitzen und wartete, an dem leichten Luftzug bemerkte sie, dass die Haustür geöffnet und wieder geschlossen wurde.

Ganz leise, es klang allerdings nicht nach einem Handwerker. Dann schob sich ein strubbeliger Haarschopf um die Ecke.

»Hettie!« Sie hatten, seit Nike ihr von der Festnahme von Lara und Jana erzählt hatte, zwar täglich telefoniert, sich jedoch bisher nicht getroffen. Nike stand auf. »Du kommst just in time. Ich habe gerade mein kleines Reich in Beschlag genommen.« Nikes Augen folgten Hettie, die sich langsam im Kreis drehte.

»Es ist megaschön geworden und verbreitet totales Wellfeeling. Als würde mich das Haus zur Begrüßung in den Arm nehmen. Klingt seltsam, aber anders kann ich es nicht ausdrücken.« Hettie stand strahlend vor der untersten Treppenstufe.

»Komm doch rauf, hier ist noch Platz.« Nike rutschte auf die Seite.

Als sie neben ihr saß, rief sie vor Begeisterung: »Boah, das ist von hier oben noch beeindruckender. Einfach mega!«

»Die oberste Treppenstufe war schon früher mein Lieblingsplatz in Lissas Wohnung. Dort hatte ich alles im Blick, was vor sich ging. Vermutlich glaubte ich trotz meines kindlichen Alters, auch alles im Griff zu haben. Als ich hier im Amalienhäusl wieder dieses Gefühl empfand, hier, genau an dieser Stelle, ist meine Entscheidung gefallen, dass es mein zukünftiges Zuhause sein sollte – für meine Partnerin und meine Familie.«

»Zur Familie ist es noch ein bisschen hin«, warf Hettie lachend ein. »Und mit Partnerin meinst du hoffentlich mich«, setzte sie nach und schaute Nike herausfordernd an.

»Die Entscheidung liegt bei dir«, antwortete Nike, und ganz schnell, bevor Hettie etwas erwidern konnte, fügte sie hinzu: »Wenn du mit mir leben willst, dann solltest du wissen, dass wir in wenigen Monaten auch eine ... Familie sein werden.« Hetties Gesicht wirkte wie ein Fragezeichen, sie legte die Stirn in Falten und zog den linken Mundwinkel hoch. »Ich bin schwanger, und das Baby und mich gibt es nur als Gesamtpaket.«

Epilog

»Ihr könnt jetzt reinkommen«, rief Hettie in den Flur hinaus. Sie hielt die Tür des Entbindungszimmers weit offen und ließ Lissa, Frajo und Bastian eintreten, dabei strahlte sie übers ganze Gesicht.

Lissa stürmte auf Nike zu, die im Sessel saß und voller Hingabe das brotlaibförmige Bündel in ihrem Arm betrachtete. Nike zupfte die Decke weg, damit die drei Köpfe, die sich über sie beugten, das winzige Gesicht und den dunklen Haarschopf sehen konnten.

»Mein Enkelkind, meine Nike. Ich bin der glücklichste Mensch auf der ganzen Welt! Ich bin so froh, dass es euch gibt und vor allem, dass es euch gut geht.« Lissa schob sich über die beiden und versuchte, sie zu umarmen. Sie küsste Nike, und sie küsste ihr Enkelkind, wieder und wieder. »Herzlichen Glückwunsch, meine beiden Liebsten. Hast du vielleicht schon einen Namen, kleines Mädchen?« Sie stupste dem Baby zärtlich auf die Nase und strich ihm über die Wangen.

Nike und Hettie nickten sich zu. »Wir bleiben bei der A-Reihe in der Bernreuther-Familie und finden, dass Amelie Gabriella ein wunderschöner Name wäre. Das erinnert an Uroma Amalia und Gabriele Münter, mit denen alles seinen Anfang nahm.«

»Die beiden Opas sind übrigens auch hier«, machte sich Frajo bemerkbar, der neben Bastian stand. Er holte einen riesigen Blumenstrauß hinter seinem Rücken hervor.

»Ihr dürft vortreten und gratulieren«, gab Lissa lachend den Weg frei.

»Nachdem noch niemand gefragt hat, steht es mir als Arzt und Großvater zu: Wie lief die Entbindung? Ich weiß, das ist normalerweise eine Frauenfrage. Aber anscheinend interessiert sich niemand von denen dafür ...« Bastian grinste Nike an.

»Das fragst du noch?«, antwortete Lissa stellvertretend für Nike. »Schau sie doch an, Nike strahlt wie ein Honigkuchenpferd, und die süße Amelie ist auch schon eine kleine Schönheit. Alles andere ist Frauensache, lieber Bastian, auch wenn du Arzt bist.«

»Ich gebe mich geschlagen, Frau Doktor.«

Plötzlich drang ein empörter Schrei aus dem Bündel auf Nikes Arm. Alle schauten überrascht in die gleiche Richtung. Mit dieser Lautstärke hatte keiner gerechnet.

»Hangry, was sonst, das liegt in den Genen«, bemerkte Hettie, während Nike Amelie an die Brust legte. Zehn vor Stolz glänzende Augen waren auf das Neugeborene gerichtet, während es laut schmatzend zu trinken begann.

Lissa nickte. »Sie weiß schon, dass sie ihren Willen laut und deutlich äußern muss. Eine echte Bernreuther-Frau.«

Nachwort

Vieles, worüber ich in *Die Töchter des Münterhauses* geschrieben habe, basiert auf historischen Fakten, einiges ist auch frei erfunden. Aber es hätte durchaus so sein können. Gabriele Münter hat sich laut Biografie ein Kind von Wassily Kandinsky gewünscht, es klappte nur leider nicht.

Als ich darüber las, kam mir der Gedanke, was wäre gewesen, wenn ...

Die Lebensdaten von Gabriele Münter, Wassily Kandinsky, Dr. Johannes Eichner und Alexej von Jawlensky entsprechen den Tatsachen. Alexej von Jawlensky war ein sehr guter Freund Münters und ein großer Charmeur, aber durch seine schwere Krankheit saß er im Rollstuhl und war leider nicht mehr in der Lage, nach 1937 Murnau zu besuchen. Andy Warhols Umzug von Pittsburgh nach New York und die Eröffnung seines Ateliers *Factory* musste ich zeitlich vordatieren.

Gabriele Münter versteckte die Gemälde des *Blauen Reiters* in ihrem Keller im Münterhaus und rettete sie dadurch vor der Zerstörung durch die Nationalsozialisten. Wassily Kandinsky, Franz Marc, Marianne von Werefkin, Alexej von Jawlensky und sie selbst waren als entartet eingestuft worden. An ihrem achtzigsten Geburtstag 1958 schenkte sie die komplette Sammlung dem Münchner Lenbachhaus, das dadurch zu Weltruhm gelangte.

Die Malerin war in Murnau sehr beliebt, wie Zeitzeugen einer BR-Dokumentation berichten. Während des Zweiten Weltkriegs und noch einige Zeit danach lebte sie in großer Armut; im Tausch gegen Lebensmittel überließ sie unzählige ihrer Gemälde den Bauern, dem Bäcker und dem Metzger, selbst ihrem Friseur. Vom damaligen Eigentümer des Gasthofs Angerbräu erhielt sie Mittag- und Abendessen, das von der

Verköstigung der hochrangigen polnischen Kriegsgefangenen abgezweigt worden war.

Gabriele Münter war sehr stolz, dabei eine warmherzige und selbstbewusste Persönlichkeit, die sich im Zwiespalt zwischen ihrer Selbstverwirklichung und den gesellschaftlichen Konventionen bewegte. Erst 1980 ist sie als eine der wichtigsten deutschen Expressionistinnen anerkannt worden. Nur Kandinsky hatte ihr Können schon 1902 wahrgenommen, als sie seine Schülerin wurde.

In meinem Roman gibt Gabriele Münter ihr Selbstbewusstsein und ihre freigeistige Art an Sascha, »das Töchterlein«, weiter – das Kind ihrer Hausangestellten Amalia. Amalia erleidet eine schwere Depression, die es ihr nicht möglich macht, Zuneigung und Zärtlichkeit für ihr Kind zu empfinden. In Liebe und Herzlichkeit, mit Toleranz und einem Augenzwinkern erzieht Münter die kleine Sascha mit und bringt Mutter und Tochter auf diesem Weg unbewusst immer weiter weg von deren bäuerlicher Herkunft. Die umfangreiche Bildung, die im Münterhaus stattfindet, trägt ebenfalls zu dieser Trennung vom Ursprung bei.

Viele Jahre später, als Amalias Enkelkind geboren wird, wiederholt sich ihre »Schwangerschaftsdepression«, als sie als Großmutter die Mutterpflichten für ihre Enkelin übernehmen muss, weil ihre Tochter stirbt. Da Gabriele Münter 1966 nicht mehr lebt, fehlt die liebevolle und mütterliche Zuwendung, und Alissa wächst mit einer gewissen Gefühlskälte und emotionalen Zurückhaltung auf. Amalia setzt jedoch alles daran, dass ihre Enkelin die bestmögliche Bildung erhält, um unabhängig und selbstbestimmt zu leben, so, wie sie das bei ihrer Tochter Sascha miterlebt hatte. Alissa wird Ärztin und ist sich ihres eigenen genetischen Traumas bewusst. Sie beugt der Gefühlskälte gegenüber ihrer eigenen Tochter vor, als sie für Nike ein liebevolles und herzliches Kindermädchen engagiert, um aus diesem Kreislauf auszusteigen.

So sind die »Töchter des Münterhauses« jede auf ihre Weise in die Fußstapfen von Gabriele Münter getreten und lebten ihr Leben frei und unabhängig, auch wenn es Hindernisse zu überwinden galt.

Wenn Sie mehr über Gabriele Münter erfahren wollen, empfehle ich Ihnen folgende Bücher:

Mary Basson: Die Malerin, Die Kunst war ihr Leben – Kandinsky ihr Schicksal, atb Verlag 2020

Boris von Brauchitsch: Gabriele Münter: Eine Biografie, Insel Verlag 2018

Gisela Kleine: Gabriele Münter und Wassily Kandinsky, Biographie eines Paares, Suhrkamp Verlag 1994

Matthias Mühling und Isabelle Jansen (Hrsg.): Das Münterhaus in Murnau, Sieveking Verlag 2018

Stefanie Schröder: Gabriele Münter, Im Bann des Blauen Reiters, Herder Verlag 2014

Danksagung

Wieder einmal möchte ich vielen Menschen »Danke« sagen.

Meinem Lebensgefährten, der in meinen Schreibzeiten öfter als sonst auf meine »geistige« Anwesenheit verzichten muss und meine Aufgaben im Haus und Garten übernimmt.

Meinen Kindern und Enkelkindern, die mich immer wieder mal auf aktuelle Zusammenhänge stupsen, die ich ohne sie nicht mitbekommen hätte.

Meinen Testleserinnen Evi, Uschi und den beiden Ingrids für ihre unermüdliche Fehlersuche.

Meiner Lektorin Julia Feldbaum, die sich mit großem Elan des Texts angenommen hat.

Dem Verlag, der mir wieder die Möglichkeit zur Veröffentlichung gegeben hat

Allen Leserinnen und Lesern, ich hoffe, Ihnen bot der Roman Unterhaltung und Information gleichermaßen. Übrigens, es lohnt sich, nach Murnau ins Münterhaus zu fahren!